À NOUS

Saga Les liens du sang

A.K. ROSE

ATLAS ROSE

Chapitre Un

TOBIAS

Boom !

Le bruit d'un coup de feu retentit dans la nuit. Je tressaillis, allongé sur le sol, attendant la douleur arriver en fixant l'arme dans les mains de mon père. Mais ce n'était pas son arme qui avait tiré. C'était une autre. Une qui brillait dans l'obscurité, entre les arbres.

Puis, à travers l'obscurité, je vis quelqu'un apparaître derrière mon père. Mais lui ne l'avait pas vu. Au lieu de cela, il fit un pas vers moi puis baissa lentement les yeux. Du sang noir apparut sur sa chemise blanche au niveau de son ventre. Je ne pouvais pas bouger, choqué par la vue de cette tache et par ma propre panique.

Il allait me tuer... Il allait me tuer. Il allait...

- Je ne retournerai pas là-bas, t'as compris ?

J'entendis enfin la voix d'Elle alors qu'elle approchait.

- Je n'y retournerai pas avec tout ce qu'ils m'ont fait faire.

Ses yeux étaient brûlants de rage et elle regarda dans ma direction. J'attendis que l'arme dans sa main soit pointée vers moi, qu'elle abatte non pas un Banks ce soir, mais deux. Un regard paniqué sur ma droite, sur mon arme hors de portée, et je savais que je serais mort bien avant de pouvoir bouger.

Mais elle ne brandit pas son arme. Elle me regardait de son regard vide.

- Laisse-la tranquille, dit-elle d'une voix à peine audible. Elle est déjà comme morte de toute façon.

Puis elle baissa lentement sa main avant de se retourner pour partir à toute vitesse, ne laissant dans son sillage que le craquement d'une brindille.

Puis ce fut le silence complet...

Avec le grondement de mon cœur.

Putain...

PUTAIN...

Mon père poussa un gémissement et plaqua sa main sur son ventre, faisant de son mieux pour arrêter le flux. Je me jetai sur lui pour saisir l'arme en acier qui brillait. Je n'avais plus besoin de me préoccuper de lui, je lui donnai un coup avant de pointer mon arme sur lui. Mais il ne bougeait pas... même pas pour me viser avec son flingue.

Fais-le....

Fais-le, putain.

Mon doigt trembla lorsque je l'enroulai autour de la gâchette. Dans mon esprit, je ne voyais plus les quelques bons moments que nous avions eus. Non, je le voyais ivre, assis sur le bord de son lit avec sa chemise déboutonnée et la puanteur de la trahison flottant dans l'air pendant que notre mère dépérissait dans la chambre à l'étage d'en dessous.

Il nous avait trahi. *Il nous avait trahi*, putain ! Je le savais même sans que Lazarus me dise la vérité. C'est à ce moment-là qu'il avait changé pour moi. Il n'était pas un père. Il n'était même pas un homme...

Puis je l'avais vu, debout sur le seuil de la porte de la maison, sa chemise trempée du sang de Nick. Il aurait laissé notre frère mourir. Il l'aurait laissé se vider de son sang comme s'il n'était *rien*. C'est le moment où il nous avait pris Ryth.

Ryth.

Il l'avait enlevée.

Il l'avait amenée dans ce putain d'endroit.

Un son blessé s'échappa du fond de ma gorge. Il l'avait laissée entre les mains de ces porcs. Il l'avait laissée, *il l'avait laissée...*

Je serrai les dents, voulant que mon doigt se resserre jusqu'à ce que je sente le coup partir.

- Tobias, dit-il en me fixant.

PUTAIN !

Je pris une grande respiration, haletante, et je baissai la main. Je ne pouvais pas le faire. Je ne pouvais pas me résoudre à appuyer sur cette putain de gâchette. J'étais pathétique et inutile... je détestais être son putain de fils.

Ses genoux se mirent à trembler puis cédèrent et il tomba au sol.

Je me hissai en grimaçant à cause de la douleur. Mais la balle dans ma cuisse n'était rien comparée au coup de poignard dans ma poitrine. J'avais l'impression qu'un fil barbelé était enroulé autour de mon putain de cœur et je saisis son bras. Je le serrai... encore et encore...

- Attends, dis-je en l'attirant contre moi. *Reste avec moi, putain.*

- *T !* cria Nick a rugi au loin. Putain, *TOBIAS !*

Je tournai la tête en direction de sa voix. Le désespoir prit le contrôle, me forçant à l'appeler.

- Par ici !

Les pas de Nick étaient tonitruants alors qu'il se précipitait hors des arbres et le soulagement en le voyant me frappa violemment. L'air sortit de mes poumons et je fus soulagé en un instant.

J'avais besoin de lui... plus que je ne l'avais jamais réalisé auparavant.

Et lorsque je vis la panique briller dans les yeux de Nick, je compris qu'il avait tout autant besoin de moi. Il jeta un œil au garde aux cheveux blancs qui gisaient sur le sol non loin de nous puis se tourna vers moi. La tristesse, je ne vis que ça dans son regard, avec une pointe de regret. Je détournai les yeux.

- Elle est partit, grogna mon père. Je suis désolé, Ryth est partie.

Je me forçai à parler à travers mes dents serrées.

- Oui...

Nick saisit notre père par le col et le tira vers lui.

- Comment ça, partie ?

Je ne voulais pas la perdre, pas encore une fois, *pas maintenant, ni jamais.*

- *Je suis dé-désolé*, bégaya notre père.

- Garde tes putains de regrets, rétorquai-je alors que j'entendis des aboiements de chiens.

Nick me lança un regard puis repoussa mon père.

- Il faut qu'on se barre d'ici.

- Non, dis-je alors que la douleur lancinante me cinglait à nouveau la cuisse alors que j'essayais d'avancer vers les arbres. Pas sans elle.

- *T !* cria Nick en m'arrêtant. Si on reste là, on va mourir, tu piges ?

Je sondais la pénombre et j'écoutais les chiens japper.

- Comment on fait pour l'aider alors ?

- Elle est partie, marmonna mon père. Ça sert plus à rien...

- *Ferme-la, papa !* cria mon frère. Sinon je te jure, je te laisse crever ici.

Le laisser lui... mais pas elle...

Je me tournai vers Nick et inspirai profondément. L'air froid me saisit les poumons. Je ne pouvais pas partir... *pas sans...*

- S'il te plaît, T., me supplia-t-il, ses yeux brillant dans la nuit. Je veux pas te perdre toi aussi.

Ce furent ces mots qui détruisirent ma détermination. Je grimaçai et ravalai ma douleur en revenant sur mes pas.

- Bouge, dis-je en poussant notre père.

Mais il trébucha avant de tomber et Nick le rattrapa juste à temps.

- Aide-moi, me demanda mon frère en essayant de redresser notre père.

Il allait me tuer... il allait...

- Putain, grognai-je en passant mon bras sous le sien.

La haine brûlait en moi alors qu'on remontait la pente avant de retourner dans la forêt. Chaque pas qu'on faisait nous éloignait davantage d'elle. Mais je ne pouvais rien faire pour l'instant. Panser ma blessure. Arrêter l'hémorragie. Aller chercher d'autres armes et revenir. Je me focalisais sur cette idée alors qu'on approchait du grillage, cherchant le trou par lequel passer.

- Tu peux le tenir pendant que je vais chercher la voiture ? me dit Nick en ouvrant l'ouverture autant que possible. Je fis passer mon père, mais il n'était pas en forme. Il s'effondra sur le sol, son visage pâle dans la lueur de la lune alors que je le faisais passer de l'autre côté du grillage.

- Dépêche-toi.

- Oui, dit Nick avant de filer, boîtant alors qu'il courait vers le lieu de l'accident et la vieille Charger qui était en travers au milieu de la route, près de la Sedan noire qui nous était rentrée dedans.

- Désolé... murmura mon père.

Va te faire foutre.

- Fiston.

Fiston ?

Je baissai les yeux sur cet enfoiré puis le saisis par le col avant de le plaquer contre le grillage.

- Fiston ? rétorquai-je. *Tu m'appelles comme ça maintenant ?* dis-je en le regardant comme l'inconnu qu'il était devenu. T'es venu pour me tuer.

Il écarquilla les yeux. Il secoua lentement la tête, mais tout ça n'était que de la comédie. Une comédie stupide et sans courage.

Tu allais me tuer ! criait mon cœur. Les mots résonnaient dans ma tête mais furent ravalés par la vérité glaçante. *Il s'en fichait.. Il s'en fichait depuis toujours, de moi, de ma mère. De quiconque en dehors de lui.*

Au final, je n'arrivais même plus à le regarder. Je détournai les yeux pour regarder mon frère.

- Garde tes excuses pour quelqu'un qui voudra les entendre.

Nick arriva à la voiture et monta dedans.

- Tobias.

Je grimaçai en entendant la voix rauque de mon père. Je ne voulais pas l'écouter... je ne voulais pas écouter le bruit de sa respiration. Je fermai les yeux, je ne voulais pas voir le désespoir dans son regard. Non... *plus jamais*. Mais j'étais prisonnier de cette torture, je voulais laisser mon père et à la fois me cramponner à ce mince fil douloureux qui nous liait encore.

Il n'y avait que le sang qui me liait à cet homme.

Parce que ce n'était certainement pas l'amour.

Je serrai le poing et murmurai :

- Dis encore un seul mot et je te laisse là te vider de ton sang.

Je fis un pas en avant, je voulais partir, laisser mon père là avec sa trahison. La Charger grinça au moment où Nick démarra le moteur et traversa les débris avant de se diriger vers nous. Il se gara près du grillage et descendis avant de faire le tour.

C'est à ce moment-là que je me retournai. Je saisis mon père alors qu'il levait ses yeux pathétiques vers moi.

- Bouge, grognai-je en le soulevant.

Nick ouvrit la portière arrière et nous réussîmes à le faire monter, il s'effondra sur la banquette arrière, nous fîmes passer ses pieds à l'intérieur avant de claquer la portière.

Les phares éclairaient les arbres de l'autre côté du grillage. Je détestais devoir la laisser... les laisser tous les deux. Mais nous n'avions pas le choix. *Quel enfoiré, Caleb...*

Je sentis la douleur dans ma poitrine en ouvrant la portière passager avant de monter alors que Nick prenait place derrière le volant.

- Nick, marmonna notre père depuis la banquette arrière. Merci.

Mon frère lança un regard noir par-dessus son épaule et grogna :

- Y'a pas de quoi.

Il croisa mon regard en se tournant vers le volant. On savait très bien tous les deux que notre père ne méritait pas qu'on le sauve et que dans les prochaines heures, il allait mourir. La Charger s'élança brusquement lorsque Nick appuya sur l'accélérateur, se dirigeant tout droit vers la route sombre qui longeait le bâtiment avant de foncer vers la ville.

La douleur me déchirait la cuisse comme la lame d'un poignard. Je serrai les poings et fermai les yeux. Des émotions m'envahirent : la peur, l'échec. Je revis le moment où ce mec aux cheveux blancs m'était tombé dessus.

Elle va crier, avait-il dit. *Mais ça me plaît quand elle crie.*

Je tournai la tête vers la fenêtre, gardant les yeux fermés.

Mais ça me plaît quand elle crie...

Ça me plaît quand...

Ça me plaît...

- T ? me dit Nick.

Je passai ma langue sur ma bouche sèche.

- Ça va.

J'essayais de me laisser porter par la pénombre, mais ce n'était pas le vide béant qui m'accueillait, *c'était Ryth.* Le dernier baiser... la dernière caresse... le dernier moment dans mes bras.

Mon cœur battait la chamade, ravivant son souvenir jusqu'à ce que je ne pense qu'à elle.

Quelle blague.

Je ne pensais *toujours* qu'à elle.

La trouver. La garder. *La désirer*.

La Charger ralentit puis tourna dans un virage.

- On est arrivés, dit Nick.

J'ouvris les yeux, je me sentais comme si j'étais engourdi depuis des heures, puis je clignai des yeux avant de poser mes pieds au sol. En jetant un œil par-dessus mon épaule, je vis le torse de notre père se soulever lentement. Il était encore en vie. Je me cramponnais à cette idée, pas parce que je voulais qu'il ait la vie sauve. Non. Je voulais *qu'elle* ait la vie sauve.

Nick se gara dans l'allée et coupa le moteur avant de descendre. Je le suivis, faisant le tour de la voiture pour faire sortir notre père de l'autre côté. Il était affaibli, il arrivait à peine à se tenir droit. On le fit monter les escaliers de la planque des Rossi avant d'entrer à l'intérieur.

- Je m'en occupe, dis-je en le tenant par les épaules, supportant tout son poids. Appelle Freddy, il saura quoi faire.

Nick acquiesça et me laissa porter notre père. Il prit son téléphone et le porta à son oreille.

- Tobias, murmura notre père d'une voix rauque, détournant mon attention de Nick.

Mais je ne répondis pas, je continuais de regarder Nick qui s'approchait de la fenêtre. Mes genoux se mirent à trembler alors que je tenais mon père. Il devenait trop lourd pour moi et je chancelai. Nous finîmes par tomber au sol.

Nick regarda dans notre direction et raccrocha.

- J'ai appelé, dit-il en venant vers nous. Il a dit que Laz est sur une île près des côtes africaines. Il a ses propres problèmes, mais il connaît un mec qui connaît un mec...

Il regarda notre père.

- Alors tiens bon encore un peu, ok ?

- T'as intérêt, dis-je en le regardant à mon tour. Parce que tu vas devoir nous dire comment la faire sortir de là-bas.

Notre père passa sa langue sur ses lèvres pâles et ferma les yeux.

- C'est trop tard, elle est entrée là-bas. Seul un homme mort pourrait la faire sortir.

La fin de sa phrase était à peine audible, mais je l'avais bien entendue.

- Comment ça, un homme mort ?

Silence.

- Papa ! cria Nick en se penchant pour le saisir par le col. Comment ça, un homme mort ?

- Un homme mort... murmura notre père en ouvrant lentement les yeux.

- Quel homme putain ? criai-je en regardant droit dans les yeux de mon père.

Après tout ce qu'il avait fait... *après tout ce qu'il m'avait fait ?*

- Non, dis-je en serrant les dents, me retenant de le cogner.

- *T !* cria Nick.

Mais il ne savait pas...

Il ne connaissait pas *réellement*...

La véritable nature de cet homme.

Chapitre Deux

CALEB

Tu n'étais pas censé tomber amoureux d'elle...

Mon esprit était bloqué sur ces mots. Je fixais la porte, écoutant le lourd bruit des bottes qui résonnaient, se rapprochant. La peur me saisit, mais je n'avais pas peur pour moi. Je serrai sa main plus fort dans la mienne, l'attirant près de moi.

- Reste près de moi, princesse.

Ryth se pressait contre moi alors que le bruit des pas se rapprochait, allant crescendo jusqu'à devenir assourdissant. Je serrai les poings et me mis en place, prêt à me battre au moment où la porte s'ouvrirait.

Mais elle ne s'ouvrit pas.

Le bruit s'intensifia, puis s'éloigna alors que les gardes passaient le long du couloir et devant la pièce dans laquelle on était enfermés.

- Tobias, murmura-t-elle. C'est lui, je sais que c'est lui.

Elle pensait qu'il viendrait nous sauver.

Mais elle avait tort.

Ses doigts glissèrent entre les miens alors que le sourire malsain du prêtre me revenait à l'esprit. *Je te crois pas.* Ma propre voix désespérée s'élevait en moi. *Tobias n'est pas mort... c'est impossible... tu m'entends ?*

Je secouai la tête.

- Non.

- Non, quoi ?

Je fermai les yeux. Elle ne savait pas, et il n'y avait pas moyen que je lui dise. Je ne pouvais pas lui dire.

Le visage de Nick envahit mon esprit. Je pouvais le voir maintenant, lui, à genoux sur le sol à côté du corps de notre frère alors qu'il ouvrait le feu... il tuait tout le monde qu'il pouvait--et il allait probablement se faire tuer lui-même dans le processus.

À cause de moi.

Je lâchai sa main et je trébuchai en avant, appuyant ma main contre le mur.

Je n'aurais jamais dû aller dans ce putain de club... je n'aurais jamais dû essayer de tuer Killion.

- Caleb ?

Je ne tournais pas la tête, je ne pouvais pas la regarder. Pas encore.

- Qu'est-ce qui ne va pas ?

Je secouai la tête alors que le bruit d'une serrure retentissait, attirant mon regard vers la porte. Un garde entra, il balaya la pièce du regard et se focalisa sur moi. Je ne dis rien, j'attendais qu'il fasse un geste. Le Prêtre avança, ce sourire arrogant sur sa lèvre fendue n'était plus aussi évident maintenant qu'il savait qu'il ne pouvait pas me tuer. Il jeta un coup d'œil à Ryth, qui se tenait debout derrière moi.

- On vous déplace.

Je me plaçai devant elle.

- Pourquoi ?

- La raison ne vous regarde pas.

La mâchoire du Prêtre se crispa alors qu'il plissait les yeux sur moi.

- Vous ne causerez pas de problème, c'est compris ? dit-il en faisant une grimace avant de regarder Ryth une fois de plus. Elle semble calme, Caleb. Un peu *trop calme*, dit-il en levant un sourcil en se tournant vers moi. Tu lui as toujours pas dit, n'est-ce pas ?

Je secouai la tête.

- Non, grognai-je. Je ne le ferai pas... parce que c'est un mensonge.

Il avait encore ce sourire en coin, ce putain de sourire malicieux.

- Ah oui ?

Ah oui ?

- Tu devrais me dire quoi ? demanda-t-elle.

Un tressaillement apparut au coin de mon œil. Je fixai ce tas de merde qui se tenait devant nous, vêtu d'une chemise noire et d'un col clérical blanc. Ce n'était pas un putain de prêtre. Ni un putain d'homme, d'ailleurs... c'était le diable. Un diable qui avait toutes les cartes en main.

- Le déni ne changera pas la vérité, Caleb, murmura-t-il. En tant qu'avocat, tu le sais mieux que quiconque.

- Me dire quoi, Caleb ?

J'ouvris la bouche pour parler, pour dire les mots qui pesaient lourdement sur mon cœur. Les mots qu'il voulait que je dise.

Mais je ne pouvais pas le faire...

- Je peux lui dire, si tu préfères ? murmura le diable.

- Tu sais, ça doit faire mal, dis-je d'une voix rauque alors que je fixais son visage défiguré. Je parie que oui. Je parie que ça fait un mal de chien.

Son regard se durcit en une lueur cruelle et terrifiante.

- Me dire quoi ? réclama Ryth à nouveau.

Sans perdre un instant, il ouvrit la bouche.

- Ton demi-frère est mort, lui dit-il avec son regard de faucon. Oui, j'ai bien peur que Tobias ne vienne pas te sauver, Ryth. Non. Il ne viendra pas.

Tout se mit à bouger au ralenti. Mes genoux tremblaient, mais je me forçai à me tourner et à lui faire face.

- Ryth, chuchotai-je, me concentrant sur chaque lueur... et chaque mouvement.

- Non, dit-elle en secouant la tête. *NON*.

La rage brûlait en moi, mais je la ravalai.

- Tout va bien se passer, dis-je en levant la main vers son visage.

Mais elle s'éloigna, et cela me fit plus mal que tout.

- Non. *Ne me touche pas ! Ce n'est pas vrai... ce n'est PAS VRAI*. Tu m'entends ? demanda-t-elle, les yeux écarquillés. Non. C'est impossible.

- Ryth...

Ses lèvres tremblèrent alors que sa voix devenait grave.

- Non, Caleb, chuchota-t-elle alors que des larmes brillaient dans ses yeux.

Elle regarda les bâtards qui nous regardaient, et à ce moment-là... elle s'effondra.

Je me précipitai quand ses genoux cédèrent, la rattrapant à temps. Sa douleur était un coup de poignard dans mon cœur alors que je l'attirais contre moi. Une rage froide et dure suivit, le genre qui faisait de moi un meurtrier. Mais il ne s'agissait pas de ma colère. Il s'agissait d'elle.

- On va s'en sortir... dis-je en attrapant son menton pour tourner son regard vers le mien. Tu m'entends ? On va s'en sortir.

Ça n'avait pas d'importance qu'elle ne soit dans nos vies que depuis quelques mois. Parce que j'avais l'impression que ça faisait une éternité...

Une éternité qu'elle était dans nos cœurs.

Et pour toujours, nous étions dans le sien.

Des larmes coulaient de ses yeux quand elle se tourna vers moi. Elle les regarda et, en un instant... son angoisse se déchaîna.

- *Bande de bâtards* ! cria-t-elle en s'élançant à travers la pièce.

Mais le prêtre et le garde étaient déjà en train de sortir de la pièce. Elle se cogna contre la porte au moment où elle se refermait, ses poings cognant contre la vitre.

- Je vais *vous tuer* ! leur cria-t-elle. Vous m'entendez ? *JE VAIS VOUS TUER, PUTAIN !*

Ses cris résonnaient tandis qu'elle frappait la porte de ses poings.

- Je vais vous tuer, putain ! Je vais vous tuer... Je vais tous vous tuer putain...

Elle cessa de frapper la porte de ses poings et s'effondra au sol.

- Je vous retrouverai putain...

Des halètements rauques et violents la secouèrent.

Je m'approchai d'elle pour la prendre dans mes bras.

- Je vais les tuer, Caleb, gémit-elle sans même me regarder.

- Je sais, princesse, dis-je en regardant à travers la vitre le couloir vide. Je sais.

Chapitre Trois

NICK

Boum !

T. lança son poing dans le visage de notre père. Je savais que je ne pourrais pas l'arrêter, plus maintenant. Il avait un air maléfique. Il était une arme de violence et de haine. Non. Il était l'œuvre de leurs actes. Ce qu'ils avaient fait de nous en nous donnant Ryth.

Mon souffle se figea, un poids sur mon cœur. *Notre sœur...*

- Tu vas nous dire comment la faire sortir de là ! cria-t-il. Tu m'entends ? *Tu vas nous le dire !*

Mon frère était comme possédé. La tête de mon père vacilla sur le côté sous le choc. T. le frappa à nouveau, visant cette fois la bouche. La conséquence fut immédiate. Sa lèvre était coupée et du sang coulait sur son menton.

- T., grognai-je alors que la tête de notre père basculait en arrière.

- Tu vas me dire ce que je veux savoir ! cria Tobias en tirant notre père vers lui. *Tu vas me le dire !*

Les yeux de mon père papillonnèrent avant de s'ouvrir. Il fixait mon frère comme s'il était un inconnu.

- Vous... murmura-t-il en fermant à nouveau les yeux. Vous n'étiez pas censés tomber... *amoureux d'elle.*

T se figea, il avait le col ensanglanté de notre père dans une main et l'autre était levée en un poing fermé.

- Qu'est-ce que tu viens de dire ?

Silence.

- *Qu'est-ce que tu viens... de dire PUTAIN ?* s'énerva mon frère.

J'avançai vers lui dans le même besoin de savoir.

- Dis-nous ce qu'on veut savoir.

Notre père ouvrit les yeux et pendant un instant, je le vis, l'homme que j'avais aimé. L'homme que j'avais sans cesse défendu. Mais j'en avais fini de prendre sa défense, la sienne... et la nôtre.

Des voyous.

Des meurtriers.

Des frères...

Je n'en voulais pas à T. de lui avoir tiré dessus... parce qu'à ce moment-là, j'avais la même envie.

- Dis-nous comment la faire sortir, dis-je.

Notre père s'esclaffa légèrement, la blessure à sa lèvre s'agrandit.

- Elle peut pas *sortir.* C'est pas important... *elle en vaut pas la peine.*

- Pas la peine ? dit Tobias d'une voix glaçante. Pas la peine ? dit-il en donnant à nouveau un coup de poing à notre père.

Crac.

- *Pas la peine ! Bien sûr qu'elle en vaut la peine !*

La tête de notre père bascula en arrière. Mais je voyais comment ça allait se terminer... je le voyais dans la manière que sa tête avait de basculer vers l'arrière... et à son œil vitreux.

Crac !

- Elle en vaut la peine !

Crac !

T. était une bête sauvage.

- *Elle en vaut la peine !*

Il ne lâchait rien, ne s'arrêtait pas, il continuait à le tabasser de ses poings ensanglantés et de sa soif intense de sang.

Non.

Pas de sang.

De notre sœur.

- *Un homme mort...*

Les derniers mots de mon père étaient un sifflement.

Pourtant, Tobias s'acharnait.

- Quel putain d'homme mort ? *Papa... PAPA !*

Mais il ne pouvait pas répondre, parce qu'il était déjà parti.

- T.

Ma voix était rauque alors que je fixais ses articulations blanches maculées de sang.

- *T !*

Le regard de mon frère était fixé sur ce regard vide.

- Réponds-moi. Quel homme mort putain ? rugissait-il, comme s'il pouvait le ramener à la vie par son seul désespoir.

Peut-être que T aurait dû penser à ça avant d'appuyer sur la gâchette et de mettre fin à la putain de vie de notre père ?

Bordel, c'était un désastre.

Mais il ne pouvait pas... personne ne pouvait, et dehors, le bruit d'un moteur V8 attira mon attention.

Je me levai et me dirigeai vers la fenêtre, écartant le rideau alors qu'un Range Rover noir de luxe se garait dans l'allée derrière la Charger cabossée.

- T, criai-je, méfiant.

Mais le gars ne sortit pas et n'ouvrit pas le feu. Non, il prit un gros sac sur le siège passager et le traîna avec lui en sortant. La porte du conducteur se referma avec un bruit sourd tandis qu'il scrutait l'avant de la planque, captant le mouvement au moment où je relâchais le rideau.

Le bruit sourd de ses bottes résonna lorsque j'ouvris la porte d'entrée et que je sortis. Il me regarda de haut en bas.

- Tu es Nick ?

L'homme de Freddy...

Voilà qui c'était.

Je soupirai fort et je hochai la tête.

- Ouais.

Il jeta un coup d'œil à la porte ouverte à côté de moi.

- Tu vas me laisser entrer, ou je dois rafistoler celui qui s'est fait tirer dessus ici ?

Tiré dessus... non. Je déglutis de toutes mes forces, incapable de bouger pendant une seconde...

Et il le remarqua. Une grimace apparut sur son visage avant qu'il prenne une voix plus douce.

- Tu veux me laisser entrer, mon pote ?

Je balayai la rue du regard et m'écartai pour le laisser passer.

- Il est à l'intérieur.

Le type avançait comme un boxeur, ses épaules épaisses se contractèrent alors qu'il transportait le sac avec lui puis il entra. Il ne broncha même pas en voyant le corps étendu dans la cuisine. Je verrouillai la porte d'entrée et je le suivis, le regardant s'approcher de Tobias, qui tenait toujours la chemise de papa serrée dans son poing.

- Il ne nous a pas dit qui, dit mon frère en levant lentement le regard. Il ne nous a pas dit qui.

- Tu veux que je vérifie ? dit l'homme.

De l'attention. De la compassion. Le genre d'attention qui ne vient qu'avec des années de pratique résonnait dans la voix de ce type alors qu'il atteignait les mains de mon frère et les retirait doucement.

- Laisse-moi regarder.

Tobias le laissa faire, regardant d'un air choqué le type faire de son mieux. Il pressa deux doigts sur le cou de mon père et attendit. J'aurais pu lui dire que c'était inutile. Mais quel était le putain de but ?

Quel était le but de quoi que ce soit ?

Ils avaient pris notre sœur.

Et maintenant notre frère.

- Je suis désolé, dit le gars de Freddy en retirant sa main et en secouant la tête. Il est parti.

Tobias s'affaissa sur le sol, ses mains reposant sur ses genoux alors qu'il me fixait d'un regard vide.

- Putain, qu'est-ce qu'on fait maintenant ?

Il me regardait comme s'il n'avait pas pensé qu'on en arriverait là. Que pensait-il qu'il allait se passer quand il l'avait visé et appuyé sur la gâchette ?

- Il n'y a pas de réponse facile, répondit le gars de Freddy. Ce que je peux te dire, c'est qu'il est parti, donc je suppose que tu dois penser à ta famille.

Tobias jeta un coup d'œil dans sa direction, fronça les sourcils, et focalise un instant comme s'il avait enfin réalisé que quelqu'un d'autre était là. Il jeta un coup d'œil au corps de notre père.

- Pas à propos de lui. À propos *d'elle*... notre demi-sœur.

- Demi-sœur ? dit le gars en jetant un coup d'œil dans ma direction, confus.

Mais ce n'était pas seulement de la confusion, n'est-ce pas ? Il était... méfiant.

- Ils ont votre demi-sœur ?

Ils ?

Tobias fixa le gars.

- Qu'est-ce que tu sais, putain ? dit mon frère en se relevant. Ses yeux s'assombrissaient et prenaient cette lueur terrifiante. *T'es qui putain de toute façon ?*

- DeLuca, répondit-il.

Il n'avait pas peur. Il était inquiet, mais pas pour nous.

- Qui a votre demi-sœur ?

- L'Ordre, répondis-je, et T. me regarda furieusement, je lui répondis alors : Freddy l'a envoyé, non ? Donc ça veut dire qu'on peut lui faire confiance.

Lui faire confiance pour réparer une blessure peut-être, mais lui faire confiance pour ne pas aller voir les flics ? Je fixai T. La dernière chose que je voulais, c'était que mon frère soit accusé de parricide. Mon cœur s'emballa et ma bouche devint sèche. Dans mon souvenir, je les revoyais quand je courais à travers les arbres... T avec son arme à la main et notre père saignant dans ses bras.

- Lui faire confiance ? T me lança un regard furieux, me faisant sortir de mes pensées. Les dernières vingt-quatre heures ne t'ont pas appris quelque chose, mon frère ? On ne peut pas lui faire confiance. On ne peut faire confiance à personne.

Il jeta un regard à Papa.

- Même pas aux liens du sang, dit-il.

- Je ne fais pas partie de l'Ordre, dit DeLuca en se relevant.

- Ah ouais ?

T était en colère maintenant, plus qu'avant.

- Pour qui tu travailles ?

- L'hôpital du Sacré-Cœur.

Mon frère était furieux, il se rapprocha du type.

- J'ai demandé : *pour qui tu travailles, bordel ?*

Mais le type ne recula pas. Au contraire, il résista à la colère de mon frère qui avait les articulations en sang.

- Je travaille pour le Sacré-Cœur et pour *personne d'autre*. Je suis désolé pour ton père et ta demi-sœur. J'en ai une moi aussi, donc je sais ce que ça fait. On veut la protéger... on ferait tout pour la protéger, mais on ne peut pas. Pas contre les hommes qui la veulent.

Il ne parlait pas de Ryth... il parlait de lui.

- Ah ouais ?

Tobias était plein de rage maintenant.

- Elle a ses propres problèmes, répondit DeLuca en détournant le regard. C'est pour ça que je posais la question.

Ces mots stoppèrent T. Il se renfrogna, fixant ce type qui connaît un type de la mafia.

Je fis un pas de plus.

- Quel genre de problèmes ?

Il me sembla qu'il allait répondre avant de se figer, de se renfrogner et de détourner le regard.

- Pas avec l'Ordre, dit-il en fouillant dans sa poche, puis il sortit une carte de visite et me la tendit. Appelle-moi si tu as besoin de quelque chose. Mais pas pour les Rossi, d'accord ? Il y a toujours des problèmes avec eux.

- Des problèmes ? Tobias avait l'air de vouloir le pousser à répondre. *Quel genre de...*

Mais DeLuca regardait notre père.

- Je peux m'occuper de lui, si vous voulez... jusqu'à ce que vous soyez prêt.

M'occuper de lui...

Qu'est-ce que ça veut dire ? Garder le corps pour une rançon pendant qu'il menaçait d'aller voir les flics ? Ou pire. *Je connais un gars qui connaît un gars*, ce sont les mots de Freddy. Quel gars connaissait-il ? J'avais besoin de le découvrir. J'avais besoin... de protéger ma famille.

- Et si nous ne sommes jamais prêts ?

Ma voix était détachée alors que je fixais le gars.

Le type rencontra mon regard.

- Alors je peux m'occuper de ça aussi.

Mais qui était ce type ? Il n'était pas un simple médecin, c'était certain. Il avait des relations, et d'après la façon dont il avait tressailli quand j'avais parlé de Ryth, c'était le mauvais type de relations.

- Ok, dis-je en regardant sa carte, *Lucas DeLuca, médecine d'urgence, Hôpital du Sacré-Cœur*. Tu peux le prendre.

T me regarda comme si une deuxième tête m'avait poussée. Je savais ce qu'il pensait, qu'on ne pouvait faire confiance à personne.

Mais voilà où ça nous avait menés.

Si on avait fait confiance à quelqu'un quand cette merde est arrivée, on aurait peut-être eu une chance. Quelle chance avions-nous maintenant ?

- Tu veux m'aider à mettre ton père dans la voiture ? demanda DeLuca à Tobias.

On aurait dit que T était sur le point d'exploser. Mais il hocha la tête et sans un mot, il se mit au travail. Tobias attrapa papa sous les bras tandis que DeLuca porta les pieds. Ils le soulevèrent. Je passai derrière, j'attrapai les sangles du sac médical de DeLuca et je le soulevai en grognant sous le poids. Pas étonnant que le gars était bien bâti.

Ils luttèrent un peu, traînant les pieds tandis que j'avançais, scrutant l'extérieur de la planque avant de leur faire signe d'avancer. Ils descendirent les escaliers et firent un pas de côté vers l'arrière de la Rover.

- Tu veux prendre mes clés et appuyer sur le bouton de la porte arrière, Nick ? dit DeLuca en grimaçant.

Je m'approchai, je glissai ma main dans la poche qu'il désignait, et j'appuyai sur le bouton, regardant les portes s'ouvrir automatiquement. Les deux grognèrent en laissant tomber papa sur une bâche sombre dans un bruit sourd.

Des respirations haletantes remplirent l'air. DeLuca frotta ses mains contre son jean noir et récupéra les clés.

- Merci.

Il jeta un coup d'œil à Tobias, qui, étonnamment, n'avait plus l'air de vouloir arracher la tête du doc. Ce type n'avait pas peur, ni de la colère... ni de la mort.

Je l'appréciais presque, si je pouvais lui faire confiance, bien sûr. Je regardai à nouveau sa carte dans ma main.

- J'attends de vos nouvelles, dit-il en regardant dans ma direction.

Je fis un signe de tête alors que le docteur montait dans la voiture et démarrait le moteur. Nous n'avons rien dit pendant qu'il sortait de l'allée et s'engageait dans la rue. Ses phares rouges brillèrent dans la nuit alors que la Rover freina, avant de s'éloigner... nous laissant là comme deux cons alors qu'elle disparaissait.

- Putain, qu'est-ce qu'on fait maintenant ? demanda Tobias.

- Je sais pas, répondis-je, parce que nous étions à court d'options... et de personnes à qui faire confiance. Je sais pas, c'est tout.

Chapitre Quatre

RYTH

J'ÉTAIS ASSISE CONTRE LE MUR, JE FIXAIS LE VIDE. JE NE pensais à rien. Je ne ressentais rien. Je n'existais pas. Un bruit de *grincement* envahit mes oreilles, et il me fallut un moment pour réaliser que c'était moi. Ma mâchoire me faisait mal à cause de la violence des frissons, le froid me saisissait. Même sous la fine chemise de Caleb, j'étais gelée... sauf au niveau de la gorge. Oui, elle me brûlait, comme si j'avais avalé des éclats de verre en fusion.

Mais ce n'était pas du verre, ça ressemblait à du feu. C'était... c'était... savoir que Tobias était mort... et que c'était *entièrement ma faute.*

Tout est de ma faute. Les mots résonnaient et je ne pouvais pas les arrêter.

Tout est de ma faute.

Tout est de ma faute.

Je fermai les yeux.

Tout est de ma faute.

- Ryth, me dit Caleb, sa voix tout aussi rauque et brute que la mienne. Dis quelque chose.

Il frotta ses mains le long de mes bras, faisant de son mieux pour me réconforter. Mais je ne pouvais pas être réconfortée. J'étais piégée ici, enfermée en enfer, où je voulais crier et continuer à crier jusqu'à ce que je puisse tuer les hommes qui m'avaient enlevé Tobias.

Ton demi-frère est mort.

Ton demi-frère... *est mort.*

Ton demi-frère...

Le bruit d'une serrure retentit avant que la main de Caleb ne se referme sur la mienne. Mais je m'en fichais. Ils pouvaient amener qui ils voulaient. Peu importe ce qu'ils me faisaient. Ils ne pouvaient pas me faire plus mal qu'ils ne l'avaient déjà fait.

- Dehors, cria quelqu'un.

Caleb se leva devant moi. Ses mots crus surgirent au milieu de la douleur.

- On va où ?

Il essayait de me protéger, de me réconforter. C'est moi qui devrais le réconforter. Après tout, c'était son frère.

Petite souris...

La voix de Tobias me remplissait. J'inhalai, me délectant de la douleur qui suivait.

Bats-toi.

Je tressaillis en entendant ce mot et je secouai la tête. Je ne pouvais pas me battre. J'en avais fini avec les combats. À quoi bon ? J'étais de retour ici de toute façon. Dans l'endroit où ma mère m'avait envoyée.

- Maintenant, exigea le garde.

- Ryth, dit Caleb alors que ses doigts effleuraient ma joue. On doit y aller.

J'ouvris les yeux, retrouvant ce regard torturé.

- On doit y aller, princesse.

Je secouai lentement la tête.

- Je peux pas... vas-y toi. Vas-y, Caleb.

La colère se mêlait à la douleur.

- Je vais pas te laisser là.

Il se pencha en avant, m'attrapa sous les bras et me hissa du sol, me tirant contre sa poitrine nue. J'enroulai mes bras autour de ses épaules et j'enfouis mon visage dans son cou, m'enfonçant dans la chaleur de son corps. Ses muscles étaient tendus. Sa respiration était rapide alors qu'il me tenait contre lui.

Ton demi-frère est mort...

Ton demi-frère est... mort.

Je fermai les yeux à cause de la lumière éblouissante du couloir et je serrai mes jambes autour de lui alors qu'il me faisait sortir de cette pièce. Le bruit lourd des bottes résonna avant le clic des portes automatiques. *Enfermée.* Tout comme je l'étais avant, seulement cette fois je n'avais pas Vivienne.

Je pensais à elle alors que nous tournions à un angle avant de se diriger plus profondément dans cette fosse de vipères. L'avaient-ils trouvée ? L'avaient-ils ramenée ici ? Ou était-elle libre ?

Libre...libre de quoi ? Il y avait d'autres versions de cet enfer-là dehors. Aucun doute là-dessus.

- Arrêtez, grogna le garde.

J'ouvris les yeux et je jetai un coup d'œil le long du couloir vers les autres portes fermées. Mais cette aile ne me semblait pas familière. J'essayais de me souvenir, mais mes pensées étaient lentes et confuses, cachées quelque part sous la douleur pesant à la base de mon crâne. Le garde ouvrit la porte et s'écarta, nous faisant signe d'entrer dans une pièce.

Caleb entra, balayant la pièce du regard sans même un grognement de colère. Sa prise se resserra sous mes fesses, m'attirant plus fort contre lui. Je n'avais pas oublié qu'il vivait en sursis, qu'à tout moment il pourrait m'être enlevé, tout comme Tobias.

Pour l'instant, nous avions plus de chances de survivre si nous obéissions. La porte se referma avec fracas derrière nous. Nous avons tous deux tressailli alors que je posai les pieds au sol.

- Il y a des vêtements chauds ici.

Caleb s'éloigna, me laissant avec ce bruit de grincement dans mes oreilles. Il traversa la pièce, s'enfonçant dans la pénombre, puis il revint vers moi. La lumière rouge clignotait dans le coin du plafond. Je savais sans aucun doute qu'ils surveillaient nos moindres gestes.

- Je vais prendre soin de toi, dit Caleb pour me rassurer en avançant vers moi.

Il se leva, attrapa sa chemise et l'enleva de mes épaules. Je vis qu'il grimaçait en regardant la nuisette rouge. Celle que Killion m'avait arrachée avant de... *avant de...*

Mes dents grincèrent encore plus fort.

- Calme-toi, me dit Caleb en se plaçant devant moi.

Ses yeux sombres trouvèrent les miens. Il savait ce qu'il faisait, me protégeant avec son corps tandis qu'il faisait glisser les bretelles de ma nuisette vers le bas.

- Tu ne devrais pas avoir à porter ça. *Aucune de vous toutes* ne devrait avoir à porter ça.

Il savait...

Il savait.

Je regardai dans l'abîme sombre de son regard et je vis la vérité. Bien sûr qu'il savait. *Combien étaient-elles ?* Je voulais lui demander. *Combien de femmes en blanc, en noir et en rouge avait-il vu ?*

Mais je ne voulais pas entendre la vérité. Le choc aurait été trop brutal.

Alors je le laissai faire glisser les bretelles et s'approcher de moi, me couvrant davantage avec son corps tandis qu'il m'enfilait un pull en polaire.

Je regardai à nouveau cette lumière rouge clignotante alors qu'il se mettait à genoux, faisant glisser la nuisette vers le bas. Le froid se déplaçait entre mes cuisses tandis que le satin et la dentelle tombaient à mes pieds. Caleb se pencha en avant et posa sa tête sur mon ventre. Son souffle s'arrêta alors qu'un son désespéré s'échappait de lui. Ce son était plus blessant que tout ce qu'ils m'avaient fait. Je passai mes doigts dans ses cheveux.

Ce contact était si tendre...

Et plus puissant qu'une balle.

Ses mains glissèrent le long de l'arrière de mes cuisses pour saisir mes fesses. Le baiser était tendre sur mon ventre, puis je sentis un frôlement de ses lèvres sur mon bas-ventre... Une onde électrique me parcourut quand je le vis baisser la tête.

- Bon sang, tu sens bon, murmura-t-il en embrassant le sommet de mon mont, puis il s'arrêta. Il fronça les sourcils avant de se retirer. Je grimaçai à l'effleurement de sa main sur ma hanche.

- Est-ce que ça fait mal ? demanda-t-il en levant les yeux.

Les muscles de sa mâchoire se contractèrent lorsque je hochai la tête.

Il déglutit et se retourna, faisant glisser sa main sur ma cuisse. Comme s'il me marquait par son seul toucher. *À moi*... semblait-il dessiner. *À moi*.

Il ancrerait ce message dans le visage Killion par la seule force de ses poings. Je voyais cette image de plus en plus clairement alors qu'il trouvait chaque bleu et chaque éraflure sur mon corps. Il se pencha et passa ses lèvres sur ma chair tendre. Je fermai les yeux quand il chuchota.

- Laisse-moi juste prendre soin de toi.

Puis il effleura l'intérieur de ma cuisse.

- Caleb, chuchotai-je, la gorge en feu.

- Laisse-moi faire, princesse, dit-il en saisissant l'arrière de mes genoux avant de m'attirer contre lui.

Je fléchis, mais il rattrapa ma chute et me posa lentement sur le sol.

Il saisit ma nuque pour m'embrasser. J'avais les yeux fermés, j'étais engloutie par la chaleur de sa bouche. Il avait faim. Une putain de faim, et moi j'étais un puits vide qu'il pouvait remplir avec sa seule bouche. Mon cul heurta le sol froid et dur avant qu'il m'attire vers lui.

C'était comme ça avec Caleb. Sombre. Désespéré. Déchirant. Jusqu'à ce qu'il n'y ait rien d'autre que lui.

Il rompit le baiser, fit glisser ses mains sur le molleton chaud du sweat-shirt gris avant de passer sous le tissu.

- Je vais prendre soin de toi, chuchota-t-il. Laisse-moi juste... te donner ce dont tu as besoin.

Il baissa la tête, pressant son visage contre mes seins. Je fondis à l'effleurement de ses doigts sur mes tétons, mon corps commençait à prendre le dessus sur mon esprit. *Oui*... Je fermai les yeux alors que ses mains descendaient, effleurant mes cuisses avant de caresser mon sexe.

- Regarde-moi, princesse. Regarde-nous. La façon dont je m'enfonce en toi. La façon dont j'aime ton corps.

Il me ramenait à la vie, il me fit regarder en bas. Dans la pénombre, mon attention devint plus aiguisée, je vis ses doigts alors qu'il les faisait rouler sur mon clitoris.

- Je vais t'emmener loin d'ici... dit-il comme une promesse. D'une manière bien à moi.

Je tremblais sous l'intensité de ses mots, le regardant enfoncer lentement ses doigts en moi.

- Putain, dit-il en se mordant sa lèvre inférieure. Putain, tu es bonne. Regarde comme tu es bonne.

Tout fondait autour de moi au contact de sa main. Il n'y avait pas de pièce, pas de lumière rouge clignotante. Il n'y avait que *ça*. Juste *nous*. Je soulevai mes hanches alors qu'il entrait lentement en moi, nourrissant cette étincelle de vie. Ses doigts s'enfoncèrent, scintillant dans la faible lumière avant de les retirer et de les porter à sa bouche pour les sucer.

- Comme ça, petite sœur, dit-il en haletant en glissant ses doigts à l'intérieur de moi. Donne-moi ce que je veux.

Je m'agrippai à ses épaules et je suivais son mouvement tandis que Caleb faisait glisser son doigt le long de ma fente puis baissa la tête pour m'embrasser.

- Je veux te lécher, murmura-t-il. Tu vas me laisser faire, princesse ?

- Oui, dis-je en haletant. Oui...

Il soutint mon regard en posant sa bouche sur mon sexe. Il se mit à le lécher de toute part, me faisant ressentir des choses que je ne devrais pas ressentir, pas avec la douleur qui me serrait le cœur. Le visage de Tobias monta en moi alors que mon désir grandissait. C'était le même regard dur que je voyais dans les yeux de Caleb. Ce désir sauvage et vorace. Le même qui l'avait fait me détester... jusqu'à ce que nous soyons consumés par sa rage.

Je gémis en appuyant sur la nuque de Caleb, qui ouvrait plus largement mes cuisses.

- Comma ça oui, dit Caleb en aspirant ma chatte, me faisant me tortiller. T'es bonne ma belle.

Je me laissais aller à ses encouragements et je fus emportée par le désir. Tout ce qui m'intéressait à ce moment-là c'était sa bouche, ses doigts, sa bite... Je voulais être vide, qu'on se serve de moi. Je voulais que lui se serve de moi.

- Caleb...

- Laisse-toi aller, Ryth, dit-il en empoignant mon cul en me suçant avant de plonger ses doigts en moi. Tu te débrouilles si bien... si bien, putain.

Ses louanges étaient fausses...

Mais putain, il me faisait du bien.

Je balançai mon corps au rythme du sien, regardant ses doigts disparaître en moi, chassés par la chaleur de sa langue.

- Tellement bonne, putain.

Mon corps se contracta sous ses mots.

- Baise-moi, gémis-je. S'il te plaît, j'en ai besoin.

J'appuyais sa tête contre ma chatte alors que j'étais secouée par des spasmes électriques... puis je jouis, si fort. Il continuait de me lécher et de m'aspirer, puis il releva la tête. Dans l'obscurité, les muscles de sa gorge bougeaient alors qu'il déglutissait. Mais il y avait cette lueur dure dans ses yeux.

- Tu es à moi, putain, tu comprends ça ? Tu es... *à moi*. Dans l'obscurité, je suis là aussi. Il n'y a pas moyen de me quitter, Ryth. Ni maintenant, ni *jamais* ... dans cette vie, ou la prochaine.

Je repris mon souffle en écoutant ses mots.

Il avait peur.

Il était plus effrayé maintenant qu'il ne l'avait jamais été.

Il passa le dos de sa main sur sa bouche et tendit la main.

- Lève ton pied, petite sœur, dit-il en tenant un pantalon de survêtement gris.

Il était calme, détendu, plus satisfait maintenant. Plus... *ancré ici*. Moi aussi. J'étais plus ici que je ne l'avais jamais été.

Il fit glisser mes pieds dans les trous et fit remonter le pantalon sur mes cuisses.

- Soulève.

Je posai mes mains tremblantes contre le sol, soulevant mes hanches alors qu'il remontait le pantalon sur mes fesses et autour de mes hanches.

- Ta chemise, dis-je en fixant son torse.

Il secoua la tête.

- T'en fais pas pour moi.

Puis il se leva et se dirigea vers une table dans le coin de la pièce. Le craquement d'un bouchon de bouteille retentit puis il revint et s'agenouilla à côté de moi.

- Bois.

La brûlure... la douleur... c'était tout ce que je ressentais.

- Pour moi, dit-il en me tendant la bouteille vers moi.

Je n'avais pas d'autre choix que de la prendre.

- Parce que je ne veux pas te perdre toi aussi.

Je bus un peu d'eau froide, la laissant couler au fond de ma gorge jusqu'à ce que je tousse.

- Doucement, dit-il en me frottant le dos et je me perdais dans sa caresse. Encore, demanda-t-il.

Je bus à nouveau et lui tendis la bouteille.

- À toi maintenant.

Si c'était le moyen de rester avec lui, alors je le ferais. Il fixa sur moi ce regard autodestructeur. Je connaissais bien ce regard... mais c'était la seule façon pour nous de survivre... *ensemble.*

- Si tu bois pas, je bois pas.

Il se renfrogna puis pris la bouteille et la porta à ses lèvres.

C'est ça... bois.

Il termina la bouteille puis se leva et traversa la pièce. Mon regard fut attiré par la lumière rouge clignotante dans le coin du plafond avant que le froissement du plastique n'attire mon attention.

Caleb revint avec un sandwich à la main, puis il m'en tendit la moitié.

- Maintenant mange.

Mon estomac se contracta alors que la panique et l'acide montaient au fond de ma gorge.

- Non, dis-je en secouant la tête et en croisant son regard. Non. Pas la nourriture.

Les souvenirs de la première fois où ils m'avaient traîné ici m'assaillirent.

- On peut pas se fier à la nourriture.

Il leva le sandwich vers sa bouche et prit une bouchée. Il mâchait encore et encore puis avala avant d'attendre un moment.

On peut pas se fier à la nourriture...

Chapitre Cinq

CALEB

ELLE FINIT PAR S'ENDORMIR. LOVÉE DANS UN COIN, refusant de prendre le lit, comme je savais qu'elle le ferait. Sa respiration était régulière et profonde. Mais son corps la trahissait, elle se contractait et se débattait, combattant des démons dans son sommeil. Je regardai ses poings serrés jusqu'à ce que mes yeux brûlent. Mais je n'osais pas les fermer... pas ici. Les démons ne nous attendaient pas seulement dans notre sommeil... ils nous attendaient ici aussi.

Quelque part dans le couloir, le faible bruit d'une serrure retentit.

- *Non, supplia une femme d'une petite voix. Non, je ne veux pas... je ne...*

Puis plus rien. J'attendis, j'attendis tellement longtemps...

Mais il n'y avait que le silence.

Punaise, cet enfer ici.

Rouge...

Le rouge envahissait mon esprit. La dentelle rouge à mes pieds. Le rouge qui tachait les mains. Je fermai le poing, sentant encore les pulsations de sa chatte dans mes doigts. J'avais essayé de la protéger des ténèbres, j'avais tellement voulu la protéger. Voilà où ça nous avait menés. Je voulais ne plus jamais voir de rouge sur elle. Je jetai un œil dans sa direction, je voulais me perdre dans ces yeux gris-bleu jusqu'à ce que je cesse d'exister. Peut-être qu'à ce moment-là, je toucherais la perfection.

Parce qu'elle était... *l'incarnation de la perfection.*

- Tobias, dit-elle dans son sommeil. Non...

Je grimaçai et détournai les yeux, vers le sandwich à moitié mangé, sur le sol à ses pieds. Peu importe à quel point j'avais insisté, elle refusait de manger.

- Ne pars pas... chuchota-t-elle.

Je déglutis la douleur dans ma gorge en me retournant. Pourtant, elle était toujours présente, ainsi que la dernière chose que Nick avait dite... *Répare ce que t'as fait. Répare-le ou tu la perdras pour toujours.*

J'avais essayé d'arranger les choses, et mon frère s'était fait tuer. Je fermai les yeux et m'approchai de ce gouffre noir qui m'attendait. J'étais un homme mort de toute façon, un homme dont le temps était compté. Je ne me faisais aucune illusion à ce sujet. Dès qu'ils auraient trouvé un moyen de contourner ce que Jack Castlemaine avait sur eux, je subirais le même sort. Seulement cette fois, ce ne sera pas une fin rapide. Non, ce putain de prêtre s'en chargerait. Ils prendront leur temps, ils feront traîner les choses... feront de moi un exemple, ne serait-ce que pour briser Ryth. Ils la briseront et je ne pourrais absolument rien faire pour empêcher ça.

Je baissai les yeux.

- Ne t'inquiète pas, T, chuchotai-je. Je te rejoindrai bientôt, mon frère.

Mes mains tremblèrent alors que la peur s'immisçait profondément en moi.

- Caleb.

Je tournai les yeux vers elle.

- Ouais ?

- Je sens plus mon pied.

Elle détourna son regard de mes mains tremblantes et regarda sa jambe.

Je m'approchai d'elle et je saisis son mollet.

- Tu as été crispée toute la nuit.

Elle était tendue, ses muscles frémissaient alors que je la massais jusqu'à ce qu'elle ferme les yeux.

- Oh, ça fait du bien, dit-elle alors que le pli de son front se creusait. Continue.

Peu importe la douleur que je ressentais. C'était elle qui importait. Prendre soin d'elle, la protéger, du mieux que je pouvais. Je massai ses muscles jusqu'à ce qu'ils se détendent lentement. Elle était si frêle dans le pull polaire, vraiment frêle putain. Et elle ne mangeait toujours pas.

Le bruit de pas lourds attira mon regard vers la porte. Mes tripes se nouèrent et la panique monta en moi lorsque le verrou tourna et que la porte s'ouvrit. Deux femmes vêtues de noir entrèrent. Je scrutai la dentelle qu'elles portaient et leurs mains jointes en me hissant pour me lever.

Deux gardes suivirent. C'était déjà assez mauvais signe... jusqu'à ce que le bâtard qu'ils appelaient le Professeur arrive derrière eux. Il balaya la pièce du regard, son regard de pierre se posa sur Ryth.

- Mlle Castlemaine. Ravi de vous avoir de nouveau parmi nous.

Ryth se leva pour venir à côté de moi.

- Allez vous faire foutre.

Elle jeta un coup d'œil aux femmes tandis que le dernier garde qui passait verrouillait la porte derrière lui.

- Puisque nos clients habituels ne peuvent pas nous rendre visite, vous allez nous aider à les former, dit le Professeur avec précaution. Après tout, c'est à cause de vous que tout a été perturbé.

- Quoi ? dit Ryth alors que son visage devenait pâle.

- Non, dis-je en sentant mon pouls s'accélérer alors que je me mettais devant elle, jetant un regard aux gardes. Vous avez entendu ce que son père a dit. Elle ne doit pas être formée.

- Non, dit le Professeur en posant son regard vide sur moi. Elle ne sera pas formée. Mais toi tu vas nous aider à les former.

Fils de pute...

- Après tout, tu nous as déjà donné un avant-goût de ce que nous voulons, n'est-ce pas ? dit-il en regardant la caméra de vidéosurveillance dans le coin de la pièce.

Je serrai les poings. La rage brûlait au fond de moi. Ce tas de merde nous avait regardé. Même si j'avais tourné le dos à la caméra pour la protéger, ils avaient tout vu. Je parie qu'ils avaient apprécié le spectacle.

- Amber, ordonna le professeur. Mets-toi à genoux pour M. Banks.

Le sang quitta mon visage, me laissant froid et vide.

- Non, dit Ryth en prenant ma main, elle devenait sauvage. Fais un putain de pas et je te tue.

Le Professeur sourit mais il ne dit rien, il se contenta de fouiller dans sa poche et d'en sortir une photo avant de se retourner et de la coller sur le mur derrière eux. Il me fallut une seconde pour réaliser qui était sur la photo... puis je compris.

- Espèce de salaud, cria Ryth en s'élançant vers lui.

Je me précipitai vers elle pour la rattraper avant que la situation dégénère.

- Vous nous observiez ?

Le Professeur maintenait son regard fixe.

- Toujours.

Toujours...

Je fixais la photo sur le mur, me rappelant cette nuit-là comme si c'était hier. C'était juste après le mariage de nos parents, quand nous nous étions retrouvés tous les quatre seuls dans les jardins à l'extérieur du bâtiment... et Nick était à genoux.

- Vous nous observiez, dis-je en répétant les mots de Ryth. Depuis combien de temps, putain ?

- Depuis la toute première nuit.

La toute première nuit... l'air quitta brutalement mes poumons. Ce n'était pas juste une réaction impulsive à ce que nous avions fait avec Ryth, n'est-ce pas ? *Non... tout était prévu depuis le tout début.* Depuis le début.

Depuis le début !

Je ne pouvais pas m'empêcher de fixer la photo collée au mur. Il y avait une signification plus importante et cela allait au-delà du fait que cette histoire allait bien plus loin qu'une femme et sa fille se présentant sur le pas de notre porte au milieu de la nuit avec seulement un sac poubelle contenant leurs vêtements.

Non, cette photo avait une signification plus importante...

Mes tripes se nouèrent quand le visage de T apparut dans mon esprit. T était mort... et Nick... Nick était...

- Vous l'avez pris, n'est-ce pas ? demandai-je en croisant son regard, trouvant cette putain de lueur qui brillait un peu plus.

- Non... gémit Ryth.

Je voulais prendre sa main, mais je ne pouvais pas bouger. J'étais paralysé par son sourire malsain. Mon estomac se tordait violemment.

- Où est-il ?

Il ne disait toujours rien. Je fis un pas de plus et le garde se déplaça en même temps que moi pour me barrer la route, puis il secoua la tête. Mais j'en avais rien à faire de lui

- Il est où bordel ?

- Amber, dit le Professeur en soutenant mon regard. *À genoux.*

Un mouvement apparut dans le coin de mon œil alors que l'une des femmes s'avança puis s'arrêta devant moi, avant de descendre lentement vers le sol. Mais ce n'était pas à propos de leur formation, n'est-ce pas ? Elles savaient déjà ce qu'il fallait faire avec leur bouche, leurs mains et leur chatte.

Non, il s'agissait de me former, *moi.*

Je ne bronchai pas et je ne dis rien lorsque Amber saisit la ceinture de mon pantalon. Je me reconnaissais en elle. J'étais fait pour jouer la comédie, être secoué et manipulé par des hommes comme ceux-là.

Rampe.

La voix de Killion me revenait à l'esprit alors qu'elle défaisait mon pantalon. Je jetai un œil à la photo de Nick accrochée au mur. La menace était évidente... *fais ça... sinon...* Je fermai les yeux.

Elle fit descendre ma braguette. Mon estomac se noua. J'allais vomir... j'allais...

- Très bien, dit-il de sa voix nauséabonde alors qu'une main chaude empoignait ma queue. C'est tout l'art de la séduction, n'est-ce pas ? dit le Professeur alors que je m'apprêtais à vomir. On vide notre propre coupe pour la remplir du plaisir d'un autre. Il n'est pas question de toi. Tu n'es pas ici. Il est question des hommes, de leurs souhaits, de leurs désirs. Tu n'es rien d'autre qu'une bouche à pipe et un trou à bite.

- *Non !*

J'ouvris brusquement les yeux et vis Ryth gifler Amber. La jeune fille vacilla sur le côté et porta une main à son visage.

- Si *vous le touchez*, cria Ryth en regardant le Professeur d'un œil noir en levant un doigt menaçant. Si vous le touchez, *je vous jure que je vais vous tuer les uns après les autres.*

Elle lança son regard de faucon à Amber qui eut la bonne réaction en s'accroupissant.

Ma petite sœur se mit devant moi comme pour me protéger, comme je l'avais fait pour elle, mais cette fois, les rôles étaient inversés...

Ou peut-être pas ?

Le sourire malicieux du Professeur fit à nouveau son apparition, il était même plus grand cette fois-ci.

- Vous n'aimez pas la formation, Mademoiselle Castlemaine ? dit-il en s'approchant de moi. Alors, s'il vous plaît, montrez-nous. C'est l'exercice d'entraînement de la journée et ça *se passera,* que vous le vouliez ou non, dit-il en s'approchant d'elle, la regardant de haut.

Je serrai les poings en regardant la scène. Sa froideur. La façon dont il la regardait, comme s'il savait exactement comment elle allait réagir... parce que ce salaud avait prévu tout ça depuis le début.

Un son rauque s'échappa du fond de ma gorge. Je secouai la tête et je compris qu'il ne s'agissait pas de moi. Ni de Nick ou de Tobias. Cela n'avait jamais été le cas. Il ne s'agissait que *d'elle.*

- Ryth, dis-je alors que mon cœur battait la chamade. C'est bon.

Elle secoua la tête, soutenant toujours le regard de ce bâtard.

- Non, ça ne va pas. Je veux pas qu'on te touche, Caleb. Personne ne peut te toucher, parce que *tu es à moi.*

- Alors je vous en prie, murmura le Professeur, sa main s'inclinant, lui faisant signe de s'agenouiller.

Lentement, Ryth se tourna.

- Non, dis-je en secouant la tête.

Notre relation n'était pas faite pour ça... ni pour eux. Pourtant, elle riva ses yeux orageux sur moi et se rapprocha, passant devant Amber, qui s'éloigna de nous en se massant la joue.

- À moi, dit la voix de Ryth quand elle s'arrêta devant moi. *Rien qu'à moi.*

Mon pouls battait la chamade quand elle s'agenouilla et, baissant les yeux, saisit mon pantalon. Ses doigts tremblaient, mais putain, j'aimais ses mains plus que celles de n'importe quelle autre femme. J'avais fait des choses sombres et malsaines... *mais pas ça.* Je n'avais jamais voulu faire ça.

Elle s'arrêta, ses mains tremblaient tellement qu'elle se rapprocha davantage de moi. Je faisais de mon mieux pour ne pas m'effondrer.

- Tu te souviens de notre dernière fois ensemble, petite sœur ?

Elle ferma les yeux un instant et hocha la tête.

- Regarde-moi.

Elle leva les yeux, elle obéissait à chacun de mes mots, comme je savais qu'elle le ferait. Cette connexion entre nous fut instantanée, tout comme elle l'avait été depuis le tout premier moment où nous avions été ensemble. Le souvenir de son corps brûlait en moi, ma main sur sa bouche, mon pouce caressant le battement paniqué de son pouls alors que je l'avais traînée dans le garde-manger.

- *Tu es si bonne.*

Les mots sortirent malgré moi. J'avais aimé ce moment à l'époque et je l'aimais tout autant maintenant, alors qu'elle sortait ma bite. Je passai mes doigts dans ses cheveux en regardant sa gorge.

- Tellement bonne.

Ils ne dirent rien alors qu'elle se penchait et ouvrait sa bouche pour m'accueillir, faisant glisser sa langue chaude sur mon gland. Un coup de langue, et je frissonnai. Ma voix devint rauque quand je saisis sa tête pour qu'elle me suce. C'était chaud, tellement chaud, putain.

- Dans la chambre.

Elle m'engloutit plus loin dans sa bouche... faisant glisser sa langue en remontant, et sa petite main autour de ma queue.

- Mes mains autour de ta gorge pendant que je te baisais.

Elle m'engloutit davantage, martelant ce poing le long de mon manche en descendant jusqu'au bout.

Putain.

Je bandais comme un taureau.

- Tu me détestais.

J'essayais de me concentrer, de l'aider à traverser ce moment.

- Pourtant, tu étais toute mouillée quand je te doigtais, hein ? Ta petite chatte parfaite dégoulinait. Putain, j'adore te doigter, j'adore que tu sois gênée. Que cette marque sur ta joue rougisse davantage quand je ramone ta chatte. J'aime la façon dont tu te tords, quand tu te crispes autour de mes doigts comme une putain gentille fille.

Elle me prend plus profondément.

Elle me suce.

Mes doigts glissèrent dans ses cheveux alors que sa tête bougeait.

- C'est ça, princesse, dis-je en fermant les yeux. Vénère-moi.

Sa bouche devint très humide et je baissai les yeux, serrant dans mon poing les mèches de ses cheveux, tirant un peu dessus. Des filaments de salive glissaient sur moi. Elle croisa mon regard, elle avait ce regard d'innocence, si doux, putain. Elle était si *pure*, putain.

Assez pure pour que je la détruise.

Bon sang, je voulais la détruire.

Je voulais chevaucher ce doux corps.

Je voulais la baiser jusqu'à ce qu'elle crie.

Et dans ces moments parfaits où elle se donnait à moi entièrement, j'avais envie de l'emmener dans les ténèbres et de la faire mienne.

De la faire mienne...

Ma queue fut secouée de spasmes. Le gland rougeoyait et luisait en sortant de sa bouche, mon souffle devint court. Je ramenais sa tête sur ma bite. *Ma main autour de sa gorge. Ma queue dans son cul. Je voulais qu'elle nous voit dans le miroir quand j'allais la remplir de mon sperme.* Je fermai les yeux alors qu'elle m'emportait en elle.

- Putain, c'est bon, petite sœur. Vas-y, avale.

Elle serrait ma cuisse d'une main pendant qu'elle me branlait avec l'autre, continuant de me sucer, de m'aspirer dans le fond de sa gorge. Mes boules se crispèrent violemment. Je me cramponnais à elle sans répit, je prenais tout ce qu'elle était prête à me donner. Et elle ne reculait pas, alors que je...

- Ahh... ahhh.

J'ouvris les yeux et regardai vers le bas alors que je jouissais dans sa bouche.

Je vis sa gorge déglutir. Cette gorge qui avait connu l'empreinte de mes doigts. Je me penchai et retirai ma main de ses cheveux pour lui saisir la gorge. Mais je ne voulais pas lui faire de mal. Je voulais juste sentir.

- Avale, petite sœur.

Elle s'exécuta. Je sentis le mouvement des muscles de sa gorge sous mes doigts, ils se crispèrent, se déplacèrent, avalèrent chaque goutte.

- T'es ma petite pute, hein ? Ma petite pute, ma petite sœur adorable...

Je haletais en la regardant dans les yeux.

- Putain, comme je t'aime.

Sa bouche s'entrouvrit, sa langue était luisante alors qu'elle me regardait. C'était simplement nous... simplement ça... *toujours ça.*

Et derrière nous... les lents applaudissements d'éloges. *Clap... clap... clap...*

- Bravo, murmura le Professeur, les yeux brillant et scintillant alors qu'il souriait. Bravo, franchement. Quel dommage que tu ne puisses pas être formée, Ryth. T'as un don naturel, pas de doute.

Elle sursauta et se blottit contre moi. Mon corps était encore secoué de spasmes lourds et douloureux. Mais je n'avais pas le temps pour ça. Je lâchai ma prise autour de sa gorge et remis mon pantalon.

- Laissez-nous partir, dis-je en me redressant alors que Ryth se relevait.

Le Professeur regardait Ryth comme s'il voulait qu'elle se mette à genoux pour le sucer lui aussi. Je baissai les yeux et vis une bosse sous son pantalon. Hors de question...

Jamais.

- Malheureusement je ne peux pas faire ça, répondit-il en se tournant lentement vers moi. Mais j'apprécie votre bonne volonté, c'était... exquis.

- Enfoiré, dis-je en peinant à retrouver mon souffle.

Il se contenta de faire un signe de tête au garde qui déverrouilla la porte et l'ouvrit. Amber se précipita vers la porte, puis la femme et le deuxième garde firent de même. Il ne restait que lui...

Il regarda Ryth une fois de plus, puis il se tourna vers la sortie, et nous laissa seuls...

Chapitre Six

NICK

Le sang séché sur le sol de la cuisine se brouillait sous mes yeux.

Je me tenais là, avec le seau à mes pieds et le chiffon humide dans une main, et je ne parvenais pas à bouger. Je regardai bêtement ce sang alors que les mots tournaient en boucle dans ma tête : *Papa est mort... Papa est mort... Papa est...*

Boum.

Le bruit d'un claquement de portière dehors me fit sursauter. Je me retournai pour regarder la porte derrière moi. Mais j'aurais pu reconnaître le son lourd des pas de Tobias n'importe où, même s'il boitait.

Je n'eus pas besoin de regarder la porte quand j'entendis le cliquetis des clés dans la serrure, je restai là, paralysé au sol en regardant cette putain de tache. Tobias entra et referma la porte derrière lui. Je doute qu'il m'ait même remarqué, j'étais si immobile.

Il entra tête baissé, puis il remarqua ma présence. Il leva la tête et s'arrêta. Un lent mouvement de tête et il suivit mon regard vers le sol, puis il marmonna :

- Je vais prendre une douche.

Le ton froid de sa voix me déplaisait, je détestais l'envie que j'avais de croiser son regard noir et sauvage et de lui demander ce qui s'était passé ? C'était un accident ? Est-ce que le coup était parti comme ça ? Le souvenir de ce moment refit surface. L'éclat de l'acier encore dans sa main, celui qu'il avait pointé sur notre père. Peu importe à quel point j'essayais, je ne parvenais pas à chasser cette image.

Je voulais lui demander ce qu'il avait fait...

Non, je voulais exiger de savoir pourquoi il avait fait ça, putain.

Pourquoi, T ?

Pourquoi le tuer...

Mais je ne dis rien. Je ne dis rien alors qu'il jetait un trousseau de clés sur le comptoir et marchait lourdement dans le couloir. Il s'appuya d'une main contre le mur et je baissai les yeux sur le jean noir collé à sa cuisse. Il était blessé... je le savais. Gravement blessé.

Pourtant, ce bâtard n'en faisait qu'à sa tête et refusait de demander de l'aide. Il passa son t-shirt sur sa tête, attirant mon attention sur les éraflures dans son dos. Mais ce n'était pas les coupures qui me firent grimacer, c'était le bleu déjà noir sur toute la moitié de son dos.

Putain.

Putain...

Bang !

Je sursautai en entendant le claquement de la porte de la salle de bain. Quelques secondes plus tard, j'entendis l'écoulement de l'eau de la douche. *Qu'est-ce qui s'est passé... qu'est-ce qui s'est passé,* putain ? Je voulais absolument le savoir. Pourtant, le savoir ne changerait rien à ce qui s'était passé.

Je me tournai vers cette tache sur le sol de la cuisine. Une tache qui avait séché depuis longtemps. Je me mis à genoux et je commençai à frotter, mais pendant tout ce temps, une question me tourmentait...

Qu'est-ce qu'on va faire ?

Putain, qu'est-ce qu'on va faire...

J'essayais de trouver un plan, un qui ne nous ferait pas tuer, puis je rinçai le chiffon dans le seau avant de recommencer à nettoyer le sol. Le mouvement régulier du chiffon sur le sol me fit penser à elle.

Les dernières pensées que j'avais de notre sœur alors qu'elle courait vers l'Ordre pour tenter de sauver l'un des nôtres.

- Putain de toi, Caleb. On aurait dû rester ensemble, t'es vraiment con. *On aurait dû rester ensemble, putain.*

Je cherchai sur le sol toute trace de sang avant d'essuyer le placard sur lequel notre père s'était appuyé puis je réalisai qu'aucun bruit ne provenait de la salle de bain... et depuis un certain temps.

De l'eau coula de ma main au moment où je me levai. Je vidai le contenu du seau dans l'évier avant de le nettoyer à l'eau de javel puis je rangeais les produits détergents. Mais mon attention fut attirée vers le couloir. Vers le silence. C'était *un peu trop silencieux.*

Quelque chose n'allait pas.

Cette pensée me poussa dans le couloir, je quittai la cuisine jusqu'à ce que je me tienne devant la salle de bain, juste en face de la chambre où Ryth avait été. J'inspirai profondément, captant la faible odeur de vanille. *Putain.* Cette pièce sentait encore comme elle.

Ce n'était pas bon. Mon pouls accéléra- non, ce n'était pas bon du tout. Concentre-toi. *Putain concentre-toi, Nick.*

- T, dis-je d'une voix rauque.

Mais il n'y avait pas de réponse. Je fis un pas de plus vers la porte de la salle de bain.

- T, dis-je plus fort.

Silence.

Le souvenir de l'arme dans sa main restait gravé dans ma tête alors que je tournais la poignée et poussais la porte, trouvant T assis sur le bord de la baignoire, nu. De l'eau s'écoulait de son corps et tombait sur le sol.

Sa jambe saignait, la blessure par balle était noire et vraiment moche.

- Putain, T ! dis-je en avançant vers lui. Putain, pourquoi tu m'as pas dit que c'était si grave ?

Mon frère restait assis là, fixant le sol, les genoux tremblant comme s'il allait s'effondrer. Je ne l'avais jamais vu comme ça... pas dans cet état-là, jamais.

- Faut qu'on la fasse sortir, Nick.

Il leva lentement son regard vers le mien, et tout ce que je vis, ce fut un fantôme.

- Faut qu'on la fasse sortir.

Il avait l'air si fragile à ce moment-là, pas du tout une bête sauvage. Il ressemblait à un homme poussé à son point de rupture, un homme bien trop vulnérable. Voilà ce que la présence de Ryth nous avait fait, elle nous avait rendu vulnérables, trop vulnérables. Ce désespoir était écrasant.

- Je sais, mon frère, dis-je. Je sais.

Mais nous étions à court de personnes à qui demander de l'aide, à l'exception de la seule personne qui en savait plus que quiconque. *Elle Castlemaine.* Je fixais la blessure par balle dans la cuisse de mon frère.

- Faut qu'on trouve Elle. Elle est la seule qui peut la faire sortir de là. Si on la trouve, on pourra récupérer notre sœur.

Tobias leva son regard vers le mien.

- Et C ?

Et C... mon cœur tambourinait dans ma poitrine. Je ne savais pas... Je ne savais pas, putain. Était-il déjà mort ? S'il ne l'était pas, alors il le serait bientôt. Ils n'avaient pas besoin de notre frère. Sa vie ne signifiait rien pour eux. C'était uniquement Ryth, n'est-ce pas ? *Uniquement Ryth.*

- On fera tout ce qu'on peut, dis-je en maintenant son regard dangereux. Tout ce qu'on peut.

T secoua la tête lentement.

- Donc, on va essayer de trouver Elle, s'ils ne l'ont pas déjà tuée.

Je fronçai les sourcils, la façon dont il le disait m'inquiétait.

- De quoi tu parles ?

- Elle est partie, Nick. Après ce qu'elle a fait, elle est partie.

Après ce qu'elle a fait ? C'est-à-dire envoyer sa propre fille dans cet endroit ?

- Non, répondis-je. Ils auront besoin d'elle. Ils se serviront d'elle.

Le rire de mon frère était glacial alors qu'il secouait la tête.

- Tu ne comprends pas, hein ? Elle est fichue. Elle leur a montré qu'on ne pouvait pas lui faire confiance, même pas avec son mari.

Un frisson me parcourut.

- De quoi tu parles ?

- De quoi tu crois que je parle ? grogna-t-il. Elle a tué notre putain de père.

Mes tripes se crispèrent alors que le froid s'intensifiait.

- *Elle* a tué notre père ?

Mais l'arme était dans sa main à lui, pointé sur notre père. Je l'avais vu pendant une seconde quand je courais à travers les arbres avant qu'il ne se jette sur lui. J'étais sûr... j'étais sûr...

Tobias tressaillit, sa voix était dure.

- Tu penses que c'est moi qui l'ai tué ?

Je cherchai la vérité dans son regard, mais j'étais sûr, j'étais vraiment sûr.

- Oui.

Il rigola et détourna le regard.

- C'est normal.

- Tu l'as tué, T.

Je ne savais pas si j'essayais de le convaincre ou de me convaincre moi-même. Est-ce qu'il mentait ? Essayait-il d'accuser quelqu'un d'autre ? Je connaissais la haine qu'il y avait entre eux. Je comprenais très bien s'il...

- Fous le camp, Nick, dit Tobias en se levant de la baignoire, mais il vacilla.

Il se raccrocha au lavabo et baissa les yeux, respirant avec difficulté.

Mon esprit s'emballait.

- C'est Elle... qui a tué papa ?

Il jeta un regard menaçant dans ma direction.

- *Fous le camp !*

Je trébuchai en arrière quand je compris enfin.

- T... *Je...*

Il bondit sur moi et me poussa en appuyant sur mon torse, sa force me fit tomber en arrière alors que la porte de la salle de bain se refermait avec fracas.

Je restais là, incapable de bouger. Tout ce que je voyais était cette putain de lueur dans ma tête, un souvenir que j'essayais maintenant de décortiquer. *Avait-il dit la vérité ? Était-ce Elle qui avait tué notre père et tout ce temps, j'avais cru... j'avais cru... j'avais...*

La porte s'ouvrit brusquement et Tobias entra en boitant, toujours aussi énervé. Il n'avait plus ce regard vulnérable. Il n'avait plus cette fragilité. Il était à nouveau la bête, le fils de pute impitoyable qui aurait pu facilement appuyer sur la gâchette.

Aurait pu... bien sûr, mais l'avait-il fait ? Je baissai les yeux sur le bandage blanc autour de sa cuisse, qui se tachait déjà de sang.

- T, faut que tu voies un médecin.

- Laisse tomber, dit-il en me passant devant pour se diriger vers la chambre au bout du couloir, celle que nous étions censés partager, puis il ferma la porte derrière lui.

J'entendis le bruit de l'acier. Mon frère cherchait des armes et se préparait au combat. Je voulais lui parler, pour apaiser les tensions. Mais je ne pouvais pas. Pas maintenant, il était bien trop furieux.

Je me tournai, prêt à retourner à la cuisine, et au lieu de ça, je me retrouvai à graviter vers cette chambre, celle qui sentait son odeur...

La pièce était en désordre. La lampe de bureau était écrasée au sol. Je fis un pas de plus et je vis la marque sur le mur, à l'endroit où elle avait frappé. *Non, là où elle l'avait jetée.* Je déplaçai mon attention sur le lit défait. La literie était sens dessus dessous, et il y avait une tache humide sur le drap. Je n'eus pas besoin de réfléchir bien longtemps pour comprendre que c'était l'œuvre de notre sœur.

Donc c'est comme ça que Caleb avait réparé ce qu'il lui avait fait. *Avec du sexe brutal...*

Pas étonnant.

Je massai les muscles noués de ma nuque et m'approchai, faisant glisser ma main le long du tissu froissé avant de m'asseoir. Bon sang, quel désastre... et je ne savais pas comment me sortir.

La chambre au bout du couloir s'ouvrit et j'entendis le bruit de pas lourds. Je me levai et sortis, je trouvai T. en train de partir, bien équipé, avec le sac de gym rempli d'armes, qu'il portait à bout de bras.

- Tu vas où ? demandai-je.

Il ne répondit pas, il continuait de marcher.

- T.

Il s'arrêta dans le couloir, immobile. Est-ce qu'il allait partir sans rien dire ?

- Je vais chercher Elle.

- Où ça ?

Il se tourna et croisa mon regard.

- Le seul endroit possible.

Puis je compris. À la maison. Il allait à la maison...

Je ravalai ma salive et acquiesçai, n'osant pas le contredire.

- Je viens avec toi.

Il hocha légèrement la tête. Je me disais que je n'obtiendrais pas davantage de lui. Je me dirigeai vers la cuisine, je pris le flingue que j'avais laissé sur le comptoir avant de le ranger dans la ceinture de mon jean, puis je pris les clés. Je n'osais même pas demandé où est-ce qu'il avait trouvé une voiture... de toute évidence je ne voulais pas savoir.

Je sifflai et Rebelle accourut. Elle me regarda avec tant d'amour, pressa son petit corps contre ma jambe avant que je caresse ses oreilles noires.

- Allons-y, ma belle.

T. boîtait alors qu'il passait la porte d'entrée. Je le suivis et grimaçai sous le soleil aveuglant. Une Toyota grise était garée dans l'allée, fenêtres baissées. Il y avait une tache de sang sur l'extérieur de la portière du conducteur, il semblait frais.

- Demande pas.

- Je n'ai rien dit, dis-je en levant une main.

Il continuait de marcher, il allait vers le coffre. J'ouvris la portière conducteur et tirai sur la poignée pour que le verrou s'ouvre. Il grimpa à la hâte sur le siège passager. Je pris ça comme un signe, au moins il n'allait pas me tuer... *pas maintenant.*

Rebelle sauta sur le siège et se dirigea maladroitement vers la banquette arrière.

C'était une chienne intelligente en plus d'être une battante. Elle avait pas le choix. Je me mis derrière le volant, démarrai le moteur et enclenchai la marche arrière.

- Peut-être qu'on passe pas par les rues Center et Grange, marmonna Tobias, fermant les yeux pour reposer sa tête sur l'appui-tête. Je suis sûr qu'ils me cherchent.

- Sûrement, dis-je, me doutant instantanément de qui il parlait.

Ceux à qui il avait volé la bagnole. Qui devait sûrement chercher à lui faire la peau.

Je restais à l'écart de ces rues-là, je me dirigeais vers l'ouest et vers les quartiers plus peuplés, jonchés de jardins luxuriants et de sourires forcés. Il fallut seulement quarante minutes pour qu'une catastrophe en replace une autre. Je m'engageai dans l'allée et me garai à ma place habituelle, comme si notre monde n'avait pas volé en éclats.

Je descendis de voiture, laissant T derrière moi et je me dirigeai vers le digicode près de la porte d'entrée. J'entendis de l'écho en entrant. Maintenant, tout était froid et déserté. Il n'y avait plus l'air frais que notre petite sœur avait amené dans cette maison lorsqu'elle était entrée dans nos vies. Je ne ressentis pas non plus l'adrénaline à l'idée de la taquiner, de la goûter.

Mon pouls s'accéléra alors que T entrait derrière moi puis ferma la porte.

- Je vais voir dans le bureau, marmonna-t-il en s'éloignant à grands pas.

J'aurais pu lui dire que fouiller la maison était inutile. On avait déjà tout fouillé en voulant trouver des infos sur notre père. Mais mon frère n'en faisait qu'à sa tête, il s'éloignait en boîtant, la main serrée en poing.

- Bon, marmonnai-je en me dirigeant vers la cuisine. Tu veux faire la gueule, eh bien fais la gueule.

Mon estomac se mit à grogner comme s'il avait compris où j'allais. J'ouvris la porte du frigo, je sortis tout ce que je pus lorsque j'entendis un gros *boum* provenant du bureau.

Je me tartinais du beurre sur du pain puis j'ajoutai du jambon, du fromage et de la mayonnaise avant de croquer dedans, puis je me tournai pour faire deux autres sandwichs avant de les mettre dans un sac de congélation et de les poser sur le comptoir.

Chaque pas était une torture alors que je montai les escaliers, appuyant de ma main contre ma plaie. J'étais presque sûr que j'avais défait ma couture la nuit précédente, en courant après Ryth. La douleur lancinante était continue, comme un coup de poignard permanent. Pourtant, j'arrivais à marcher, ce n'était pas aussi grave que la blessure de T.

Mon attention se dirigea vers le dernier étage qu'on partageait avec notre sœur, mais je ne voulais pas y aller, *pas maintenant...* Au lieu de ça, je me dirigeai vers la chambre d'Elle et de mon père.

Si elle avait caché des documents, ils devraient être là.

Je tournai la poignée et ouvris la porte avant d'entrer. C'était bizarre d'aller dans leur chambre. Je m'attendais presque à voir les affaires de ma mère dans le dressing et à sentir le doux parfum floral qu'elle portait.

Sûrement pas ça...

La chambre était en désordre, comme s'il y avait eu un ouragan. Il y avait des vêtements éparpillés au sol, sa commode à bijoux était en travers de la pièce comme si on l'avait tirée puis démontée. Je donnai un coup de pied dans une valise ouverte qui contenait pour moitié ses affaires... des vêtements de luxe, des chaussures, des colliers en or qui avaient dû coûter une fortune à mon père. C'était facile de voir où partait l'argent...

Mais elle n'avait rien pris, alors ?

Elle était sans doute partie à la hâte. Si elle était partie sans tout ça, peut-être qu'elle avait laissé d'autres choses. Je me penchai pour déballer la valise, j'éparpillai ses boucles d'oreilles à diamants et ses bagues sur le sol avant de fouiller plus précisément.

Mais il y avait seulement des vêtements et des bijoux. Puis mon regard se posa sur le dressing. Même d'ici, je voyais qu'il y avait des sacs près de la penderie. Je me levai pour m'en approcher, je passai ma main sur les vêtements toujours accrochés avant de fouiller les poches.

Je voulais trouver des infos.

Voilà tout.

Des vêtements, des chaussures. Je sortis tout, je fouillai tout jusqu'à ce que je trouve une boîte en satin noir cachée au fond. Elle était plus lourde que ce que je pensais.

Je l'ouvris et trouvai à l'intérieur un carnet à la couverture en cuir.

- C'est quoi ça ?

La boîte tomba à mes pieds alors que j'ouvris le carnet et commençai à lire...

Quand je la vois avec ses amis, j'oublie presque d'où elle vient, ce qu'elle représente, et pourquoi elle est là. Mais son innocence sera son atout clé pour les séduire. Même si je déteste cette idée, c'est encore plus nécessaire que jamais. Il faut qu'elle soit parfaite, innocente. J'ai besoin d'elle parce que je n'ai plus le choix et je vais me servir d'elle en espérant qu'ils la prendront elle au lieu de moi.

Parce que je ne veux pas retourner là-bas.

Pas avec ces hommes.

Avec ce qu'ils font.

Jack me dit qu'il m'aime. Il dit qu'il me protégera et qu'il nous gardera en sécurité toutes les deux. Mais je ne sais plus ce que c'est d'être en sécurité, peut-être que je ne l'ai jamais su. Il me regarde de la même manière que Ryth. Ils veulent plus que ce que je peux leur donner. Mon âme... mon cœur. Je ne peux pas les aimer... et maintenant je suis bien trop faible pour m'enfuir.

Je m'arrêtai de lire lorsque j'entendis des bruits de pas derrière moi. Mon cœur se mit à battre violemment, ma bouche devint sèche.

- T'as trouvé quelque chose ? demanda T depuis le seuil de la porte.

Au début, je n'arrivais pas à parler. Je ne pouvais rien faire d'autre que de regarder désespérément cette écriture, celle d'une mère qui essaye de se convaincre qu'elle n'est pas le monstre le plus ignoble au monde. Je ravalai ma salive puis je lui montrai le carnet.

Mon frère le prit sans rien dire et commença à le lire.

- C'est quoi ce bordel ?

J'acquiesçai en croisant son regard.

- C'est un sacré bordel, oui.

- Elle s'est servie d'*elle* ? Elle était juste un dommage collatéral. Non, pas *collatéral.* Elle était un *appât, Nick. Un putain d'appât.*

Les mots de T résonnaient dans mon cœur. J'essayais de ne pas m'effondrer alors qu'il reprit :

- Qu'est-ce qu'elle veut dire quand elle dit qu'elle a le même sang que le monstre ?

- J'aimerais bien le savoir, dis-je en secouant la tête.

Ce que je savais c'est que Jack Castlemaine n'était pas le père de Ryth, et s'il n'était pas son père, qui était son père ?

- Ça change tout, dit Tobias en me tendant le carnet. C'est une chose de vendre sa fille, mais là elle parle d'une sorte de système de naissance programmée.

- Je sais.

- Ca sent vraiment pas bon, Nick.

Putain, il avait l'air terrifié.

- Vraiment pas bon. Et on n'a pas de solutions, dit-il.

- Je sais, dis-je en fixant le carnet entre mes mains alors que mon cœur devenait de plus en plus lourd. On va trouver une solution, d'accord ? Je ne sais pas quoi, mais on va trouver.

Au moment où je dis ça, mon téléphone vibra dans ma poche. J'avais un nouveau numéro, personne n'était censé le connaître... *alors qui m'appelait ?*

Je sortis le téléphone et regardai l'écran. *Privé.* Des frissons parcoururent mon bras alors que je décrochai.

- Allô ?

- Nicholas Banks ? me dit une voix inconnue à l'autre bout du fil.

Je jetai un œil à mon frère.

- Qui est à l'appareil ?

- Jack Castlemaine. J'ai entendu dire que vous essayez de sauver ma fille... je veux vous aider.

Chapitre Sept

RYTH

JE FIXAI LE TÉLÉPHONE SUR LA TABLE, INCAPABLE DE détourner les yeux depuis qu'ils nous avaient fait entrer ici et m'avaient obligée à m'asseoir.

Mon père allait appeler. Le Directeur ricana quand je lui dis. Il ricanait de plus belle, je voyais ses yeux qui brillaient d'une lueur malsaine, il scrutait chacun de mes gestes. Il voulait me voir souffrir. Il en *mourait d'envie*. Mais je *refusai* de céder. Il ne méritait pas de voir mon vrai visage. Aucun d'eux ne le méritait. Caleb était une silhouette floue dans le coin de mon œil. Il me connaissait. Il me réconfortait. Il m'avait sortie de cet enfer... même si ce fut seulement pour un plaisir éphémère.

Mes joues continuaient de brûler, je me souvenais des mensonges que le Directeur m'avait dit. Que mon père n'était pas mon vrai père et que Tobias... Tobias était mort...

- Souviens-toi, ne dis pas dans quelle aile du bâtiment tu te trouves, dit une voix froide dans mon dos. Si je soupçonne que tu complotes quelque chose, l'appel prendra fin immédiatement.

Je ne vis pas l'étincelle malsaine dans son regard. Je n'osais pas le regarder... mais je sentis son regard brûlant sur ma nuque. Le

Directeur. Le Professeur... Le Prêtre. Les trois enculés qui dirigeaient cet endroit. Je les détestais... presque autant que je détestais l'homme pour qui ils travaillaient, Haelstrom Hale.

Caleb regarda dans ma direction et me prit la main. Mais cette fois-ci, son geste n'était pas réconfortant.

Non... rien ne pouvait me préparer à ce qui allait arriver. Je pris une grande inspiration, je chassai la tension... jusqu'à ce que le téléphone retentisse d'un bruit aigu et se mette à vibrer sur la table.

Je sursautai et le saisis.

- Attends, dit-il.

Mes phalanges étaient douloureuses. Mon souffle se coupa et ma gorge me brûla.

Le téléphone continuait de sonner... de sonner... *de sonner...*

- *Vas-y.*

Je pris le téléphone et appuyai sur le bouton pour décrocher d'un doigt tremblant.

- Allô ?

Silence. Un silence qui continuait alors que mon cœur se serrait, puis j'entendis la voix rassurante de mon père.

- Ryth, chérie ?

Mes épaules s'affaissèrent.

- Papa, dis-je, la voix faiblarde. Papa, c'est toi ?

- C'est moi, ma petite lionne, dit-il avant d'augmenter le ton. Est-ce que ça va ?

Est-ce que ça va ? Je n'osais pas regarder au-dessus de mon épaule.

- Pour l'instant, oui, répondis-je lentement.

- Je vais te faire sortir de là, d'accord ma chérie ? Tiens bon.

Je pressai le téléphone contre mon oreille.

- D'accord.

- Riven, dit-il avant de se corriger. Enfin, *le Directeur* je veux dire, est-ce qu'il est là ?

Le frisson dans ma nuque surgit à nouveau.

- Oui.

- D'accord, alors voilà ce qui va se passer. Dans quelques instants, je veux que tu lui passes le téléphone. Je vais lui parler, puis je vais vous faire sortir de là, toi et Caleb.

Mes doigts tremblaient alors que je résistai à l'envie de soupirer de soulagement.

- Comment ?

- T'en fais pas pour ça, répondit-il, mais la lourdeur dans mon estomac me disait autre chose.

- Peu importe ce qui se passe, il faut que tu partes. Il ne se passera rien de bon si tu restes là-bas une seconde de plus.

Je jetai un œil à Caleb.

- Promets-le-moi, dit mon père, attirant de nouveau mon attention. *Promets-moi* que tu vas sortir de là avec Caleb.

Mon demi-frère soutenait mon regard, ses yeux sombres noisette s'impatientaient alors que je répondais :

- Promis.

Il soupira longuement puis sa voix devint froide, plus froide que jamais auparavant.

- Bien, maintenant passe-moi cet enculé, et ma chérie...

- Oui ?

- Je t'aime.

Je fermai les yeux, laissant sa force me submerger.

- Moi aussi, je t'aime, papa.

Même si les larmes se rassemblaient dans mes yeux et que mes mains tremblaient, je me retournai pour lui tendre le téléphone.

Il y eut une seconde où le bâtard refusa de bouger, je vis le coin de sa bouche se tordre de mécontentement. Si seulement ça pouvait être son cœur... mais je n'étais pas sûre qu'il en avait un.

- Il attend, répondis-je.

Ce regard glaçant s'illumina puis il s'avança pour prendre le téléphone et le porter à son oreille.

- Oui.

Ils échangèrent quelques mots, sans se soucier de ma présence. Mais je lisais très bien l'expression de cet enculé. Cette fois il ne poussa pas de cri sauvage, il dit simplement, d'une voix venimeuse :

- J'accepte les conditions. C'est pas comme si j'avais le choix, si ?

Non effectivement, et il le savait.

- Alors j'ai hâte de te voir en tête à tête, Jack.

Il me regarda en prononçant ces mots et j'avais juste envie de crier. Cet endroit n'était pas sans danger pour mon père. Je le savais. Ces hommes étaient sans pitié, peut-être même plus dangereux que ce que je pensais... mais pourtant, ce qu'il disait, ce qu'il faisait... le fait de se cacher... cela me faisait penser que peut-être il savait exactement quel danger rôdait.

Le Directeur mit fin à l'appel, puis se tourna vers les hommes près de lui et prononça les mots que je rêvais d'entendre :

- Préparez leur sortie.

Aucun d'eux n'aimait cette idée.

Le Professeur tourna les yeux vers moi. Pendant un instant, je pensais qu'il allait désobéir, qu'il allait donner un autre ordre… l'ordre de me ramener dans la salle de classe, de me forcer à me mettre à genoux.

Quel dommage que tu ne puisses pas être formée, Ryth. Ses mots résonnaient dans ma tête. *Tu as vraiment un don naturel pour ça.*

Il voulait me former.

Il voulait même bien plus que ça.

Mais il ne désobéit pas, il se contenta d'acquiescer d'une voix calme.

- Peter, occupe-toi de Mlle Castlemaine et de M. Banks.

Le garde s'avança ainsi que l'autre qui se trouvait derrière lui. Le garde me saisit le bras avec force pour me soulever de la chaise.

- Bouge.

Caleb se leva.

- Bas les pattes, salaud.

Mais le Prêtre lui bloquait le passage.

- Tu veux intervenir Banks ? Parce qu'on peut très bien te faire sortir d'ici dans un sac mortuaire.

- Caleb, dis-je alors que le garde me tirait vers la porte. Arrête, regarde, je vais bien.

Mais la rage brillait dans ses yeux.

- Ouvre-la encore, Banks, dit le Prêtre, et ce ne sera pas des paroles en l'air.

Ils nous firent sortir de la salle d'interrogatoire, on passa devant la pièce où ils nous avaient enfermés, puis à travers des portes automatiques.

Des silhouettes nous regardaient passer, les silhouettes fantomatiques des femmes enfermées ici.

- S'il vous plaît, dit l'une en se pressant contre la vitre.

Mais nous étions déjà partis avant que je puisse répondre. Les grandes enjambées du garde me forçaient à accélérer le pas.

- T'arrête pas, dit-il.

Derrière nous, Caleb poussa un grognement. Je regardai par-dessus mon épaule, il était suivi des trois hommes qui nous avaient emmenés ici.

On était si proches du but à présent, si proches.

Pitié. Je priais que Caleb voit mon désespoir alors que je m'approchai à nouveau de portes automatiques. Un *bip* retentit avant qu'elles s'ouvrent. Je regardais mes pieds nus à travers les larmes et continuai d'avancer. Mes pieds avançaient sans ma volonté, ils accéléraient alors que je levai les yeux vers la grande porte où étaient inscrits ces mots terrifiants en acier noir : *L'Ordre.*

Nous avons ralenti, laissant le directeur s'approcher de la porte et poser sa carte sur le lecteur pour l'ouvrir. Il fit un geste de la tête en me regardant fixement et a ordonné :

- Dehors.

J'aurais marché pieds nus sur du verre brisé si cela avait signifié la liberté pour nous deux. Je passai devant le garde pour sortir et me dépêchais de franchir cette porte inquiétante.

L'air froid de la nuit s'engouffra autour de moi, mes pieds nus trouvant la pierre froide des pavés. Mais je m'en fichais.

Il y avait un silence de mort. Caleb sortit à son tour, mais ils ne voulaient pas qu'il me touche, ils le maintenaient loin de moi. Je regardai la grande allée vide menant jusqu'aux portes imposantes et surveillées.

Mes dents se mirent à claquer et mes genoux à trembler, c'était le seul bruit qu'on entendait dans la nuit. Au moins, j'avais un sweat et un legging duveteux. Caleb n'avait que sa chemise en coton blanc et le même pantalon noir. Il devait être gelé, mais il ne disait rien, il avait simplement les yeux rivés sur moi.

- Ca va aller, princesse, murmura-t-il.

Je hochai la tête avant de scruter sur la route sombre pendant que nous attendions, encore et encore. Lentement, le doute s'immisça en moi.

Peut-être qu'il n'allait pas venir.

Peut-être... peut-être...

Ce n'est pas ton père, Ryth... il ne l'a jamais été.

Je jetai un coup d'œil au Directeur alors que ses mots résonnaient dans mon esprit. *Ce n'est pas un enlèvement, on récupère ce qui était déjà à nous.*

Mais je ne les croyais pas. Ils n'étaient bons qu'à manipuler et à mentir. C'était mon père... *papa était mon père.* Il n'y avait pas d'autre option.

Au loin sur la route, une petite lueur de phares brillait dans l'obscurité.

- Ca va aller, chuchota Caleb, le regard rivé sur la même lueur.

Alors que la lueur s'intensifiait, je retins mon souffle, regardant les phares s'approcher de l'enceinte. Il y avait d'autres phares derrière, une voiture qui se tenait à l'écart ce celle qui s'approchait, peut-être était-ce du renfort ? Une sorte de garde du corps...

Les Rossi. Mes pensées paniquées prirent le dessus lorsqu'un grincement de métal atteignit mes oreilles et que les portes de l'Ordre s'ouvrirent lentement. La première voiture s'approcha alors que la seconde ralentissait avant de la suivre. Mais je ne regardais pas la deuxième voiture. C'était la première qui m'intéressait... celle avec le conducteur plongé dans le noir.

- Eh bien, eh bien, marmonna le directeur à côté de moi. Donc il a des couilles après tout.

Je serrai la mâchoire. J'avais envie de lui crier d'aller se faire foutre. *Qu'ils aillent tous se faire foutre.*

Il allait nous sortir de là, puis on partirait. La légère brûlure sur ma joue revenait. Cette empreinte de la main de ma mère deviendrait bleue aussi. La douleur dans mon cœur reprit vie, mais je la chassai. Ça n'avait plus d'importance maintenant que papa était là.

Il allait tout arranger.

La première voiture s'approcha du bâtiment, mais la seconde s'arrêta plus loin, le moteur toujours en marche, les phares allumés. Comment un garde du corps pouvait-il le protéger de si loin ? J'essayais de ne pas me faire de films, de me dire que papa et les Rossi savaient ce qu'ils faisaient, et quand le moteur s'arrêta et que la porte du conducteur de la première voiture s'ouvrit, je sus sans aucun doute que ces bâtards avaient menti.

Parce que l'homme qui descendit était bien mon père.

Il ne pouvait pas être quelqu'un d'autre.

Le bruit sourd de la portière qui se referme fut suivi d'un bruit de pas. Mon pouls battait la chamade, le son était assourdissant dans mes oreilles. L'air froid de la nuit brouillait ma vue. Je clignai des yeux, scrutant cette silhouette sombre qui se dirigeait vers nous, puis en un clin d'œil, son visage s'éclaircit.

- Papa... *Papa !* dis-je en m'élançant, me libérant de l'emprise du garde.

Le garde grogna derrière moi, mais c'était trop tard.

- Laisse-la, ordonna le Directeur.

Je courus dans l'allée puis sautai dans ses bras.

Ses bras puissants m'ont attrapée et il soupira de soulagement. Papa était là, vacillant sous mon poids.

- Ryth, dit-il à voix basse, me serrant jusqu'à ce que je puisse à peine respirer.

Mais je m'en fichais. Je m'en fichais complètement, je continuais d'enfouir ma tête dans son cou et je pleurais.

- Je croyais qu'ils t'avaient tué. Je pensais que tu étais...

- Je suis là, dit-il en me serrant plus fort, ses grandes mains caressant mon visage contre son torse. Je suis là, chérie.

La dernière fois que je l'avais vu, il était battu et meurtri... et terrifié.

Maintenant je savais pourquoi.

- Tu vas bien, ma petite lionne ?

- Maintenant, oui, dis-je d'une voix enrouée.

Derrière nous, un bruit de bottes retentit. Je me raidis, m'écartai des bras de mon père pour le regarder dans les yeux. Il devint plus froid, plus dur alors qu'il fixait son attention sur ces hommes. Je les détestais maintenant encore plus que je ne les avais détestés auparavant.

Ils volaient tout, ruinaient et dégradaient tout pour la simple satisfaction de leur propre désir malsain.

- M. Castlemaine, dit la voix grondante du Directeur, qui brisa la peur, la joie et l'inquiétude passagères.

Je me redressai et reculai lentement. En face de moi, mon père devenait quelqu'un d'autre, un homme que je n'avais jamais vu auparavant. Ses lèvres se retroussèrent, montrant ses dents alors qu'il jetait son dévolu sur ces hommes odieux.

Il ne regardait pas seulement le directeur, mais les autres à ses côtés aussi. Il y eut un regard de déception, puis la courbure de ses lèvres se dessina davantage.

- Hale n'est pas là, je suppose ?

- Non, répondit le directeur.

- Nous avions un accord.

Un accord ?

- Il semble y avoir un problème avec sa fiancée.

La voix du Principal était remplie de mépris.

- Apparemment, elle a été kidnappée sur une île au large de l'Afrique.

- Sa fiancée ? dit mon père, l'air surpris. Alors je prie pour qu'elle ait une mort rapide et indolore. Ce sera mieux que de vivre avec un monstre.

Dans ma tête, je voyais Hale assis dans ce restaurant, entouré de vieux hommes blancs dégoûtants qui n'aimaient rien de plus que d'utiliser des femmes comme moi. C'était un monstre... un monstre avec de l'argent, un monstre qu'ils craignaient tous.

- Quand bien même, dit le directeur d'une voix caustique. Nous avions un accord.

Je me retournai et je croisai le regard de ce bâtard. *Ils avaient un accord... quel accord ?*

Mon père se tourna vers moi et me prit les mains.

- Tu te souviens de ce qu'on a dit, chérie. Quoi qu'il arrive, c'est ce que tu as promis.

- *Quoi qu'il arrive*, papa ?

Mais il ne répondit pas, il hocha simplement la tête. Le garde derrière Caleb le poussa en avant et il trébucha vers nous.

Le regard de mon père se posa sur mon demi-frère. Il y avait un éclat de colère, qu'il réprima.

- Emmène-la loin d'ici, Caleb, et aussi loin que possible de ces types. Et cette fois, fiston, *ne reviens pas ici.*

Mon père s'éloigna, laissant C. enrouler ses bras autour de moi.

- Allons-y, Ryth, dit-il en m'attirant vers lui alors que mon père se dirigeait vers eux.

- Qu'est-ce qui se passe ? dis-je en me retournant dans ses bras. Papa ? Papa, qu'est-ce qui se passe !?

Mais l'emprise de Caleb ne cédait alors qu'il me tirait, on dépassait maintenant la première voiture et on descendait l'allée.

- Papa, non ! *PAPA, NON !*

Ils se rapprochèrent de lui comme une meute de loups, l'assaillant. J'essayai d'échapper à la poigne de Caleb, de me précipiter vers mon père, qui les laissa le prendre sans se défendre. Qu'est-ce qui se passait putain... *QU'EST-CE QUE...*

- Faut qu'on parte, princesse.

La voix de Nick remplit mes oreilles.

Les larmes montèrent, brouillant ma vue, mais je clignai des yeux et il était bien là - ce fut comme un coup de poing dans ma poitrine.

- Nick ? dis-je en le fixant alors qu'il s'approchait. Puis, dans le faisceau des phares, une silhouette sombre apparut. Quelqu'un qui boitait...

Une silhouette qui se rapprochait... de plus en plus près.

Je ne pouvais pas détourner les yeux...

Je ne comprenais pas.

Parce que je regardais un fantôme.

Le fantôme de mon demi-frère.

Tobias s'arrêta devant moi, effleura ma joue avec son doigt et murmura :

- On te retrouve enfin, petite souris.

Chapitre Huit

TOBIAS

- *TOBIAS* ? MURMURA-T-ELLE, LES YEUX ÉCARQUILLÉS.

Mes genoux tremblaient, mais je tenais bon.

- Ouais, petite souris, c'est moi.

Elle fit un pas vers moi, sursauta en entendant le bruit des menottes autour des poignets de son père, puis elle tourna la tête. Le Directeur n'avait pas perdu une minute. Je jetai un œil à cet enfoiré alors que lui et ses putains de frère emmenaient Jack.

Mais les gardes se tournèrent vers nous. On n'avait pas le temps pour les retrouvailles. Nick me regardait d'un œil noir.

- Faut qu'on bouge, *tout de suite.*

- Viens, petite souris, dis-je en lui prenant la main pour la tirer vers la portière ouverte de la voiture. Monte.

- *Non !* cria-t-elle en se débattant, comme je savais qu'elle le ferait, se tortillant dans mes bras, essayant de m'échapper. *On peut pas le laisser là.*

Mais je ne lui laissais pas l'occasion de s'échapper, je la retenais de toutes mes forces alors que Caleb montait sur le siège passager.

- *Monte, Ryth !* cria Nick en s'installant derrière le volant, me laissant gérer seul notre sœur.

J'essayais d'être doux, vraiment, même lorsque j'appuyai sur sa nuque pour qu'elle monte avant de monter après elle.

- Il faut avoir confiance en lui maintenant, petite souris, dis-je en la poussant contre le dossier. Ton père sait ce qu'il fait.

Je fermai la portière et j'entendis le verrouillage automatique s'enclencher. C'en était fini de prendre des risques en ce qui la concernait, et ça valait aussi bien pour sa famille. Je jetai un œil aux gardes alors qu'ils approchaient de la voiture, j'avais simplement envie de dégainer mon arme et de leur tirer dessus

Mais je ne fis rien, je m'asseyais à côté d'elle, mon genou me mettant au supplice. Je me mordis la lèvre pour m'empêcher de crier alors que la voiture descendait rapidement l'allée.

- Rebelle, dit Ryth en caressant la chienne qui tentait de monter sur ses genoux.

Elle la laissa frotter son museau sur sa main pendant qu'elle lui caressait la tête. Cette chienne allait la réconforter. Ça n'avait pas d'importance... *rien n'avait d'importance*, tant qu'on se barrait d'ici.

Je vis des larmes briller sur ses joues alors qu'elle regardait par la fenêtre.

- Papa.

Je ravalai cette boule dans ma gorge, la forçant à descendre dans mes entrailles, là où brûlait la haine.

- Ca va aller, petite souris. Tu verras. Ça va aller.

Mensonges...

Mon genou me lançait et tremblait. Je posais la main dessus dans la pénombre et murmurai :

- *Oui, tu verras.*

Je ne savais pas si je m'adressais à elle ou à moi-même.

Mais par la simple force de la volonté, ce serait vrai. Je regardais les larmes scintiller avant de glisser sur sa mâchoire et la douleur dans ma jambe se transforma en une haine puissante.

J'aperçus le portail avant qu'on passe à travers, puis les pneus crissèrent et Nick donna un coup de volant qui me projeta contre la portière. Je gémis avant de pouvoir retenir le son. Je n'eus pas le temps de porter ma main à mon genou car Ryth fut projetée contre moi. Je la serrais contre moi au moment où elle se heurta à moi.

- Doucement, dis-je en la serrant. Je te tiens.

La douleur continuait de me consumer. Ma vision devint floue en périphérie. Mais je n'allais rien dire à Nick. Je lui demandai même d'aller plus vite.

- Accélère !

- C'est ce que je fais, dit Nick en tournant à nouveau le volant en appuyant de plus belle sur l'accélérateur.

La Sedan était en sale état, elle filait habituellement entre les rues alors qu'on échangeait de l'argent contre de la drogue.

Pas ça...

- On peut pas le laisser là-bas, dit Ryth en secouant la tête, jetant un œil vers l'arrière, vers l'endroit qu'on venait de quitter. On peut pas.

Je fis de mon mieux pour contenir le tremblement de ma main, puis je me tournai vers elle.

- Regarde-moi.

Elle se tourna vers moi et me regarda, et je compris soudainement. La mort de ma mère. Son enlèvement. Mon putain de père... *merde... mon putain de père.* Elle n'en savait rien. Je jetai un œil à Caleb alors que je réalisais qu'il ne savait pas non plus. Il ne savait pas que notre père était mort... *qu'il avait essayé de me tuer.*

- Je pensais que tu étais mort, murmura-t-elle, secouant la tête. Je pensais que tu étais...

- Même la mort ne veut pas de moi, princesse, répondis-je en me cramponnant. Il n'y a que toi... *toujours que toi.*

Une tension électrique surgit entre moi avant qu'elle se heurte à nouveau à moi, s'agrippe à ma chemise, puis à mon cou, avant de m'attirer vers elle. Punaise, il ne fallait pas me le demander deux fois. Je saisis une poignée de ses cheveux en guidant sa mâchoire vers moi alors que je m'empressais de l'embrasser.

J'avais besoin d'elle. Bordel, j'avais besoin d'elle. Je relâchais ma prise puis me mis à peloter ses seins. Ses petits seins, si parfaits. Son téton se raidit sous ma paume et se dressa. J'avais envie d'être en elle. Je mourais d'envie d'être en elle. De la sentir, de la lécher. De savoir qu'elle était en vie, qu'elle était là... *à moi.*

De savoir qu'elle était à moi.

Je me penchai pour atteindre le sommet de sa nuque et j'inspirai lentement. L'odeur aseptisée d'hôpital lui collait encore à la peau. Mais en dessous de cette odeur... il y avait ce parfum doux, léger, de vanille.

- Tu m'as vraiment foutu la trouille, dis-je en empoignant ses cheveux avant de tirer dessus, faisant basculer sa tête vers l'arrière, assez pour qu'elle comprenne mon agacement. Ne refais plus jamais ça. À partir de maintenant... on reste ensemble. *T'as compris ? On reste ensemble.* Chaque seconde de chaque jour, jusqu'à ce qu'on sorte de cette impasse.

De nouvelles larmes coulèrent sur ses joues alors qu'elle acquiesçait. Je sentis mes boules se crisper. Mon pouce rugueux était trop abrasif pour sa peau. Pourtant j'essuyai ses larmes.

- Ils ne vont pas le tuer. Il se laissera pas faire.

- Si, ils vont le tuer, dit-elle d'une voix si sûre et si... *vide*. Il y est allé pour me sauver.

Nick leva la tête et ses yeux sombres rencontrèrent les miens.

Je secouai la tête.

- Si tu crois qu'il s'est jeté dans la gueule du loup, alors tu ne connais pas ton père. Il est intelligent, Ryth. Il est vraiment intelligent, et c'est un homme dangereux pour eux. Ce qu'il nous a raconté, les gens qui sont impliqués... Pas étonnant qu'ils voulaient...

- T, cria Nick pour que j'arrête de parler.

Mon cœur battait la chamade. Bordel, si elle savait ce que son père nous avait dit. Ce qu'on avait deviné en lisant le journal de sa mère. Des choses glaçantes. Des choses qui n'auraient jamais dû voir la lumière du jour. Les gens qui étaient derrière cet endroit malsain, corrompu, tout ça était répugnant.

Mais elle n'avait pas besoin de le savoir pour l'instant. Parce que c'était le genre de découverte qui allait la détruire. Elle regardait Nick dans le rétroviseur, puis elle se tourna vers moi.

J'éloignai quelque mèches de cheveux de ses yeux.

- Fais-nous confiance, princesse. Il est allé là-bas avec une idée derrière la tête.

Je ne savais pas si elle me croyait. Je ne savais pas non plus, à sa place, si je croirais à ça.

- Passe-moi le GPS, dit Nick à Caleb.

Caleb saisit le GPS sur le tableau de bord et le lui tendit.

- Nick... commença-t-il.

- Pas maintenant, grogna-t-il et le ton de sa voix ne laissait aucun doute qu'il était vraiment agacé.

Nous l'étions tous les deux.

Ryth s'en voulait, mais la véritable personne en tort ici c'était notre frère. S'il n'avait pas eu les couilles de se pointer là-bas pour se venger, alors ils ne se seraient pas fait prendre.

Et peut-être que notre père serait toujours en vie.

Mais je ne pouvais pas en être sûr.

Je croisai le regard de Ryth. Ce que je savais, c'est que la situation aurait été différente. *Mais pas forcément mieux.* Est-ce que le fait de savoir ce qu'on savait maintenant changerait quelque chose ? J'éloignai les cheveux de son visage de mes doigts tremblants. Ça ne changerait pas ce qu'on ressentait pour elle.

Nick regardait le signal rouge sur l'écran et fit avancer la Sedan abîmée.

- Ils nous ont dit que tu étais mort, dit Caleb pour essayer de faire la conversation dans l'espoir de se faire pardonner.

Ça risquait pas d'arriver. Je croisai son regard et le regardai d'un œil mauvais.

- Ah oui ?

Parce que j'ai failli l'être... enfoiré.

Il y avait des choses qu'on pouvait se pardonner entre frères. Des disputes, une rivalité, même si cela concernait notre demi-sœur. Mais ça... *la mettre en danger* comme ça ? On pouvait pas pardonner ça. Même pas à sa propre famille.

Il le savait...

Il le savait lorsqu'il vit mon regard.

On va avoir un problème, toi et moi, frérot. On va avoir un gros problème.

Il hocha lentement la tête puis regarda Ryth, lui offrant un petit sourire avant de poser à nouveau les yeux sur la route.

- Qu'est-ce qu'il y a ?

Je secouai la tête.

- Rien, princesse. Rien du tout.

On suivait le signal du GPS, on s'insérait dans des routes sinueuses jusqu'à ce qu'on ne croise personne. Les ténèbres nous attendaient, ainsi que la douleur pour moi. Ma jambe pulsait, la douleur dans ma putain de cuisse me brûlait si fort pour que je retins mon souffle.

Quelque chose n'allait pas.

Je n'avais pas besoin de mon frère pour me le dire. Nick croisa mon regard dans le rétroviseur, je détournai les yeux. Partons loin... dis-je en agrippant son siège. *Loin.*

On ne pouvait pas rester ici, pas dans cette voiture, du moins. Une vague idée était tout ce que nous avions, mais c'était mieux que qu'aucun plan, comme avant que Jack Castlemaine nous appelle.

Donc, on avait accepté... tout ce qu'il pouvait nous donner, on l'avait accepté pour pouvoir prendre la fuite.

Nick redressa le GPS que Jack nous avait remis dans les brefs moments que nous avions eus avant de partir pour l'Ordre et jeta un coup d'œil au signal rouge clignotant alors que l'obscurité aux bords de ma vision commençait à gagner du terrain.

- Je pense qu'on y est.

Ces mots étaient tout ce dont j'avais besoin pour ne pas sombrer dans la pénombre.

Nick prit le GPS et éteignit les phares de la berline. L'allure de la voiture ralentit, on se dirigeait vers le chemin de terre au milieu de nulle part. Je me forçai à scruter le flou obscurci des maisons à travers le pare-brise et je vis la lueur de lumières au loin.

- Là, dis-je en pointant le doigt. Des lumières.

Nick suivit mon doigt puis regarda l'écran devant lui.

- Ça doit être ça.

Il ralentit et s'engagea dans l'allée, puis tourna et se dirigea vers une énorme grange près de la clôture. C'était exactement comme Jack l'avait dit, jusqu'à la vieille dame qui nous attendait.

Je grimaçai quand Nick s'arrêta devant deux immenses portes.

La brûlure de ma cuisse irradiait jusqu'à mes couilles quand je tirai sur la poignée et ouvris la portière en grand.

- Par ici, princesse, dis-je en priant pour qu'elle n'entende pas mon gémissement et ne voie pas mon genou se tordre quand je descendis.

Le monde vacilla brièvement, me forçant à m'appuyer contre la voiture.

- Tobias, ça va ?

Je savais que les mots allaient venir. Mon sourire ressemblait plus à une putain de grimace, mais je lui dis ce que je pouvais.

- Ouais, je suis juste fatigué.

J'avais dormi par bribes, quinze minutes par-ci, trente minutes par-là. Mais ce n'était pas le manque de sommeil qui m'inquiétait. C'était la balle encore logée dans ma cuisse. Le grincement des portes de la grange qui s'ouvrent attira son regard, juste au moment où la douleur dans ma cuisse surgit à nouveau

- Vas-y, dis-je, va avec Nick.

Son regard m'indiquait qu'elle voulait discuter, qu'elle savait que je mentais. Je ne voulais pas à avoir à la supplier.

Va... va avec Nick.

Elle le fit, me laissant derrière elle. Je m'affaissai contre la voiture alors qu'elle se glissait dans l'obscurité de la grange.

- Elle est plus forte que tu ne le penses.

Je grimaçai. Cette putain de voix n'était pas celle que je voulais entendre.

- Va te faire foutre, C, dis-je en regardant mon frère près de la voiture. Va te faire foutre.

Il fit un lent signe de tête, puis les suivit jusque dans la grange.

Elle est plus forte que tu ne le penses...

Je pris une grande inspiration et je secouai la tête. Elle était forte, je le savais. Mais il ne s'agissait pas de lui donner plus de fardeaux, il s'agissait de moi. Je ne voulais en aucun cas voir dans ses yeux la même douleur que celle que j'avais vue dans les miens lorsque j'avais vu ma mère tomber malade... et elle avait fini par s'effondrer.

Je ne pouvais pas. Pas maintenant...

Alors je serrai les dents et me hissai contre la voiture, forçant le cri à redescendre jusqu'à ce que la douleur ne soit plus qu'une douleur entêtante au fond de mon esprit.

La lumière surgit à l'intérieur de la grange, c'était celle de phares d'une voiture. Nick ouvrit le coffre et fouilla dans les sacs, il en sortit un.

- Il y a des vêtements pour toi, princesse.

Dans la lumière violente, Ryth regarda à l'intérieur du sac.

- C'est toi qui as amené ça ici ?

- Non, dit Nick en secouant la tête. C'est ton père.

- Mon père ?

Elle était surprise, mais elle n'aurait pas dû l'être.

- Ouais, dit-il en prenant des armes, puis il en tendit une à Caleb et une autre à moi avant de fermer le coffre. Il faut faire vite.

Je pris le Sig, le glissant dans la ceinture de mon jean avec deux nouveaux chargeurs.

Ryth regarda autour de nous et fixa la porte ouverte de la grange.

- Il n'y a que nous ici, répondis-je.

Ma main se referma sur l'arme. Aucun connard n'oserait même la regarder. Elle hocha la tête, puis enleva le sweat gris qu'elle portait... *elle était nue en dessous.*

Sa peau était si douce, crémeuse et attirante. Ses mamelons roses durcirent dans l'air de la nuit. Elle se pencha pour enlever son pantalon de survêtement, le rejetant d'un coup de pied avant d'enfiler une culotte qu'elle trouva dans le sac, puis un jean, un t-shirt et une veste.

- Prêt ? demanda Nick en jetant un coup d'œil dans ma direction.

Je me contentais de la regarder pendant qu'elle ramassait les vêtements qu'elle venait d'enlever, les mettait en boule et se recoiffait. Je détournai le regard, bon sang, je l'avais mauvaise.

Caleb grimpa à l'avant, me laissant m'installer avec Ryth qui montait à l'arrière.

Je bougeais avec difficulté, je me baissai et entrai puis je refermai la portière derrière moi avant que C démarre le moteur et sorte la berline de la grange.

- La lumière est éteinte, dit Ryth à voix basse.

- Quoi ?

Je regardai dans sa direction alors qu'elle désignait la ferme.

- La lumière du porche était allumée quand on est arrivés. Maintenant, elle est éteinte.

- Il a fait ce qu'il avait à faire, dis-je alors que les portes de la grange se refermaient.

- Mon père a fait tout ça ?

- Oui, dis-je en hochant la tête. Il l'a fait.

- C'est un homme que je ne connais plus désormais.

Peut-être qu'elle ne l'avait jamais vraiment connu. Peut-être qu'aucun de nous ne le connaissait, pas vraiment.

Nick monta derrière le volant, passa une vitesse, et s'éloigna de la grange et de la maison… et de tout. La douleur pulsait et me rongeait, attirant mon attention sur cette chaleur qui brûlait ma cuisse. Je m'agrippais au siège, retenant un gémissement et je fermai les yeux, en espérant que le sommeil m'emporte, et je priais aussi.

Tiens bon...

Tiens bon, putain.

Chapitre Neuf

RYTH

Il y avait un silence pesant dans la voiture... trop pesant.

Nick scruta le rétroviseur alors que nous quittions la ferme, il scrutait la route derrière nous à la recherche d'une lueur de phares. Je ne savais pas où nous allions, mais lui semblait savoir.

Sur le siège passager avant, Caleb regardait silencieusement par la fenêtre, et à côté de moi, Tobias était endormi. Il agissait bizarrement. Il ne criait pas, il n'était pas menaçant. Pas du tout ce à quoi je m'attendais après ce que nous venions de vivre. Je fis glisser mes doigts le long de son bras et il ouvrit les yeux.

- Princesse, dit-il en se léchant les lèvres en baissant les yeux sur mes seins.

Un regard sensuel qui me coupa le souffle. Le désir suivit instantanément, comme toujours avec eux, je sentis mes tétons se durcir et je serrai les cuisses. Mais il ne bougeait pas d'un poil alors que nous passions devant des fermes, longeant la périphérie de la ville, il se contenta de me regarder un instant avant de se rendormir.

Je m'attendais à de la colère. Je m'attendais à des cris.

Mais ce silence était inquiétant, il me mettait les nerfs à vif. Je finis par regarder l'obscurité à l'extérieur. Un faible gémissement à mes pieds me fit baisser la tête et je me mis à ébouriffer les oreilles de Rebelle. Elle me lécha la main tandis que mon père surgit dans mon esprit.

Quoi qu'il arrive, je veux que tu restes avec Caleb, ma chérie. Rien de bon ne peut arriver si tu restes là-bas une seconde de plus...

Tobias voulait que je fasse confiance à mon père, il disait qu'il avait un plan. Mais je ne pouvais pas empêcher la panique de m'envahir. Il était entré là-bas dedans sans se défendre. Je ne pouvais pas me débarrasser de l'image de lui qui se faisait pousser par les gardes vers les portes.

Lui faisaient-ils du mal ?

Je fermai les yeux.

Étaient-ils en train de le tuer ?

Je me cramponnais à la portière.

Avoir confiance...

C'était difficile, surtout quand il s'agissait de ma famille. Mais mon père était venu pour moi. Je passai une main sur ma joue et je grimaçai, la tendresse encore présente de la paume de ma propre mère.

Papa était venu pour nous. Cela voulait dire beaucoup. Je laissai tomber ma main sur le siège en cuir de la voiture qu'il avait préparée pour ce moment précis. Les vêtements, les armes, le kit médical, tout était dans le coffre. Il savait qu'on allait s'enfuir à un moment donné, avec ou sans lui.

Mais fuir où ? On n'avait nulle part où aller et comment évider la présence de l'Ordre ? Cette question me hantait alors que nous cheminions dans des collines, nous rapprochant de la ville jusqu'à ce que, au loin, les faibles lumières d'un restaurant ouvert toute la nuit brillent dans l'obscurité.

- On va s'arrêter, dit Nick en levant les yeux vers le rétroviseur. Manger quelque chose, se reposer un peu avant de repartir, d'accord ?

- Ça me va, répondit Caleb.

Tobias restait silencieux, il fixait maintenant la fenêtre. Je baissai mon regard vers sa main, serrée autour de l'accoudoir comme un étau. La lumière de la lune caressait son visage, éclairait la sueur qui perlait sur son front. J'étais là à grelotter de froid, et lui était plus chaud que jamais. Je fronçai les sourcils, peut-être trop chaud même.

Nick ralentit alors que les lumières du restaurant devenaient plus brillantes. La poussière se souleva en un nuage derrière nous lorsque nous avançâmes sur le parking, passant devant un camion garé avant de s'approcher plus près du restaurant.

- Tout le monde va bien ? dit Nick en jetant un coup d'œil par-dessus son épaule, mais ce n'était pas moi qu'il regardait.

Mais je fis un signe de tête.

- Ouais.

Caleb se tourna aussi, son regard rencontra le mien.

- Reste près de nous, ok, princesse ?

Tobias ouvrit la porte avant que j'aie eu le temps de répondre, puis tout le monde sortit après lui.

- Rebelle, cria Nick en tapotant sa cuisse.

Elle suivit son ordre, s'élançant entre les sièges pour se précipiter vers la portière ouverte. Quand elle sauta et atterrit sur le sol, elle se mit à gémir.

Nick se pencha et lui caressa les oreilles avant de vérifier sa patte arrière.

- Doucement, me belle.

Il était si gentil avec elle, si attentionné, que j'en eus le souffle coupé.

Je ne vis que des tables vides en regardant par les fenêtres du restaurant.

- Au moins c'est calme.

Les portières de la voiture se refermèrent dans un bruit sourd. J'enfonçais mes mains dans mes poches alors que Tobias détournait son visage de moi. Ça faisait mal. Très mal. Mais Nick était déjà en mouvement, il avançait vers la porte d'entrée du restaurant, et Caleb le suivait. Je détestais laisser Tobias derrière moi, mais ce sentiment de culpabilité dans mon cœur me disait qu'il avait besoin d'espace. Je n'aimais pas ça... *non, je n'aimais pas ça du tout.* Mais j'avançai vers les marches et je suivis les autres.

La cloche au-dessus de la porte retentit, ce qui me fit sursauter. Je levai les yeux vers la cloche avant de suivre mes demi-frères à l'intérieur.

- Pas de chiens, s'écria la femme derrière le comptoir en lustrant le comptoir.

Mais Nick ne l'écoutait pas, il s'approcha et a posa un billet de cent dollars sur la surface fraîchement nettoyée, le faisant glisser vers elle.

- On va s'asseoir dans le fond, dit-il d'un ton froid. Vous ne remarquerez même pas sa présence.

La femme ne dit rien, elle regarda le billet avant le prendre et de le glisser dans sa poche. Si elle avait été la propriétaire, elle aurait pu faire des histoires et nous mettre dehors. Mais visiblement, ça n'était pas le cas.

D'un lent signe de tête, Nick se retourna. Le chauffeur solitaire nous regardait de l'autre côté du comptoir. Il nous dévisagea, essuyant les coins de sa bouche avec sa serviette avant de la jeter à côté de son assiette.

On ne ralentissait pas en marchant vers la banquette au fond de la rangée près de la fenêtre, comme Nick le voulait. Il fit signe à Caleb de s'asseoir en premier, ce qu'il fit. J'entendais le bruit sourd des bottes qui venaient derrière moi, puis je levai les yeux vers la porte des toilettes des femmes. Ma respiration était trop rapide, la panique s'enroulait dans mon estomac, cherchant désespérément à sortir. J'avais besoin d'une seconde... une seconde pour réfléchir...

- Je reviens, dis-je en m'éloignant, me forçant à ne pas me précipiter vers le salut que représentaient ces foutues toilettes.

Mes pas étaient silencieux, alors que tout ce que je voulais, c'était crier. Je passai la porte, pénétrant dans l'obscurité, et pendant une seconde je crus que j'étais de retour là-bas, dans la fosse de l'enfer, où les pièces ressemblaient plus à des cellules et où les gardes étaient des hommes fous bien déterminés à vous détruire.

Mais ensuite, le plafonnier des toilettes s'alluma, j'avançais vers le lavabo avant de m'arrêter, de lever les yeux vers le regard hanté du miroir, et de murmurer :

- Mais qu'est-ce que j'ai fait ?

Je n'eus pas le temps de me répondre, seulement de tourner la tête quand j'entendis la porte grincer et que le bruit de pas me suivit à l'intérieur.

- Ce sont les toilettes pour femmes, dis-je avant de me figer, les mots mourant dans ma bouche.

Le regard menaçant de Tobias était rivé sur moi. Ma bouche devint sèche, mon pouls s'accéléra. Il fit une petite grimace... *avant de s'avancer vers moi.*

Il réduisit la distance entre nous en une seconde, son poing trouva mes cheveux, me tirant en arrière pour me montrer qui avait le contrôle... et ce n'était pas moi.

Ma veste s'ouvrit et mon t-shirt se tendit sur mes seins, attirant ce regard sauvage.

- Princesse... ronronna-t-il en touchant mes seins.

Mais le geste n'était pas doux ou tendre. Non, il n'y avait rien de tendre chez Tobias. Je grimaçai quand il pinça mon téton assez fort pour que je crie, puis il me regarda avec ce regard féroce.

- Je pensais t'avoir perdue, grogna-t-il.

J'ouvris la bouche pour parler, mais il ne me laissa pas faire, il fit glisser sa main sur mes fesses, saisit ma cuisse par en dessous, et la souleva pour me hisser sur le bord du lavabo.

Toute la peur et le chagrin que j'avais gardé en moi sortirent de moi.

- Je pensais t'avoir perdu aussi.

Sa bouche était impitoyable et je l'accueillis pleinement. Chaque râle, chaque bleu, chaque pression de sa main autour de mon sein. Je poussai un gémissement, j'avais besoin de son amour violent comme j'avais besoin d'air pour respirer.

Il arracha ma veste me regarda dans les yeux.

- Princesse... chuchota-t-il. Je ramperais en enfer pour te trouver, tu n'as toujours pas compris ?

Je fondis en entendant ses mots, je levai les bras alors qu'il faisait passer mon t-shirt sur ma tête. Mes tétons se dressèrent sous son regard. Il se pencha et lécha la pointe dressée avant de la frôler avec ses dents.

- Oh, mon Dieu, gémis-je, mes mains glissant sur ses cheveux tondus. Oui. Oui, Tobias... *oui*.

Oui à ce qu'il venait de dire.

Oui à ce qu'il me faisait.

J'avais envie qu'il me contrôle, avec ses gestes secs et brutaux. J'avais envie de tout chez lui, de la lutte qui hurlait dans ses yeux, au supplice qu'il infligeait à mon corps. Fuir ou baiser, il n'y avait que ça. Pour l'instant, la fuite était mise de côté.

Ses doigts trouvèrent le bouton de mon jean, puis descendirent la fermeture éclair avant de baisser mon jean. Il me tira vers lui et me fit descendre du lavabo.

- T, gémis-je.

Il me fit tourner jusqu'à ce que je regarde mon reflet dans le miroir. Mais c'est son visage que je regardais. Ses yeux sombres rencontrèrent les miens. Il fit glisser un doigt le long de mon aine puis tira l'élastique de ma culotte vers le bas.

Je sentis sa main au milieu de mon dos qui me poussait à me pencher doucement.

- Écarte les jambes, princesse, et dis-moi à quel point je t'ai manqué, putain.

Ma poitrine se pressa contre le lavabo froid alors que ses doigts s'enfonçaient en moi.

- Tu m'as manqué, chuchotai-je.

- Pardon ? dit-il en enfonçant à nouveau ses doigts en moi, puis il les fit glisser le long de ma fente, jusqu'à trouver mon clitoris. J'ai pas entendu

La force de son corps me clouait au lavabo. Je ne pouvais pas bouger, même si je l'avais voulu, et bon sang, je ne le voulais pas. Je me cramponnais, écartant mes jambes aussi loin que le permettaient le jean et ma culotte autour de mes genoux.

- Tu m'as manqué, dis-je à nouveau.

Il plongea ses doigts en moi, il se frayait un chemin, il me baisait, caressant cette partie de moi qui me faisait trembler.

- À quel point, princesse ?

J'agrippai le comptoir alors que nos regards se croisaient dans le miroir.

- Tellement, putain.

Je vis un tressautement au coin de sa bouche. C'était la punition qu'il voulait m'infliger. Il me réprimandait à chaque va-et-vient. Puis il fit descendre sa braguette de l'autre main.

- Cette chatte est *à moi*, tu comprends ça ?

- Oui.

- Ce cœur est à moi, dit-il alors que ses yeux sombres et obsédants étaient rivés sur les miens alors qu'il saisissait ma cuisse et me hissait vers le haut pour accéder à ma chatte. Et tu sais ce qui est aussi à moi ?

Mon genou glissa contre le bord du comptoir. Il déboutonna son jean, le baissa et, d'un coup violent, enfonça sa bite en moi.

- Ta putain de vie. Ta... putain de... *vie*, dit-il en me pilonnant.

Je cédais à son invasion et je tâtonnai ici et là, cherchant désespérément à m'accrocher à quelque chose pendant qu'il me baisait.

- Personne n'a le droit de te toucher, grogna-t-il en s'enfonçant à nouveau. Personne n'a le droit d'avoir ton corps... seulement moi... seulement... *nous*.

Nous...

Mes demi-frères. Je saisis les robinets, poussant mon corps en arrière, encourageant ses coups violents.

J'eus à peine eu une seconde pour m'adapter à la baise brute de mon demi-frère avant qu'il ne se retire. Ses yeux étaient grands. Sa respiration, sauvage. Je n'avais jamais vu quelqu'un d'aussi calmement désorienté.

- Tu es à moi, Ryth. Tu as toujours été à moi. Personne, et rien, ne pourra t'éloigner de moi, tu comprends ça ?

Je vis la peur en lui à cet instant-là, la peur que je sois enlevée. La peur qu'on me tue. Tout ce qu'il avait connu était la perte. Il était détruit par la perte, elle justifiait sa colère et son désir dévorant. Il était allé jusqu'au bout pour moi et même au-delà. Peut-être qu'il n'y avait pas de retour possible pour lui... peut-être qu'il n'y avait pas de retour possible pour aucun de nous. Mais j'étais là. J'étais là et il n'y avait pas de retour en arrière pour moi. Ni maintenant... ni jamais.

- Alors fais-moi tienne.

Son souffle s'arrêta, et le monde entier se dissout en même temps. Ma peau frissonna de l'intensité de son regard alors qu'il baissait lentement les yeux vers ma chatte exposée, qui se contractait et palpitait encore sous la brutalité de son désir. Il écarta mon cul avec ses doigts et enfonça sa bouche entre mes fesses.

Son allure était plus lente, plus douce et plus profonde. Comme si je n'avais jamais été réelle avant ce moment. Les muscles de sa gorge déglutirent alors qu'il avalait sa salive.

- Ils ne pourront pas t'enlever, dit-il avec une certitude glaciale. Personne ne pourra t'enlever.

Il fit glisser ses doigts le long de mon pli, écarta mes lèvres, puis il se mit à me pénétrer à nouveau. Je me mordis la lèvre inférieure et je cambrai le dos, me délectant de la sensation qu'il procurait.

- T'as compris, petite sœur ? insista-t-il, en poussant plus lentement cette fois. Personne ne pourra t'enlever.

Je gémis sous son rythme lent et exigeant et je reculai contre lui.

- Ouvre les yeux, princesse. Regarde-moi pendant que je te baise.

Je le fis et je vis ce regard insondable dans le reflet. C'était le frère qui me détestait, le frère qui faisait tout ce qu'il pouvait pour être violent. À présent, c'était aussi le frère qui aurait tué pour moi.

J'entendis un bruit de vaisselle provenant de l'autre côté du restaurant. Pendant une seconde, j'avais oublié où on était, car à ce moment-là, il n'y avait que lui, que *ça*. Je chassai la réalité de mon esprit, me concentrant sur la sensation de sa grosse bite en moi.

Il se pencha en avant et saisit ma gorge.

- Tu aimes te faire baiser violemment, petite sœur ? grogna-t-il en me pilonnait. Tu aimes que Caleb te domine ?

Je hochai la tête entre deux coups de reins.

- Alors tu es à nous.

- Oui... dis-je en reculant contre lui, répondant à ses coups, l'invitant en moi plus profondément et plus férocement.

Je lui appartenais.

Je leur appartenais à tous les trois.

Il me saisit la mâchoire, me faisant tourner le visage pour me fixer dans les yeux.

- Dis mon nom, petite sœur.

- Tobias, gémis-je.

- Encore.

- *Tobias.*

Il me baisait sans relâche, me poussant contre le lavabo. Je n'avais nulle part où aller, pas d'espace pour respirer. Ça n'avait pas d'importance de toute façon. Son souffle était mon souffle. Son contact, *mon univers.*

L'intensité de son regard me fit chavirer et alors que l'orgasme me frappa brutalement, la porte de la salle de bain s'ouvrit.

Tobias était une bête, il se retourna et braqua une arme la personne qui venait d'entrer.

Mais c'était Nick.

- Attends, frérot, grogna Tobias en reportant son attention sur moi. C'est ça, princesse. Prends tout. *Prends tout.*

J'avais les seins écrasés sur la surface froide du lavabo alors que ma chatte se contractait.

- Oh, mon Dieu... *oh,* mon Dieu.

- C'est ça, bébé, grogna Tobias.

Je croisai le regard de Nick dans le miroir alors que mon monde vacillait.

Le pistolet fit un bruit sourd quand Tobias le jeta près du lavabo, puis il poussa un long gémissement avant de s'arrêter soudainement. Sa bite s'enfonça une dernière fois en moi. La chaleur se répandit en moi, me faisant gémir et me contracter.

- Putain, petite souris, haletait Tobias, la sueur brillant sur son front. Putain.

Sa respiration saccadée consumait l'air entre nous alors qu'il me fixait. Je l'avais fait chavirer, je le savais maintenant. Je jetai un coup d'œil à Nick.

Non.

Je les avais *tous* fait chavirer.

Et moi, j'avais chaviré avec eux.

- C'était juste un avant-goût, princesse, dit Tobias, attirant mon attention en faisant glisser sa bite hors de moi et en regardant vers le bas.

Ses doigts glissèrent entre mes jambes, il enfonça un doigt en moi pour repousser son sperme à l'intérieur.

- T'as intérêt à être disponible pour moi, jour et nuit. Considère ça comme une punition pour m'avoir laissé et t'as pas non plus intérêt à te nettoyer. Je vais souiller chaque centimètre de toi.

Ma chatte palpitait, les battements de mon cœur se heurtaient au contact de ses doigts. Mais ce regard de prédateur disait tout. J'allais être punie. Peut-être même plus que ce à quoi j'étais préparée. C'était ça la punition infligée par mon demi-frère :

Être disponible pour lui...

Mes genoux tremblaient. Ma détermination faiblissait.

- T'as quelque chose à dire, petite sœur ? demanda Tobias.

J'essayais de contrôler ma respiration haletante.

- Non, dis-je en me léchant les lèvres. Rien.

Il fit un signe de tête, puis il remit sa bite dans son jean avant de remonter la fermeture éclair.

- Nick ?

Le sperme coulait à l'intérieur de mes cuisses. Mon Dieu, je faillis gémir quand Nick regarda l'œuvre de Tobias entre mes jambes.

- Pas maintenant, répondit-il en se léchant les lèvres. Même si, te voir penchée sur le lavabo comme ça me donne des idées.

Tobias se pencha en avant pour s'appuyer contre le mur, ce qui lui valut une grimace de la part de Nick.

- Je suis venu vous dire qu'on est servis.

Tobias hocha la tête, puis croisa mon regard.

- Va manger, princesse. J'arrive.

- T, dit Nick d'un ton réprobateur.

- J'arrive j'ai dit, grogna Tobias.

Il y avait une tension entre eux. Quelque chose que je ne comprenais pas. Je remontai ma culotte et mon jean sur moi.

- Qu'est-ce qui se passe ?

Nick regarda fixement T.

T me regarda puis secoua la tête.

- Rien.

Mais ça n'avait pas l'air de rien. Il y avait quelque chose. Mais personne n'allait brusquer Tobias. Personne n'allait lui dire quoi faire. Il était trop têtu pour de toute façon.

- D'accord, répondit Nick.

- *D'accord*, rétorqua Tobias.

- Ah, les hommes, dis-je en boutonnant mon jean et en secouant la tête. Non, les frères.

Ils me fixaient tous les deux alors que je prenais du savon au distributeur avant de me laver les mains et de prendre un essuie-tout en passant devant eux. Nick me suivit et au moment où je sortis des toilettes, l'odeur de la nourriture me saisit.

Je n'avais pas mangé depuis longtemps et j'avais à peine bu. Mais je n'étais pas la seule. Caleb nous attendait, devant lui une énorme assiette de nourriture intacte. Rebelle mâchait un gros steak cru sur le sol tandis que je me glissais en face de lui.

- Ça va mieux ?

Je croisai le regard de Caleb qui scrutait mon visage. Je savais qu'il devinait ce que son frère avait fait.

- Pas vraiment, répondis-je en baissant mon regard vers l'énorme cheeseburger et les frites sous mon nez. J'irai mieux quand on sera en sécurité et que j'aurai des nouvelles de mon père.

Il prit son couteau et sa fourchette et commença à couper son steak. Il mangeait avec une précision totale, il découpait puis mâchait calmement. Je savais qu'il était sans doute affamé. Il n'avait rien mangé lui non plus après la mince bouchée de sandwich.

Cet endroit avait tout détruit. Nick s'avança vers nous, mais au lieu de s'asseoir, il continua à marcher. Je pris une énorme bouchée du hamburger et je gémis à sa saveur, léchant le jus et la sauce qui dégoulinaient sur ma main, puis je jetai un coup d'œil par-dessus mon épaule, Nick parlait à la femme derrière le comptoir.

Elle désigna quelque chose dans l'ombre à côté de la porte. Je regardai à peine mon assiette alors que je prenais deux frites avant de les tremper dans le ketchup puis je les enfournai dans ma bouche et me retournai.

C'était un téléphone. Un de ces vieux téléphones fixes qu'utilisaient les automobilistes en panne qui ne captaient pas le réseau. Mais le téléphone de Nick était posé sur la table à côté de nous, le signal de réseau comportait toutes les barres pleines.

Je mâchai, avalai et continuai de manger, cette fois sans même regarder. Au lieu de cela, je regardai mon frère composer un numéro puis parler dans le combiné. À qui ? Je ne le savais pas.

- À qui il parle ?

- Aucune idée, répondit Caleb.

Je ne le croyais pas. Je croisai son regard, cherchant la vérité dans ces yeux noisette.

- Qu'est-ce qui se passe ?

Il leva un sourcil alors qu'il mâchait sa nourriture, puis il attrapa sa serviette et se tamponna le coin de la bouche.

- Tu veux la version longue ou la version courte, petite sœur ?

Il jouait avec moi. Je regardai la porte fermée des toilettes femmes. Tobias n'était toujours pas sorti, et tout à coup, je n'avais plus faim, j'étais inquiète et énervée.

- Le voilà, marmonna Caleb. Tu auras qu'à lui poser la question.

Nick s'assit à côté de Caleb. Je n'attendis pas plus longtemps.

- C'était qui ? dis-je en désignant le téléphone.

Nick sourit et jeta un coup d'œil à mon assiette.

- Tu n'as pas faim, princesse ?

- Non, dis-je en reposant mon burger dans l'assiette. Tu vas me répondre ?

Il y avait un tressautement au coin de sa bouche alors qu'il secouait la tête.

- Si tu n'as pas faim, alors on prendra ce qui reste à emporter.

Il fit signe à la serveuse de venir et cette fois-ci, elle se montra très accommodante, souriant même en s'approchant. Il ne me quittait pas des yeux.

- Vous pouvez nous emballer ce qui reste ? Et ajoutez trois autres steaks pour le chien et six bouteilles d'eau, et nous partirons.

Elle fit un signe de tête puis ramassa mon assiette, ainsi que celle intacte de Tobias.

- Bien sûr.

Elle était à peine partie que le cliquetis des assiettes résonnait dans l'entrée de la cuisine. On dirait qu'elle était bien contente de se débarrasser de nous.

- Tu vas me dire ce qui se passe, Nick ? Je mérite de savoir.

- C'est vrai, dit-il d'un sourire triste. Et je vais te le dire, mais d'abord il faut qu'on t'emmène dans un endroit sûr. Un endroit où ils ne pourront pas te trouver. À ce moment-là on te dira ce qui se passe, et pourquoi.

La porte des toilettes s'ouvrit et Tobias sortit en titubant, mais cette fois-ci, il boitait davantage. La sueur était plus évidente sur son front alors qu'il se rapprochait de notre table.

- On s'en va ?

- Oui, répondit Nick.

- Bien.

Tobias semblait satisfait de cette idée et passa devant la serveuse alors qu'elle revenait, prenait les deux assiettes restantes et partait.

À peine une minute plus tard, elle revint avec un sac en plastique rempli de récipients de nourriture. Nick fouilla dans sa poche, sortit un autre billet de cent dollars, et le laissa sur la table avant de s'éclipser.

- Merci.

Il prit le sac et me fit signe d'avancer.

- Ryth.

Il ne m'appelait pas par mon prénom d'habitude.

Je pris une serviette sur la table, m'essuyai les mains et la reposai sur la table avant de me lever pour les suivre.

Tobias avait à peine fait trois pas devant nous qu'on le rattrapait déjà. Je descendis la première marche et je le vis vaciller et tenter de se raccrocher à la rampe.

Mais il la manqua.

- Tobias, criai-je.

Il fit un pas, puis un autre, avant que ses genoux ne cèdent et qu'il s'effondre sur le sol. La panique m'envahit et je me précipitai vers lui.

- Tobias !

Mais cette fois, il ne se relevait pas.

Chapitre Dix

VIVIENNE

Ils étaient là, de l'autre côté de cette foutue porte... il y avait quelqu'un en tout cas.

J'en étais sûre.

C'était un *ressenti* car je n'entendais aucun son. L'air était lourd, chargé de cette indéniable tension masculine. Je commençais à détester cette putain de tache. Je fis un pas vers la porte, puis jetai un coup d'œil aux rideaux noirs transparents qui couvraient la fenêtre. Je me jetterais bien par la fenêtre, même de si haut... si j'avais quelque part où aller.

Non. Mes espoirs de m'enfuir avaient disparu dans la lunette arrière de la voiture dans laquelle ce *bâtard* m'avait enlevée. Ryth et ses demi-frères étaient loin maintenant. Je ne savais même pas s'ils étaient encore en vie. Elle sûrement, j'en étais sûre. L'Ordre ne risquerait pas de perdre sa marchandise.

Et c'est tout ce que nous étions pour eux.

Une marchandise.

Je fixai mon attention sur les rideaux transparents, écartés suffisamment pour que je puisse apercevoir l'obscurité à l'extérieur... encore.

Encore.

Le mot résonnait en moi. Trois jours qu'ils me retenaient ici. Trois jours à arpenter le sol et à imaginer toutes les horribles choses que je voudrais faire à cet homme... et à ses putains de fils, au moment où je pourrais m'échapper. J'étais la prisonnière de London St. James. Je ne pouvais pas m'enfuir. J'avais essayé de trifouiller les serrures des fenêtres, mais les couverts en plastique qu'il m'avait laissés se sont avérés inutiles.

J'avais quand même réussi à tordre un des verrous pour leur faire croire que je pouvais m'échapper. Ça l'énerverait et ça gâcherait cette chambre parfaite... qu'il avait aménagée pour moi.

Pensait-il que cette chambre allait me plaire ? J'observai la tête du lit king size en feutre noir et les draps en coton égyptien rose pâle. Pensait-il que j'allais aimer ce qu'il m'achetait ? Les draps propres attirèrent mon attention. Ils ressemblaient à du satin lorsque je les fis glisser sur moi.

Je baissai les yeux sur ce drap rose qui recouvrait mon corps. Je tirai les bords autour de mes hanches et fit un nœud dans mon dos. Visiblement ses draps onéreux n'étaient pas seulement faits pour dormir, ils seraient aussi agréables à porter.

La vaste chambre était dans des tons de noir, de rouge sang et de roses pâles. En fait, je détestais cette pièce et tout ce qu'elle contenait.

Pupille.

C'est comme ça qu'il m'appelait. Mais c'était juste un joli nom pour une prisonnière. J'étais son... esclave personnelle. Seulement il ne m'avait pas forcée. Pas encore, du moins. Je pressai ma paume contre la porte, puis j'essayais d'appuyer sur la poignée. Le verrou était bloqué, l'acier, impitoyable.

- Laissez-moi sortir, bordel ! criai-je en écrasant mon poing contre le bois.

De l'autre côté de la porte, j'entendis le murmure d'un bruit.

Un raclement de quelque chose.

La terreur se rassembla dans ma nuque, mes cheveux se hérissèrent.

- Je sais que tu es là, dis-je en pressant ma paume contre le bois peint. Je t'entends respirer.

- Ah oui ?

Le son de la voix me fit sursauter et je reculai. Mais ce n'était pas la voix de London. C'était celle de son fils, mais lequel était-ce ? Leurs visages identiques surgirent dans mon esprit, mais tout le reste était flou.

- Ton nom, dis-je en fixant la porte. C'est quoi déjà ?

Silence. Puis un minuscule gloussement.

Ce son me foutait en rogne.

- J'ai dit quelque chose de drôle ?

Toujours pas de réponse.

Le coin de ma lèvre tressaillit.

- Vous pouvez pas me garder ici pour toujours. Je vais m'échapper. Je pourrais même tuer daddy pendant que j'y suis, qu'est-ce que tu en penses, connard ?

Je savais qu'il m'avait entendue, mais il ne disait toujours rien. Cela ne faisait qu'attiser ma colère.

- Réponds-moi ! criai-je en frappant la porte jusqu'à ce qu'elle tremble. *Réponds-moi !!*

Mais il ne répondait pas. Parce qu'il n'était plus là, désormais. Il y avait le vide qu'il avait laissé derrière lui. C'était un vide de silence. Tout comme ce putain d'endroit. Un poids écrasant... une lourdeur dans mes tripes. Parce que j'avais disparue, encore une fois... n'est-ce pas ?

Comme la première fois, quand ma famille s'était débarrassée de moi à la première occasion. Je m'étais débattue violemment quand ils avaient essayé de me faire entrer dans un putain de couvent. Je m'étais déchaînée, les suppliant de ne pas y aller et ils avaient compris que leurs menaces n'étaient rien d'autre que des mots.

Honnêtement, ils ne m'avaient jamais aimée.

Bon sang, ils me toléraient même à peine.

Parce qu'on ne partageait pas le même sang. Personne n'avait mon sang.

Je devrais m'estimer heureuse de ne pas avoir été placée dans une famille d'accueil. Non, à la place, j'avais été élevée par des parents qui avaient la même interface émotionnelle que des putains de robots.

Je ne pouvais compter que sur moi. Mon intelligence. Ma force. *Ma ruse.*

Cela devait être suffisant pour me sortir de là.

Je n'avais pas le choix, n'est-ce pas ?

Le bruit sourd et lent de pas résonna dans les escaliers. Je retirai ma main de la porte et fis un pas en arrière. J'avais pensé à ce moment pendant des heures... mais maintenant je ne savais plus vraiment.

Je jetai un coup d'œil au drap qui m'enveloppait et fis un pas en arrière jusqu'à ce que l'arrière de mes jambes heurte le bord du lit au moment où le verrou cliqueta et où la porte s'ouvrit.

Puis le diable en personne entra, avec un plateau de nourriture.

Bien sûr, il verrouilla la porte derrière lui. Ça aurait été trop facile. Il ne jeta pas un seul regard dans ma direction, ne me parla même pas alors qu'il posait le plateau sur le bureau à côté du sandwich à moitié mangé et de la carafe d'eau vide.

- Bien, dit-il calmement. Tu commences à apprendre.

- Va te faire... *foutre.*

Ce regard impénétrable et glacial me transperça tandis qu'il se redressait, puis son regard s'abaissa lentement. Je ne luttais pas contre la satisfaction que je ressentis en voyant son regard déçu.

- Où sont les vêtements que je t'ai donnés ?

- Je les ai jetés... par la fenêtre.

Il sourcilla et regarda les rideaux derrière moi.

- Tu as fait quoi ?

Je souris de plus belle.

- Je les ai jetés... par la fenêtre.

Ses narines se dilatèrent. Il plissa les yeux, attirant mon attention sur les légères rides près de ses tempes qui témoignaient de son âge. Je relevai le menton.

- Si tu veux que quelqu'un s'habille comme une pute, alors tu devrais porter ces putains de vêtements toi-même... *Daddy.*

Il ne bougeait plus. Il était si immobile qu'il ressemblait à une putain de statue, puis il traversa la pièce à une vitesse folle. Sa main bondit sur moi et me saisit la gorge, me forçant à reculer jusqu'à ce que je tombe sur le lit.

Il était sur moi en un instant, ne me laissant aucune chance de m'échapper.

- Ça m'a coûté une putain de fortune, dit-il de sa voix grave et distinguée alors que la peur se glissait dans ma poitrine.

Puis il baissa les yeux vers le drap qui épousait la courbe de mes seins.

- La prochaine fois que tu jettes quelque chose que je t'achète, ce sera la dernière fois que tu auras la liberté d'accomplir un tel acte. Est-ce que je me fais bien comprendre ?

Un frisson me parcourut.

Il planta ce regard mortel dans le mien, sa poigne se resserra, jusqu'à ce que je lutte contre l'envie de tousser.

- J'ai dit... *est-ce que... je... me... fais... bien... comprendre ?*

- Oui, murmurai-je.

Lentement, son emprise diminua et il se retira et se redressa. Ce regard glacial était rivé sur mon corps, sur la façon dont mon souffle oppressé se heurtait au tissu. Je sentis un filet d'air froid, un filet qui caressa ma hanche à l'endroit où le drap ne me couvrait pas. L'effleurement de ses doigts me fit frissonner, il repoussa le drap pour qu'il glisse entre mes cuisses écartées. Un centimètre de plus sur la gauche et il verrait tout... et il découvrirait que je ne portais rien en dessous.

Parce que c'est ce qu'il voulait... non ?

Mon corps nu.

À sa disposition.

A découvert.

Dans l'attente de la brutalité de sa main.

Il se lécha et lèvres et son torse se gonfla.

Tout était clair maintenant. London St. James avait un point faible, et je l'avais trouvé.

Mon cœur finit par ralentir la cadence puis je le sentis battre entre mes cuisses, derrière le drap. Ma chatte se contractait. Je détestais ça, je détestais qu'au lieu de lui donner des coups de poings, au lieu de lui crier dessus, j'avais envie d'écarter le drap davantage.

Je voulais qu'il me voie.

Je voulais qu'il me souille.

Qu'il me ramène dans cette cave et mette ses menaces à exécution.

Oh mon Dieu...

Mes joues se mirent à rougir. Cette chaleur fit accélérer les battements de mon cœur entre mes jambes. Je n'avais pas besoin qu'on me tende un miroir pour deviner que je m'humiliais toute seule, je le lisais très bien sur son visage. Je vis un léger mouvement au coin de sa bouche alors qu'il se nourrissait de ma gêne tel un vampire.

- Bon, tu vas manger ce que je t'ai apporté... et Vivienne...

- Oui ?

Il baissa les yeux sur le drap contre ma chatte, et me dit d'une voix pleine de désir :

- J'en ai assez de ton attitude. Si tu continues comme ça, je vais devoir t'amener à la cave. Tu comprends ?

Boum...

Je ravalai ma salive et hochai la tête alors que mon cœur s'emballait.

- Très bien, murmura-t-il en croisant mon regard. Maintenant mange, je viendrai chercher le plateau plus tard.

Il se tourna et se dirigea vers le bureau puis ramassa l'assiette avec le sandwich et la carafe d'eau avant d'aller vers la porte.

Je n'osai pas respirer jusqu'à ce qu'il ferme la porte en sortant. J'attendis d'entendre le bruit du verrou et l'air quitta brutalement mes poumons.

- Punaise, dis-je en saisissant la douceur de la couette entre mes mains.

Il s'en est fallu de peu.

De très peu...

Boum...

Boum...

J'ouvris un peu les cuisses, l'effleurement du tissu me chatouilla les lèvres. J'étais mouillée... *gonflée.* Je glissai ma main et écartai le drap onéreux avant de plonger mes doigts en moi.

- *Ohhh*, gémis-je en fermant les yeux.

Ce n'était pas doux, ni chaud. Je n'allais pas directement sur mon clito pour assouvir mon désir. Je plongeais encore deux doigts en moi, aussi loin que possible... ce n'était pas assez loin. *Jamais assez.* J'écartai les cuisses davantage et enfonçai à nouveau mes doigts.

J'en ai assez de ton attitude.

Un gémissement s'échappa de ma bouche, rauque et grave, comme s'il venait d'un animal.

Je vais devoir t'emmener à la cave.

Je vais devoir t'emmener... t'emmener...

J'accélérai le mouvement de ma main puis sortis mes doigts pleins de mouille avant de les faire glisser sur mon clito. Putain, j'étais trempée... plus que jamais auparavant.

- Non, dis-je en fermant les yeux plus fort. Je ne voulais pas, mais je ne pouvais pas m'en empêcher, même si j'essayais.

Je voulais tout ça. Je le voulais... *lui*.

Mon clito pulsait, ma chatte palpitait.

Mon esprit réclamait la délivrance.

Je plongeai trois doigts en moi et me figeai avant de soulever mes hanches du lit. Je l'aurais laissé me baiser... lui, et ses deux fils *aussi*. Je l'aurais laissé faire ce qu'il voulait...

Putain.

Je jouis violemment, ma chatte chaude pulsait et se serrait autour de ma main. Je fermai les cuisses et roulai sur le lit, les doigts toujours plongés en moi... puis mon esprit revint peu à peu à la réalité et j'entendis à nouveau un bruit de l'autre côté de la porte.

Sa présence.

Je ne savais pas de qui il s'agissait...

Et je me doutais qu'il avait entendu ce que je venais de faire.

- Va te faire foutre, dis-je. Toi et les autres.

Je libérai mes doigts lentement et les portai à ma bouche. Doux, salé. J'aimais ma propre saveur.

Mes yeux focalisaient à nouveau, je voyais le tissu noir derrière les bords de l'oreiller.

Je ne voulais pas bouger, mais je tendis le bras pour tirer sur le bord du vêtement et l'amener à moi.

Ce n'était pas de la lingerie. C'était du pur divertissement... son divertissement.

La culotte-harnais à taille haute était essentiellement constituée de lanières dans le dos. D'épaisses lanières autour de la taille qui descendaient vers le bas en fines lanières, censées épouser mes hanches. Je devinais que les deux lanières qui descendaient vers le bas étaient censées longer la courbe de mes fesses et plonger vers mon entrejambe, afin d'améliorer l'accès à mon sexe.

Il voulait que je porte ça.

Non, il *exigeait* que je le porte.

Pour que je sois humiliée, rien de plus. Parce qu'il ne pouvait pas rompre le contrat. S'il le faisait, alors je serais libre pour toujours. C'était tout ce qui me liait à ce monstre et à ces murs blancs de l'Ordre.

Un petit bout de papier avec sa signature.

J'étais sûre que je détesterais même son écriture.

Est-ce que London St. James était un homme d'honneur ? Non. Mais c'était un homme influent. Je déglutis difficilement, sentant encore la force de sa main autour de ma gorge. Je le savais déjà. S'il rompait son serment envers les monstres qui dirigeaient l'Ordre, il le paierait cher.

Je fixai la mouille séchée sur ma main.

S'il n'était pas prêt à rompre le contrat...

Alors pourquoi voulait-il que je porte ça ?

Je vais t'emmener à la cave.

Sa menace était toujours présente.

Il n'avait peut-être pas le droit de pénétrer mon corps, mais cela ne l'empêcherait pas de me dégrader d'une autre manière. London était un homme déterminé à me détruire. La seule question était, allait-il aussi revendiquer mon désir ?

Chapitre Onze

CALEB

- Tobias ? cria Ryth en courant vers lui. *Tobias !*

Je regardai mon frère sur le sol, j'essayais de comprendre.

- Que s'est-il passé ? dis-je alors que la peur faisait son apparition, me faisant attraper le flingue caché dans la ceinture de mon pantalon, puis je regardai s'il y avait quelqu'un sur le parking vide. *On lui a tiré dessus ?*

Nick laissa échapper un grognement et se précipita, tombant à genoux près de T.

- Nick ! criai-je. On lui a tiré dessus, putain ?

Ryth leva les yeux vers lui en saisissant l'épaule de Tobias et en le faisant rouler sur le dos. Je risquai un regard, cherchant du sang sur la poitrine de mon frère jusqu'à ce que Nick me bloque la vue.

- On ne lui a pas tiré dessus. Non... pas tiré dessus.

Je respirai bruyamment alors que je rassemblais mes esprits. *Putain...* Pourtant, je n'avais confiance en personne, plus maintenant. Pas quand ma famille était concernée. Je me tournai vers le camion garé puis vers la ligne d'arbres sombres qui bordait le restaurant.

- Tobias, dit Ryth. Tu m'entends ? *S'il te plaît, dis quelque chose.*

- Faut qu'on l'emmène à la voiture, dit Nick en regardant dans ma direction. Aide-moi.

La respiration de Tobias était si faible que sa poitrine bougeait à peine. Bon sang, il n'avait pas l'air bien. Non, il n'avait pas l'air bien du tout. Je fis un petit signe de tête, remis l'arme dans ma ceinture et me dirigea vers eux.

Nick était toujours blessé. Le coup de couteau dans son flanc était à peine recousu. Il n'était pas question que je le laisse se blesser encore plus.

- Je vais prendre ses épaules, tu prends ses pieds.

- Donne-moi les clés, Nick, dit Ryth en se relevant. Je vais ouvrir les portières.

Il fouilla ses poches et les lui remis avant qu'elle s'éloigne en vitesse vers l'endroit où la voiture était garée.

- Rebelle, dit Nick en donnant un coup de tête. Va avec elle.

Je voulais lui dire que l'ordre était inutile. Ce n'était qu'un chiot, et même si elle était... J'ouvris à peine la bouche que la chienne s'éloignant en boitant. Je secouai la tête puis je me dirigeai vers la tête de mon frère, je me penchai et glissai mes mains sous ses aisselles.

- Prêt ?

- Quand tu veux.

Mes muscles se contractèrent et mon dos se tendit alors que je plantais mes semelles dans le sol et que je le hissais.

- Putain, T. Tu pèses un âne mort...

Les souvenirs me revinrent. Quand T et moi étions assis dans la salle d'attente à l'hôpital, attendant que quelqu'un nous dise si notre frère avait survécu. T quand il se tenait à côté du cercueil de maman, et quand il avait affronté deux putains de videurs dans un club quand ils étaient venus me chercher.

Il se battait toujours.

Il se battait contre notre père.

Il se battait contre la vie.

- Tu ferais mieux de rester en vie, espèce de borné, marmonnai-je en titubant vers la voiture. Tu ferais mieux... de rester en vie, putain.

Ryth attendait à côté de la portière arrière ouverte avec un regard terrifié sur le visage. Je voulais dire quelque chose pour la réconforter. Mais tout espoir que j'avais à offrir était faible au mieux.

- Je vais monter, tiens-le, d'accord ? dis-je en lâchant presque ses épaules en reculant sur le siège et en le tirant vers moi.

Ryth se précipita de l'autre côté pour ouvrir l'autre portière afin que je puisse le tirer jusqu'à l'intérieur.

- La lumière, insista Nick. Allume la lumière.

J'actionnai l'interrupteur au-dessus et l'intérieur de la voiture fut rempli d'une faible lueur. Pourtant, la lumière suffisait... elle suffisait pour voir la mare de sang qui avait traversé son jean noir.

- Qu'est-ce qui s'est passé, putain ? dis-je en fixant Nick alors qu'il déboutonnait le jean de Tobias et le descendait.

- On a juste... commença Ryth, s'arrêtant lorsque nous aperçûmes le haut du bandage blanc. On a fait l'amour. Elle finit par secouer lentement la tête.

- C'est pas ça, princesse, dit Nick en baissant le pantalon de mon frère. C'est une balle.

Plus il descendait, plus la vue empirait, jusqu'à ce qu'il n'y ait plus de blanc sur la gaze. Elle était imbibée de sang.

- Putain, criai-je. Pourquoi il n'a rien dit ?

- Tu connais notre frère, non ? dit Nick en me regardant.

Ça voulait tout dire.

- Quel borné celui-là, grognai-je alors que Nick souleva un peu le bandage et fixait la plaie sombre et suintante.

- Putain, dit Nick en fermant les yeux une seconde, et quand il les ouvrit à nouveau, je n'y vis que de la peur.

- *Oh mon Dieu. Oh mon Dieu...* chuchota notre sœur. On doit l'emmener à l'hôpital.

- Pas d'hôpital, répondis-je en même temps que Nick.

- Comment ça, *pas d'hôpital ?* dit-elle en désignant la blessure. Regarde ça, c'est mauvais... c'est vraiment mauvais, putain.

Sa voix se brisa, jusqu'à ce qu'il n'y ait plus rien...

Rien que le silence.

Mon estomac se noua, le goût du steak me remonta dans la gorge parce que je le regardais. La gaze brillait. La blessure était noire sur les bords. Ça avait l'air mauvais... *vraiment mauvais, putain.*

C'était de ma faute.

Entièrement de ma faute.

Si je n'avais pas poursuivi Killion, si je n'étais pas parti sur un coup de tête...

La voiture semblait osciller sous le poids des conséquences. Je fermai les yeux alors que cette lourdeur se rassemblait sur mon cœur. Nous n'avions nulle part où aller maintenant, et personne à qui faire confiance. Nous ne pouvions pas aller à l'hôpital. Nous ne pouvions certainement pas rester ici.

- Il y a le docteur.

J'ouvris les yeux.

Nick se lécha les lèvres et croisa mon regard.

- Ce type.

- Quel type ? dis-je en fronçant les sourcils.

Mon frère se redressa, fouilla dans sa poche et sortit une sorte de carte de visite, en me disant :

- L'ami d'un ami, apparemment.

Je me concentrais sur la carte.

- Un ami ? Quel ami putain ?

Mais Nick ne répondit pas. Il secoua la tête et me regarda bizarrement. Je n'aimais pas du tout ce regard. *Quel ami, Nick ?*

Un souffle rauque fut suivi d'un gémissement. Tobias ouvrit lentement les yeux.

- Putain, qu'est-ce qui s'est passé ?

- Tu t'es effondré, dit Ryth en me contournant, grimpant dans l'espace pour les pieds, et je m'écartai alors qu'elle aboyait : *pourquoi tu m'as pas dit qu'on t'avait tiré dessus ?*

Mais ce petit malin se contenta d'un faible sourire, ne disant rien alors qu'il fermait les yeux. À ce moment-là, son sourire se transforma en une grimace.

- Faut qu'on appelle le doc, répondit Nick.

Tobias ouvrit les yeux, fixa notre sœur.

- Je peux... faire confiance à personne.

- Ouais, eh bien, on est à court d'options putain, cria Nick. Je vais certainement pas perdre un frère et mon père le même jour.

Mon père ?

Je tressaillis. *Mon père ? Qu'est-ce que ça veut dire ? Est-ce que notre père... est-ce qu'il...*

Les yeux de Nick s'agrandirent comme s'il réalisait instantanément qu'il venait de lâcher une putain de bombe.

Je déglutis, me forçant à me concentrer sur T.

- Ce type est médecin ?

Nick hocha lentement la tête. Un médecin et la perte de notre père. On dirait que mes frères ont été bien occupés.

- Tu es sûr qu'on peut faire confiance à ce type ? dis-je, ce ton froid revenant dans ma voix.

- Non, dit Nick en regardant les respirations superficielles de Tobias. Mais pour l'instant, on n'a pas le choix.

- Alors appelle-le, dis-je prudemment. Appelle-le et on fera face à ce qui arrivera.

Tant que T reste en vie.

Je me fichais de ce qui m'arrivait. Je m'en fichais complètement, tant qu'ils étaient en sécurité.

Mon frère s'éloigna, laissant Ryth atteindre et effleurer la joue de Tobias.

- Espèce d'idiot, dit-elle en posant sa tête contre la sienne. Pourquoi tu m'as pas dit que tu étais blessé ?

- Tu penses que tu aurais pu le raisonner ? répondis-je pour lui quand la voix de Nick filtra à travers la portière ouverte de la voiture, il semblait calme… et soulagé.

- Aide-moi, dis-je à Ryth alors que je saisissais à nouveau mon frère, le tirant un peu plus. Il faut qu'on se prépare à partir.

Elle se débattit avec le jean de Tobias, le tirant assez haut pour le remonter au niveau des jambes.

Le bruit de pas se rapprocha et Nick apparut.

- Nous avons une adresse. Une cabane à environ une heure de route d'ici.

Je rentrais les épaules de T avant de fermer délicatement la portière.

- Une heure ?

- Trente minutes pour moi. Mais une heure pour le doc, dit Nick en s'installant derrière le volant, passant la main dans l'espace entre les sièges.

- Les clés, princesse.

Je me dépêchai de monter à l'avant. J'appelai Rebelle et la maintins sur mes genoux pour l'empêcher d'aller à l'arrière. Le moteur de la berline rugit puis les phares éclairèrent la façade du restaurant.

Nous sortîmes du parking, éparpillant des graviers dans notre sillage. Ce putain de trajet était une agonie. Ma concentration était partagée entre la route et mon frère. Mais quand même, mon esprit s'emballait.

Ce gars avait intérêt à être digne de confiance.

Il avait intérêt à garder notre frère en vie.

Le GPS brillait dans l'obscurité tandis que Nick agrandissait la carte à l'écran.

- Putain, je sais à peine dire quelle route il faut prendre.

Ma mâchoire se serra. Ce n'était pas ce que je voulais entendre.

- Ne nous perds pas.

Un regard rapide entre les sièges vers l'endroit où Ryth berçait Tobias et il se tourna vers la route.

- Non, t'en fais pas...

Le silence s'installa, je scrutais chaque route que nous croisions, et pendant tout ce temps, cette panique bouillonnait en moi... *Nous n'allions pas y arriver... Nous n'allions pas y arriver... Nous n'étions pas...*

- Je pense que c'est par là.

Je regardai la route devant moi, j'aperçus une bifurcation, puis je jetai un coup d'œil au GPS.

- Tu es sûr ?

- C'est ce que dit la carte.

Je devais croire que Nick savait ce qu'il faisait car il hocha la tête avant de tourner. Nous roulâmes le long de cette route pendant une bonne vingtaine de minutes. Tout ce que je voyais, c'était des arbres et l'obscurité, et pas une autre seule maison en vue.

Nick était rivé à l'écran, ralentissant la voiture jusqu'à ce que nous roulions au pas lorsque nous passâmes devant une boîte aux lettres jaune délavé.

- C'est lui, marmonna-t-il en jetant un coup d'œil à l'écran et en le relevant. DeLuca.

Il tourna dans l'allée et nous roulâmes encore plus lentement car l'allée était jonchée d'ornières, pas un problème pour un 4x4 mais pas adéquat pour une fichue berline. Les pneus dérapèrent et la voiture glissa sur le côté. Pourtant, Nick était un as du volant.

Il maniait la voiture avec précision, tournant dans la glissade, puis corrigeant doucement la trajectoire. Puis nous avançâmes vers une grande cabane près des arbres.

- Ça doit être une sorte de maison secondaire, dit Nick en balayant le terrain du regard. On dirait qu'il n'y a personne ici.

Tobias gémit derrière nous, puis marmonna quelque chose que je ne compris pas.

- Je pense qu'il rêve, murmura Ryth.

Je regardais mon petit frère, essayant de comprendre à quel moment exactement notre monde avait commencé à s'écrouler.

C'était lui...

Papa.

Il avait été le catalyseur.

En trahissant notre mère.

Et maintenant Ryth.

Le fait qu'il soit apparemment mort maintenant me troublait. Une partie de moi était satisfaite, l'autre était toujours son foutu fils. Je me débattais avec cette idée quand Nick s'arrêta à côté de la cabane et coupa le moteur.

Je sortis, laissant Ryth, Nick et Tobias dans la voiture. Dès que je vis ces fenêtres sombres, que j'entendis le vent hurler dans les arbres, je sentis un frisson me parcourir l'échine.

Peut-être que venir ici était une erreur après tout ?

- Ça ne sent pas bon, dis-je en regardant autour de moi, avançant lentement vers la cabane.

- On n'a pas vraiment le choix, si ?

Non, en effet.

Des monticules de feuilles mortes s'amassaient devant la cabane, soufflées par les arbres. Même la cabane semblait inhabitée. Je commençais à penser que nous avions perdu du temps à venir jusqu'ici... du temps que nous n'avions pas.

Je me tournai et ouvris la bouche pour dire à Nick que nous devrions faire demi-tour, que nous trouverions quelque chose, une pharmacie... ou on pourrait kidnapper un docteur que pour qu'il soigne notre frère. Mais à ce moment-là le faisceau des phares traversa les arbres et m'éblouit.

Le bruit d'un moteur suivit alors qu'un 4x4 sombre dérapait et s'avançait dans l'allée vers nous.

Je saisis l'arme dans mon dos et m'approchai de notre voiture. Le gros 4x4 s'avança puis dérapa avant de s'arrêter net à côté de la berline. Les phares restaient allumés, m'aveuglant alors que je m'approchais.

- Nick, dis-je en levant l'arme alors que je m'approchais.

Le claquement d'une portière suivit...

Je ne savais pas si ces gens étaient nos amis ou nos ennemis.

Chapitre Douze

RYTH

La lumière des phares inonda la voiture depuis la vitre arrière. Nick grimaça et se protégea du faisceau lumineux avant de descendre de voiture et de me laisser seule avec le corps pâle et frissonnant à côté de moi.

- T, dis-je en effleurant son bras. Tu m'entends ?

Rien. Pas une grimace, ni un faible sourire, même pas pour moi.

- Ça va aller, chuchotai-je. Tout va bien se passer.

Si un mensonge était tout ce à quoi nous pouvions nous raccrocher, alors j'y planterais mes griffes et m'y accrocherais de toutes mes forces. Je ferais en sorte qu'il aille bien... parce que pour moi, il n'y avait pas d'avenir sans lui. Je sortis de la voiture, me mordant la lèvre pour repousser la peur.

- Mets-toi derrière moi, Ryth, ordonna Caleb alors que le 4x4 dérapait en venant vers nous.

Je me frottai les bras pour atténuer la chair de poule, et j'avançais instinctivement derrière lui. J'étais tellement habituée à ce qu'ils me protègent, qu'ils se mettent en danger. Je commençai à avancer puis je réalisai que je ne voulais pas ça.

Plus maintenant.

Je voulais arrêter ce tourbillon d'armes, de trahisons et de pertes. Je voulais qu'on s'en aille... et qu'on ne se retourne pas. Je voulais qu'on disparaisse, qu'on sorte de ce chaos et qu'on ne revienne jamais. Ni pour papa, ni pour maman. Ni pour quelqu'un d'autre que nous.

Les protéger...

Cette envie hurlait en moi.

Les protéger...*eux*.

Les phares éclairaient la berline que mon père nous avait laissée. Je me retournai alors que la Range Rover noire étincelante s'arrêtait et que le moteur s'éteignait. La portière du conducteur s'ouvrit et un homme descendit. Mais il ne s'approcha pas de nous, il restait debout dans la portière ouverte, scrutant chacun d'entre nous avant de regarder quelqu'un sur le siège passager et de parler à voix basse.

- Tout va bien, c'est sans danger.

Sans danger ?

Est-ce qu'il parlait de nous ?

La portière du passager s'ouvrit. Je ne sais pas à qui je m'attendais, mais ce n'était pas à la jolie jeune femme qui me lança un regard en souriant.

- Nick, dit le type étrange en faisant un signe de tête à mon demi-frère. Où est-il ?

- Dans la voiture, répondit Nick, en marchant à grands pas vers la portière que j'avais laissée ouverte.

- Kit, attrape mon...

Mais elle était déjà en mouvement, se dirigeant vers l'arrière du 4x4.

- Je m'en occupe.

Le type sortit son téléphone et alluma la lampe torche, projetant le faisceau sur T en se penchant dans la voiture. Je retins mon souffle en m'approchant, les bras serrés autour de mon corps, impatiente d'entendre chaque mot que cet homme avait à dire.

- Il va s'en sortir, dit-elle en avançant vers nous, son sourire s'élargissant juste pour moi. Il faut juste être patient, mon frère est le meilleur médecin urgentiste de l'état.

- *Kit*, dit le type depuis l'intérieur de la voiture. Qu'est-ce que je t'ai dit à propos de dire des choses comme ça ?

Elle me fit un clin d'œil et instantanément le souffle que je retenais se libéra alors qu'elle marmonnait :

- De toujours dire la vérité ?

Je l'aimais bien...

Non, c'était plus que ça.

J'avais besoin d'elle.

De son espoir. De son sourire. De ses yeux bruns et chaleureux alors que le type se redressait sur le siège arrière.

- On va l'amener à l'intérieur.

- Caleb, dit Nick en courant vers la voiture.

- Viens, dit-elle en désignant la cabane. Tu vas m'aider à ouvrir.

Elle souleva de leur véhicule un énorme sac de sport noir rempli d'équipement médical. Je m'approchai d'elle.

- Je peux vous aider ?

Elle vit le désespoir dans mes yeux puis hocha la tête. Je saisis les poignées du sac et le hissai près de moi, manquant de crouler sous le poids. Mais elle ne me laissait pas le choix, elle se précipita sur les marches de la grande véranda et disparut dans la pénombre. Je la suivis. J'entendais les grognements de mes demi-frères derrière moi alors qu'ils portaient Tobias.

Le bruit d'une serrure retentit puis la lumière surgit depuis la porte d'entrée ouverte, éclairant le chemin.

- Deuxième porte à gauche au bout du couloir, par-là, dit-elle depuis l'intérieur de la cabane.

Je me dépêchai d'entrer alors que Tobias poussait un rugissement qui me serra le cœur et accéléra mon pouls. J'ouvris la porte, j'allumai la lampe et j'entrai dans la pièce.

C'était une sorte de salle de chirurgie, équipée de moniteurs, de matériel et de placards remplis d'outils.

- Mettez-le sur la table, cria le médecin par-dessus les cris de Tobias.

Je posai le sac sur le long comptoir qui longeait le mur, puis je me précipitai à ses côtés.

- Je suis là, dis-je en prenant la main de mon demi-frère. Je suis là.

Il agrippa le côté de la table en acier inoxydable avec son autre main et me lança un regard terrifié. Sa respiration haletante soufflait sur mes cheveux alors que le médecin nous dit :

- Nous devons lui enlever ce jean.

- Ryth, haleta Tobias.

- Je suis là, dis-je en le regardant. Regarde-moi.

Il leva les yeux vers moi et s'accrochait à ma main tandis que Nick déboutonnait son jean et descendait sa fermeture éclair.

Le docteur déplaça le sac que j'avais apporté, l'ouvrit et fouilla dedans, puis il en sortit une boîte en plastique pleine de fioles. Il en sortit une, puis une seringue, et la remplit de son contenu.

- Kit.

- C'est prêt, répondit-elle, attirant mon attention.

Je ne l'avais même pas vue dans la pièce, mais elle poussait un support à perfusion plus près de la table.

- Il faut lui enlever ce sweat aussi, dit le docteur en désignant Tobias.

- Tu m'aides ? me demanda-t-elle.

Je lâchai la main de Tobias juste assez longtemps pour prendre sa manche et faire passer son sweat à capuche sur une épaule puis sur sa tête. Puis sa main moite trouva à nouveau la mienne.

- Je dois te mettre ça, dit le médecin en s'affairant, prenant un coton-tige alcoolisé avant de nettoyer le creux du bras de Tobias. Petite piqûre, marmonna-t-il en glissant l'aiguille profondément.

Kit se dépêcha d'aller ouvrir un tiroir et elle revint vers nous.

- Tiens, dit-elle en déchirant une bande de ruban adhésif avant de la placer sur la veine piquée pendant que le médecin injectait les médicaments dans le dispositif.

- Ça va atténuer la douleur, dit-il à Tobias. Tiens bon maintenant.

Tobias se tordait de douleur, s'agrippant fermement à la table tandis qu'ils lui enlevaient son jean. Mais pas une seule fois sa main n'écrasa la mienne. Non, il faisait attention. Même à l'agonie de la douleur, son premier instinct était de me protéger.

- J'ai toujours rêvé de vivre dans une cabane comme celle-ci, dis-je en haletant.

Mais c'étaient les seuls mots qui me venaient. Pour l'instant, je m'en fichais.

Tobias me fixa.

- Quoi ?

- Une cabane, dis-je.

Ça n'avait pas d'importance, tant qu'il était concentré sur autre chose que les efforts de son frère.

- Je me demandais comment ce serait. Tu sais, la chasse, la randonnée, la pêche. Le seul problème, c'est que je déteste les poissons.

T fronça les sourcils.

- Tu... détestes... *les poissons*.

Il gémit lorsque Nick souleva sa jambe pendant que Caleb descendait son jean.

- Qui déteste les poissons ?

- Moi, ajouta Caleb. Je déteste aussi.

- *Putain*, dit Tobias en se tordant alors que le médecin découpait le bandage ensanglanté enroulé autour de sa cuisse.

- Lucas ? dit Nick en jetant un coup d'œil au type.

Le médecin grimaça. Ce n'était pas bon signe.

- Il faut que j'enlève ça.

Il se dirigea vers le sac de gym une fois de plus. D'autres médicaments furent injectés dans les veines de Tobias, mais ceux-ci agirent plus rapidement. Ses yeux commencèrent à se fermer, lentement, puis il les ferma complètement.

Il n'y avait plus que le mouvement lent et régulier de sa respiration.

- Il vaut peut-être mieux pas rester là pour ça, me dit Lucas.

Je secouai la tête, serrant la faible poigne de Tobias dans ma main.

- Je reste.

- Comme tu veux.

Il n'attendit pas plus, il fit gicler du gel sur ses mains et commença à ouvrir des paquets de matériel stérile. Il prit aussi des forceps. Je détournai le regard au dernier moment, me concentrant plutôt sur Tobias.

- Tu vas t'en sortir, lui chuchotai-je. Tu vas t'en sortir.

Chapitre Treize

NICK

Elle restait près de lui, même longtemps après que le Doc ait retiré la balle et terminé de recoudre la plaie. Oui, elle restait là, à lui tenir la main, les yeux écarquillés de peur, elle ne le quittait pas des yeux.

- Il faut qu'il se repose maintenant, dit Lucas en terminant le bandage avant d'ajuster les électrodes installées sur le torse de mon frère. Je viendrai voir comment ça évolue. Pour le moment, il n'y a rien qu'on puisse faire, dit-il en s'approchant davantage, posant une main sur mon épaule, avant d'ajouter d'une voix sombre : À part prendre soin de vous.

Je fixais le matériel médical plein de sang éparpillés sur la table à roulettes près de mon frère, tant de *et si* tournaient dans mon esprit. *Et si on le perdait... et si je les perdais tous.*

Mon père était une chose.

Sa trahison lui avait coûté la vie.

Mais mes frères ?

Ce serait trop dur à supporter.

La porte s'ouvrit derrière moi et la voix douce de sa sœur suivit.

- Le repas est prêt.

- Parfait, dit Lucas en souriant. Parce que je suis affamé.

Mon estomac grogna à la mention de repas. Les restes de notre dîner étaient encore dans la voiture, oubliés depuis longtemps. Visiblement c'est Rebelle qui allait se régaler. Je n'avais pas envie de penser à manger dans un tel moment. Mais je n'étais pas le seul dans cette histoire. Je m'approchai d'elle, effleurant son épaule.

- Princesse ?

Elle secoua la tête.

- Vas-y, je reste ici.

Je voulais dire quelque chose, mais en la voyant assise à côté de mon frère, je savais que c'était inutile. Personne ne pourrait la faire bouger de là.

- Je vais t'apporter quelque chose à manger.

Elle aurait acquiescé à n'importe quoi à ce moment-là. Je doutais qu'elle m'ait même entendu. J'attendis que les autres partent, puis je les suivis, lui laissant la tranquillité dont elle avait besoin. Kit était déjà dans la cuisine, le bruit des casseroles attira mon attention.

Elle devait être la demi-sœur dont le docteur nous avait parlé à la planque, celle qui avait des ennuis, assez d'ennuis pour qu'il soit tendu à la mention de Benjamin Rossi.

Caleb se tenait près de la cheminée, il regardait les premières faibles lueurs des flammes qui s'échappaient du foyer. Je ne l'avais pas vu s'éloigner, c'est dire à quel point j'étais dans les vapes. J'avais à peine remarqué la cabane quand j'avais porté T jusqu'à l'intérieur. Mais je la remarquais maintenant. C'était plus grand que je le pensais, tout en pierre et en bois, avec l'odeur du pin.

Je traversai le salon et me dirigeai vers la cuisine, attiré maintenant par l'odeur enivrante du bacon et des œufs. Lucas prit une assiette remplie de toasts beurrés, d'œufs et d'un tas de bacon croustillant et me la tendit.

- Merci, dis-je en regardant sa demi-sœur porter une assiette à Caleb, qui jeta un coup d'œil à l'assiette avant de secouer la tête. Quel enfoiré têtu.

Mais elle était têtue elle aussi, elle continua de lui tendre cette satanée assiette jusqu'à ce qu'il la prenne.

Bien.

Je souris presque en la regardant secouer la tête puis elle prit une autre assiette et l'emmena jusqu'à la pièce que nous venions de quitter. Je voyais un peu de Ryth en elle, peut-être un peu trop. Elle était douce et insolente à la fois. Je pris une bouchée de toast grillé, je mâchai puis avalai et j'eus soudain la nausée.

Sommes-nous vraiment en sécurité ici ? Ou avions-nous entraîné ces gens dans notre propre merdier ? Cette pensée me retourna l'estomac...

- Elle est adorable, dit Kit en attirant mon regard alors qu'elle ébouriffait les oreilles de Rebelle, puis elle jeta un coup d'œil dans ma direction. Où l'as-tu trouvée ?

Ses gémissements dans la fosse de combat me revinrent à l'esprit.

- Dans un sale endroit, répondis-je.

- Ohh, dit-elle en se retournant vers le chiot, puis elle lui caressa la tête, et l'attira dans un câlin. Mais elle va bien maintenant, n'est-ce pas ?

- Ouais, répondis-je dans un désir de les protéger tous. Elle va bien maintenant.

- Il y a une grande chambre au bout du couloir, me dit Lucas. Elle est spacieuse et séparée du reste de la cabane. Toi et ta... famille, vous êtes les bienvenus pour tout ce dont vous avez besoin.

Je hochai la tête en me mordillant la lèvre, puis je déglutis.

- Je ne sais pas comment vous remercier.

- Ce n'est pas nécessaire. On a tous besoin d'un coup de main de temps en temps. Mais ces hommes, Nick. Ils vous cherchent toujours, n'est-ce pas ?

- Oui, dis-je en grimaçant.

- Ils veulent se venger ?

Je secouai la tête, le poids sur mon cœur revenait à nouveau.

- Parce que tu as quelque chose qu'ils veulent, dit-il lentement.

Ce n'était pas une question, plutôt une confirmation. J'attendis qu'il me pose une question.

- As-tu au moins un plan pour t'en sortir ?

Je posai l'assiette sur le comptoir.

- Oh, oui j'ai un plan. Mais il ne va pas te plaire.

Il leva un sourcil.

- Dis-moi.

Je croisai son regard et je dis le seul nom qu'il ne voulait pas entendre.

- Benjamin Rossi.

Il y eut un tressautement dans le coin de son œil avant qu'il ne détourne le regard. Il n'aimait pas l'idée de faire intervenir le patron de la mafia Stidda, mais pour l'instant, je n'avais pas d'autre choix.

Les Rossi étaient liés d'une manière ou d'une autre à cette affaire et même si je voulais le questionner et découvrir la véritable histoire entre eux, je devais m'occuper de mes propres affaires.

- Alors fais ce que tu as à faire, dit Lucas prudemment.

Il se tut, mâchant silencieusement, puis se dirigea vers l'évier. Le silence était vide et gênant. Il fallait que je dise quelque chose... mais qu'y avait-il à dire ?

Il plaça son assiette dans l'évier et s'éloigna avant de s'arrêter et de jeter un coup d'œil dans ma direction.

- Je suppose que vous avez... de quoi vous protégez ?

- Oui, répondis-je, me rappelant le sac d'armes à feu dans le coffre de la berline.

Lucas s'approcha de sa demi-sœur, qui adorait Rebelle, et il passa une main le long de ses épaisses boucles, en murmurant des mots que je ne pouvais pas entendre. Elle se leva et donna une dernière tape sur la tête de Rebel avant de jeter un coup d'œil vers le couloir.

- Elle n'est pas sortie.

Elle croisa mon regard, l'inquiétude fleurissant dans ses yeux.

- Je lui ai donné son assiette et elle a dit qu'elle viendrait, mais non. Je suis un peu inquiète.

- Je vais aller la voir, dis-je en hochant la tête.

- Je vais chercher nos affaires dans la voiture, proposa Caleb avant de se diriger vers la porte.

Je le laissais partir et me tournai vers la pièce où se trouvait Ryth alors que Lucas et sa sœur se dirigeaient dans un couloir de l'autre côté de la cabane, m'exhortant à m'occuper de mes propres affaires. J'ouvris la porte de la pièce où Tobias se rétablissait, j'écoutais ce même *bip...bip...bip* qui me hantait. Mais au moment où j'entrai, je me figeai.

Ryth avait la tête sur le bras de Tobias, son assiette était intacte à côté d'elle. Elle était endormie, dormait d'une respiration lente et profonde. Elle avait l'air apaisée. Je ne voulais pas la réveiller.

Le bruit sourd des pas de Caleb retentit dans le couloir, il se dirigeait vers la grande chambre. Il revint, s'arrêta derrière moi et regarda par-dessus mon épaule.

- Merde, dit-il en fixant notre sœur.

- Ouais, dis-je à mon tour. Merde.

Je m'approchai d'elle.

- Nick, laisse-moi faire.

Je lui fis un signe de tête. La dernière chose dont j'avais besoin était de me blesser davantage en portant ma demi-sœur. Mais lorsque Caleb la pris dans ses bras et la posa contre son torse, je refoulai une pointe de jalousie.

Il la porta jusqu'à la chambre au bout du couloir et je le suivis. L'énorme lit king size se trouvait au milieu de la pièce. Il y avait une salle de bain adjacente.

Nous l'avons déshabillée en silence, enlevant ses chaussures et son jean avant de mettre sa tête sur l'oreiller au milieu du lit. J'enlevai mes chaussures et mon jean avant de me glisser à côté d'elle. Caleb alla vers la porte et éteignit la lumière.

Il suffit d'une seconde pour que le lit s'enfonce de l'autre côté. Des doigts chauds effleurèrent ma main avant de la serrer. Ryth était la seule personne qui pouvait nous réunir, même dans notre haine.

Je fermai les yeux alors que l'obscurité me tirait vers elle, mais avant que je ne glisse complètement dans le sommeil, j'entendis le faible bruit sourd des pas du Doc qui allait voir mon frère. Puis je tombai de fatigue, et avec sa main dans la mienne, je m'endormis.

Chapitre Quatorze

RYTH

Un grognement me réveilla. Un son rauque dans mon oreille, qui me tirait des ténèbres du sommeil.

- Princess... grognait Nick dans son sommeil, d'une voix désespérée.

Je suis là... répondis-je. Mais je n'arrivais pas à prononcer les mots. Puis il me fallut une seconde pour me souvenir.

Nick.

Nick était près de moi.

Mes doigts froids trouvèrent sa peau chaude. Je soupirai alors que quelqu'un bougeait à côté de moi et je fus attirée par cette chaleur-là. C'était Caleb, blotti contre l'autre côté du grand lit. Je tendis la main vers lui, caressa son torse, m'attardant légèrement alors que mes pensées ensommeillées prenaient lentement vie. On était ensemble. En sécurité... Puis Tobias me vint à l'esprit.

Ses cris suivirent, anéantissant la sensation de sécurité. Je me redressai et sondai la pénombre. Mon cœur se mit à battre plus fort alors que je me remémorais peu à peu. *Tobias... Tobias dans les toilettes du restaurant.* Tobias qui vacille et qui tombe... Comment avais-je pu oublier ? Comment avais-je pu dormir sans lui ?

Je m'appuyai contre l'oreiller et me déplaçai au bout du lit en laissant les deux frères dormir. Au moment où mes pieds touchèrent le parquet glacé, je retins mon souffle. Un frisson me parcourut le corps, je passai mes bras autour de moi et regardai la pièce.

Inutile de réfléchir. Je me levai et marchai à tâtons dans le noir jusqu'à ce que je heurte un mur et cherche la poignée de la porte. Je sentis soudainement de l'acier. En un tour de poignée, j'étais sortie. Les gonds grinçaient et me firent grimacer. Je retenais mon souffle en referment délicatement la porte derrière moi.

Tout ce que je voulais c'était le rejoindre...

Vas-y... Je cherchai dans le couloir sombre une autre poignée, et j'ouvris la porte lorsque je la trouvai. Le faible bip de l'appareil me fit m'arrêter un instant. J'inspirai l'odeur acide de l'antiseptique et entrai sans bruit.

Tout était plongé dans le silence.

Il était encore en vie.

Je le savais.

Mais je n'aimais pas ce silence. Il me donnait l'impression d'être... *seule.*

- Tobias ? murmurai-je en avançant dans la pièce après avoir fermé la porte derrière moi.

Il ne répondit pas. J'avançai encore un peu, m'approchant des machines à tâtons puis sa voix enrouée surgit dans me noir.

- File... file, petite souris.

Je sursautai, le cœur emballé.

- Tu m'as foutu la trouille.

Dans la faible lueur de l'appareil, je vis l'ourlet de ses lèvres.

- T'arrives pas à dormir ?

- J'ai dormi, mais j'ai plus sommeil, dis-je en m'approchant.

Il hocha la tête puis se figea un instant avant d'attraper le bord du lit et de se déplacer pour que je puisse venir à côté de lui.

Il faisait toujours tout pour moi.

Je montai délicatement et glissai mes pieds sous le drap, mais je heurtai accidentellement sa jambe et il se raidit. Je grimaçai en le regardant.

- Oups, désolée.

Il fit un signe de tête puis leva son bras pour que je vienne me blottir contre lui.

- Dors, Ryth, murmura-t-il, la voix embrumée de fatigue.

Je m'endormais déjà, lentement...

Mais ce fut de courte durée, très vite j'ouvrais les yeux et sondai la pénombre. L'atmosphère était paisible, j'écoutais la respiration lourde de Tobias. J'adorais ce son... *je pourrais mourir pour ce son.* C'était le son de la vie, de la sécurité, il chassait tout ce qui nous était arrivé. Et puis tout me revint à l'esprit. Maman. Papa... Je levai les yeux vers le visage paisible de T. Lui, que j'avais failli perdre... j'avais *failli*...

Je chassai le souvenir où je le voyais allongé par terre devant le restaurant puis je me levai lentement en prenant soin de ne pas le réveiller. Je quittai la pièce à pas de velours.

Il me fallut quelques instants pour que mes yeux s'ajustent à la pénombre lorsque je sortis dans le couloir. La lueur de la lune inondait la cuisine par la fenêtre. La faible lueur me suffit à trouver l'interrupteur. Les lumières du plafond s'allumèrent. Je regardai autour de moi, cette cuisine luxueuse rustique de bois et de pierre. Toute la cabane était comme ça, bien entretenue, rangée et rustique. Je fis glisser mes doigts sur le comptoir et m'arrêtai au niveau de l'évier avant de regarder la nuit au-dehors.

Il était encore trop tôt pour se lever. La lune était basse et ronde dans le ciel, elle déversait sa lueur près de la lisière de la forêt. Je baissai les yeux vers la vaisselle dans l'évier et soupirai presque de soulagement d'avoir quelque chose à faire. Je m'attelai à la tache, remplissant l'évier d'eau avant de commencer à faire la vaisselle.

J'ouvris les placards jusqu'à ce que je trouve une cafetière et du café moulu. Très vite, l'odeur délicieuse du café emplit la pièce. Je me servis une tasse et réchauffai mes mains autour du café avant d'en boire une gorgée, sans prendre garde au bruit de pas derrière moi. Quelqu'un se râcla la gorge. Je me tournai et me trouvai face au docteur... *Lucas*...

- Ca sent bon, dit-il en me faisant un petit sourire en désignant la cafetière. J'ai pas l'habitude que quelqu'un se lève avant moi.

Je souris, ravalai les battements saccadés de mon cœur et hochai la tête.

- J'arrivais pas à dormir, dis-je en me tournant pour lui servir une tasse avant de lui tendre.

- C'est compréhensible, dit-il avant de prendre une gorgée puis il ferma les yeux. Hum, il est vraiment délicieux.

- Je me suis dit qu'on allait avoir besoin d'un café fort.

Il ouvrit les yeux et acquiesça.

- C'est la base des habitudes alimentaires de tout médecin.

Je le regardais : ses mains, son attitude, je me souvenais comme il avait été attentionné quand il avait soigné Tobias la veille.

- Je vous ai pas remercié.

- Pas besoin, dit-il en souriant et en secouant la tête. C'est mon boulot. Il va mieux ?

- Il dort.

Il acquiesça en sirotant son café puis baissa lentement sa tasse.

- Visiblement ma sœur t'apprécie beaucoup.

Kit. Penser à elle m'aveugla et je bus mon café en souriant.

- C'est réciproque, elle est vraiment adorable.

- C'est vrai, dit-il en hochant la tête.

- Elle a de la chance d'avoir quelqu'un comme vous pour prendre soin d'elle.

Il ne dit rien, continua de boire son café en réfléchissant.

- Et nous aussi d'ailleurs, dis-je. On aurait... on aurait perdu Tobias sans votre aide.

Ses yeux marron devinrent plus sombres. J'y voyais une sorte de peine, elle me frappa de plein fouet.

- Vous êtes dans un sacré pétrin. Il y a déjà eu trop de morts.

Mon père.

Ma mère...

Creed... Putain. *Creed.*

- Vous l'avez vu, n'est-ce pas ? dis-je en jetant un œil dans le couloir. C'est comme ça que vous vous êtes rencontrés non ? Vous étiez là quand Creed est mort.

- Oui.

Je hochai la tête lentement, buvant mon café que je trouvais à présent amer.

- Je ne veux pas de ça, de ce chaos, dis-je en m'appuyant contre le comptoir. C'est comme si... dis-je alors que ma poitrine me brûlait. Comme si j'étais tuméfiée de l'intérieur.

- C'est ce qui arrive quand on ne contrôle pas le cours des évènements, c'est le chaos.

J'acquiesçai.

- Mais tu peux reprendre le contrôle, dit-il. Ces hommes, peu importe qui ils sont, ils se sont emparés de ton pouvoir, mais il te suffit simplement d'une pensée, d'une action, d'un seul.. désir.

Dans le coin de mon œil, je vis Kit avancer vers nous, son top court blanc retenant faiblement sa poitrine opulente alors qu'elle ébouriffait ses cheveux décoiffés.

- Et c'est une belle raison pour continuer de se battre, marmonna-t-il.

Le regard bestial qu'il lui lança me fit rougir. Je détournai les yeux, désolée de devoir assister à une scène privée. Peu importe ce que Lucas traversait, je savais qu'*elle* en était la raison, même si elle semblait ne pas le savoir.

- Bonjour, marmonna-t-elle sans se rendre compte de rien.

- Bonjour, répondit-il en lui préparant une tasse de café avant de lui tendre.

Elle lui sourit et je vis une lueur dans ses yeux... une lueur d'attirance *naissante*, ou peut-être qu'elle avait été là depuis toujours et remontait à la surface seulement maintenant.

- Je vais faire des pancakes et du bacon, dis-je en regardant ma tasse. Si quelqu'un en veut.

- Oh, dit-elle en levant un sourcil. Je veux bien... Je prends le bacon en prem's sinon Lucas mange tout.

- C'est faux, grogna-t-il.

- C'est vrai !! rétorqua-t-elle en plantant son regard dans le mien. C'est un puits sans fond quand il s'agit de bacon.

- Mais, espèce de petite... commença-t-il.

Elle poussa un petit gémissement en prenant sa tasse de café maladroitement puis fit le tour du comptoir.

- Arrête, je vais le renverser !

Il lui sourit et la laissa partir... *pour cette fois.*

Je posai ma tasse de café et commençai à préparer le petit-déjeuner. Après les indications de Kit, je trouvai tous les ingrédients nécessaires. Lucas s'éloigna et revint quelques minutes plus tard. Je continuai de cuisiner, versant un peu de pâte dans la casserole et songeai à ce qu'il m'avait dit.

Un but, voilà ce qu'il me fallait.

- T'as l'air dans la lune, dit Kit en prenant une autre tasse de café, puis remit de l'eau et du café avant de lancer la cafetière à nouveau.

- Je pensais à quelque chose que m'a dit ton frère.

- Ah oui ?

J'acquiesçai en déposant un pancake parfaitement doré sur la pile.

- Il a dit que je devais reprendre le contrôle et que j'avais besoin d'avoir un but.

- C'est tout lui.

Je reposai la spatule et croisai son regard.

- Je pense que j'ai trouvé mon but.

- Dis-moi, dit-elle d'un air curieux.

- Je veux que Lucas m'apprenne à sauver une vie.

Elle se figea, réfléchissant un instant.

- Sauver des vies tu veux dire ?

J'acquiesçai en ravalant ma salive.

- Alors tu as trouvé le meilleur instructeur possible. Il est doué, Rye, il est très doué.

Rye... ma mère m'appelait comme ça, et d'habitude ce surnom prononcé par quelqu'un d'autre me faisait grincer des dents. Mais pas elle. Pas Kit.

- Il a un vrai don, dit-elle mais je ne pense pas qu'elle s'adressait spécifiquement à moi. Il est vraiment doué...

Je souris, saisis avec une pince le bacon croustillant sur les bords et le posa dans une assiette.

- J'arrive pile à temps, dit Lucas en entrant dans la pièce.

- Tu vois ce que je te disais ? Me dit-elle en jetant un œil à son frère. Le bacon, y'a que ça qui l'intéresse.

Je voulais prendre part à leur petit jeu mais autre chose me trottait dans l'esprit. Lucas prit une assiette et croqua dans un bout de bacon sous son nez lorsque je me tournai vers lui.

- J'ai trouvé mon but.

- Ah oui ? dit-il en me regardant.

Kit sourit lorsque j'ouvris la bouche :

- Je voudrais que vous m'appreniez. Vous pouvez m'apprendre comment les sauver dans le cas où il y aurait à nouveau un accident ?

Il mâchait lentement, il avait l'air surpris.

- Tu veux que je t'enseigne la traumatologie ?

- Ouais, dis-je. Si vous voulez bien.

Il écarquilla les yeux et je vis la naissance d'un sourire.

- J'espère que tu apprends vite.

C'était la réponse que j'attendais.

J'acquiesçai en répondant :

- J'ai pas vraiment le choix.

- Alors je t'enseignerai tout ce que je peux.

Chapitre Quinze

TOBIAS

Elle était partie quand je me suis réveillé et, pendant une seconde, dans ce silence cruel où un battement de mon cœur remplace le suivant, mon esprit me joua des tours. Peut-être que tout cela n'était qu'un rêve ? Elle, nous... l'enfer dans lequel nous étions descendus et dont nous étions sortis en rampant. *Caleb. Nick...Papa.* La panique m'envahit. Une panique... *écrasante.* Je grimaçai et me tournai dans le lit, et ce faisant, tout me revint en mémoire.

La douleur...

Et la terreur.

Et elle.

Je fermai les yeux et poussai un gémissement. Une vague de douleur écœurante me traversa la cuisse, me faisant trembler. Je saisis les rails d'acier froid du lit. Mais ce désespoir me plaisait... non, je le désirais. Je le désirai jusqu'à en être malade.

J'ouvris la bouche pour crier son nom.

Son nom...

Toujours son putain de nom, qui résonnait.

PETITE SOURIS !

La terreur surgit en moi alors que la porte s'ouvrit… et elle entra avec une assiette de nourriture. Je m'en fichais. Ma gorge devint sèche et des larmes menacèrent de brouiller son visage. Je les chassais car je ne pouvais pas perdre une seconde, pas un seul putain d'instant.

Tout ce que je voyais, c'était elle. Ses cheveux décoiffés. Les cernes sous ses yeux. La lueur de désespoir dans ses yeux gris-bleu, et l'empreinte sur sa joue qui était plus pâle qu'à son habitude.

Elle n'avait pas dormi, je le devinai en un seul coup d'œil. Elle n'était pas dans les bras de mes frères, ni lovée près de moi. Avait-elle mangé ? Avait-elle… Elle rencontra mon regard et se figea.

- Tobias ? demanda-t-elle alors qu'un pli se creusa entre ses sourcils. Tu vas bien ?

Je me léchai les lèvres, ma respiration était saccadée.

- Ouais, dis-je en hochant la tête. Ça va.

- Hey, dit-elle en m'offrant un sourire.

Ma voix était rauque alors que je lui souriais doucement.

- Hey.

Ne la laisse pas voir la panique, elle ne fera que s'inquiéter davantage. Touche-la simplement, respire-la. Serre-la fort et dis-lui que tout va bien se passer…

- Je me suis dit que tu aurais faim.

Je déglutis la brûlure au fond de ma gorge.

- Je suis affamé.

Des pas plus lourds résonnèrent au loin, pas ceux de Nick... ni ceux de C. Je fronçai les sourcils lorsque l'homme familier entra dans la pièce. *Ce foutu docteur ? Comment en est-on arrivé là ?* D'abord papa... et maintenant ça. La jalousie s'abattit sur moi alors que je regardais Ryth, puis lui. J'essayais de ne pas penser au type qui passa un bras autour de ma demi-sœur alors qu'il s'approchait d'elle.

- Comment va mon patient aujourd'hui ?

Patient ?

Je regardai autour de moi, observai les machines et l'équipement médical.

- Où sommes-nous ?

Le médecin retira le drap de mes jambes.

- En sécurité.

En sécurité...

Je soupirai lentement et rencontrai le regard inquiet de Ryth avant d'acquiescer. En sécurité... *elle* était en sécurité. Je ne détournai pas le regard quand l'air froid me caressa les jambes, ou quand il me souleva l'arrière du genou pour enlever le bandage autour de ma cuisse. Je ne regardais qu'elle.

- Comment va la douleur ? demanda-t-il.

- C'est gérable.

Je le vis plisser le front.

- T'es un dur à cuire, hein ?

Mais je me fichais de ce qu'il disait. Il fallait que je sois sur pied avant qu'ils nous trouvent. Parce qu'ils allaient nous trouver, et quand ils le feraient, il faudrait que je sois prêt. Alors je focalisais mon attention sur la tache de sang sur le bandage. Au moins, ça s'améliorait.

- Alors je suppose que tu ne veux rien prendre pour atténuer la douleur ?

- C'est exact, dis-je en fixant le médecin, puis je déplaçai mon regard vers l'embrasure de la porte alors que mes frères entraient et me lançaient un regard avant de regarder ma foutue cuisse.

- T, dit Nick en croisant mon regard.

Je lui fis un signe de tête et je serrai le poing sur le rail du lit quand ce type a commencé à me palper.

- Ryth, attrape quelques-uns de ces carrés de gaze là-bas, Kit va te montrer lesquels. Et il faudra de la Bétadine, aussi.

Je tressaillis alors qu'une jeune femme noire traversait la pièce lui et commença à fouiller les tiroirs. Qui es-tu, bordel ? Je voulais demander, mais j'étais plus préoccupé par la façon dont Ryth prenait les rênes, prenant les pansements que la jeune femme lui tendait, ainsi que le flacon d'antiseptique, avant de se tourner vers le lit où je me trouvais.

Je jetai un regard à mes frères, et je vis qu'ils étaient aussi abasourdis que moi. Pendant que le médecin lui donnait ses instructions, notre sœur se mit au travail. Je n'eus pas peur lorsqu'elle commença à nettoyer délicatement la plaie rouge de ma cuisse, je ne détournais pas non plus le regard, je l'observai simplement, étonné de la délicatesse dont elle faisait preuve.

- Punaise, dit le doc en se penchant près d'elle, la regardant faire. T'es douée !

Elle tressaillit à ces mots, et la cicatrice sur sa joue devint encore plus pâle qu'avant. Et je n'ai même pas eu besoin qu'on me montre comment faire, marmonna-t-elle.

Caleb détourna le regard, attirant mon attention. Quelque chose s'était passé entre eux, quelque chose dont je n'étais pas au courant. *Mais qu'est-ce que c'est, C ?* Je serrai la mâchoire, voulant que ce salaud me regarde. *Qu'est-ce... c'est... putain... ?*

- Parfait. Tu peux utiliser ce pansement Tegaderm, puis on refera le même processus demain. Ça te convient ?

- Oui, répondit Ryth.

Elle était si fière d'elle, elle se tenait droite, projetait son menton en l'air. Elle regardait dans ma direction et tout ce que je voulais, c'était ramper dans sa tête et découvrir chaque petite chose que je ne connaissais pas. Surtout ce qui s'était passé à l'Ordre.

- Tu dois avoir faim.

Le doc interrompit mes pensées.

- J'ai à manger pour toi, dit Ryth en prenant l'assiette pour me la tendre.

Mais je ne voulais pas manger cette merde, pas quand j'avais faim de ses ténèbres. Je voulais tuer ces hommes qui lui faisaient du mal, consumer toute sa peur et sa douleur. Plus que tout, je voulais la protéger de tous ceux qui tentaient de me la prendre.

- T ? murmura-t-elle doucement, son sourire disparaissant aussitôt.

Je pris l'assiette et lui fis un clin d'œil.

- Merci, petite souris.

Je me suis forcé à manger, mâchant et déglutissant, mais pendant tout ce temps, je ne pensais qu'à cette obscurité qui ne me lâchait pas. *Je voulais savoir ce qui s'était passé là-bas.* Je jetai un coup d'œil à Caleb, j'avais envie de le frapper pour avoir failli nous faire tuer... ou pire, *utiliser*.

Ils auraient pu l'utiliser, *elle.*

Ils auraient pu lui faire porter... *du rouge.*

- T ?

Je jetai un coup d'œil à Nick, qui me regardait bizarrement.

- Oui ?

- Le doc demandait si tu avais assez de force pour prendre une douche et aller dans un lit plus confortable.

Je hochai la tête alors que mon attention glissait vers Caleb de l'autre côté de la pièce. Cet enfoiré se sentait mal à l'aise, jetant un coup d'œil dans ma direction avant de se renfrogner.

- Je vais, euh, te laisser un peu tranquille, marmonna-t-il. Content que tu te sentes mieux, T.

Je serrai les dents, me forçant à parler.

- Tu es sûr de ça, *mon frère* ?

Parce qu'il n'allait pas le rester longtemps.

Il s'en alla et la tension dans la pièce devint gênante.

- Je peux te donner des analgésiques qui ne te rendront pas somnolent, ça te va ? demanda le médecin.

Je fixai la porte par laquelle Caleb était parti et je hochai la tête.

- Ryth, dit-il en lui faisant signe de se diriger vers les tiroirs remplis de médicaments.

Je me tournai vers elle, je pris les pilules qu'elle me tendait et je les mis dans ma bouche avant de les avaler avec le verre d'eau.

- Ok, alors allons dans la salle de bain.

Mon corps était à l'agonie lorsque je bougeai, mais je m'agrippais aux rails avant de me hisser.

- Tu peux t'appuyer sur moi, dit Ryth en me maintenant stable pendant que je m'asseyais un moment. J'enroulai mon bras autour de ses épaules et m'appuyai sur elle tandis que j'essayais lentement de me relever.

Des étincelles scintillèrent derrière mes paupières au moment où mon pied toucha le sol. Ma cuisse se crispa, accentuant la douleur. Je pris une grande inspiration en m'appuyant contre elle. Elle n'a pas bronché, n'a pas vacillé. Elle était une vraie force de la nature, supportant mon poids tandis que je boitais vers la porte.

Pas à pas, nous les avons laissés derrière nous et nous nous sommes dirigés vers la porte ouverte au bout du couloir. Une fois à l'intérieur, il n'y avait plus qu'elle et moi.

- Je vais t'aider à prendre une douche.

- Merci.

Le temps que j'atteigne la salle de bains, j'avais envie de vomir à cause de la douleur. Combien de temps ces putains d'analgésiques mettaient-ils à faire effet ? Je regrettais presque de ne pas avoir demandé quelque chose de plus fort, jusqu'à ce que je me souvienne... puis je finis par accepter la douleur qui me poignardait la cuisse.

Ryth alluma la lumière, me tenant pendant que je boitais jusqu'au lavabo. Je me cramponnai au meuble-lavabo et je levai lentement les yeux vers le visage flou dans le miroir.

- Putain, dis-je. J'ai vraiment une sale tête.

- Celle d'un mec qui se promène avec une balle dans la cuisse, voilà à quoi tu ressembles, a-t-elle marmonné en entrant dans la cabine de douche et en ouvrant l'eau.

Puis elle se tourna vers moi et nos regards se sont croisés dans le reflet.

Une balle que j'avais reçue pour la sauver.

Nous n'avions pas besoin des mots pour connaître la vérité. Il y avait cette lueur de douleur dans ses yeux une fois de plus.

- J'aurais aimé que tu me le dises.

- C'est rien.

Les muscles de sa mâchoire se sont contractés et je vis un feu dans ses yeux. Putain, elle était canon quand elle était en colère. Elle hocha la tête, puis elle soupira fort et lentement.

- Tu commences à apprendre, petite souris.

Il y avait un soupçon de sourire, un mince sourire. Au moins, elle avait gardé son sens de l'humour. De la vapeur s'échappait de la douche, je m'approchai.

- Laisse-moi t'aider, dit-elle en se mettant à genoux devant moi, et je n'ai pas pu m'empêcher de me sentir excité.

La façon dont elle saisit mon caleçon avant de le baisser était diablement excitant.

J'enlevai ma chemise par-dessus ma tête et la laissai tomber sur le sol alors qu'elle se relevait. Son souffle s'arrêta et un gémissement s'échappa de sa bouche.

- Tobias... chuchota-t-elle.

J'avançai d'un pas titubant vers elle.

- Ce n'est pas aussi grave que ça en a l'air.

Mais je surpris sa main qui s'avançait vers moi le faible frôlement de ses doigts sur mon dos.

- Ça ne fait pas mal ?

Une tension surgit en moi à son contact, lent, douloureux, frappant tous les points sensibles de mon corps. Je déglutis en secouant la tête, incapable de parler.

Mais elle savait.

- Je vais t'aider.

Cette tension sembla remonter et se loger au fond de ma gorge. Je la laissai entrer dans la cabine de douche avec moi, je la laissai passer ses doigts le long de mes épaules tandis que je me tournais et lui faisais face. Ses grands yeux observaient chaque égratignure et chaque blessure. Je n'étais pas beau à voir... je le savais, mais c'était le genre de douleur que je pourrais ressentir mille fois plus pour elle. Ne le savait-elle pas déjà ?

Elle attrapa un gant de toilette propre sur le meuble-lavabo et revint dans la douche pour le mouiller avant d'attraper le savon. Le silence remplissait l'espace. Une chaleur palpitait contre mes épaules et ses mains me berçaient d'un sentiment de confort que je n'avais pas ressenti depuis longtemps... pas depuis qu'ils l'avaient enlevée.

Pas depuis qu'ils...

Des mèches de cheveux trempées étaient collées sur le côté de son visage. Je les repoussais tandis qu'elle passait le gant sur mon torse et sous mes bras, s'approchant des contusions profondes sur mes côtes.

- Ça doit faire mal, chuchota-t-elle.

- Pas quand je te regarde.

Ses joues rougirent avant qu'elle ne détourne le regard.

- Tu peux regarder, Ryth, dis-je d'une voix rauque. Tu peux toucher, tu peux faire tout ce que tu veux avec moi.

Je ne disais que la putain de vérité.

Tout ce qu'elle voulait.

Me baiser.

Me frapper.

Me haïr…

Juste ne jamais me quitter. *Plus jamais. Plus jamais…*

- Penche la tête, dit-elle en prenant un peu de shampoing dans sa paume, un peu plus sûre d'elle maintenant.

Je souris et je fis ce qu'elle m'ordonnait, laissant la chaleur s'infiltrer dans mes cheveux courts. Elle a dû se hisser, son corps frôlant le mien alors qu'elle se dressait sur ses orteils et vacillait. C'était l'instinct de la rattraper, mais un putain de désir de l'attirer contre moi.

Je me mis à bander à son contact. Bon sang, je voulais être en elle, sentir l'étirement de sa jolie petite chatte pendant qu'elle s'ajustait à ma queue. Le souvenir du restaurant me revint à l'esprit, ses mains calées contre le lavabo, moi la pilonnant par derrière.

Pourtant, ce n'était pas assez.

Ce ne serait jamais assez.

Mon petit goût de l'interdit.

Je la regardais dans les yeux pendant qu'elle massait le shampoing et me rinçait la tête.

Elle était ma demi-sœur.

Non, notre demi-sœur.

Au moins mon père avait fait ça de bien avant de mourir.

- Putain, ça m'avait manqué.

Elle croisa mon regard, se hissant de nouveau sur ses orteils.

- Moi aussi.

- On ne retournera jamais là-bas, ai-je dit alors que le désespoir montait. Ni à la maison ni à cette vie d'avant. Tout sera nouveau à partir de maintenant, toi, moi... *nous*.

- Je suis désolée pour Creed.

J'ai grimacé et détourné le regard.

- Pas moi. C'est de sa faute.

- Tu me diras ce qui s'est passé ?

Je me raidis et je songeais à lui mentir, ou à lui dire que je ne savais pas. Mais il y avait déjà trop de mensonges et de demi-vérités. Je ne voulais pas de ça entre nous.

- Elle l'a tué juste devant moi.

- Ma m-maman ?

Putain, je détestais le tremblement dans sa voix. Cette douleur. Cette... *trahison encore une fois*.

- Oui, ta mère.

- Quand ?

Sa respiration devint saccadée.

J'affrontais son regard, la mine renfrognée.

- Quand ils t'ont emmenée.

Elle était silencieuse, réfléchissant.

- Elle a couru, n'est-ce pas ? Elle courait.

- Oui, elle a couru.

Ryth passa une main sur sa joue.

- Elle était à bout de souffle quand je l'ai vue, paniquée, les yeux écarquillés. Puis elle m'a frappé.

- *Elle t'a frappée ?* dis-je d'un ton froid.

Il y eut un hochement de tête et elle rencontra mon regard.

- Puis elle les a laissés m'emmener. Ils m'ont dit... dit-elle avant de détourner le regard. Peu importe.

Mais je n'allais pas laisser passer ça. Je pris son menton et je levai son visage vers moi.

- Dis-moi.

Avec une lueur de peur dans le regard, elle répondit :

- Ils m'ont dit que mon père n'était pas mon père.

Son innocence sera ce qui la rendra parfaite pour eux. Il faut qu'elle soit parfaite, parce que je suis piégée, et elle me servira, en espérant qu'ils la prennent à ma place.

Ces putains de mots me revenaient en mémoire. Des mots qui m'avaient rendu malade. Des mots que je voulais chasser de mon esprit avec des poings sanglants. Mais je ne pouvais pas, parce que je connaissais la femme qui les avait écrits.

Renonce à elle. La voix d'Elle me remplissait, me glaçant jusqu'à l'os. *Elle est déjà comme morte de toute façon.*

Elle est déjà comme morte...

Déjà comme...

Déjà...

- C'est ton père, Ryth.

L'espoir remplit son regard.

- Ah bon ?

Je relâchai ma prise sur son menton et effleurai sa mâchoire de mes doigts rugueux, attrapant des gouttes d'eau au passage.

- Le sang ne veut rien dire. Tu devrais le savoir maintenant.

Elle le savait. Je savais qu'elle le savait. Cette femme qui se tenait devant moi n'était plus la gamine que nos parents avaient fait entrer chez nous. Non, elle était plus forte, plus solide. Elle était *à nous*.

Ryth ravala sa douleur et hocha la tête.

- Tu as raison. Peu importe ce qu'ils disent.

Je souris.

- C'est ça, bébé, on emmerde ce qu'ils disent.

Je tendis la main et tournai le robinet pour éteindre le jet d'eau. L'eau coulait en ruisseaux le long de mon torse, attirant son regard. Je vis son désir, je vis le moment où sa respiration devint plus profonde et où cette putain de cicatrice parfaite sur sa joue se mit à rougir.

- Tu veux me toucher, petite souris ?

Ses yeux glissèrent vers les miens et elle hocha la tête. Je suis resté là avec le froid qui s'immisçait, faisant trembler ma foutue jambe. Pourtant, je faisais tout pour qu'elle ne remarque rien. Mes tétons se sont dressés. Elle aimait ça, effleurant de ses doigts doux mon torse. Un tremblement me saisit. Putain, elle était dangereuse. Elle était si dangereuse, putain, et elle n'en avait pas la moindre idée.

Personne ne s'était approché aussi près de moi.

Pas même les liens du sang.

Elle s'approcha et baissa la tête. Sa langue chaude effleura mon téton, me faisant fermer les yeux. Mon pouls battait la chamade, grondant dans mes putains d'oreilles. Mais elle releva la tête après un coup de langue de plus puis elle recula pour attraper la serviette.

- Je vais m'occuper de toi, Tobias.

Il y avait de la sévérité dans sa voix.

Tobias ?

Ok...

Les coins de mes lèvres se sont relevés alors qu'elle faisait glisser la serviette sur mon corps. Mais je savais ce qu'elle faisait, elle faisait semblant d'explorer mon corps par dans le besoin de me réconforter et de prendre soin de moi.

- Lève les bras, a-t-elle marmonné.

Cette tache de naissance devint un peu plus rouge à mesure que je le faisais, puis je la laissai passer la serviette sur mes muscles durs et ma peau écorchée. Elle grimaçait à chaque coupure, et ses narines s'évasaient lorsqu'elle séchait doucement les ecchymoses.

- Viens sur le lit.

Je fis un signe de tête puis je m'appuyai sur elle en sortant de la salle de bains en boitant. La douleur plongeait profondément en moi, me faisant trébucher et tomber sur le lit. Je restais allongé ainsi, reprenant mon souffle. Puis je ramenai mes jambes sur le lit.

- Je suis désolée, a-t-elle gémi.

Je lui souris malgré la douleur.

- Ce n'est pas ta faute, princesse, dis-je en tapotant le lit. Grimpe.

- Je dégouline.

Ces mots n'ont fait que me faire sourire. J'ouvris les yeux, je la vis nue à côté du lit, et je tapotai à nouveau le matelas, cette fois plus doucement.

- Montre-moi.

Elle secoua la tête, mais elle ne partit pas. Non. Elle ne partait pas. Elle réfléchissait.

- Je veux voir ce que tu as montré à Nick ce jour-là dans la voiture.

Le rougissement de ses joues s'accentua.

Putain.

- Quand tu étais dans sa Mustang, la tête en arrière, tes doigts dans cette... Je me suis léché les lèvres et j'ai baissé le regard. Cette chatte parfaite.

- T..., chuchota-t-elle.

Elle aimait quand je parlais comme ça, elle aimait ça plus qu'elle ne le voulait.

- Une gentille fille qui aime qu'on regarde sa chatte.

Elle se mordit la lèvre, faisant glisser ces dents sur la chair douce et pulpeuse. Puis elle s'avança, grimpant sur le lit avec le t-shirt de mon frère collé contre ses seins.

- Enlève le t-shirt, dis-je en la regardant.

Ses petits tétons froncés se sont dressés à mesure que je parlais.

Elle jeta un coup d'œil vers la porte.

- Personne ne va entrer, Ryth. Personne qui ne veuille pas goûter à toi, du moins.

Elle trembla à ces mots. Ses doigts tremblaient alors qu'elle retirait le t-shirt trempé et le laissait tomber à côté du lit. Je baissai le regard vers le boxer tout aussi humide qu'elle portait.

- Le bas aussi, princesse.

Son regard était fixé sur le mien alors qu'elle le baissait. Putain, sa peau était si parfaite, son joli cul rebondi, la douceur entre ses cuisses. N'importe quel autre homme n'aurait vu que des défauts - pendant une seconde, jusqu'à ce que je lui arrache ses putains de yeux, au moins.

Mais pas moi... ni mes frères.

Elle laissa tomber le boxer sur le t-shirt et se cacha le corps.

Je combattis tout le désir qui m'envahissait pour ne pas ramper sur le lit vers elle. Je voulais la serrer contre moi et écarter ses douces cuisses. Je voulais enfoncer ma bite en elle et la faire crier d'extase. Je voulais entendre mon nom dans un souffle frémissant.

- Montre-moi, princesse. Montre-moi comment mon frère s'est occupé de toi là-bas.

Elle tressaillit et ses yeux se sont agrandis.

- Tu es au courant ?

- Oui, répondis-je même si la douleur de la trahison était là. Je sais que la culpabilité l'aurait mangé tout cru. Je sais aussi qu'il a canalisé cette culpabilité dans la seule chose qu'il sache faire, et c'est de prendre soin de toi.

La douleur faisait rage dans son regard. Je détestais la tourmente en elle, je détestais la voir se battre contre ses propres démons à cause de ce que mon frère avait fait en la leur livrant.

- C'est ce que je voulais qu'il fasse, dis-je. S'il n'avait pas pris soin de toi, alors cela aurait rendu les choses mille fois plus difficiles. Donc je suis content qu'il ait été là. Je suis content qu'il ait pris soin de toi.

- C'est vrai ?

Je hochai la tête, baissant mon regard vers ses cuisses.

- Oui, princesse. C'est vrai. Maintenant, montre-moi. Montre-moi comment il s'est occupé de toi.

L'excitation revenait, la faisant descendre lentement sa main jusqu'à ce que ses doigts écartent son monticule. Je me redressai contre les oreillers, les remontant plus haut tandis qu'elle écartait lentement ses cuisses, me montrant un aperçu de son minou rose.

- Mon Dieu, oui...

J'étais hypnotisé par la façon dont elle faisait danser ses doigts sur ses lèvres, remontant jusqu'au sommet de sa fente.

- Écarte encore, bébé. Je veux voir ton clitoris.

Ce minuscule bouton est apparu lorsqu'elle glissa deux doigts vers le bas et les écarta. J'étais perdu, incapable de savoir où regarder, entre l'éclat de ses yeux, à ses seins excités, et à ces doigts fins qui dansaient autour du centre de son plaisir.

Lentement. Tellement lentement, putain. Je regardais sa gêne céder la place à de minuscules soubresauts de désir. Elle se massait la chatte avant de glisser lentement vers le bas et de glisser un doigt à l'intérieur.

Putain...

Ma bite tressaillit en voyant le bout de son doigt ressortir humide.

- Tu mouilles pour moi, bébé ?

Elle hocha la tête.

- Alors montre-moi, dis-je en baissant les yeux vers sa chatte et je pris ma bite dans ma main. Montre-moi comment tu te fais jouir.

Elle enfonça deux doigts cette fois-ci et je dus retenir un gémissement, saisissant ma queue à la place. Ses mamelons se dressaient, elle cambrait le dos. Elle mit son autre main derrière elle, agrippant le bord du matelas pendant qu'elle enfonçait ses doigts.

- Putain de merde, grognai-je en me branlant. Je ne voulais pas me branler, tout ce que je voulais, c'était la voir dégouliner sur cette putain de couette. Mais j'avais envie de jouir.

Ses yeux se fermèrent alors que l'élan la prenait, la dérobant à moi pendant un instant. Jusqu'à ce que, d'un coup de reins, elle se mette à crier, ses doigts toujours à l'intérieur.

- Écarte, dis-je, écarte les cuisses, Ryth.

Elle le fit, les écartant lentement. Un liquide gluant recouvrait le bout de ses doigts. Je relâchai ma bite et m'avançai vers elle, ignorant la douleur rugissante tandis que je saisissais sa main, la tirait vers moi, puis je suçai lentement ses doigts.

Salé.

Sucré.

Je léchais ses doigts puis les relâchai.

- C'est à moi, dis-je. Ton sexe, ta chatte, ton putain de cœur.

Elle s'approcha, me regardant dans les yeux.

- Pareil pour toi, mon frère.

Elle s'éloigna et baissa lentement la tête.

Sa main s'enroula autour de ma bite. Je baissai les yeux, la regardant enrouler ses lèvres autour de mon gland, qu'elle lécha avant de le sucer.

- Putain, petite souris.

Mon gémissement était rauque.

J'avais déjà envie de jouir. Je voulais remplir chaque putain de trou jusqu'à ce qu'elle soit rassasiée.

Jusqu'à ce que je sois rassasié.

Elle me suçait tout en me branlant avec une main. Je passai mes doigts dans ses cheveux, je poussai sa tête vers le bas.

- Suce-moi, petite sœur. Ouvre la bouche et suce la bite de ton frère.

Putain, elle continuait.

Elle ouvrait la bouche en grand, de la salive coulait sur les bords tandis que sa tête rebondissait. Les veines de ma bite se mirent à gonfler d'un coup et une chaleur liquide jaillit. Je la maintenais là, haletant, me délectant de sa bouche de la manière la plus délicieuse qui soit. Elle ne se débattait pas, n'eut pas de haut-le-cœur, ne tapota pas ma cuisse, comme la gentille fille qu'elle était.

Je gémis en relâchant ma prise, la laissant se redresser et se lécher les lèvres avant de tomber contre le matelas à côté de moi.

- Putain, bébé, gémis-je en me laissant retomber contre les oreillers. Putain.

Elle pressa son corps contre moi, se blottissant quand je levai le bras.

- Je t'ai fait mal ? a-t-elle demandé.

Je secouai la tête.

- Non, bébé. Tu ne pourrais jamais me faire de mal.

Mais elle le pouvait, avec à peine un mot. Mais je chassai cette peur, m'efforçant de revenir à la réalité, puis je fermai les yeux. J'allais dormir, juste un peu... puis je détruirai sa chatte...

Et elle me détruirait. Avec un coup de langue à la fois.

Chapitre Seize

NICK

Kit jeta un coup d'œil dans le couloir... pour la quatrième fois depuis cinq minutes. La voix de son frère bourdonnait en arrière-plan alors qu'il parlait à Caleb de l'hôpital où il travaillait. Mon frère écoutait attentivement, mais alors qu'il était concentré sur le docteur, je regardais la demi-sœur de Lucas devenir un peu trop intriguée par Tobias.

Elle plissa le front puis rougit avant de marmonner dans son souffle :

- Peut-être que quelqu'un devrait aller les voir.

Puis elle se mit en mouvement... un peu trop vite.

Merde.

Dès qu'elle s'éclipsa dans le couloir, je fis de même, la contournant pour lui bloquer le passage. Je secouai la tête en murmurant :

- N'y va pas.

Lucas lança un regard dans ma direction. Il avait dans les yeux une lueur d'agacement. Il regarda sa demi-sœur. La jalousie brûla dans ses yeux pendant un instant. Ouais, ce type pourrait être dangereux s'il le voulait.

- Kit ? marmonna-t-il. Tout va bien ?

Elle jeta un coup d'œil vers la chambre.

- Je pensais juste que quelqu'un devrait aller voir si tout va bien, c'est tout.

Lucas se râcla la gorge en suivant son regard, s'attardant sur l'espace derrière moi. Un enfoiré baraqué comme T et une fille comme notre demi-sœur seuls dans une pièce ensemble ? Blessé ou non, le doc savait ce qu'ils faisaient. Il savait aussi que sa sœur était un peu trop curieuse.

- Peut-être que tu pourrais aller vérifier l'état de nos provisions ?

Il y avait une certaine rudesse dans son ton alors qu'il reportait son attention sur sa demi-sœur.

- Je vais aller en ville avec Nick. On peut pas se permettre de manquer de quelque chose.

Elle plissa le nez et fit une moue qui me rappela Ryth lorsqu'elle avait atterri sur le pas de notre porte et j'avais du mal à croire que c'était il y a seulement quelques mois.

Elle était si jeune.

Si naïve.

Mais elle ne l'était plus.

Non.

Ils s'en étaient assurés.

- D'accord, dit Kit en me lançant un regard noir, sachant que je n'étais pas prêt de m'écarter de son chemin. Je vais faire préparer une liste.

- Et quand ils seront partis, tu pourrais peut-être me faire visiter le coin, lui dit Caleb. Je parie que tu connais cet endroit comme le fond de ta poche.

Elle sourit et ses yeux s'illuminèrent.

- Oui, je connais très bien le coin. Il y a un ruisseau et un étang pas loin d'ici et le plus gros rocher que j'ai jamais vu, je l'appelle le belvédère.

- Ça a l'air bien, marmonna C en jetant un coup d'œil dans ma direction.

Il la garderait occupée, s'assurant qu'elle ne fait pas n'importe quoi. Bien que le doc semblait ne pas apprécier cette idée du tout. Je m'éloignais lentement vers la cuisine en les gardant dans mon champ de vision.

- Elle sera en sécurité avec lui, dis-je en rencontrant le regard de Lucas. Ne t'inquiète pas pour ça.

Il s'inquiétait...

Et il n'y avait rien que je puisse faire pour empêcher ça.

Caleb avait un air ténébreux à présent, un aspect sauvage froid qui contrastait avec le feu de T. Je jetai un coup d'œil vers la gauche et il arrivait dans la pièce.

- Je peux aussi te donner un coup de main pour cette liste, si tu veux ?

Elle regarda son frère, et il hocha lentement la tête. *C'est bon*, semblait-il lui dire. *Tout ira bien.* Elle avança, jetant un dernier coup d'œil en arrière avant de se diriger vers la cuisine.

- Il est dangereux.

Elle parlait tellement à voix basse que je l'entendis à peine. Mais je n'ai pas manqué le regard que le doc m'a lancé, un regard qui en disait long. C'était mon tour de détourner le regard, mon tour d'essayer d'ignorer le cri dans ma tête. Un cri qui disait que même si Caleb était le plus calme d'entre nous, il était aussi le plus dangereux.

Dangereux pour nous...

Et pour Ryth.

- Je vous retrouve dehors, ai-je marmonné en les suivant.

Ce coin était agréable, mais sacrément calme. Le gazouillis des oiseaux dans les arbres était tout ce que je pouvais entendre lorsque je sortis et que je me dirigeai vers la véranda, en poussant du pied les feuilles sur mon passage. Je descendis les marches et avançai vers la berline que Jack Castlemaine nous avait laissée dans la grange d'une inconnue au milieu de nulle part.

Non. *C'était pas pour nous... mais pour lui-même.*

J'ouvris la porte du conducteur et je tirai sur le loquet du coffre. Les armes étaient fixées sous le sol du coffre. Je glissai mes doigts sous la moquette et je soulevai le plancher, découvrant les armes rangées dans le creux de la roue de secours. C'était pour dépanner, le temps de trouver la prochaine planque que le père de Ryth avait indiqué sur une carte.

Une carte qu'ils allaient utiliser pour s'enfuir.

Et nous laisser derrière.

Je m'appuyai contre le coffre et je sentis le monde osciller. Ils nous laisseraient... il l'obligerait à nous quitter. Même la simple idée était trop intense. Une douleur me saisit le cœur. Le genre de douleur écrasante. Mon bras était engourdi et douloureux... Je ne pouvais pas respirer... *Je ne pouvais pas respirer.* Je...

- Tu es prêt à partir ?

Lucas surgit de nulle part et jeta un coup d'œil aux armes dans la berline, puis il leva les yeux vers moi. Il se renfrogna, son regard se déplaçant vers mon poing pressé contre mon sternum.

- Tu vas bien ?

- Je crois que je suis en train de faire une crise cardiaque, gémis-je.

Il se rapprocha et pressa le bout de ses doigts contre mon cou, son regard vacilla pendant un moment puis il me relâcha.

- Tu n'as rien.

Cette douleur battait toujours en moi, me cinglait le cœur. Il jeta un œil dans le coffre ouvert une fois de plus et leva les sourcils.

- Impressionnant ce butin. On dirait que vous êtes assez équipés pour fuir.

- C'est pas pour nous, marmonnai-je et au moment où je le dis, cette douleur devint encore plus réelle, mes mots devinrent douloureux. C'est pour le père de Ryth.

- Et Ryth aussi, je suppose ?

Je hochai la tête, incapable de prononcer les mots à voix haute.

- Bon, on y va ?

Je le regardai puis je hochai la tête en renfermant le coffre.

- Ça me va.

Avant de m'installer sur le siège passager, je jetai un nouveau coup d'œil à l'habitacle. T et Ryth étaient occupés, ils devaient probablement dormir maintenant. C et Kit étaient partis explorer les alentours. Ils étaient en sécurité pour le moment. *Nous étions en sécurité pour le moment.* C'est tout ce qui m'importait alors que je montais dans le Range Rover et que je fermais la portière.

Le moteur vrombit lorsqu'il mit le moteur en marche et enclencha la marche arrière avant de reculer brusquement. Les pneus de route n'étaient pas conçus pour le terrain en relief, mais il réussit parfaitement à faire avancer le 4x4 sur le chemin de terre.

- C'est chez toi ici ?

- Chez mon grand-père, répondit-il alors que le véhicule glissait dans une ornière. Pas mon grand-père biologique, mais on garde la maison à son nom pour qu'elle reste un lieu sûr et assez intraçable.

- Assez ? dis-je entre les dents serrées, en m'accrochant à la portière.

Il me lança un regard.

- Rien n'est sûr à cent pour cent.

Il avait raison. Je regardais la route alors que nous prenions de la vitesse, dépassant la boîte aux lettres avec un nom collé sur le côté. Je suppose que si quelqu'un devait trouver cette maison, ce nom n'avait pas grande importance.

S'ils nous cherchaient sans relâche, ils finiraient par trouver.

Parce qu'aucun endroit n'était vraiment sûr. Pas si nous étions seuls, en tout cas.

Pendant qu'on roulait, mes pensées se sont tournées vers Jack Castlemaine, je me demandais où il s'était caché et comment il avait réussi à sortir de prison. J'avais trop de questions... la plus terrible me ramenait à ce fichu carnet que j'avais trouvé dans le placard d'Elle. *Quand je la vois avec ses amies, j'oublie presque d'où elle vient, ce qu'elle représente et son but dans tout ça.*

Quel but exactement ?

C'est ce qui me faisait paniquer, c'était comme vivre avec une bombe à retardement. Le seul problème était que Ryth ne savait même pas qu'elle était un danger pour elle-même.

- Tu n'as pas écouté un mot de ce que j'ai dit, n'est-ce pas ?

Je jetai un coup d'œil au médecin qui tenait le volant.

- Désolé.

Il fit un signe de tête.

- Je te disais qu'on partirait à la première heure demain matin.

- Vous partez ?

Il fit un signe de tête en regardant la route.

- Vous allez appeler Benjamin Rossi, n'est-ce pas ?

Je fronçai les sourcils.

- Oui, on n'a pas vraiment le choix.

- Je comprends, mais pour ma part je dois veiller sur les miens.

Il y avait cette hantise à nouveau, et cette peur qui revenant quand on parlait des Rossi. Je connaissais Ben, je savais qu'il pouvait être un dur à cuire et un enculé impitoyable, et je savais aussi que Lazarus était le genre de gars avec qui on ne voulait pas avoir de problèmes.

Alors, qu'est-ce que le doc avait contre eux ?

Je songeais à l'argent.

- Si vous avez des problèmes d'argent... ai-je commencé.

Il lança un regard dans ma direction et se renfrogna pendant une seconde avant de secouer la tête.

- J'aimerais que ce soit ça. Non... c'est... il soupira. C'est Kit.

- Ta sœur ?

- Elle est sur la défensive, surtout quand il s'agit de gens qu'elle considère comme des amis.

Maintenant j'étais intrigué.

- Continue.

Il ne voulait pas parler, il devenait rouge et se renfrognait. Ce type avait retiré une balle de la cuisse de mon frère et traîné le cadavre de mon père à l'arrière de sa voiture, et pourtant le fait que sa demi-sœur soit sur la défensive le faisait tressaillir ?

Il devait y avoir plus. Mais je ne dis rien pendant qu'il semblait chercher ses mots.

- Disons simplement que ma demi-sœur est l'obstacle entre Benjamin Rossi et l'amour.

- Et l'amour ?

Il regarda dans ma direction.

- Littéralement. Love Hartman est une infirmière en traumatologie que M. Rossi a rencontrée par le biais d'une "connaissance", dit-il en grimaçant.

L'ami d'un ami.

- Je suppose que cette connaissance, c'est toi ?

Il hocha la tête.

- Ouais.

Je passai mes doigts dans mes cheveux. Maintenant je commençais à comprendre.

Pas la partie sur Benjamin Rossi qui tombe amoureux. Ça, je ne comprenais pas. Je ne l'avais jamais vu regarder une femme, encore moins une foutue infirmière en traumatologie. Mais je comprenais que la jeune femme fougueuse que nous avions laissée à la cabane pouvait rendre la vie du docteur vraiment difficile. Surtout lorsqu'il y avait d'autres femmes à proximité de lui, même un peu loin.

Parce que c'était un beau mec… et la façon dont elle le regardait…

Merde…

- Nous y sommes, a-t-il marmonné, attirant mon attention sur le décor d'une ville de campagne tranquille. Il y a une cabine téléphonique dans le Meg's Diner, tu peux l'utiliser pendant que je charge la voiture avec tout ce dont vous pourriez avoir besoin.

Il sa gara sur une place de parking devant un grand magasin d'articles de sport. Je n'avais toujours aucune idée de la raison pour laquelle il nous aidait, mais là, j'étais sacrément reconnaissant. Je lui vaudrais une belle chandelle, c'était sûr.

Pour l'instant, j'acceptais volontiers son aide. Je sortis de la voiture et je me dirigeai vers le coin de la rue et entrai dans le petit restaurant. L'endroit était vide, à l'exception d'un couple de personnes âgées sirotant des milkshakes, qui me regardaient pendant que je scrutais la salle lorsque je vis la cabine téléphonique à l'arrière du magasin. Je me dirigeai vers l'appareil, je mis une pièce et composai le numéro que j'avais mémorisé.

- Oui ? dit Benjamin Rossi prudemment.

- C'est moi.

Silence, puis à voix basse :

- Je suppose que tu es en lieu sûr ?

- Pour l'instant. Mais il faut qu'on se voie.

Le moteur d'un jet rugit en arrière-plan et le lourd bruit sourd de bottes retentit sur une plate-forme en acier.

- Malheureusement, ça va devoir attendre. Je suis en train de gérer un problème là.

L'inquiétude m'envahit.

- Quel genre de problème ?

- Je peux pas en parler par téléphone. Donne-moi trois jours et je serai de retour dans le coin. D'ici là, fais gaffe à toi.

Fais gaffe à toi ? Je n'aimais pas ça. Mais il ne me laissait pas le choix.

- Oui, répondis-je. On se verra plus tard.

- A tout à l'heure, et Nick...

- Ouais ?

- Fais gaffe mec, reste à l'abri.

Avec ces mots qui résonnaient en moi, je raccrochai. Le vieux couple me regardait toujours quand je me retournai pour sortir du restaurant.

- Vous avez besoin de quelque chose ? demanda la serveuse derrière le comptoir.

- Non... rien, en fait, dis-je en faisant une pause, mes yeux étant attirés par trois tartes fraîches dans la vitrine, puis je fis un signe de tête en leur direction. Je vais prendre ça.

- Une part ? demanda-t-elle, s'essuyant les mains sur une serviette blanche avant de prendre un couteau.

- Non, les trois.

L'une était au chocolat et à la crème fouettée, la deuxième était au caramel, et la dernière était la plus belle tarte aux pommes maison que j'avais jamais vue.

- Ok, je vous prépare ça, dit-elle en souriant en attrapant des boîtes derrière le comptoir.

Au moment où je sortis, je me sentais au moins utile. Maintenant, tout ce que nous avions à faire était de rester en vie et prudents pendant trois jours de plus... puis on pourrait planifier notre fuite pour de bon.

Chapitre Dix-Sept

VIVIENNE

Je regardais la tenue Armani disposée avec soin au bout de l'énorme lit king size et je réprimai un frisson. La peur se mêlait à la rage. C'était un cocktail dangereux. Un cocktail que je ravalai dans ma gorge. Pourtant, je n'arrivais pas à détourner le regard des vêtements qu'il attendait que je porte. Le pantalon large couleur caramel était fendu jusqu'à la cuisse, partiellement caché sous le haut transparent couleur crème. Je me penchai en avant et je fis claquer la cravate, censée être autour de ma gorge.

Tout comme ses mains, non ?

C'était l'effet recherché.

Enroulée autour de ma gorge.

Pour me dominer.

Mon regard se porta sur la lingerie disposée à côté. Le soutien-gorge en dentelle rose pastel était posé sur le string en satin, le devant si étroit qu'il glisserait entre mes lèvres dès que je l'enfilerai. Le dégoût monta en moi, me donnant la nausée. Tout était calculé, jusqu'à ces fichus tenues. Ma respiration était tendue et profonde. Au moins, ce n'était pas de la lingerie rouge. Cette couleur, je ne pouvais plus la supporter.

C'était le troisième jour... et la troisième tenue, chacune d'entre elles était choisie de manière experte et présentée pour moi comme si j'étais une sorte de chien à dresser. *Porte les jolis vêtements, Vivienne, et fais exactement ce qu'on te dit.* Je pris le drap de lit pour l'enrouler autour de mon corps à nouveau. Cela faisait trois jours que je portais la même chose... et je commençais à sentir mauvais.

Je jetai un coup d'œil par-dessus mon épaule à la porte verrouillée.

Je n'avais pas envie d'être ici.

Pas dans cette pièce... ni dans cet endroit.

Mais refuser ne ferait que me retenir prisonnière à jamais. Il ne me laisserait jamais libre, pas tant que je ne jouerais pas selon ses règles. Je me tournai vers les vêtements qui m'attendaient. Parce que c'est exactement le genre d'homme que London St. James était...

Un ignoble bâtard.

La haine me traversa, tremblante et hargneuse. Je me dirigeai vers la salle de bain, j'enlevai le drap noué autour de mon corps et le laissai tomber sur le sol. Mes orteils touchèrent le carrelage froid lorsque j'entrai dans la salle de bain avant d'entrer dans la douche. Le bruit de l'eau fut instantané, l'eau chaude se répandit dans la cabine. Je m'installai sous le jet, laissant tomber ma tête en arrière, laissant la chaleur couler mes épaules et me transporter loin de cet enfer, pour quelques secondes au moins.

Jusqu'à ce que l'amertume s'installe.

Elle s'immisça en moi par une pensée, puis le passé me revint aussitôt.

Le passé où j'étais une moins que rien, une fille qu'on n'entend pas, qu'on ne remarque pas. Qu'on désire encore moins. J'ouvris les yeux, pris du shampoing dans ma main et commençai à faire mousser mes cheveux.

J'avais tellement essayé d'oublier le passé. Les mois que j'avais passés à l'Ordre avaient été consacrés à survivre. Pourtant, dans le calme de la nuit, entre les rondes des gardes, le passé avait réussi à s'immiscer. D'abord, c'était à cause de la maison que j'étais censée considérer comme chez moi et le couple qui n'était pas mes parents. Ils ne faisaient d'ailleurs quasiment pas partie de ma vie, en dehors des règles imposées... tant de putains de règles.

Ne répond pas à la porte...

Ne donne pas ton adresse.

Ne parle pas aux inconnus.

Des règles et des lois.

Pourtant, c'était mieux que les bribes de mémoire avant eux. *L'endroit* où j'étais n'était rien de plus qu'une prison pour enfants. Mes faux parents m'avaient dit qu'il s'agissait d'un foyer d'accueil, que ma vraie mère avait des "*problèmes*" liés à la drogue et qu'elle m'avait abandonnée à la naissance. Pas voulue. Aucune valeur...

À part celle d'être utilisée.

Et c'est exactement ce que London St. James voulait de moi. Je ne me faisais aucune illusion à ce sujet.

Pupille, me disait-il. Mais une pupille avec des limites, cependant.

Il ne pouvait pas me baiser, le contrat ne l'autorisait pas.

Je me mis de l'après-shampoing sur les cheveux et me fis un gommage avant de me raser. Au moins, cette fois, j'étais seule. Je levai le regard vers la petite caméra fixée dans le coin de la salle de bains et je renonçai à l'envie de faire un doigt d'honneur à ce salaud. Mais ça n'allait pas me faire sortir d'ici, n'est-ce pas ? Ça ne me permettrait pas de me libérer...

Ça ne me permettrait pas de... *m'enfuir*.

Le mot tournait dans ma tête tandis que je traînais le rasoir le long de mes jambes, puis entre. Je levai les yeux vers la caméra. Est-ce qu'il regardait ? Je parierais que oui. Je me redressai et basculai ma tête en arrière sous le jet d'eau. Je parierais qu'il était rivé à l'écran.

Je tournai les robinets pour couper l'eau et je sortis de la douche, mon regard se portant sur les flacons de parfum et de maquillage onéreux alignés près du lavabo tandis que j'attrapais une serviette sur l'étagère chauffante et que je me séchais, tamponnant ma peau dorée.

La Prairie et *Guerlain*. Les noms ne me disaient rien, mais je savais reconnaître une marque de luxe quand j'en voyais une. J'enroulai la serviette autour de mon corps et m'approchai, faisant glisser mes doigts sur le flacon violet et la fiole argentée scintillante à côté. Je ne m'étais pas permis de les toucher avant. Je ne m'étais même pas permis de les regarder. Je ne voulais pas savoir d'où ils venaient... ni quel était le salaud qui les avait achetés.

Mes doigts tremblèrent pendant une seconde avant que je ne m'élance un peu trop violemment. Les flacons en verre s'éparpillèrent et s'entrechoquèrent avant de basculer et de rouler. Un sentiment de panique surgit en moi. Je me dépêchai de rattraper les flacons et de les remettre en place, jusqu'à ce qu'ils soient à nouveau parfaitement alignés.

Parfaitement...

Je pris le sérum argenté et dévissa le bouchon. Une goutte d'argent coula dans ma paume ; je m'approchai plus près du miroir, l'étalant sur mes pommettes et regardant la brillance s'étaler sur ma peau.

- Oh, punaise, c'est vachement bien.

Je m'écartai du miroir pour observer le magnifique éclat de ma peau tandis que je tournais la tête dans tous les sens.

- Non, dis-je en secouant la tête. Non. Je n'utiliserai pas ça, je ne jouerai pas son putain de jeu.

Sois plus intelligente... me dis-je en fixant mon reflet, puis je portai mon regard vers la porte de la chambre verrouillée derrière moi. Je ne sortirai pas d'ici. C'était aussi simple que cela. Peu importe à quel point je détestais cet endroit.

Porte le maquillage.

Porte les vêtements.

Mais assure-toi de garder le contrôle. Je jetai un coup d'œil à la caméra au-dessus de moi...

Ce regard courroucé dans ses yeux lorsqu'il m'avait vue sur le lit me revint en mémoire. J'étais celle qui contrôlait tout ici. J'étais celle qu'il voulait...

Il pouvait me forcer.

Mais le ferait-il ?

Mon pouls s'emballa... non, je ne pensais pas qu'il le ferait. *Il voulait ce jeu, il voulait que je... cède.*

Je me léchai les lèvres. Oui, c'est ce qu'il voulait. *Que je sois à genoux, putain.*

Je me suis retournée, mon attention se porta vers le fond de teint qui avait le ton doré idéal pour ma peau et je commençai à me faire belle. Mon passé me revint en tête, la même blessure... le même sentiment d'abandon. C'était juste une fois de plus, le même rejet. Le même putain de jeu de pouvoir.

Mais ce jeu que je connaissais bien...

Je pouvais y jouer, tout aussi bien que lui.

Des yeux sombres et charbonneux, un reflet bronze sur la peau dorée de mes pommettes. J'ouvris le placard, trouvai un sèche-cheveux et commençai à me sécher les cheveux jusqu'à ce que les mèches soient lisses et brillantes.

- C'est bon, ai-je murmuré. Ça fera l'affaire.

Le pouvoir se glissa en moi alors que je retournais vers le lit. Ce n'était pas un soupçon, ni une ruée. C'était un pouvoir déchiqueté et sauvage, sciant un trou béant à l'intérieur de moi pour se frayer un chemin. Je n'ai pas réfléchi plus longtemps j'ai juste attrapé la culotte sur le lit et l'ai enfilée, puis j'ai fait de même avec le reste des vêtements, avant de mettre les talons Prada.

Je combattis l'envie de me tourner et de me regarder dans le miroir en pied en face du lit. Je ne voulais pas me voir dans ses vêtements, je ne voulais pas me voir dans cette matière douce qui effleurait ma peau. Je ne voulais pas me voir...

Mais j'étais incapable de m'en empêcher. Mon regard dévia, saisissant l'éclat du bronzage. Un pas et la fente s'ouvrit, révélant ma cuisse. Mes genoux se mirent à trembler, mon pouls devint lent et léthargique. L'humiliation me traversait et entraînait avec elle le désir.

La femme dans le miroir n'était pas moi.

Ni la combattante... ni la solitaire.

Non, c'était *la putain.*

Le "*vaisseau*" qu'ils avaient fait de moi à l'Ordre.

Un que j'utilisais de toutes les façons possibles.

- Je te déteste, chuchotai-je en scrutant mes seins saillants, ma petite taille et ma peau olivâtre. Putain, je te déteste tellement.

Cette haine resta en moi alors que je me dirigeais vers la porte. Mais je n'ai pas crié ou gémi cette fois. Non, j'en avais fini avec ça. Au lieu de cela, je frappai doucement contre la porte en bois. Le son parvint à peine à mes oreilles, mais le verrou tourna presque instantanément et la porte s'ouvrit lentement.

Il était là...

Ses yeux sombres brillaient, il avait un regard de criminel. Il baissa lentement les yeux, scrutant mon visage, mes seins et ma taille, puis dévia lentement vers mes cuisses et mes talons. Je détournai le regard, puis mon attention se focalisa sur ce regard froid. Une chaleur m'envahit tandis que son regard s'attardait entre mes jambes, puis se déplaçait vers mes seins...

Pensait-il à la fine lanière entre mes fesses ? Je l'espérais... Putain, *je l'espérais vraiment*. Je déglutis bruyamment, détestant à quel point je le trouvais beau. Il était toujours si parfaitement beau. Son costume gris anthracite était boutonné, la chemise blanche repassée impeccable en dessous. J'avais envie d'abîmer cette chemise, d'y étaler le maquillage que je portais.

Cette pensée m'assaillit. Ma joue se pressa contre sa chemise blanche, laissant une tache sombre. Ma chatte palpita, se crispa fort. *Non. Non putain.*

- Je veux sortir d'ici, dis-je d'une voix tremblante.

Il ne répondit pas, il poussa la porte pour m'offrir une voie de sortie.

Mon pouls s'arrêta et mon regard se porta vers le haut des escaliers. *La liberté était là...la liberté était...*

- La porte d'entrée est équipée d'une alarme et est câblée pour déclencher une alerte sur mon téléphone, et c'est pareil pour les fenêtres. Essaye de t'échapper, Vivienne, et tu verras ce qui se passe.

Je tressaillis en portant mon regard vers le sien. Il ne pouvait pas entendre le son de mon pouls, ne pouvait pas entendre les pensées dans ma tête. Il ne pouvait pas *me connaître.*

Mais il venait de me lancer un ultimatum à la con, n'est-ce pas ? Je n'arrivais pas à reprendre mon souffle avec toutes les conséquences que j'envisageais. Pourtant, l'espoir était là, il commençait par une porte de chambre ouverte. Un hochement de tête, puis il leva la main pour me faire signe d'avancer.

J'avançai, les talons claquant sur le sol carrelé jusqu'à ce que j'attrape la rampe et que je monte sur la première marche. Le silence avala tout bruit de mes pas. Les talons aiguilles s'enfonçaient dans les escaliers recouverts de moquette. Je descendis les trois étages, en regardant la paroi de verre de l'ascenseur au centre de la maison.

Un frisson me parcourut. J'étais déjà venu dans cette maison auparavant... mais mon séjour avait été bref, j'avais à peine été dans le salon et le hall du rez-de-chaussée. Je n'étais jamais montée jusqu'ici... jamais dans un endroit privé. Je me cramponnais à la balustrade en acier froid et je continuais de descendre. Je me demandais où se trouvait sa chambre...

Était-elle proche ? Mon regard balaya le couloir du premier étage... *là ? Était-ce là ?*

Il y eut une seconde où ces pensées envahirent mon esprit avant qu'une vague de vertige ne me frappe. *Sa chambre ?* Tu veux savoir où se trouve sa putain de chambre ? Je serrai les dents avant de m'arrêter sur la dernière marche, avant le salon fait de carreaux italiens chatoyants, froids et épurés. Tout ce que je voyais, c'était mon visage pressé contre eux...et les deux paires de bottes devant mes yeux.

Je t'avais prévenue, Vivienne...Je t'avais dit qu'il y aurait des conséquences...

Une douleur me déchira le cœur, ardente et brutale. Je me cramponnai à la balustrade, incapable de bouger. La peur me clouait sur place. Je ne pouvais pas détourner le regard. La panique. L'humiliation.

- Tu penses à t'enfuir ?

Mes genoux tremblaient, mais je me forçai à bouger, je me retournai et fis un pas en arrière. Il me suivit comme s'il sortait des ténèbres, ses yeux froids et inébranlables maintenaient mon regard. Des mèches d'argent étincelaient à ses tempes alors qu'il descendait vers le salon et passait dans la lumière du soleil. J'affrontai ce regard répugnant, puis je détournai les yeux.

- Non.

- Bien.

Je tressaillis. J'étais impuissante, *piégée. Que pensais-tu qu'il allait se passer exactement* ? me dis-je.

Il s'arrêta devant moi.

- Je dois aller travailler.

Je braquai mon regard sur le sien alors que la peur se transformait en colère.

- Alors va travailler.

Il y eut un tressaillement au coin de ses lèvres. Mon estomac se noua, ma respiration devint presque haletante. Il était inconstant... tellement inconstant, putain. J'attendais qu'il avance, qu'il me prenne à la gorge et me fasse voler à travers le salon. J'attendais sa colère, celle qui miroitait sous la surface.

Mais rien de tout cela n'arriva. Juste un tressaillement au coin de sa bouche. *Ne me dis pas que ce démon est intimidé ?* Un hochement de tête et il se retourna, ses pas étaient suffisamment lents pour être un ordre en soi. Il s'attendait à ce que je le suive, comme une bonne petite pute.

La haine formait un poing dans mon ventre, elle s'enfonçait jusque dans mes côtes, mais je le suivis, jetant un coup d'œil à la porte fermée du sous-sol en passant. La serrure électronique clignotait d'une lumière rouge sur la porte à l'extérieur, il avait juste à entrer son foutu code puis à m'entraîner en bas.

Seulement non, il continua à marcher, puis pencha la tête sur le côté. Il écoutait. C'est ce qu'il faisait, il attendait de voir si j'allais m'effondrer. J'essayais d'étouffer le tonnerre qui grondait dans ma poitrine et je continuais à avancer, je passais devant l'élégante cuisine de luxe qui scintillait, et je m'enfonçais davantage dans la maison. J'étais surprise que quelqu'un vive ici. Ça n'en avait pas l'air.

Pas un grain de poussière.

Pas une empreinte sur les meubles.

Il tourna dans un couloir et continua d'avancer. J'avais peur de le suivre. De me retrouver dans un espace clos avec London...

Tu n'avais pas pensé à ça, n'est-ce pas ?

J'essayais de reprendre mon souffle alors qu'il ouvrait une porte au bout du couloir et disparut à l'intérieur, la laissant béante derrière lui. Je n'avais pas pensé à ça... *je n'avais pas pensé qu'il allait vraiment... ouvrir la porte.*

Mais je ne pouvais pas m'enfuir, je ne pouvais même pas songer à faire demi-tour, ni à partir à la course. Si je prenais cette décision, alors il aurait été clair qu'il avait gagné.

Il n'en était pas question.

Je serrai les dents et avançai vers la porte.

En entrant, mon regard se posa sur les élégantes étagères noires qui longeaient le mur du fond. Il y avait des livres partout, beaucoup de livres. Tout était parfait comme le reste, pas un ne dépassait légèrement.

- La porte, Vivienne.

Je posai les yeux sur lui, il était assis derrière le bureau, tête baissée, concentré sur les pages devant lui. La colère m'envahit. *Va te faire foutre, fais-le toi-même...* les mots n'atteignirent pas mes lèvres alors que je remarquais les gants de cuir noir qu'il portait. Il avait enlevé sa veste, il ne portait que la chemise blanche remontée sur ses avant-bras musclés.

Je détournai le regard, puis j'entrai et fermai la porte. Son bureau était grand... et à couper le souffle. Un canapé en velours rouge sang se trouvait au fond de la pièce, face à la plus étonnante cheminée à gaz noire que j'avais jamais vue. Le noir était la couleur maîtresse du reste de la pièce : des meubles noirs, de l'acier noir, à l'exception d'une petite section de livres tout au fond dans un coin... *oui, ceux-là étaient roses. Tout était dans les mêmes tons que ma chambre.*

Je me suis retournée, attirant son attention sur moi sans lever le regard. Je le troublais par ma seule présence. Il leva ses yeux sombres dans ma direction avant de regarder l'énorme écran iMac en face de lui. En un clic de souris, une imprimante se mit en marche sur le bord du bureau. Il se leva sans un bruit et se tourna. Je fus intriguée par le papier sur son bureau, celui qu'il avait semblé regarder assidûment.

Je fis un pas, mon pouls s'emballant tandis que j'étais attirée par ce document. Mais plus je m'approchais, plus je réalisais que ce n'était pas ce que j'avais cru... c'était une sorte de...

- Tu veux de l'aide ?

Je levai brusquement les yeux. Ses yeux sombres s'enfonçaient dans les miens. Je détournai le regard, en secouant la tête. J'aperçus alors le bord d'une pile de papiers qui dépassait du milieu d'un dossier en cuir croco. *Ooks*, ce fut ce que je parvins à lire. Inconsciemment, je savais ce que c'était. Mais quand même, je devais vérifier par moi-même. Je tendis la main...

- Vivienne... me dit-il comme un avertissement.

Mais il ne bougeait pas. Il me testait. Je jetai un autre coup d'œil à ces lettres... *ooks*...

Ma main trembla lorsque je tendis le bras, saisis le bord, et tirai dessus d'un coup sec.

Il bondit sur moi instantanément par-dessus le bureau dans un mouvement bref juste à temps pour me saisir le poignet. Mais il était trop tard... mon propre nom était imprimé juste là devant moi.

Vivienne Brooks...

Je scrutai ce qui était écrit.

La partie doit remettre le sujet immédiatement ou risquer un litige et/ou d'autres conséquences illégales. Le manquement à cette obligation entraînera une action contre la partie, y compris, mais sans s'y limiter, un préjudice.

Y compris, mais sans s'y limiter, un préjudice ? London St. James venait-il de menacer l'Ordre ?

- Tu joues un jeu très dangereux, Vivienne.

Je fixais sa main serrée autour de mon poignet, puis j'affrontai son regard. Oui, oui, il avait menacé l'Ordre.

- N'est-ce pas le cas de tout le monde ?

Chapitre Dix-Huit

RYTH

Tobias finit par s'endormir. Sa respiration était profonde et régulière, et il semblait que la douleur n'avait plus d'emprise sur lui. J'attendis un instant puis je retirai doucement son bras de mon corps avant de me lever. Le matelas s'affaissa lorsque je me levai. Mais il restait plongé dans le sommeil alors que je me dirigeais tranquillement vers la pile de vêtements dans le coin de la pièce. Des vêtements que Caleb avait sortis de la berline ce matin-là. Des vêtements que mon père avait laissés pour moi.

Des vêtements roses et violets jonchaient le sol à mes pieds, mais au moins il avait eu le bon sens de mettre des jeans noirs dans le lot.

J'enlevai mon t-shirt et mon caleçon, encore humides de la douche avec Tobias, et je les laissai tomber sur le sol avant d'enfiler un soutien-gorge à coques souples, une culotte, un short et un t-shirt qui semblait être deux tailles trop petites pour moi. Je songeais à porter le t-shirt noir trop grand pour moi de Nick, mais je réalisai qu'ils avaient encore moins de vêtements que moi.

Je tirai un peu sur mon t-shirt, détestant qu'il remonte ainsi, et je fis un tas de nos vêtements sales. Je voulais faire bon usage du temps que nous avions ici. Laver nos vêtements, apprendre comment nous garder en vie, ces tâches simples me donneraient un but... c'est ce dont j'avais besoin maintenant. Un but. Du repos. Un peu de *paix*.

La paix viendrait, quand nous serions en sécurité.

Quand nous serons tous en sécurité.

Mes pensées se tournèrent vers mon père alors que je me dirigeais lentement vers la porte. J'essayais de chasser de mon esprit l'image de son visage tuméfié et de ses yeux tendres. Mais peu importe à quel point j'essayais, cela ne marchait pas. Il était là dans mon esprit, souriant de ce sourire triste juste avant de se diriger vers les hommes qui voulaient sa mort.

Je tournai la poignée et j'ouvris la porte avant de sortir.

- Est-ce qu'il dort ?

Mon cœur fit un bond et rebondit dans le fond de ma gorge. Je me retins de crier et me retournai, trouvant Kit debout dans le couloir derrière moi.

- *Bon sang*, tu m'as fait une peur bleue !

Mais son regard se déplaça vers la porte et s'y attarda.

- Tu dors avec ton demi-frère ?

La chaleur me monta aux joues. Je ravalai l'embrasement qui me consumait et je répondis :

- Oui.

- Juste avec lui ? demanda-t-elle en croisant mon regard, ces larges yeux bruns exigeant la vérité.

- Non, dis-je en ravalant ma salive.

Elle fronça les sourcils, comme si elle luttait contre ses propres démons. Puis sa curiosité s'éclipsa.

- Lucas voulait que je te montre où étaient les antibiotiques et les antidouleurs, au cas où tu en aurais pour la prochaine fois.

La prochaine fois ? J'espérais qu'il n'y aurait jamais de prochaine fois. J'espérais beaucoup de choses, mais espérer et planifier étaient deux choses très différentes. Je le savais. Je la suivis donc alors qu'elle ouvrait la porte de la salle médicale et qu'elle se dirigeait vers l'armoire à pharmacie.

Je posai les vêtements humides et sales sur le sol à côté de la porte et je reportai mon attention sur elle. Mais elle était silencieuse, ne tendant pas encore la main vers le placard.

- Tes parents sont au courant ?

Je tournai les yeux vers elle. Elle ne bougeait pas, elle fixait le comptoir.

- Oui.

Kit leva les yeux vers moi, ils s'élargirent.

- Vraiment ? Et ils ont juste... laissé faire ?

Laisser faire ? Je pensais à Tobias et à la façon dont il avait focalisé sur moi sa haine, sa colère... et son amour.

- Ils n'avaient pas vraiment le choix, dis-je doucement. Ce n'était pas quelque chose que nous avions prévu.

Elle fit un lent signe de tête.

- Mais ça ne l'est jamais vraiment, n'est-ce pas ?

- Non, dis-je en me rapprochant, me concentrant sur toutes les choses qu'elle ne disait pas. Tout va bien, Kit ?

Elle se força à sourire et hocha la tête.

- Bien sûr. Je voulais juste savoir. Je n'étais pas sûre de savoir si tu...

- Les aimes tous les trois ? dis-je en essayant de combler ses trous. Ou si je les aime parce qu'ils sont mes demi-frères ?

- Oui.

Oui...

Elle ne faisait pas la différence et j'étais trop perdue dans le passé pour retenir le flot d'émotions.

- Ils ne m'aimaient pas, pas au début.

- Ils ne t'aimaient pas ?

Je secouai la tête, rencontrant son regard.

- Non. Surtout Tobias. Il était... en colère et en souffrance.

- Et puis ils ont fini par t'aimer.

Je me forçai à sourire.

- Je suppose que oui.

- Lucas a dit que tu pourrais avoir besoin de ça, dit-elle en prenant une pile de grandes boîtes de pilules blanches avant de les pousser vers moi.

Je n'eus pas besoin de regarder les étiquettes pour savoir de quoi il s'agissait. Je pris celle du haut et l'ouvris.

- Kit, tu prends la pilule ?

Elle rougit et secoua lentement la tête.

- Est-ce que tu veux la prendre ?

La réponse brûlait dans ses yeux. Mon pouls s'emballa. Il y avait tant d'émotions en elle, tant de bouleversements... *tant de désirs.* Je ne voulais pas exagérer, mais elle avait l'air de quelqu'un qui a besoin d'une épaule réconfortante. Quelqu'un à qui parler de ce qu'elle ressentait. Quelqu'un qui n'était pas son demi-frère...

- J'ai vu la façon dont il te regarde, murmurai-je. Et la façon dont tu le regardes.

Elle déglutit difficilement.

- Ah bon ?

- Oui, dis-je en hochant la tête.

- Et est-ce qu'il... me regarde de la même façon que tes frères te regardent ?

Un sourire se dessina au coin de ma bouche.

- Oui, Kit.

Elle rougit à nouveau, puis tourna la tête une seconde avant de désigner le placard supérieur.

- Les antibiotiques sont là-haut. Je n'arrive pas à l'atteindre.

J'ouvris le placard et tendis la main vers le haut. Mon esprit était hanté par le passé, par la façon dont Tobias m'avait détestée, avant que cette haine ne devienne un brasier, puis je sentis une main sur mon ventre. La sensation de brûlure refit surface sur le tatouage qu'ils avaient gravé dans ma peau.

- C'est joli, dit Kit en me regardant de plus près, les yeux rivés sur mon ventre.

- Un P avec un O. Ça veut dire quoi ?

La terreur descendit en moi, me ramenant là-bas, à cet endroit et à cette pièce.

Tenez-la à terre !

TENEZ CETTE SALOPE À TERRE !

Je poussai un cri et fis un pas en arrière, posant une main contre mon estomac, l'autre tendue devant moi.

Dans le flou de ma panique, Kit s'avança.

- Ryth ? dit-elle en tendant la main vers moi. Tu vas bien ?

Tenez-la...tenez-la...À TERRE !

Je ne pouvais pas parler, ne pouvais pas crier. Les battements de mon cœur rebondissaient contre mes côtes.

Je voyais tout, la façon dont elle tendait la main vers moi... la façon dont elle se déplaçait. Elle devint comme eux à mes yeux. Elle était leur haine, leur cruauté. Leur besoin. Je devais partir d'ici. Je devais...

M'enfuir...

Je me retournai... et je sortis de la pièce en courant. Le seuil de la porte était flou, tout comme le salon et la porte d'entrée de la cabane, et même lorsque j'atteignis la lumière du soleil, je continuais de courir. Parce que je ne pouvais pas m'arrêter.

- Ryth ! RYTH ! Je suis désolée !

Le sol dur heurtait la plante de mes pieds lorsque je m'élançai de la véranda et que je touchai le sol terreux. Au moment où j'atteignis la ligne d'arbres, j'étais en plein sprint. Les branches me fouettaient le visage, me frappaient la joue, la forêt était floue à travers mes larmes.

- Ryth !

Le cri Caleb surgit loin derrière moi.

J'entendis le faible cri paniqué de Kit. Mais j'étais trop loin pour m'en soucier, loin du soleil et à nouveau plongée dans l'obscurité.

Et le froid.

Et la pièce vide...

Et leurs regards vides.

Elle est déjà ruinée... tu aimes être battue ? Tu aimes être baisée...

Une main sur ma bouche, une main autour de ma gorge, pressée contre le mur. *Je parie que je pourrais te faire crier putain...* Je devais courir. Je devais m'échapper. Je devais...

- Ryth !

Des mains me saisirent et je fus tirée en arrière alors que je me heurtais un arbre couché au sol.

- Ryth, c'est moi !

Un corps dur était contre mon dos. Un grognement profond surgit dans mon oreille et je sentis cette rage, une rage immense. Elle bouillonnait à l'intérieur de moi, aussi, me déchirait jusqu'à ce que les cris brûlants soient tout ce que je pouvais sentir. Je me débattis avec mes pieds pour échapper aux bras qui m'entouraient.

- C'est moi ! cria-t-il. *Ryth ! Ryth, c'est moi. C'est Caleb !*

Je le griffais, luttant contre son emprise.

- Non ! NON !

Mais il ne me lâchait pas...il...*ne me lâchait pas.*

- C'est moi. Bébé, c'est moi.

Des doigts puissants s'enfoncèrent dans mes bras alors qu'il me retournait. À travers les larmes, je le vis...lui. Ses yeux noisette foncé me transperçaient.

- C'est moi, princesse. C'est moi.

- Caleb ?

Il me serra fort, me tirant contre son torse.

- C'est moi, bébé. *C'est moi.*

Les larmes coulaient toujours, des larmes salées sur mes joues et dans ma bouche.

- *Je ne peux pas arrêter ça. Je ne peux pas.*

- Alors ne le fais pas.

Je fermai les yeux et enroulai mes bras autour de son cou.

- Ne lutte pas, dit-il de sa voix grave qui résonnait à côté de mon oreille. Accepte l'émotion. C'est juste moi... *je suis là-bas avec toi.*

J'enfouis mon visage dans son cou, aspirant son parfum.

- Je te touche.

Ces mots de réconfort se transformèrent en quelque chose de plus sombre, quelque chose... *d'autre.*

Ma respiration devint profonde.

Sa main glissa entre mes jambes.

- Dis mon nom, princesse.

- *Caleb*, chuchotai-je d'une voix rauque. *Caleb.*

- C'est ça. Encore, demanda-t-il.

Je fermai les yeux.

- Caleb.

- Oui, princesse, dit-il en faisant glisser son doigt sur mon jean entre mes jambes. Je suis là, n'est-ce pas ? Tu peux me voir dans cette pièce dont tu ne peux pas t'échapper. Tu peux me voir.

Je ne pouvais que hocher la tête, mes bras étant enroulés autour de son cou. Sa main remonta vers le haut, ses doigts trouvant le bouton de mon jean.

- Je vais t'emmener loin d'ici, princesse, dit-il en plongeant la main, glissant sous l'élastique de ma culotte. Je vais t'emmener très loin.

Il s'enfonça dans ma culotte et plongea ses doigts en moi.

- Putain, bébé. Sa voix était un grognement. J'ai attendu de te faire jouir toute la journée.

Mon corps lui répondait. À sa noirceur... à son *désir sauvage.*

- Respire dans mon cou pendant que je te doigte, Ryth.

Oh mon Dieu, mon corps tremblait... et ma chatte tremblait, pulsant contre *son invasion.*

- Putain, oui, murmura-t-il en glissant deux doigts en moi.

Son autre bras me tenait fermement, m'attirant vers le sol avec lui, jusqu'à ce qu'il se retire pour me fixer dans les yeux.

- Il va falloir être discrets, princesse. Tu crois que tu peux faire ça ?

Mon cul heurta le sol. Il me dominait tandis que j'étais au milieu de feuilles et de brindilles. Mais ses doigts continuaient de me doigter lentement alors qu'il plaçait une main sur ma bouche.

- Tu vas devoir être très silencieuse, dit-il, mais il avait un ton étrange.

Une certaine froideur...

Qui s'enfonçait dans la dépravation.

Et ça se voyait dans son regard.

Je tressaillis à la pression exercée sur ma bouche. Mon corps se cambrait alors que cette lutte montait en moi... puis je le vis baisser les yeux. Mon jean était ouvert, ses doigts me sondaient de la seule façon qu'il connaissait. Je le regardai fixement, capturée par cette lueur infernale dans ses yeux alors qu'il chuchotait.

- C'est ça, bébé. C'est ça, regarde comme tu es mouillée, putain. Bordel, tu aimes ça… *tu as besoin de ça.*

Je gémis sous ses encouragements, affamée par sa *bestialité*. Ma respiration haletante réchauffait sa paume, ce qui ne faisait que le faire se serrer plus fort et il posait à nouveau ce regard sauvage sur moi.

Il avait besoin de moi.

Besoin de me consommer.

Besoin de garder le monstre à distance.

Et j'avais besoin de lui, moi aussi.

- Je vais me servir de cette chatte.

Ses doigts sortirent mouillés quand il les retira. Des étoiles scintillaient dans l'abîme noisette de son regard.

- Encore et encore et encore, je vais me servir de toi. *Mon parfait jouet de baise*, dit-il en se penchant pour grogner à mon oreille. Ma petite demi-sœur cochonne.

Il saisit le bouton de son pantalon, tira sur la ceinture et baissa sa fermeture éclair. Sa bite dure se libéra et il se pencha en arrière avant d'attraper ma taille à deux mains et de me soulever. Il m'attira sur lui, mes genoux râpant contre le sol alors que je le prenais en moi.

Sa main trouva ma gorge. Ses doigts étaient une prison alors qu'il me pilonnait, me poussant contre le tronc que j'avais essayé d'escalader. Je m'appuyais sur l'arbre alors qu'il enroulait son autre main autour de mes hanches et s'enfonçait en moi.

- Cette chatte et à moi.

Il s'enfonça à nouveau.

Ma colonne vertébrale se courba alors qu'il me remplissait.

- *Ma putain de sœur.*

Mes jambes se mirent à trembler. Mes ongles griffaient le bois, écorchant l'écorce. Mais sa prise autour de ma gorge me maintenait en place alors qu'il enfonçait sa bite épaisse en moi.

- Je vais me servir de toi, princesse, grogna-t-il en me baisant contre l'arbre. Je vais utiliser ton corps... je vais prendre ton âme. Je vais voler ce cœur dans ta poitrine... *comme tu as volé le mien.*

Je fermai les yeux et mon corps se contracta. L'extase m'envahit, m'emportant dans cette pièce. Vers l'obscurité... vers son désir.

- *Tu me vois, princesse ?*

Sa voix était un grognement. Je hochai la tête, ondulant pour rencontrer son corps. Mes genoux se soulevèrent, ma chatte tremblait. Je ne pouvais pas arrêter cette sensation, je ne pouvais pas lutter contre ce désir...

Plus maintenant.

Un cri sauvage me déchira la gorge. Je me cramponnais à son cou, il continuait à serrer ma gorge alors que je lui cédais. À sa brutalité, à sa bite.

Il se servait de moi.

Me baisant comme j'avais besoin d'être baisée.

Je jouis... *violemment.*

Il grogna, ses doigts appuyés contre la veine de ma gorge. L'obscurité m'envahit, me faisant voir des étoiles..

Jusqu'à ce qu'il me relâche et que je m'écrase à nouveau au sol.

- Je te tiens, dit-il en me pressant contre lui en respirant bruyamment.

Il me tira sur lui alors que nous étions à terre.

- Je suis là, princesse. Je suis là.

Je fermai les yeux, mon corps était épuisé, vide... et pourtant plein, tout ça à la fois. Son corps était réel, il me ramenait à la réalité. Je frissonnai, je me retournai pour me blottir contre lui et je mis mon bras autour de sa taille.

- Je serai toujours là-bas avec toi, princesse. Chaque fois que tu auras besoin de moi... je serai toujours là.

C'était la vérité. Il serait là.

Juste lui...

Seulement lui.

Mon Caleb.

Chapitre Dix-Neuf

TOBIAS

CHAPITRE DIX-NEUF

Tobias

- Ryth ! Ryth, attends, je suis désolé !

J'ouvris les yeux et me redressai, poussant un cri alors qu'une douleur lancinante me cinglait la cuisse. *Ryth...Ryth...* Je parcourus la pièce du regard, trouvant l'espace vide à côté de moi sur le lit avant de jeter un coup d'œil à la porte.

- *Putain !*

- *Reviens !* cria une voix de femme puis j'entendis des pas paniqués qui s'estompaient.

Pendant une seconde, j'avais oublié où j'étais, où nous étions. Jusqu'à ce que le faible rugissement de Caleb me parvienne.

- *Où est-elle ?*

Mais ça enfoiré, je le savais.

Je me hissai hors du lit, criant presque de douleur lorsque mon pied toucha le sol. *Sa trahison... et ses putains de manières égoïstes*. Tout me revint en mémoire alors que je trébuchais au pied du lit. L'Ordre. Son père. Le restaurant...et *le docteur*. Je me tenais la cuisse en me penchant, gémissant alors que je prenais un jogging sur le sol avant de l'enfiler.

Si Caleb lui faisait du mal...

- Je vais le tuer... grognai-je en remontant le jogging avant de tituber vers la porte, ralentissant assez longtemps pour attraper un flingue sur la commode, puis j'ouvris violemment la porte.

- Je vais le tuer, putain.

Je peinais à courir, traversant le salon avant d'arriver à l'extérieur. Le soleil me heurta comme un coup, perçant mes yeux, m'aveuglant pendant une seconde.

- Putain.

Je levai la main pour me protéger de l'éblouissement. Les arbres étaient flous tout autour de moi. Je continuai de tituber et de courir en criant :

- *Ryth ! Ryth, où es-tu !*

Je me concentrai sur le flou de la forêt et sur la berline argentée qui scintillait au soleil. Je ne savais pas vers où je courais, je ne savais même pas où nous étions. Mais je ne pouvais pas rester là. J'inhalai profondément, laissant l'instinct prendre le dessus, et je scrutai la masse d'arbres.

- Ryth, stop ! cria Caleb au plus profond de la forêt.

Je serrai le pistolet dans ma main et je vis un mouvement dans le coin de mon œil. La sœur du docteur se tenait là, regardant la forêt alors que je passais à toute vitesse.

- Je ne voulais pas l'effrayer, dit Kit, luttant contre les larmes. Je ne voulais pas...

Je ne pense même pas qu'elle m'ait vu. Je saisis l'arme et la laissai derrière moi, fonçant à travers les arbres. Des branchèrent cassaient sous mes pieds. La douleur s'en suivit, mordante.

Elle a besoin de moi...

Elle a besoin... *de moi.*

La forêt disparut. Fini la douleur. Ryth était tout ce à quoi je pensais. Le mouvement venait de quelque part plus profond, caché derrière un buisson. Le scintillement n'était rien de plus qu'un flou. Pourtant, il était là, me poussant à avancer. Je contournai un arbre en pivotant et j'aperçus un tronc pourri qui s'étendait trop loin pour que je puisse le contourner. En enfonçant mes pieds dans le sol, je me suis élancé, mais mon genou céda au moment où j'atteignais l'autre côté.

Un gémissement s'échappa alors que je m'écrasais au sol.

- Ryth, stop ! rugit Caleb.

Mais le son était proche...

Il venait du bosquet au loin.

J'ai serré les dents pour lutter contre la douleur l'agonie, l'utilisant pour me propulser vers le haut. Mais je n'avais plus de force. Je n'avais plus rien. J'ai écrasé l'arme contre l'arbre, l'utilisant pour m'arc-bouter, et je me suis hissé vers l'avant. Mes pieds devinrent flous alors que le sol semblait s'incliner.

- Non... *ne t'avise pas* de faire ça, grognai-je.

Je puisai dans ma dernière once de force pour me maintenir debout et je levai mon arme.

- Non ! NON NON ! cria-t-elle. Lâche-moi ! LÂCHE-MOI, PUTAIN !

Tout ce que j'entendais était sa terreur. Tout ce que je ressentais était sa peur. Je serrai les dents et enroulai mon doigt autour de la gâchette.

Caleb lança un juron, ses mots étouffés devenant plus profonds et plus inaudibles à mesure que je m'approchais, jusqu'à ce que je contourne l'épaisse touffe de broussailles et que je les voie.

- C'est moi, bébé, dit-il en la tenant contre lui, essayant de calmer sa lutte. C'est moi, princesse. C'est moi.

- Caleb ? gémit-elle.

- C'est moi, bébé, répéta-t-il en la retournant.

- Je ne peux pas arrêter ça. Je ne peux pas, cria-t-elle, l'air tellement brisé que je mourrais de l'intérieur.

- Alors ne le fais pas.

Je tressaillis à la froideur de son ton.

- Ne lutte pas.

Mes lèvres se sont retroussées alors que je me concentrais sur lui, les observant ensemble derrière les arbres.

- Accepte l'émotion. C'est juste moi, je suis là-bas avec toi.

Elle enfouit son visage dans son cou et je ressentis une pointe de jalousie.

- Je te touche, dit-il en glissant sa main entre ses jambes. Mais elle n'avait pas besoin de ça, parce qu'on venait de... Dis mon nom, princesse.

- Caleb.

Son gémissement était un coup de poing dans ma poitrine.

- C'est ça, princesse. Je suis là, non ? Tu peux me voir dans cette pièce dont tu ne peux pas t'échapper. Tu peux me voir.

Il déboutonna son jean et plongea la main dans sa culotte. Mon satané cœur gronda, à la fois excité et enragé de les voir. Quelque chose se passait entre eux, quelque chose de plus que du sexe.

- Je vais t'emmener loin d'ici, princesse. Loin d'ici.

Quoi ?

Je fis un pas en avant.

- Putain, bébé, j'ai attendu que tu jouisses pour moi toute la journée.

Je m'arrêtai. Fils de pute...

- Respire contre mon cou pendant que je te doigte.

Ses bras se sont enroulés autour de ses épaules, s'accrochant à lui pendant qu'il s'enfonçait dans son pantalon.

- Putain, oui.

Je n'arrivais pas à bouger pendant qu'il la descendait au sol, la poussant contre l'arbre tombé.

- Il va falloir être discrets, princesse. Tu crois que tu peux faire ça ?

Il poussa son jean ouvert vers le bas.

- C'est ça, bébé. C'est ça, putain, regarde comme tu es mouillée. Putain, tu aimes ça. Tu as besoin de ça.

Il la baisait avec ses doigts, puis se retira, dégageant son pantalon. Je ne voulais pas que cela arrive... je ne voulais pas la partager avec lui. Parce qu'il... ne la méritait pas. Pas après ce qu'il avait fait.

Il se pencha pour lui murmurer à l'oreille.

- Je vais me servir de cette chatte... encore et encore. *Mon parfait jouet de baise. Ma petite demi-sœur cochonne.*

Quelque chose de sauvage se déplaça en moi. Je serrai ma prise sur le pistolet alors qu'il la soulevait, la tournant pour qu'elle fasse face à l'arbre. En une seconde aveuglante, j'étais de retour à cet endroit, allongé sur le sol de la forêt, fixant mon père alors qu'il pointait son arme sur moi, tandis que je levais maintenant la mienne, visant l'arrière de la tête de mon frère.

- *Ma chatte.*

Il s'est enfoncé en elle. Cette sauvagerie à l'intérieur de moi remontait à la surface.

- *Ma putain de sœur.*

Il la saisit à la gorge, la poussant violemment contre le tronc. Mais elle ne se débattait pas... elle ne criait même pas. Elle céda, le laissant la baiser comme un animal. Parce qu'elle avait besoin de ça. Elle avait besoin de *lui*...

Cette pensée me stoppa net.

Elle avait besoin de ce qu'il était. *Sa noirceur. Son pouvoir.*

Parce que cet endroit l'avait changée.

Il l'avait corrompue, souillée, et avait laissé une partie d'elle aspirer au genre de noirceur que Caleb pouvait lui donner. Je grimaçai, incapable de combattre la douleur qui faisait un trou au centre de ma poitrine. *Je pourrais être cela pour elle. Je pourrais...*

Non.

Je ne pouvais pas.

Parce que ce n'était pas seulement une question de sexe, n'est-ce pas ? Elle criait, ses doigts griffaient l'écorce de l'arbre en face d'elle alors qu'elle jouissait. C'était à propos de ce qu'elle avait vécu là-bas. Cet endroit dans lequel Caleb l'avait entraînée. Je le détestais pour ça, je le détestais bien plus qu'auparavant.

Mais je ne voulais pas qu'il meure. Parce que ça l'aurait blessée encore plus. Je baissai mon arme et fis un pas en arrière alors que mon frère pénétrait la fille à qui j'avais donné mon cœur. Non, je ne le voulais pas mort...

Je voulais qu'il parte.

Chapitre Vingt

RYTH

MON CORPS REVENAIT LENTEMENT DE L'EXTASE, l'obscurité se dissipa peu à peu alors que Caleb me tirait contre lui.

- Je serai toujours là.

Juste là...juste là...

Crac.

J'entendis un bruit qui m'arrachait à ma torpeur. La panique s'empara de moi alors que je levais la tête, scrutais les arbres et me figeais. Tobias se tenait au loin, nous observant d'un regard sauvage, une arme à la main.

- Tobias ?

Il y eut un tressaillement au coin de sa bouche avant qu'il bondisse en avant. Je vis l'éclat de l'acier dans sa main lorsqu'il s'approcha. Tout ce que je voyais était cette lueur de trahison à glacer le sang dans ses yeux. Je restais immobile alors que Tobias fonçait vers nous, passait l'arme dans son autre main, et brandit le poing.

- Putain, tu me l'as volée ! cria-t-il en venant frapper Caleb à la mâchoire. *C'EST TOI QUI L'AS ENVOYEE LA-BAS !*

Caleb trébucha en arrière sous le coup et sa main se posa sur sa mâchoire tandis qu'il fixait son frère d'un regard froid.

- T...

- Putain, tu l'as détruite, haletait Tobias. Tu l'as *détruite !*

Je secouai la tête et je saisis Tobias alors qu'il s'en prenait encore une fois à Caleb.

- Non ! Arrête ! criai-je. *Arrête ça !*

Mais il n'y avait plus moyen de retenir la rage de Tobias maintenant que les murs étaient fissurés, et toute sa haine se déversa. À ce moment-là, c'était frère contre frère. Et j'étais piégée au milieu.

- Va te faire foutre, Tobias ! cria Caleb. Espèce de *merde arrogante !*

- *Arrogant ?*

La voix de Tobias était rocailleuse alors qu'il s'avançait vers son frère.

- Arrogant ?

Les lèvres de Tobias se sont retroussées en un rictus. Même s'il devait lever les yeux vers Caleb, je savais qui était le plus dangereux ici... et Caleb aussi.

- Tu es un putain de faible, C. Tu as laissé tes émotions prendre le dessus, et tu as mis Ryth en danger.

Caleb maintenant ce regard noir, sans jamais broncher.

- C'est pas étonnant venant de toi. Ta putain de vie n'a été qu'une succession de crises de colère, frérot.

Un frisson parcourut ma colonne vertébrale.

Mon estomac se noua.

Il n'y avait pas moyen d'arrêter ça.

Pas maintenant.

Pas après ça...

La prise de Tobias sur l'arme s'est resserrée et quelque chose en moi se brisa. Je me suis levée pour éloigner Tobias, pour m'interposer entre eux.

- Non... non, ça ne va pas se passer comme ça.

- Oh, si, répondit Tobias, mais c'est Caleb qu'il regardait fixement.

Son regard était une promesse de toutes les choses qu'il voulait lui faire. Des choses que je ne laisserais jamais se produire.

- Ça fait longtemps que ça devait arriver.

- Caleb, pars.

Mes mots étaient rauques.

- Non, Ryth, on... commença-t-il.

Mais je projetai mon regard vers lui, l'implorant sans mots. Il croisa mon regard et tressaillit. Il y eut une seconde où j'eus l'impression que mon cœur se brisait en deux, arraché de ma poitrine, les deux moitiés battant et palpitant, ensanglantées dans mes mains.

- Tu pars maintenant et c'est fini, dit Tobias froidement.

Caleb soutenait mon regard pendant un instant, alors que la confusion se mêlait à la douleur désespérée. Puis il fit un pas en arrière avant de se diriger vers les arbres.

- Allez ! rugit Tobias. Fous le camp, comme tu le fais tout le temps. Comme ça, tu n'auras jamais à faire face aux conséquences, hein ? Comme notre putain de *père !*

Caleb se figea alors qu'il nous tournait le dos. Je pensais qu'il allait se retourner et répondre violemment à Tobias, mais non, il continua à marcher lentement et à s'éloigner.

- C'était méchant, murmurai-je en me tournant vers le frère que j'aimais de tout mon cœur mais que je détestais à ce moment-là. C'était pas nécessaire.

- Ah ouais ? dit-il en me regardant de son air sauvage. T'as de la peine pour lui, *petite souris ?*

Sa manière de me parler, comme s'il voulait me blesser, voulait tout dire.

- Je t'aime, murmurai-je, mais je n'aime pas comme tu es en ce moment.

- Alors la boucle est bouclée, non ? *Si on enlève l'amour.*

Il se tourna et partit en direction de Caleb. Mais il fallait que je l'en empêche, que je le sauve.

Il ne comprenait pas, il ne voyait pas. Quand l'un de nous saignait, *nous saignions tous, et le sang coulait sans s'arrêter.*

Des branches craquaient alors que Tobias suivait Caleb. Il ne boîtait plus autant maintenant, alors qu'il était rempli d'une haine froide.

- Reviens là, C !

Je courais après eux, me frayant un chemin à travers les arbres pour retourner vers la cabane. Mais plus on se rapprochait, plus Tobias devenait enragé.

- Reviens !

Il accéléra le pas, se précipita sur un arbre au sol et tomba sur sa jambe saine avant de se relever aussitôt.

- Tu t'enfuis putain ! *T'as pas le droit !*

Je courus pour les rattraper alors que j'entendis le moteur d'un 4x4 se dirigeant vers nous. La lumière du soleil se réfléchit sur le chrome puis je vis une masse noire avancer sur le gravier avant de se garer derrière la Sedan grise. Tobias boîtait franchement maintenant, il serrait l'arme fermement contre sa cuisse.

Il avait mal, et cela se ressentait dans ses mots.

- *Pars, Caleb ! T'arrête pas de marcher. On veut pas de toi ici, t'as compris ? ON VEUT QUE TU TE CASSES ?*

- Tobias ! *Non !* dis-je en arrivant dans l'allée derrière lui alors que le 4x4 les avait évités de justesse.

Mais Caleb arrêta de marcher et se tourna pour faire face à son frère. Ce regard froid et violent rencontra le sien, il s'avança et saisit Tobias par le bras avant de le tirer vers lui.

- Tu veux que je parte ? *C'est ça ? Que je parte pour que vous ayez Ryth pour vous seuls ?*

- Ouais, répondit Tobias froidement, c'est ça.

- Eh bien, devine quoi, T ? dit Caleb en se tenant si proche de lui qu'il le dominait. Même si je partais, elle me suivrait. Elle a besoin de moi, frérot. Je lui donne quelque chose de spécial. *Je la baise exactement comme elle en a besoin.* Alors va peut-être falloir te faire à l'idée.

Oh merde.

Merde...

Les portières de la voiture s'ouvrirent.

- Qu'est-ce qu'il se passe ici ? cria Lucas en sortant.

Mais Nick était là, en train de faire le tour de la voiture pour se mettre devant lui.

- Tu vas pas pouvoir empêcher ça, doc.

Je regardai Kit, qui se tenait là la bouche bée en regardant la scène. Je détestais que cela se passe aux yeux de tous, mais ils n'arrivaient plus à gérer leurs émotions. Blessé ou pas, Tobias poussa un cri et fonça en avant, levant le poing pour l'écraser contre la mâchoire de Caleb. Le craquement fut dégoûtant et me figea sur place. Je ne pouvais plus bouger, j'étais déchirée entre deux hommes que j'aimais et qui se battaient.

- *Tu la baises comme elle aime, hein ?* cria Tobias en cognant son frère une fois de plus.

La panique m'envahit alors que Caleb tomba en arrière et s'écrasa au sol. Tobias n'allait pas s'arrêter là. Cette bestialité en lui semblait croître et il en devint presque méconnaissable. Il se mit au-dessus de Caleb.

- *Tu voulais qu'elle retourne là-bas !* cria-t-il en saisissant le t-shirt de Caleb, ferma son poing et lui donna un autre coup. *Tu la voulais là-bas pour tout toi seul !*

Crac

- *STOP !* criai-je en sentant le goût du sang dans ma bouche. ARRÊTEZ ça tout de suite !

Je haletais, mon esprit embrouillé alors que la pénombre m'attendait, m'appelait et me poussait à devenir dingue.

- Il ne m'a pas détruite, dis-je en levant les yeux vers le poing ensanglanté de Tobias.

Des gouttes de sang s'écoulaient du nez de Caleb, scintillaient dans le soleil, et je fus éblouie par cette scène, incapable de tourner les yeux alors que je retournais mentalement à l'Ordre.

- Il m'a sauvée, dis-je.

Le monde arrêta de tourner.

- Il m'a sauvée de la seule manière qu'il pouvait, dis-je en posant mon regard sur les yeux assassins de T. C'est *toi* qui me détruis, tu ne comprends pas ?

Tobias sursauta et sa poitrine se souleva avant de retomber sous un lourd soupir. J'avançai vers eux, vide et blessée.

- Ils nous ont dit que tu étais mort, dis-je en m'approchant davantage. Et j'ai voulu mourir aussi.

Les muscles de sa gorge déglutirent avec difficulté.

- Ils t'ont dit que j'étais mort ?

La douleur me traversait. Je tendis la main et la posai sur la sienne sur le t-shirt de Caleb.

- Oui. Ils voulaient que je sois brisée, docile. Ils voulaient que...

- Ryth, murmura Caleb.

Mais je ne parvenais pas à le regarder, parce que si je le faisais, j'allais sombrer.

- Peut-être que ça suffit maintenant, s'exclama Nick en s'approchant.

Il me regarda, puis Tobias.

- Il va falloir se calmer un peu pour ne pas regretter ce que vous allez dire. Et demain, quand tout sera apaisé, on pourra en parler.

Mais Tobias ne détournait pas les yeux, ils ne clignaient même pas. Il ne savait pas. Je le comprenais maintenant. Il n'avait aucune idée de ce qu'ils nous avaient dit, ou de ce que nous avions dû faire pour nous en sortir. Ni ce qu'ils m'avaient fait. Personne ne le savait.

Je vais te baiser jusqu'à ce que tu voies des étoiles...

Mon estomac se noua au souvenir de ces mots.

- D'accord, T ? insista Nick.

- D'accord, répondit Tobias.

Je pris de grandes inspirations en le fixant des yeux. Il était trop tard pour revenir sur ce qui avait été dit. J'espérais seulement que d'une manière ou d'une autre, on trouverait un moyen de gérer ce passé, pour notre bien à tous.

- C ? dit Nick en se tournant vers Caleb.

- Ouais, dit-il en essuyant une goutte de sang qui s'échappait du coin de sa bouche.

Tobias lança un regard à Caleb avant de retirer son poing de son t-shirt, puis sa main s'éloigna lentement de la mienne.

- Je ne t'aurais *jamais* laissée retourner là-bas, dit-il à voix basse avant de me tourner le dos et de s'éloigner en boîtant.

Je détournai les yeux.

- Je suis désolée, dit Kit en venant vers moi. C'est de ma faute.

Quelque chose en moi se brisa. Je tournai la tête vers elle.

- Tu n'as pas à être désolée. Ça allait arriver un jour ou l'autre.

- Bon, marmonna Lucas derrière nous. Peut-être qu'une part de tarte va mettre tout le monde d'accord ? Nick a acheté des parts au Meg's Diner et elle fait les meilleurs tartes au monde. Kit ne peut que confirmer.

Il se dirigea vers le coffre.

- Nick... tu nous aides à transporter les courses ?

- Ouais, dit Nick en jetant un œil à Caleb avant de se diriger vers le véhicule.

Caleb suivit et je pris Kit dans mes bras.

- Ca va aller. Tout va bien aller.

Je ne savais pas si je la consolais elle ou moi. Mais elle me serra dans ses bras en retour, puis nous suivîmes les autres dans la maison.

Kit servit les parts de tartes qui avaient l'air odieusement délicieuses, mais je n'avais pas faim. Manger était la dernière de mes envies. Je pris une assiette et l'emmenai dans la chambre que l'on partageait avant de m'arrêter devant la porte close. Il avait besoin d'être tranquille, je le savais. Pourtant, je le savais juste derrière cette porte, hors d'atteinte, blessé. Je posai l'assiette sur le sol devant la porte et me redressai.

- Il y a une part de tarte pour toi.

Boum. J'entendis le son d'une hache et me retournai, voyant Lucas dans le couloir avec deux assiettes. Il m'en tendit une et se dirigea dans la salle médicale.

- Tu veux que je te fasse voir les médicaments au cas où tu en aurais besoin ?

Boum.

- Pourquoi pas, dis-je en regardant par la fenêtre.

- Nick passe sa colère, je crois, dit-il en secouant la tête. T'as des demi-frères vraiment colériques hein ?

Boum !

- On peut dire ça, dis-je en posant mon assiette sur le comptoir.

Boum !

Il commença à parler en sortant des boîtes de médicaments et des pilules de tiroirs fermés à clés puis il s'arrêta.

- Tu écoutes pas ce que je dis, si ?

Boum !

- Désolée, dis-je en me redressant. Je t'écoute, si.

Il me fit un petit sourire.

- C'est pas grave, dit-il en jetant un œil par la fenêtre. Va le voir. C'est ça le secret de la survie au fond. Trouver sa famille et prendre soin d'eux, dit-il en prenant sa part de tarte.

Je me dirigeai vers la porte.

- Merci, doc.

- Pas de quoi, dit-il en haussant les épaules.

Quand je sortis de la salle, l'instinct me fit tourner la tête en direction de la porte au bout du couloir. La tarte avait disparue. Je ne savais pas pourquoi ce geste anodin me rassurait un peu, mais c'était le cas. S'il mangeait la tarte, peut-être qu'en quelques sortes, les problèmes étaient réglés ? Je me cramponnais à cet espoir en sortant de la maison.

Boum !

Je me dirigeai vers ce bruit et trouvai Nick en train de couper du bois sur une souche d'arbre. La lumière du soleil faisait scintiller son torse, attirant mon attention sur le bandage sur son flanc avant de croiser son regard.

La douleur et le désespoir se mêlaient dans son regard alors qu'il saisit la hache et prit une grande inspiration. Je regardais ses yeux bruns et ses cheveux sombres qui avaient bien poussés depuis tout ce temps et qui collaient maintenant à ses tempes à cause de la sueur. Il était grand, son corps musclé et élancé si parfait. Je n'avais jamais vraiment réalisé à quel point il était beau jusqu'à maintenant.

- Il a mangé sa part de tarte.

Je ne dis rien d'autre et je restais plantée comme une idiote. La douleur et le désespoir tournoyaient en moi alors que je regardais mon demi-frère d'un air fatigué et confus.

- Au moins il a mangé de la tarte.

Nick semblait comprendre, il jetait un œil à la porte ouverte derrière moi, puis vers Caleb s'avançait vers les voitures. Je vis un mouvement dans le coin de son œil, puis il cligna des yeux avant de regarder ailleurs.

On se maintenait occupés, faisant de notre mieux pour éviter de dire quelque chose qui pourrai envenimer la situation. Quand le soleil commença à se coucher, j'entrai dans la maison pour aider à préparer le dîner. Des steaks cuisaient sur la poêle, avec des légumes vapeur et de la purée.

Je pris une assiette pour l'emmener vers la chambre et je toquai doucement. Cette fois, il vint m'ouvrir, il me prit l'assiette des mains et me tendit celle de la tarte en affichant un sourire triste.

- Petite souris, dit-il quand j'avais le dos tourné.

Je m'arrêtai.

- Oui ?

- Tu vas dormir dans la chambre ce soir ?

- Est-ce que tu veux ? demandai-je en me tournant.

- Oui, je veux bien, dit-il en hochant lentement la tête.

C'était un bon début, alors je lui souris.

- Alors je viendrai.

- Bien, dit-il en me souriant puis il leva l'assiette. Merci pour le repas.

- Y'a pas de quoi, dis-je en acquiesçant.

Nous étions presque des inconnus. Prudents. Polis. C'était plus douloureux que tout. Cet homme m'avait empoignée de ses deux mains et m'avait emmenée dans son monde rempli d'angoisse, d'amour et de... désespoir, pourtant j'en voulais toujours plus. Il y avait toujours quelque chose de triste chez Tobias. Je ne savais pas comment chasser cette tristesse.

Je partis m'asseoir avec les autres, je mangeais alors que Nick et Caleb me lançaient des regards noirs, puis j'aidai à débarrasser pendant que Lucas allait chercher des couettes et que Caleb démarrait un feu. Ça me faisait mal au cœur de le voir se fabriquer un lit sur le canapé.

- T'en fais pas, princesse, dit Caleb en repoussant les cheveux de mon visage. Le feu me tiendra chaud. T'as l'air fatiguée alors on réglera tout ça demain, ok ?

Je détestais devoir le laisser, mais je n'avais pas le choix. Je partis avec Nick en direction de la chambre qu'on partageait avec Tobias. Il était allongé dans le noir, il nous attendait, il me regarda entrer dans la salle de bain, me faire un chignon et entrer dans la douche. J'aurais voulu la rigolade, le ridicule même, tout sauf ça... le silence était trop cruel.

Quand Nick entra, je m'essuyai et enfilai un de ses t-shirts avant de me mettre au lit. Tobias souleva la couette et se tourna pour me tourner le dos. Je me blottis contre lui un instant puis déposai un bisou sur son épaule.

- Dors Ryth, dit-il. On en a besoin tous les deux.

C'était vrai. J'étais allongée à attendre que le sommeil vienne et j'écoutais la respiration de Tobias devenir profonde et régulière. La lumière de la salle de bain s'éteignit et Nick vint à côté de moi.

- Tu dors pas ?

- Non, murmurai-je, la voix rauque et chargée d'émotion.

Il leva le bras pour que je me blottisse contre lui puis il ramena la couverture sur nous.

- Je ne comprends pas, murmurai-je, qu'est-ce que j'ai fait de mal ?

- Rien, bébé, tu n'as rien fait de mal.

- Alors pourquoi c'est tout comme ?

Il n'avait pas de réponse, il serra son bras autour de moi. Je me blottis plus près, j'avais besoin de sa force autant que de sa chaleur. Il me caressa le bras en remontant, son contact était chaud, il était plein de désir. Je levai la tête et croisai son regard.

- Tu m'as manqué, murmura-t-il et je réalisai étrangement qu'il avait été laissé de côté.

C'était Caleb et Tobias qui avaient eu toute mon attention, alors que Nick avait attendu que je pose les yeux sur lui. *Mon Nick.*

- Toi aussi tu m'as manqué.

Il se pencha vers moi pour m'embrasser. Sa chaleur envahit ma bouche. Je fermai les yeux, profitant de ce moment de tendresse. Il approfondit le baiser et me poussa contre l'oreiller, c'est alors que je me souvins comment ça se passait avec eux.

Chacun était demandeur, chacun à sa manière.

Mon corps et mon cœur.

Je glissai mes bras autour de sa taille et il s'installa au-dessus de moi.

- Tu as encore mal ? demandai-je en passant une main sur son bandage.

- Non, RYth, murmura-t-il.

Un goutte d'eau glissa de ses cheveux et tomba sur ma joue. Il se pencha et glissa une main sur ma cuisse avant de remonter sous le t-shirt. Je ne portais rien en dessous, je tremblai lorsqu'il empoigna mes seins et fit glisser son pouce sur mon téton.

- Putain, tu m'as manqué, marmonna-t-il en penchant la tête.

Sa langue dansait sur mon téton sans relâche jusqu'à ce que je tremble. Même si j'étais triste, Nick savait me trouvait, de la seule manière qu'il le pouvait. Il suçota doucement, m'attirant plus profondément dans sa bouche alors que son regard plein de désir me clouait au lit.

Mais ce n'était pas nécessaire, car je n'allais pas bouger. Je gémis alors que mon dos se cambrait, il suçait mon téton sans relâche.

- Tu m'as tellement manqué, dit-il d'une voix suave qui me fit chavirer alors qu'il commençait à descendre. Et si je te montrais à quel point ?

Je le regardais descendre sur mon corps, m'embrassant le ventre et les hanches. Il se figea en voyant mon tatouage, puis il passa les lèvres sur la peau rougie.

- À nous, murmura-t-il en croisant mon regard. Tu seras toujours à nous, princesse.

Il continua de descendre, glissant sa main sous ma cuisse pour me soulever la jambe.

Il était impossible de l'arrêter, de reprendre le contrôle.

Il était l'élan de la vague, il venait, réclamait, coûte que coûte.

Je pouvais seulement le laisser faire.

Il écarta mes cuisses puis descendit me lécher, trouvant le point de mon corps qui pulsait et l'aspira dans sa bouche.

- Oh mon Dieu, gémis-je. Oh, Nick.

- Hum ?

Il ne s'arrêtait pas, il continuait de m'aspirer tout en me caressant, écartant mes cuisses pour me prendre dans sa bouche.

L'orgasme fut instantané, comme un coup de foudre me déchirant. Mon corps n'était plus le mien quand il était aux mains de Nick. Chacune de mes cellules, chaque tremblement... chaque orgasme lui appartenait.

- Je ne veux que toi, grogna-t-il en plongeant sa langue en moi. Que toi, princesse, dit-il avant de glisser un doigt le long de ma fente puis il l'enfonça en moi avant de me pilonner pour que je comprenne.

- Tu ne seras plus jamais sans moi, tu comprends ? Plus jamais. Je m'en fous s'il faut que je t'attache au lit, Ryth. Tu nous appartiens. Tu ne nous quitteras plus, dit-il en s'enfonçant davantage.

Je tremblais alors que mes hanches le heurtaient puis je fermai les yeux.

- Jamais, marmonnai-je alors que mes hanches rencontraient sa peau. *Jamais.*

Il sortit lentement de moi, embrassant une fois de plus mon tatouage avant de se redresser. Nos regards se croisèrent alors qu'il souleva mes hanches avant de plonger sa queue en moi. Je retins mon souffle. Mon corps se raidit sous cette invasion et s'ajusta à lui peu à peu. Il était si énorme... *si dur*.

- T'es à nous, dit-il en donnant un coup de reins, me poussant contre le matelas, me faisant rebondir. *À nous... à nous... à nous.*

Je saisis ses épaules et l'attirai contre moi alors que mon corps lui cédait. Chaque coup, chaque grognement attisait la flamme. Je serrai mes bras autour de ses épaules puissante et je m'accrochai.

- Oh, Nick, grognai-je alors que l'orgasme venait à nouveau.

Il poussa violemment en moi et je m'écroulais sous son corps.

J'étais secouée de spasmes et je tremblais.

- T'es une bonne fille, grogna Nick. *Une gentille petite sœur.*

Il jouit brutalement en poussant un râle, loin au fond de mon corps.

Sa chaleur s'écoula en moi, me remplit.

Au milieu de nos respirations haletantes, je flottais. Nick tomba sur le lit à côté de moi. Son bras musclé autour de moi, m'attirant contre lui.

- Dors, princesse, murmura-t-il, fermant déjà les yeux. Tu en as besoin.

Mon corps tremblait, pulsait, mais pourtant je m'endormais déjà. Il se redressa discrètement, attrapa le bout de la couette et le ramena sur nous.

Dans la chaleur de son corps, je me laissai enfin aller et je tombai... encore plus violemment que jamais.

Dans le sommeil... et dans l'amour.

Chapitre Vingt-Et-Un

NICK

NICK !

NICK !

NON !

J'ouvris brusquement les yeux. La panique pulsait en moi, résonnait dans mes oreilles alors que je scrutais la pénombre de la chambre et la fille à côté de moi. Mais dans mon esprit, j'étais toujours prisonnier de l'entrepôt, hanté par les évènements qui s'y étaient déroulés. Je baissai les yeux et vis Ryth profondément endormie à côté de moi et une vague de soulagement m'envahit, me frappant si fort que mon corps en trembla.

Princesse.

Ses cris surgissaient au loin dans mon esprit mais mon corps réagissait toujours, il se raidissait, il me faisait mal. J'avais besoin de la baiser encore une fois, de me souvenir qu'elle était bel et bien ici, pour de vrai, qu'elle n'était pas une vision de mon imagination. Nous avions failli la perdre. Je levai les yeux vers mon frère à côté d'elle, enroulé sur elle. Nous avions failli perdre tout le monde. Tobias dormait profondément, les lèvres entrouvertes, un bras enroulé autour de sa taille. Il avait besoin de repos et besoin d'elle, maintenant plus que jamais.

Mais le sommeil m'avait quitté à mesure que ses cris avaient trouvé mon esprit. Je me tournai et sortis du lit puis je pris un jogging et un t-shirt avant de sortir.

Il faisait encore sombre. Les seuls bruits dans le salon étaient le crépitement du feu et le faible vrombissement d'un moteur qui s'éloignait. Je marchais dans le couloir, sondant la pénombre, il y avait un mince filet de soleil qui passait par la fenêtre de la cuisine alors que je bâillais.

- Ils sont partis.

Caleb s'avança près du feu, il portait les mêmes vêtements que la veille. Je parcourus le canapé du regard et je vis que la couette était toujours pliée sur l'accoudoir. Il n'avait visiblement pas dormi.

- Ca n'a pas l'air de te surprendre.

Je croisai son regard et coiffai mes cheveux en arrière.

- Non.

- Alors tu savais qu'ils allaient partir ?

- Ouais.

- C'est pour ça que tu as dit qu'on parlerait aujourd'hui.

Je ne répondis pas car ce n'était pas nécessaire.

- J'ai préparé du café.

- Merci, dis-je en allant dans la cuisine, détestant le fait qu'on se parlait comme des étrangers.

Liens du sang ou pas, cela ne voulait plus rien dire lorsqu'il était question de trahison.

- Nick, dit-il en m'arrêtant.

- Ouais ?

- Est-ce qu'on va tourner la page ?

Je m'arrêtai au milieu de la cuisine, incapable de le regarder.

- J'espère. Pour Ryth.

Je me servis une tasse et je regardai par la fenêtre en me demandant pourquoi les choses avaient si mal tourné. Ce n'était pas seulement une question de trahison, c'était les secrets qu'on arrivait pas à accepter. Tellement de secrets, bien trop de secrets. Cela rendait la confiance difficile et cette situation *ne pouvait pas* fonctionner sans confiance, peu importe quel cœur était en jeu.

Je me tournai pour regarder Caleb qui fixait le feu en buvant son café. La rencontre avec Benjamin Rossi aurait lieu dans deux jours. Deux jours avant qu'on ait des réponses, de vraies réponses. Mais ces réponses-là n'allaient pas nous sauver, au mieux elles seraient des cibles dans notre dos.

Je songeais à m'enfuir, m'enfuir pour de bon, loin de tout ça. J'avais assez d'argent pour le faire. Peut-être que ce ne serait pas pour toujours mais ça nous ferait survivre jusqu'à ce que nous ayons un autre plan.

Un plan qui nous souderait les uns aux autres.

Je fixais mon frère.

Si on arrivait à s'en sortir.

Un mouvement dans le couloir attira mon attention. Tobias lança un regard à Caleb puis se dirigea vers la cuisine.

- T, marmonnai-je en me dirigeant vers la cafetière.

Il ne boîtait plus tellement aujourd'hui, ce qui me surpris après la colère qu'il avait passé sur notre frère la veille. Mais il s'était retenu ; je le savais. J'avais vu T consumé par la haine et pendant un instant quand on était arrivés dans l'allée hier, j'avais eu la forte impression que le doc allait encore nous débarrasser un cadavre.

Mais en sortant de la Range Rover pour aller vers eux, j'avais compris que ce ne serait pas le cas. Pas pour le moment, en tout cas. Je le savais parce qu'il y avait quelqu'un entre eux.

Notre sœur.

Elle ne laisserait *jamais* cela arriver, pas à eux... pas à cause d'elle.

On se tournait tous les trois alors que Ryth arrivait dans le salon, bâillant, puis elle s'arrêta à mi-chemin entre la cuisine et le salon, nous regardant l'un après l'autre. Ses joues se mirent à rougir alors qu'elle prit le chemin de la cuisine.

- Bonjour, marmonna-t-elle.

- Bonjour, dit T en se tournant pour lui tendre une tasse de café bien chaud.

Je regardais attentivement la tasse, puis mon frère. Il avait le même air qu'à son habitude, il avait les mêmes gestes aussi. Pourtant l'homme qui se tenait là n'était pas le frère que je connaissais. Il était différent, plus âgé et plus brut que j'aurais pu l'imaginer. Je jetai un œil à Caleb alors qu'il les regardait avec une douleur au fond des yeux.

Bordel, notre sœur nous avait tous changé.

Elle prit une gorgée en entourant la tasse de ses deux mains puis se tourna.

- Où sont les autres ?

- Partis, répondis-je.

- Partis ? s'exclama T en me regardant.

- Oui, dis-je en hochant la tête.

- Où ? demanda Ryth nerveusement.

Je me hissai du comptoir.

- Chez eux. Il a dit qu'ils avaient des choses à s'occuper et ils ne voulaient pas être là en même temps que Benjamin Rossi.

- Oh, il y a une tension entre eux ? demanda-t-elle.

- Plutôt un quiproquo, répondis-je en la regardant. Ce qui nous laisse deux jours avant la rencontre.

- Deux jours ? murmura-t-elle.

- Deux jours, répéta T. en se penchant pour murmurer à son oreille. Espérons qu'on survive tous, hein ?

Elle devint pâle, la cicatrice sur sa joue rougissant avant qu'elle pose sa main dessus et prenne une autre gorgée de café. Puis elle baissa sa tasse et rencontra son regard.

- Si c'est pas le cas, *frérot*, ce sera toi le premier.

- Rivalité entre frère et sœur, hein ? rétorqua-t-il.

- Non, dit-elle en secouant la tête. C'est juste que tu es l'enfoiré de la famille.

- Ouch, dit-il en faisant mine d'être touché, basculant sa tête sur le côté en se tenant la mâchoire. Ça fait mal.

C'était tendu mais bordel, ça faisait plaisir d'entendre même une petite blague comme si tout était comme avant que nos vies deviennent un cauchemar.

- Dans ce cas, marmonna-t-elle. Je devrais te faire à manger pour me faire pardonner.

- Je m'en occupe, dit Caleb en venant vers nous et instantanément T devint froid, son rire se transforma en une lueur cruelle au fond de ses yeux.

- Bizarrement, je n'ai plus faim, dit Tobias en posant sa tasse sur le comptoir et se tourna, s'éloigna sans regarder notre frère.

- Tobias, cria Ryth.

Mais c'était trop tard, il était parti, il boîtait bruyamment jusque dans le couloir.

- Je vais aller le voir, dit Ryth en partant.

- Non, dis-je en l'arrêtant. Laisse-le, il reviendra quand il en aura envie.

- Tant qu'il revient.

- Oh, il reviendra, soupirai-je en sachant que quand ce serait le cas, il vaudrait mieux qu'elle soit préparée.

Nous avons cuisiné et mangé puis je suis sorti vers la voiture, essayant de réfléchir à notre fuite, où nous pourrions aller et pendant combien de temps. Je passais la journée à y réfléchir, emmenant la voiture à la station essence pour faire le plein et acheter quelques marchandises avant de rentrer.

Quand je revins, la tension était palpable.

En entrant dans la cabane, je vis Tobias face à Caleb, il avait le regard froid et dur.

- Tu veux vraiment faire ça, frérot ? Alors vas-y. Mettons les choses au clair... raconte-moi exactement comment tu l'as sauvée. Mais je te promets que si tu ne dis pas tout ou que tu mens, alors tu sortiras de ma vie... et tu ne me verras plus jamais.

Oh punaise...

L'orage allait frapper.

Chapitre Vingt-Deux

RYTH

- Tobias, dis-je en posant ma main sur son torse alors qu'il faisait face à Caleb. S'il te plaît, tu as promis.

Il me regarda d'un air glaçant.

- Voilà ma promesse, petite souris. Crois-moi... je sais ce que je fais, dit-il alors que mon pouls battait fort lorsque Tobias lança un regard noir à son frère. Et si on commençait par le début, ces clubs où tu allais...

Nick entra dans la maison, il revenait de la ville. Il lança un regard à Caleb puis à Tobias et marmonna :

- Ok, ça va chauffer.

Tobias le regarda :

- Oh oui, ça va chauffer.

- Tu veux vraiment commencer par ça ? demanda Caleb en me regardant.

Il y eut une lueur de panique, comme s'il avait peur que j'apprenne la vérité. La *vraie* vérité, pas seulement la partie que je connaissais, ou que je pensais connaître. La douleur de la trahison s'abattit à nouveau sur moi et je repensais à la querelle que nous avions eue avant qu'il parte à la poursuite de Killion.

J'avais été hors de moi à ce moment-là, j'avais lancé des lampes et tout ce qui s'était trouvé à portée de main au visage de Caleb parce que je ne voyais rien d'autre que sa trahison. Je ne pouvais pas recommencer, peu importe à quel point il était douloureux d'entendre ce qui s'était passé, même si la baise avait été... *Oh mon dieu.* Je levai les yeux vers Tobias. Oui, ça avait été incroyable. Mais ce n'était plus question de sexe, plus vraiment. Il était question de trahison et de confiance, et la confiance se basait sur la vérité. J'inspirai profondément et hochai la tête, laissant Caleb deviner que j'étais prête.

Mais Tobias était complètement remonté. Au mieux, il semblait impatient.

- Oui, *frérot*, commence par là.

- Très bien, répondit Caleb.

- Très bien, répondit fermement Tobias.

J'avançais, la panique tournoyait en moi, ondulait sous ma peau. Tobias me vit, il me saisit et m'attira contre lui. Sa main glissa dans mon dos, son pouce se mit à dessiner des cercles, comme s'il avait besoin de ça pour rester concentré.

Ça me dérangeait au début, ce geste attisait la tension en moi... jusqu'à ce que, lentement, ce geste agaçant sembla apaiser les déferlements de mon cœur. Ma respiration ralentit, devint plus profonde. Mon demi-frère me lança un regard, ses yeux noirs scrutant les miens. Je détestais qu'il sache ce dont j'avais besoin plus que moi-même.

- Vas-y, dit-il à son frère.

- J'ai contacté Evans après que Ryth ait été enlevée. C'est lui qui m'a présenté Killion, il y a des années de ça. Même si à l'époque, je voulais rien avoir à faire à ce genre de types, je savais qu'après l'enlèvement, c'était sûrement mon seul moyen d'entrer dans l'enceinte de l'Ordre.

Il avait dit ça de manière si brutale, comme s'il nous donnait le minimum syndical. Pourtant, la mention de Killion me fit frissonner. Le désir que j'avais ressenti un instant plus tôt fut remplacé par les promesses répugnantes que Killion avait grogné à mon oreille alors qu'il me poussait contre le mur dans l'enceinte de l'Ordre. *Je vais te baiser si fort que tu verras des étoiles, espèce de petite salope.*

Mes doigts tremblaient alors que je me touchais le cou, sentant encore l'empreinte de ses doigts. Tobias me regarda, ses yeux froids quittèrent son frère pour se poser sur moi. Il fronça les sourcils, regardant mon cou.

- Alors je lui ai demandé de me faire entrer à nouveau, continua Caleb. Et c'est ce qu'il a fait, il m'a emmené rencontrer Killion au même club ce soir-là...

- Le soir où tu as failli nous faire tuer, dit Tobias en se tournant vers lui.

- Oui.

Mais il n'y avait plus de tension dans la voix de Tobias. Il déglutit avant de murmurer :

- Continue.

- Cette fois-là, j'ai dû regarder une femme de l'Ordre se faire violer et humilier.

La température de la chambre descendit d'un coup. Tobias fronça les sourcils, je vis le reflet de la haine danser dans ses yeux.

- C'était un test, continua Caleb alors que Nick s'approchait, attiré par la pénombre. Mon premier test, mais pas le dernier, ni le pire. J'ai survécu à cette nuit, sachant que si je sourcillais à ce qu'il se passait, je perdrais toute chance d'entrer. Alors j'ai continué à jouer le jeu.

- Ca tu sais très bien faire, marmonna Tobias.

- Et heureusement, rétorqua Caleb. On a réussi à la faire sortir, n'est-ce pas ?

Tobias tressaillit mais il ne cédait rien à Caleb, il le poussait à nouveau :

- Raconte le reste, C.

Au moins nos prénoms étaient de nouveau de mise, et Caleb le remarqua.

- Le deuxième test, c'était une femme, une femme que Killion voulait que je baise, et même plus que ça d'ailleurs. Il voulait voir comment je "*baisais*".

Je détournai les yeux, incapable de le regarder.

Puis il continua, même si j'entendais une douleur dans sa voix.

- Il voulait avoir la preuve que j'étais le même type qu'eux. Que j'aimais violer les femmes et les humilier.

- Et tu l'as fait ? demanda Nick. Tu l'as violée et humiliée ?

J'ouvris grand les yeux en regardant Nick.

Caleb me regarda et déglutit bruyamment.

- La baiser, non...

Mais il l'avait humiliée, n'est-ce pas ?

J'essayais de rejeter les images horribles qui me survenaient, où Caleb avait sa main autour de la gorge de la fille à l'Ordre, où il murmurait à son oreille qu'il allait l'étrangler et la baiser jusqu'à ce qu'elle s'évanouisse. Mon estomac se noua et je sentis mon clito pulser, mes émotions contradictoires se chassant l'une l'autre.

- C'est Evans qui l'a baisée, murmura lentement Caleb, la voix pleine de regret. Il ne voulait pas, ça lui donnait la nausée, mais il l'a fait, parce qu'il savait ce qui était en jeu *pour nous*.

Moi...

C'était moi qui étais en jeu, il avait fait ça pour moi.

- Et c'est comme ça que je suis entré, dit Caleb en me regardant, prenant une voix douce. Comme ça que j'ai fait sortir Ryth.

- Jusqu'à ce que tu gâches tout, ajouta Tobias.

On avait failli le récupérer, il allait revenir vers nous, jusqu'à ce moment-là.

- C'était... *c'est* mon seul regret, dit Caleb en croisant le regard de son frère. Si je pouvais revenir en arrière, je ferais différemment.

- On a tous fait des choses qu'on regrette, dis-je prudemment alors que les cris de ma propre haine ressurgissaient en moi. La manière dont j'avais frappé Caleb, à quel point je l'avais détesté, à quel point je lui avais fait confiance...

- T'as-tué quelqu'un, dit Nick si doucement que c'était à peine audible. J'étais là, je t'ai vu tuer un homme.

Mais Tobias avait bien entendu, il tourna lentement son visage vers Nick. Il était si froid à ce moment, terrifiant.

- Plusieurs, même, dit-il. Et je le referais sans problème. Je tuerais encore et encore, je laisserais une rivière de sang s'il le fallait, frérot. Mais il y a bien une chose que je ne ferais *jamais*, c'est de la mettre en danger.

Il projeta son regard assassin vers moi et je vis sa contenance trembler.

- Parce que si ça arrivait, le prochain homme que je tuerais ce serait moi.

Son amour était meurtrier et dévorant.

Mon cœur se mit à battre la chamade en réaction, puis il maintint mon regard et dit :

- Mais ça c'est juste moi, C, n'est-ce pas ? Ce n'est pas toi. Tu n'es pas l'homme dominant dont elle a besoin, si ?

Il regarda Caleb puis moi et je vis la peur dans ses yeux, une peur réelle. Le genre que je ne pensais jamais voir chez quelqu'un d'aussi menaçant.

- Je veux savoir ce qui s'est passé entre vous deux.

Je sursautai en le regardant.

- Quoi ?

Il baissa sa main au milieu de mon dos, reculant légèrement.

- Je veux savoir comment il t'a sauvée, dit-il en se frottant la mâchoire. Comment il...

Te donne ce dont tu as besoin. Il n'eut pas besoin de prononcer les mots parce que le silence les disait déjà.

Pendant un instant, je ne pouvais plus parler, je n'arrivais pas à dire les mots qu'il essayait désespérément de dire.

Que pourrais-je dire ?

Je fermai les yeux, priant que Caleb ou Nick disent quelque chose... quoi que ce soit pour remplir le vide.

Mais ils ne dirent rien.

Je grimaçai. Parce que ce n'était pas à eux d'énoncer cette vérité là... *c'était à moi.*

Ma gorge devint sèche, je ravalai la peur.

- Tu as mon cœur entre tes mains, petite souris, murmura gravement Tobias. Fais attention à ce que tu dis.

J'ouvris les yeux alors qu'une énergie se mit à brûler en moi. L'amour. Voilà ce que c'était. Un amour dévastateur, *terrifiant et absolu.* Tobias me choisirait toujours moi. Je le voyais maintenant, je le voyais dans son regard noir et ténébreux. Il m'aimerait toujours, il se battrait toujours pour moi… *il saignerait pour moi.*

Ma voix tremblait lorsque j'ouvris la bouche :

- Il m'a protégée. Il… dis-je en passant la langue sur mes lèvres. Il a poussé Killion à choisir quelqu'un d'autre que moi en touchant une autre femme, en lui disant exactement ce qu'il voulait lui faire…

- Te faire à toi, Ryth. Les choses que je voulais te faire, ajouta Caleb.

Mais Tobias ne me quittait pas des yeux.

- Laisse-la finir, C. Continue, petite souris, je veux tout savoir.

Tout me venait à l'esprit et je ne pouvais plus m'arrêter.

- Je pensais qu'il m'avait trahie. Je pensais qu'il… la voulait elle. Ce soir-là je ne savais ce qui était le pire, ses mains sur une autre femme… ou de le voir partir et me laisser.

Caleb secoua la tête et détourna les yeux.

Mais je ne pouvais pas le protéger, pas maintenant. J'avais un cœur à sauver.

- Mais il est revenu, et après ce… jour où on était tous les deux, j'ai compris ce qu'il était prêt à risquer pour me sauver.

- Et quand vous étiez là-bas ?

Une douleur me cingla la poitrine.

- Quand on était là-bas, ils nous ont dit que tu étais mort... et que Nick avait été enlevé.

- Quoi ? s'écria Nick.

- Ils ont essayé de briser notre lien, en nous faisant croire que ta vie était en jeu. Ils voulaient se servir de moi... ils voulaient... que je fasse des choses pour eux. Mais c'était impossible, à cause de mon père.

- Il les a menacés, expliqua Tobias.

J'acquiesçai lentement.

- Alors c'est à moi qu'ils ont fait du mal, une fille s'est agenouillée devant Caleb. Elle a... failli...

- Putains d'enfoirés, grogna Nick. Ils ont demandé à Caleb de baiser une femme devant tes yeux ?

Je maintenais le regard de Tobias.

- Non, dis-je alors que la panique revenait. Je n'aurais jamais accepté.

- Alors c'est toi qui l'as fait, hein, petite souris ? murmura Tobias. Tu l'as baisé devant eux.

- Je me suis agenouillée devant lui, oui.

Je n'allais pas pouvoir retenir les mots, peu importe à quel point j'essayais.

- Et à ce moment-là, quand je pensais être brisée, quand je pensais vous avoir perdus, il m'a ramenée à la vie. En me touchant, en me ramenant à mon corps. Parce que je te le dis, Tobias. Je ne voulais pas que mon cœur soit là-bas.

Son torse se souleva d'une inspiration profonde.

- J'avais envie de mourir, murmurai-je. J'ai prié de mourir, j'ai crié... J'ai...

Son torse s'arrêta de bouger.

Il ne bougeait plus.

Plus *rien* ne bougeait.

- Il m'a ramenée à la vie, avec ses mains et son désespoir.

- Et tu t'es accrochée à lui, murmura Tobias. Vous vous êtes accrochés l'un à l'autre.

Mes yeux se remplirent de larmes, brouillant son visage. Tobias fit un pas vers moi et pressa son corps contre le mien. Il me serra contre lui, pour que je comprenne bien de quoi il s'agissait.

- Maintenant je veux voir comment il te baise, pourquoi c'est lui que tu rejoins quand le monde s'écroule. Comment il...

Il se figea, inspirant profondément, et repris :

- Comment il te donne plus que moi.

- Alors dans ce cas-là, c'est moi qui veux voir comment tu la baises, déclara Caleb. Pourquoi c'est vers toi qu'elle va quand elle a besoin d'être rassurée, qu'elle ne veut pas seulement de la baise. Je veux voir comment *tu* lui donnes ça. Parce que, frérot, quand elle se cramponne à moi pour lutter contre les ténèbres de l'Ordre, c'est toi qui vis en elle. Juste pour ta gouverne.

Tobias leva les yeux, ses yeux noirs brillaient et s'agrandirent alors qu'il comprenait.

- Elle a besoin de nous... *de nous tous*, ajouta Nick en se tournant vers moi. Pas vrai, princesse ? Chacun de nous à notre manière.

J'acquiesçai, le battement assourdissant de mon pouls résonnant dans mes oreilles.

- Oui, j'ai besoin de vous tous, dis-je en les regardant l'un après l'autre. Chacun à votre manière.

Nick secoua la tête lentement et ricana.

- Tu es à la fois notre mort et notre souffle.

- C'est pareil pour moi, murmurai-je.

- Alors la question est, petite souris... dit Tobias en se penchant pour murmurer à mon oreille. Est-ce que tu vas être *gentille avec nous ?*

Gentille avec nous ?

Ma respiration s'accéléra, se mêlant aux battements de mon cœur alors qu'il recula.

- Quoi ? dis-je en regardant les autres. Maintenant ?

- Maintenant, répondit Tobias. Sauf si tu as autre chose de prévu ?

Je déglutis avec difficulté. Je n'avais rien de prévu et il le savait.

- Tu veux qu'on tourne la page, ajouta Nick. Alors c'est la seule solution. On regarde *tous* et on participe *tous*, on assouvit nos désirs tous *ensemble*.

Ce n'était pas une question... c'était un ultimatum.

Ils avaient envie de baiser...

Je pris une grande inspiration.

Alors on allait baiser.

- D'accord.

Nick sourit en saisissant le bas de son t-shirt et me le fit passer par-dessus la tête, je me tenais là avec seulement ma culotte. Le froid me parcourut alors que mes trois frères me dévisageaient.

- Putain, murmura Nick.

- C'est ce que tu voulais, dit Caleb en fixant mes seins avant de se lécher les lèvres. Après on tourne la page.

- C'est ce que je pensais, grogna Tobias en s'avançant, me prenant par la taille pour me soulever.

- Tobias, dis-je en repoussant ses épaules. Arrête, ta jambe.

- La seule jambe qui m'importe en ce moment, petite souris, c'est la jambe gonflée entre mes cuisses. Enroule tes jambes autour de moi et tais-toi. On va baiser.

Je m'exécutai, me cramponnant fermement alors qu'il boîtait jusqu'à la chambre au bout du couloir... ses frères nous suivaient. Une sorte de déjà vu me revint en tête lorsque Nick ferma la porte. C'était comme la toute première fois, quand j'étais terrifiée et excitée en même temps.

Ils m'avaient emmenée dans leur chambre... et avaient fait de moi la leur.

Maintenant, c'était mon tour.

Mon tour de nous rassembler, par tous les moyens possibles. Tobias me posa doucement sur le lit, me regardant rebondir sous l'impact. Je mis mes mains contre le matelas tandis que tous les trois regardaient entre mes jambes.

Tobias enleva sa chemise et Caleb fit de même, ses cheveux encore humides de la douche qu'il avait prise avant que tout cela ne commence, ébouriffés et plus sombres alors qu'il ouvrait les boutons de sa chemise blanche propre. Aux premières heures de la matinée, il s'était occupé du linge, le pliant soigneusement plié.

Il avait toujours été gentil comme ça, impeccable, soigné...

Mais certainement pas serviable.

Il s'approcha, laissa tomber sa chemise sur le sol et déboutonna son pantalon.

- Notre frère veut nous regarder, petite souris. Alors que dirais-tu de faire en sorte que ça en vaille la peine pour lui ?

Mon corps trembla lorsqu'il baissa son pantalon et son caleçon, puis Nick se rapprocha.

- C'est bien normal, princesse. Tu portes nos vêtements, et on t'enlève ta capacité à marcher... temporairement, du moins, dit Nick en souriant, laissant tomber sa chemise sur le sol. Deux jours avant la rencontre... comment allons-nous passer le temps ?

- J'ai quelques idées, dit Caleb en grimpant sur le lit et en glissant sa main autour de ma nuque, fixant mes yeux. Tu es prête ?

Mon pouls erratique était hors de contrôle, mais je hochai la tête.

Il me fit un petit sourire en se penchant vers moi. Je m'attendais à l'obscurité, et peut-être au danger. Je m'attendais à ce que sa main soit autour de ma gorge. Mais il n'y avait rien de tout cela. La chair de poule se répandit sur mon corps lorsqu'il s'approcha. Je fermai les yeux, attendant le baiser... sauf qu'il n'était pas sur mes lèvres.

Son souffle réchauffa mon cou alors qu'il penchait ma tête sur le côté et m'embrassait. Je ne pouvais pas le suivre, ni anticiper ce qu'il allait faire. Je m'attendais à la domination, mais ce n'était pas le cas...

Ses dents trouvèrent ma veine et il me mordit assez fort pour me faire tressaillir. Je gémis, sentant sa main remonter de ma nuque et empoigner mes cheveux.

- Je vais te marquer, petite sœur, murmura-t-il contre ma gorge en tirant ma tête en arrière. Je vais montrer à notre frère *quelle gentille fille tu es, putain.*

- Ohh, gémis-je.

Une respiration haletante me consuma tandis que je fixais le plafond. La chaleur se répandit sur mon cuir chevelu, mais ce n'était pas une chaleur douloureuse, elle était suffisante pour que mon pouls s'accélère et que mon corps réagisse.

- Elle aime ça, putain, murmura Tobias.

Je sentis une main entre mes jambes, le doigt de Tobias glissa le long de ma culotte avant de plonger sous l'élastique et de s'enfoncer en moi.

- Tellement humide, putain.

- Tu entends ça, princesse ?

La voix de Caleb était plus froide. Il inclina ma tête pour que je fixe ses yeux brun foncé.

- Notre frère aime voir à quel point tu es parfaite. Et si on lui en montrait un peu plus ?

Je ne pouvais que haleter et essayer de hocher la tête contre son emprise.

Il sourit...

Et cette lueur noire fit pulser ma chatte.

- Putain de merde, soupira Tobias en enfonçant lentement son doigt en moi.

Caleb pressa sa main sur ma bouche pour étouffer ma voix.

- Est-ce que tu vas être gentille avec nous ?

Je hochai la tête alors qu'il tirait mes cheveux en arrière.

- Gentille comment ?

Je dirais oui à tout... J'ouvris la bouche pour dire les mots, mais je me suis retenue. Mon corps prenait le dessus et d'une certaine manière, je savais que c'était un test, que je m'étais retenue juste à temps.

Le sourire de Caleb ne faisait que de s'élargir...

Et je mouillais de plus en plus, mon corps prenant le dessus pour accueillir les doigts de Tobias.

- Putain, tu as la chatte la plus parfaite, marmonna-t-il.

Je savais qu'il me regardait, surveillant la main de Caleb qui lâchait enfin mes cheveux.

- Ouvre la bouche, princesse.

J'obéis par instinct lorsque Caleb se leva, prit sa queue et la dirigea vers ma bouche. Nos regards se croisèrent, brûlants d'intensité, alors que je le prenais dans ma bouche.

- T'es bonne, dit-il en s'enfonçant plus profondément, me forçant à ouvrir davantage la bouche.

La caresse de son pouce contre ma joue était si douce, si attentionnée, puis sa main descendit autour de mon cou une fois de plus... et il me cloua contre le lit.

- Tobias, murmura-t-il. Je pense que notre petite sœur a besoin qu'on lui remplisse un autre trou.

- Tu veux, Ryth ? demanda Tobias.

Tout ce que je pouvais faire, c'était hocher la tête et regarder fixement Caleb dans les yeux. Il sourit... et cette lueur de bonheur n'a fait que me donner envie de le satisfaire davantage. Tout ce qu'il voulait, je le ferais. Il pouvait m'utiliser sans relâche. Il pouvait faire tout ce qu'il voulait... *et il le savait.*

Il saisit ma tête, la poussa contre l'oreiller et fit pivoter sa jambe pour chevaucher mon visage. J'ouvris la bouche autant que possible alors qu'il s'enfonçait de plus en plus profondément, poussant sa bite jusqu'au fond de ma gorge. La panique s'empara de moi, mais cette intrusion m'excitait. Je ne pus retenir un gémissement lorsque des mains rugueuses ont saisi les bords de ma culotte et l'ont fait descendre.

- Je rêve de cette chatte, grogna Tobias. Je veux la remplir, putain.

Un mouvement apparut au coin de mon œil alors qu'il lançait la culotte à Nick. Mes narines se dilataient et je respirais bruyamment pendant que Caleb s'enfonçait dans ma bouche, se retirant pour y revenir lentement.

Je tournai la tête, voyant Nick qui s'appuyait contre le mur, ma culotte dans la main. Il me sourit et hocha lentement la tête.

- Tu sais combien j'aime regarder, princesse, dit-il en se léchant les lèvres, son regard passant à Tobias puis à Caleb alors qu'ils chevauchaient mon corps. Je regarderais ça sans arrêt.

Je ne voulais pas le laisser de côté, j'avais besoin de notre lien, mais Caleb entrait à nouveau dans ma bouche et le plaisir revint à nouveau.

- C'est une bonne fille, dit-il en resserrant sa main sur ma gorge en plongeant en moi, utilisant son autre main pour s'appuyer contre le matelas.

Je m'agrippais à sa taille lorsque Tobias écarta mes cuisses.

- Regarde-moi, princesse, dit Caleb.

Je ne pouvais pas regarder ailleurs. Ma gorge se contractait quand il s'enfonçait en moi, la salive s'accumulait et coulait au fond de ma gorge, je ne pensais qu'à lui. Tobias me pénétra violemment, mais la main de Caleb autour de ma gorge maintenait mon corps en place.

- C'est ça, petit frère, encouragea Caleb. Utilise-la.

- Putain, grogna Tobias en me pénétrant plus fort.

- Sers-toi de cette douce chatte, chuchota Caleb en me regardant fixement.

Tobias me remplissait, s'enfonçait dans mon antre humide.

- Putain, petite souris, grogna-t-il, s'accrochant à mes hanches et s'enfonçant plus fort.

Je rebondissais contre le lit, coincée par la bite de Caleb alors qu'il s'enfonçait dans ma bouche. J'écartai davantage les jambes alors que le désespoir montait en moi.

- Ne jouis pas, princesse, grogna Caleb, le front plissé par la concentration. Pas tout de suite.

Puis il se retira, me laissant haleter et gémir tandis que Tobias s'enfonçait tout au fond, me remplissant entièrement. J'allais jouir... je le savais. Mon cœur se resserra lorsque Caleb enleva sa main de mon cou pour me pincer doucement le nez.

- Pas avant que tu aies eu ta dose, dit-il d'une voix dangereuse.

Je haletais, aspirant l'air par la bouche avant qu'il y fourre sa bite à nouveau.

Je n'arrivais pas à respirer, à respirer... *à respirer*. Je me débattais, mon corps se pressant contre Tobias pendant qu'il me pilonnait. C'était exactement la même chose que sa main autour de ma gorge et la panique me poussait plus près du bord lorsque Caleb me laissa respirer, j'étais à bout de souffle. Mon corps frémissait alors que l'orgasme arrivait sur moi.

- Princesse ? dit Caleb en me regardant attentivement alors qu'il sortait de ma bouche.

Je hochai la tête, fermai les yeux et le suppliais.

- Je vais jouir. Je...

Il sourit et me pinça encore le nez en attrapant sa bite avec son autre main.

- Ouvre.

J'ai entrouvert mes lèvres, sentant l'étirement de sa queue. Il était si dur, si excité, cette lueur désespérée scintillant dans ses yeux alors qu'il faisait courir la peau lisse de son gland autour de ma bouche. Je le léchai, relevai la tête, impatiente de le sentir dans ma bouche.

- Putain, C, je vais... gémit Tobias.

Caleb plongea dans ma bouche en continuant de me pincer le nez. Il fut secoué de spasmes puis gémit en sortant sa bite pour qu'elle reste au bord de ma bouche. Le gland tressauta, pulsant, avant que cette grosse veine ne s'emballe et que la chaleur ne remplisse ma bouche.

Mes frères poussèrent en même temps des gémissements gutturaux ... et parfaits.

Et je ne pus me retenir plus longtemps.

Le sperme coula au fond de ma gorge. Je déglutis, cherchant désespérément de l'air, et je jouis *violemment*, frémissant et gémissant lorsque Caleb relâcha mon nez et me chuchota :

- Gentille fille.

Chapitre Vingt-Trois

VIVIENNE

Je récupérai la dernière goutte de jus de fruit autour du gobelet en plastique puis je le posai sur le plateau fin avec les couverts. Ça faisait trois jours qu'ils m'avaient laissée sortir. Sous surveillance, évidemment. Chacun de mes gestes était surveillé par *lui* et les fichues caméras, mais visiblement on ne me donnait toujours pas de couverts en métal. Parce que cet enfoiré savait que je lui planterais volontiers dans le visage.

Lui et ses putains de fils...

Je fixai le plateau puis je me tournai vers la porte pour le suivre. Il me laissa l'accompagner en bas à son bureau, il répondit même brièvement à quelques questions sur la maison. Oui, ses fils vivaient ici. Oui, il savait pour Ryth et ses frères. Non, il n'allait pas dévoiler où elle se cachait ni me dire s'ils étaient retournés à l'Ordre.

Il n'allait pas me dire un traitre mot.

La frustration était grande.

Mais il savait...

Putain oui, il savait.

Mon esprit dériva vers les rapports médicaux qu'il scrutait. S'il y avait quoi que ce soit que je commençais à comprendre à propos de London St. James, c'est qu'il était fourbe... et puissant. Les fichiers empreintes ADN avaient des tampons *strictement confidentiel* apposés.

Il les regardait avec attention, les scrutant l'un après l'autre, puis en imprima d'autres. Ma curiosité était d'autant plus piquée.

Je voulais savoir ce qu'il cherchait...

Je voulais savoir ce qu'il voulait.

Et je voulais savoir pour Ryth.

Où elle était, si elle était en sécurité... *si elle était même en vie.*

Ils ne la tueraient pas, c'était certain. Non, l'Ordre ne prendrait pas le risque de perdre une des leurs. Pourtant, je savais qu'il y avait pire que la mort. *Comme être prisonnière des griffes d'un monstre.*

La nuit tombait dehors alors que je délaissais mon nouveau plateau de nourriture. C'était la nuit, tard. Les étoiles brillaient dans le ciel, luisaient dans le ciel de pleine lune. Je me dirigeai vers la fenêtre, faisant glisser mon doigt sur le verrou électronique, qu'il avait pris soin de mentionner, juste au cas où j'aurais à nouveau l'idée de m'échapper.

Comme la porte, n'est-ce pas ?

Je regardai la porte de la chambre par-dessus mon épaule.

Il n'avait pas besoin de me le dire. Même si je m'échappais de cet enfer, je n'avais nulle part où aller. Pas de famille, pas de frères pour venir me secourir. Pas même un ami à appeler. Ryth était ce qui se rapprochait le plus d'une amie, et je l'avais perdue.

Je détournai les yeux de la fenêtre et traversai la pièce machinalement. Je ne savais même pas pourquoi j'essayais ; chaque soir la porte de ma chambre était verrouillée et chaque soir je m'endormais dans un état de frustration. Mais lorsque je saisis la poignée, je remarquai un petit détail. *Je n'avais pas entendu le clic.*

Le clic du verrou de la porte que j'entendais chaque soir. Ce devait être une minuterie. Le petit *clic* survenait juste après qu'il m'apporte mon plateau repas. J'essayais de réfléchir, de repenser à chaque minute qui s'était écoulée depuis qu'il avait placé le plateau sur la commode puis il s'était tourné pour me lancer ce regard plein de désir, et je me souvins alors...

Je n'avais pas entendu le clic.

J'en étais sûre.

Je retins ma respiration en saisissant la poignée, puis j'appuyai vers le bas.

Mais au lieu de bloquer... elle s'ouvrit, j'entendis les gonds grincer doucement.

Mon cœur tambourinait, se cognait contre mon torse. J'allais ouvrir la porte avant de me figer. *Et si le mécanisme était cassé ? Et s'il y avait eu un dysfonctionnement momentané et que le verrou était maintenant enclenché... et que j'avais loupé l'occasion.*

Je regardais la lumière rouge du verrou électronique clignoter. Ça n'avait pas l'air normal. Habituellement, la lumière était fixe. Le rouge signifiait que la porte était verrouillée, le vert signifiait qu'elle était ouverte. Le mécanisme était cassé...

J'appuyai à nouveau sur la poignée, priant que tout ça ne soit pas qu'une sinistre blague, puis elle s'ouvrit d'un centimètre avant que je retire ma main. Je vis la pénombre au-delà de la porte. La pénombre et le silence.

Est-ce que c'était un test ?

Ce serait bien son genre. Peut-être qu'il attendait de voir ce que j'allais faire. Je m'éloignai de la porte ouverte, l'esprit cogitant. Qu'attendait-il que je fasse ?

Que je m'enfuie...

Voilà ce qu'il espérait.

Il pensait que j'allais me faufiler dans les escaliers et que j'allais voir si la porte d'entrée était ouverte, que j'allais peut-être aller voir la porte arrière. Je songeais aussi à la cave. Punaise, non, je n'allais pas descendre là-bas. Je ne voulais même pas penser à la salle...

Pourtant, l'image de cette *machine* s'éleva dans mon esprit et me donna la chair de poule. J'appuyai sur l'interrupteur, plongeant la chambre dans la pénombre, puis je reculai vers le lit et je m'assis.

C'était un test.

J'en étais sûre à présent.

Pour voir si j'allais m'enfuir.

Pour voir s'il pouvait me faire confiance.

Je mis mes pieds sur le lit et m'allongeai, recroquevillée sur le côté, fixant l'obscurité au-delà de la porte en essayant de réfléchir à toutes les options possibles... et leurs conséquences.

M'enfuir...

Quitter cette maison et ces gens.

Et je devrais continuer de m'enfuir, parce qu'il n'allait pas y avoir seulement l'Ordre à mes trousses, n'est-ce pas ? Non. Il n'y avait aucun moyen que London St James me laisse passer la porte, il me traînerait pour me ramener à l'intérieur pendant que je me débattrais en criant...

Essaye et tu vas voir... sa voix cruelle résonnait dans mon esprit. *Essaye et tu vas voir où ça te mène.*

Je savais où ça me mènerait. Mon corps tremblait, mon estomac se noua. Je fermai les yeux, chassant de mon esprit l'image de cette *machine*. Il m'avait menacée, il m'avait dit que j'y aurais droit.

- Non, murmurai-je en ouvrant les yeux.

Je ne voulais pas laisser ça arriver.

Alors je n'allais pas m'enfuir...

Mais je n'allais pas pour autant rester prisonnière non plus. Certainement pas. Je me redressai lentement, mes pieds trouvèrent le sol et je me levai. Je me dirigeai vers la porte d'un pas lent et discret. Je poussai la porte et attendis un moment, dans l'embrasure de la porte, je n'entendais rien d'autre que mon cœur qui battait à tout rompre.

Personne ne se jetait sur moi.

Je fis un pas hors de la chambre et sondai la pénombre, les sens en éveil. Ma respiration devenait haletante alors que j'attendais que quelque chose se produise. Mais rien, aucune main me saisissant, personne près de la porte à m'attendre. Je fis un pas en avant en direction des escaliers.

Je vis flou en regardant aux alentours puis je fis un autre pas, et encore un autre, jusqu'à ce que j'atteigne la rampe. Il n'y avait personne, personne ne m'attendait. Me sentant confiante, je me mis à accélérer le pas, descendant à petits pas feutrés. Je scrutai les étages en passant, je vis une lueur sous une porte au deuxième étage. Je m'arrêtai pour *écouter...*

Il n'y avait aucun bruit.

Seulement le silence et les battements de mon cœur.

Je continuai d'avancer, m'arrêtant seulement lorsque je posai les pieds sur le carrelage froid du salon. Je ne regardai même pas vers la porte d'entrée, je continuai de marcher le long du couloir jusqu'à ce que j'arrive vers la cuisine. La petite lumière rouge sur le verrou électronique de la cave clignotait exactement comme celui de ma porte. Il devait y avoir un dysfonctionnement.

Je continuai d'avancer, hantée par ces rapports qui l'avaient obsédé... et par le contrat qu'il cachait sous son agenda. Le contrat qu'il n'avait pas voulu me montrer. Je savais qu'il ne pouvait pas me faire de mal, je savais que j'étais seulement une "pupille" à son domicile. J'appartenais à l'Ordre, je portais du noir, on ne pouvait pas me toucher.

Mais si j'avais appris quelque chose à propos de cet ignoble enfoiré qui me retenait prisonnière chez lui, c'était que c'était un homme têtu. S'il connaissait un moyen de contourner le contrat, il le trouverait. Je déglutis en tournant dans le couloir qui menait à son bureau.

Il allait trouver un moyen de ne pas respecter le contrat, c'était évident...

Alors il fallait que je me protège.

Il fallait que je sache dans quoi j'avais mis les pieds... et que je réfléchisse à une porte de sortie. Je m'arrêtai devant la porte et jetai un coup d'œil par-dessus mon épaule pour scruter la pénombre. Puis je me tournai et vis la même lumière rouge clignotant près de la porte. Mes mains tremblaient alors que je saisis la poignée et appuyai dessus. Elle bougea, elle bougea putain.

Je me dépêchai d'entrer et refermai la porte doucement derrière moi avant d'allumer l'interrupteur. La lumière s'alluma et je souris... j'avais presque *gagné* au final... jusqu'à ce que je me retourne et que je vois, au milieu de la pièce, *ses deux fils*.

- Tiens, tiens, marmonna celui avec les cheveux blond clair, ses yeux bleus étaient rivés sur moi. Je t'avais dit qu'elle viendrait.

Je projetai mon regard vers l'autre qui était appuyé contre le bureau de London, les bras croisés.

Ce regard couleur topaze se posa ailleurs. Ce fut son jumeau qui s'avança et continuait de parler.

- Tu cherches quelque chose ?

Je me raidis, la panique coulait dans mes veines alors que je regardais à nouveau celui qui ne disait rien.

- Le regarde pas, dit le blondinet en s'approchant très près de moi avant de murmurer à mon oreille : il ne t'aidera pas.

La panique m'envahit, il fit un geste brusque et me saisit à la gorge pour m'attirer contre lui.

- Personne ne viendra t'aider, dit-il.

Je me cambrais, serrant le poing. L'instinct rugissait en moi, me criant de me défendre. Mais je ne le faisais pas... Je restais immobile, laissant sa main autour de ma gorge tandis que la peur hurlait en moi.

- Regarde ça, chuchota Blondie, son souffle contre mon oreille. On dirait que nous avons une fille parfaite. Obéissante. *Soumise*.

- Va te faire foutre, grognai-je.

Il me tira violemment contre son torse musclé.

- Rebelle, aussi. Il va aimer ça.

Il...

Je pris une grande inspiration, combattant le besoin terrifiant de crier, de le frapper et de le griffer. Au lieu de cela, je cherchai tout ce que je pouvais utiliser. *Le contrat... Je pouvais me servir le contrat.*

- Tu n'as pas le droit de me toucher, dis-je, mon regard se portant sur le frère silencieux toujours appuyé contre le bureau.

- Ah oui ? dit le type. Tu es isolée pourtant, dit-il en s'approchant pour me palper les seins et se mit à grogner. Je suis sûr qu'on peut te faire ce qu'on veut. Il n'y a personne pour nous arrêter... personne pour nous empêcher de goûter à notre fille.

Leur fille ?

C'était la deuxième fois qu'il m'appelait comme ça.

- Je ne suis pas votre *putain de fille.*

Il gloussa et peu importe à quel point j'essayais de me raccrocher aux enseignements que le Professeur nous avait imposé, quelque chose en moi se rompit. Je serrai le poing puis levai le bras avant d'enfoncer mon coude dans son ventre.

Il étouffa un gémissement, sa prise se relâchant suffisamment pour que je puisse lui donner un coup de poing sur le bras et m'éloigner en trébuchant, le poing serré devant moi.

- T'approche pas de moi, putain.

Blondie sourit, le regard rivé sur moi tandis qu'il se frottait le ventre.

- On dirait qu'on est tombé sur un chat sauvage.

- *Va te faire foutre,* crachai-je à nouveau.

Son regard rencontra le mien et je vis dans ses yeux une lueur assassine.

- Et si *je te baisais* plutôt ?

Une sensation de glace m'envahit.

Il s'avança, il ne jouait plus et ne plaisantait plus. Non. Il était comme une avalanche s'abattant sur moi. Je titubai en arrière, levant ma main pour me protéger. Aucun enseignement ne pouvait me protéger maintenant et aucune *soumission* ne pouvait arrêter un monstre.

Il me saisit le menton, ses doigts s'enfonçant de chaque côté de mon cou jusqu'à ce que la douleur commence. Il n'y avait que de l'obscurité dans ce regard impitoyable.

- Je peux te baiser quand je veux. Je te prendrais de force s'il le fallait. En fait, ce serait même beaucoup plus plaisant comme ça. Alors la prochaine fois que tu décides de sortir de ta chambre, petit chat sauvage, souviens-toi juste que... *il y a toujours quelqu'un qui te surveille.*

La porte du bureau s'ouvrit sans bruit derrière lui et London St. James entra doucement, son regard passant du monstre en face de moi à son foutu frère mutique, puis à moi. Si le connard avec ses mains enroulées autour de ma gorge était conscient d'être pris sur le vif, il ne le laissait pas paraître. Au lieu de cela, il avança, me faisant reculer jusqu'à ce que je heurte la cheminée noire au milieu du bureau.

Je mis ma main dans mon dos, touchant l'acier froid.

- Carven, dit London avec fermeté. Tout se passe bien ici ?

- Bien, répondit le monstre, sans jamais détourner son regard de moi. On est allés chasser la souris et on a trouvé un chat sauvage à la place.

- Vous étiez censés chasser autre chose, dit son père à voix basse.

Une respiration saccadée. Le cœur qui s'emballe. La pièce sombre devenait grise sur les bords, mais je refusais de perdre le contrôle. Je n'allais pas m'effondrer... je n'allais pas m'écrouler. Je fixais les yeux de ce fou alors qu'il répondait.

- On était... on est proches, on aura l'adresse demain matin.

Il sembla reprendre le contrôle de lui-même et relâcha sa prise cruelle qui palpitait encore longtemps sur ma peau après qu'il ait retiré sa main. Je portai une main à ma mâchoire, massant la douleur lancinante. Ce connard me fixait toujours, il s'imprégnait de chaque grimace et de chaque lueur de peur qui traversait mon visage.

- Alors je te suggère de continuer, rétorqua London.

Il avait beau être leur père, il était clair à ce moment-là qu'il n'avait aucun contrôle sur ses fils... comment le pourrait-il alors qu'ils n'étaient rien de plus que des animaux enragés ?

- On se reverra vite, chat sauvage, murmura Carven, et me regarda de haut en bas, s'arrêtant sur mes seins. Peut-être que la prochaine fois on pourra jouer un peu.

- Colt, murmura London et le frère silencieux se leva du bureau où il était resté à regarder la scène. Contrôle un peu ton frère.

Carven poussa un petit cri et se retourna, jetant un coup d'œil à son père avant de sortir de la pièce avec son frère.

Mon corps était secoué de spasmes alors que la porte se refermait derrière eux.

Mes épaules tombèrent et mon corps faillit s'écroula alors que je peinais à reprendre ma respiration.

- Merci, murmurai-je avant de réaliser à qui je m'adressais.

- Oh, ne me remercie pas, Vivienne, dit London en s'approchant de moi. Sa main de fer était glaciale, une haine brûlante emplissait ses yeux alors qu'il me saisissait le bras pour me tirer vers lui.

- Je veux que tu m'expliques ce que tu fais dans mon putain de bureau ?

Mon regard paniqué se posa sur son bureau... puis sur le classeur en cuir noir près du bord.

- Alors ? dit-il en resserrant sa prise, baissant les yeux sur moi, ses yeux pleins de haine. Réponds-moi.

Je levai les yeux vers lui.

- Enlève. Tes. Sales. Pattes. *De moi...* grognai-je.

Ses sourcils se levèrent d'étonnement. J'étais sûre que London St James n'avait pas l'habitude que les femmes lui répondent. En tout cas, il n'avait pas l'habitude de faire à moi. Mais il relâcha sa prise.

Mon esprit fusait dans tous les sens, se raccrochant à tout ce qu'il pouvait pour l'éloigner de moi.

- Tu as signé le contrat. Tu peux pas... tu peux pas...

- Je peux pas, dit-il en riant alors qu'il s'avançait à nouveau pour me faire perdre l'équilibre.

Je heurtai le bord du canapé derrière moi.

- Va te faire foutre, Vivienne. C'est ce que tu essayes de dire ? Je peux pas...

Il baissa les yeux et prit une grande inspiration puis avança de nouveau, me bloquant contre l'accoudoir du canapé noir.

- Te faire porter du rouge ? ajouta-t-il.

Je gémis sans le vouloir mais je ravalai ma salive et répondis :

- Oui.

Je vis un tressautement au coin de sa bouche.

- Crois-moi... il y a des moyens de contourner un contrat. Ne joue pas avec la chance. Maintenant... je te suggère de retourner dans ta chambre... sauf si tu veux retomber sur mes fils.

Cette pensée me terrifia plus que tout. Je secouai la tête.

Il me fit un signe de tête puis recula.

Je me redressai du canapé et titubai sur le côté avant de me diriger vers la porte.

- Bonne nuit, Vivienne, murmura-t-il dans mon dos. Fais de beaux rêves.

Chapitre Vingt-Quatre

RYTH

La pile de pansements stériles sur le comptoir devant moi devenait floue. Mes mains tremblaient quand j'ouvris le robinet et que je pris du savon du liquide dans ma paume avant de me frotter les mains. Les pansements de Tobias étaient changés, sa plaie rosissait et guérissait... et pour une raison étrange, j'en étais fière.

- Petite souris ! cria Tobias.

Je levai la tête soudainement

- Tu ferais mieux de boire !

Mes lèvres se sont retroussées et je posai les yeux sur la boisson énergisante posée sur le comptoir à côté de moi. Je me suis rincé les mains, j'ai coupé l'eau et j'ai crié en retour

- Je vais la boire tout de suite !

- J'espère bien, grogna-t-il depuis la chambre. Ne m'oblige pas à te la cracher dans la bouche.

Oh... mon Dieu.

Mon corps pulsait après ce matin, il avait été poussé à ses limites par tous les trois, et je ressentais maintenant les effets secondaires, surtout de la part de Tobias. Cet homme était... *insatiable.*

Je pris la bouteille et la portai à mes lèvres. Le goût légèrement acidulé de fruits rouges coula dans le fond de ma gorge. Il n'y avait pas eu que le sexe. Tobias avait besoin de moi...

De me toucher.

De me murmurer à l'oreille.

Son amour était aveuglant et authentique.

Et dévorant.

Je déglutis encore et encore, jusqu'à ce que mon ventre soit plein, puis j'essuyai ma bouche avec le dos de ma main.

- C'est bon !

- C'est pas trop tôt, marmonna-t-il depuis le seuil de la porte, ses yeux sombres fixés sur la bouteille vide dans ma main.

Je sursautai de le voir, fixant son torse nu et son boxer noir.

- Punaise, T., tu m'as fichu la trouille !

Il boitait à peine maintenant, il avança jusqu'à me pousser contre le comptoir. Cette pointe de peur apparaissait toujours quand il me regardait comme ça. Mon demi-frère était une force indéniable. Il balaya une mèche de cheveux de mon visage.

- La prochaine fois que tu me cacheras que tu es fatiguée, tu recevras une fessée, compris ? Une que tu n'apprécieras pas.

Je rougis en faisant la moue alors qu'un gloussement s'échappait de moi.

- Oui.

- Bien.

Il ne plaisantait pas. Puis il prit mon menton, inclina mon visage vers le sien, et m'embrassa doucement et lentement avant de se retirer.

- Tu as le goût des fruits rouges... et *j'adore ça*.

Un bruit de pneus qui dérapent retentit, le faisant se renfrogner et jeter un coup d'œil à la porte.

- C'est quoi ça ?

Des graviers furent projetés contre le côté de l'habitacle, similaire à une pluie de coups de feu. Mais le moteur de la voiture ne s'éteignait alors que le grondement de lourdes bottes descendait.

- Ils sont là ! Ils sont là ! cria Nick. *ON PART TOUT DE SUITE !*

Tobias se dirigea vers le seuil de la porte.

- *Ryth ! RYTH !* cria Nick. Elle est *où* bordel ?

- Je suis là, criai-je alors que Tobias sortait à grands pas de la salle de soins et percuta Nick dans le couloir.

- *Wow !* dit Tobias en retenant Nick au milieu du couloir. *Elle est là ! Regarde !* dit Tobias en me montrant du doigt. *Elle est là, frérot*. Elle est en sécurité.

Mais Nick braqua son regard sur le mien. La peur le consumait. Ses narines se dilatèrent, ses yeux marron doré devinrent ronds.

- On doit partir, haleta-t-il. *Maintenant*.

Des pas lourds surgirent du côté de la véranda, dehors.

- *Nick !* cria Caleb. Qu'est-ce qu'il se passe ?

- Ils nous ont trouvés, dit Nick en regardant Tobias. Putain, ils nous ont trouvés... prenez tout ce que vous pouvez... et *MONTEZ DANS LA VOITURE !*

Nous étions tous là, abasourdis, pendant un instant... jusqu'à ce qu'on s'active.

Notre panique était une tornade. Je pris tout ce que je pouvais, en criant.

- Rebelle ! *Rebelle !*

Nous sortîmes dans un tourbillon de terreur, nous entassant dans la voiture et claquant les portes.

La poussière et les graviers se soulevèrent derrière nous, avalant la vue de la cabane alors que nous dérapions au coin de l'allée et prenions la route. Je me suis retournée, arrachant mon regard de l'endroit qui avait été un refuge pour nous ces derniers jours, puis je regardai la route devant moi.

- Et il n'a pas dit qui était après nous ? s'écria Tobias, retenant sa respiration saccadée alors qu'il levait son arme et vérifiait la chambre.

- Non, grogna Nick.

Son objectif était de nous éloigner le plus rapidement possible.

Tobias ajusta sa chemise, qu'il avait enfilé à la hâte. Son jean était encore déboutonné, ses bottes à peine enfilées.

Le reste de nos vêtements avait été mis dans un sac et jeté à l'arrière, ainsi que les médicaments que j'avais prises en sortant de la cabane. Je pris une grande inspiration, chassant la panique qui me brûlait les yeux. Rebelle gémit et se blottit contre moi tandis que Nick manipulait la voiture avec habileté, tournant à fond avant d'accélérer virilement.

- Il a dit si c'était l'Ordre ? demanda Caleb.

- Ça devait être eux, rétorqua Tobias à côté de moi. Qui d'autre ça pourrait être ?

Mes mains tremblaient encore, serrant la fiole d'antibiotiques que j'avais attrapée à la hâte. J'essayais de faire le point. Nick était allé appeler Benjamin Rossi... s'attendant à ce que le chef de la mafia soit en route pour nous rencontrer...

Mais il semblait que le plan avait changé. Parce que maintenant, nous étions en fuite.

- Ces enfoirés, grogna Tobias avant de tourner son regard vers le mien. Je les tuerai tous avant qu'ils puissent s'approcher de toi.

J'essayais de refouler la panique, mais je n'étais plus en sécurité... un seul faux pas et je basculerais du mauvais côté. Tout ce que je voyais était... *lui*. Tobias.

- Et il a dit que l'entrepôt était un lieu sûr ? demanda Caleb qui se trouvait à l'avant.

Rebelle descendit sur le sol pour se lover autour de mes pieds.

Nick regardait dans le rétroviseur alors que les lignes blanches de la route se brouillaient à côté de nous.

- Il a dit que c'était le seul lieu qu'il avait à proposer.

- Ça semble pas très convaincant, marmonna Caleb en se retournant pour me regarder. Ça va, princesse ?

- Non, elle ne va pas bien, rétorqua Tobias, la rage étincelant dans ses yeux.

- J'ai pas pu prendre tout ce que je voulais.

Les mots sortirent de ma bouche tout seuls.

- Quoi ? demanda Tobias.

Je me tournai vers lui.

- Les pansements pour ta cuisse, je les ai tous laissés sur le comptoir.

Il se renfrogna puis secoua la tête.

- On nous dit que ce putain d'Ordre est à nos trousses et tu t'inquiètes de ma jambe ?

Je hochai la tête.

- Oui.

Caleb se retourna pour faire face à la route.

- On va en trouver d'autres, bébé, me rassura-t-il. Tout ce dont tu as besoin.

Tout ce dont j'ai besoin...

Je regardai Nick, puis Tobias, dont le regard était assassin. Je voulais simplement que nous soyons en sécurité, était-ce trop demander ? Il semblait que oui. Il semblait que l'univers entier conspirait contre nous. Il voulait qu'on se batte. Il voulait qu'on soit en fuite. Il voulait que nous soyons désespérés de survivre.

Nick fit accélérer la berline plus fort, son attention étant partagée entre la route devant nous et le rétroviseur. Je jetai un coup d'œil par-dessus mon épaule à la longue étendue de route derrière nous, et j'essayais de respirer... alors que nous nous dirigions vers le seul endroit où nous ne voulions pas aller... *vers la ville.*

- C'EST ICI ? demanda Caleb en jetant un coup d'œil autour de lui.

- C'est ici, répondit Nick.

Le fort bruit des freins à air me fit sursauter. Je regardai derrière nous l'énorme calandre du camion frigorifique, tout en chrome étincelant et en peinture brillante. Je me retournai, fixant un autre gros camion devant… et trois autres qui nous dépassaient sur la route pour aller en ville.

Nous étions pris en sandwich entre les géants de métal alors que nous rampions vers une sorte de zone de dépôt de marchandises à l'extérieur de la ville et, à vue de nez, il n'y avait qu'une autre voiture en vue.

- C'est la sienne, n'est-ce pas ? demanda Caleb. La voiture de Rossi ?

Nick hocha la tête puis se pencha vers l'avant et tourna le volant, amenant la voiture jusqu'à la guérite de sécurité à l'entrée de l'immense zone.

- Ouais.

- Rusé, dit Caleb l'air impressionné. Très rusé, même.

La vitre côté conducteur tremblait et le rugissement des moteurs de camions envahit l'habitacle. Nick attendit que le garde s'approche, donnant son nom et celui de Benjamin Rossi.

- Attendez ici, ordonna le garde, se retournant et se dirigeant vers l'intérieur de la petite cabane.

Il revint une minute plus tard alors que la barrière devant nous se levait.

- Passez le portail jusqu'à l'entrepôt 5. M. Rossi vous attend.

Un signe de tête, et Nick appuya sur l'accélérateur. Il y avait des camions partout, qui entraient et sortaient. N'importe qui d'autre essayant d'entrer ici se ferait remarquer comme un éléphant au milieu d'une pièce. Il semblait que nous allions être en sécurité ici… *pour un certain temps, du moins.*

Nous nous sommes garés sur une place de parking vide devant un énorme entrepôt. Une clôture en mailles de chaîne de dix pieds de haut, surmontée de barbelés entourait la zone. Des hommes vêtus de gilets jaune fluo et de casques de sécurité marchaient entre les bâtiments. Pour une raison bizarre, cela me rassurait un peu, comme si nous avions une chance de survivre ici et que Benjamin Rossi avait un plan.

- Princesse, dit Nick en coupant le moteur. Ça va ?

Je jetai un coup d'œil vers lui alors que Tobias sortait son arme pour la ranger dans sa ceinture au bas de son dos.

- Ouais, répondis-je, juste un peu stressée.

- On est là, dit Caleb en ouvrant ma portière alors qu'il fermait la sienne. On t'aura à l'œil.

Nick descendit de voiture.

- Rebelle, viens, cria-t-il.

Elle se leva instantanément et se faufila entre les sièges pour le suivre dehors. Nous nous sommes dirigés vers l'entrée de l'entrepôt, scrutant les ouvriers qui nous fixaient, jusqu'à ce qu'une silhouette imposante sorte de la pénombre et avance vers nous. Cela me semblait faire une éternité depuis que j'avais vu l'homme pour lequel mon père travaillait, mais M. Rossi n'avait pas changé d'un poil. Au plus, il avait l'air encore plus dangereux.

- Nick, putain, merci mon Dieu, tu t'en es sorti, dit-il en tendant la main pour serrer celle de mon demi-frère. Des problèmes ?

- Non, répondit Nick.

Benjamin se tourna vers Tobias.

- Tobias, comment tu vas, fiston ?

- J'suis énervé, si tu veux la putain de vérité, grogna Tobias.

Mais Benjamin Rossi ne sembla pas du tout surpris par cet énervement. En fait, il fit un petit sourire triste et hocha la tête, puis il s'avança vers Tobias avant de le saisir et de le tirer vers lui.

- J'étais tellement inquiet, bon sang.

Je ne savais pas à quoi m'attendre, mais cette étreinte paternelle me faisait sourire. Puis M. Rossi posa un regard attentif sur Caleb, puis sur moi.

- Ryth, ma belle.

- M. Rossi, murmurai-je.

- Ben, corrigea-t-il. Appelle-moi Ben. Venez, ne parlons pas ici, dit-il en balayant la zone du regard avant de se retourner, nous laissant le suivre à l'intérieur.

Il nous a conduits à travers un atelier mécanique jusqu'à un grand bureau à l'arrière. Au moment où la porte s'est refermée derrière nous, le bruit assourdissant des moteurs de camions et des outils qui cliquaient s'atténua.

- Asseyez-vous, dit Ben en désignant le canapé à l'extrémité de la pièce, mais aucun de nous n'accepta son offre.

Au lieu de cela, Tobias croisa les bras, parcourut du regard le bureau et les photographies épinglées au panneau de liège, et se retourna.

Ben le remarqua, nous scrutant du coin de l'œil tandis qu'il ouvrait le réfrigérateur et en sortait des canettes de soda, en lançant une à chacun des gars et une autre à Tobias pour moi.

- Laz ? demanda T.

Ben Rossi poussa un lourd soupir.

- Il est en sécurité. Ils sont tous en sécurité.

- Bien, dit Nick, en posant sa canette encore fermée sur la petite table devant le canapé. Parce que nous sommes à court d'options.

- Je sais, acquiesça Ben.

- Ah oui ? dit Nick en se rapprochant. Tu es sûr ? Parce qu'on a besoin de réponses. Qui est derrière tout ça et comment faire pour les arrêter ?

S'il y avait eu quelque chose de gentil dans le regard de Ben, cela avait disparu... laissant à la place quelque chose de menaçant.

- C'était l'Ordre aujourd'hui ?

Le regard de Nick était rivé sur l'homme plus âgé.

- Je ne suis pas sûr, dit Ben en secouant la tête, ce qui engendra un grognement de la part de Tobias.

Il grimaça et un coup d'œil à T avant de continuer.

- J'ai des hommes qui surveillent l'enceinte, et d'autres sur le terrain qui écoutent tout ce qui ressemble de près ou de loin à une attaque. Selon moi, ça pourrait être Killion. Ce bâtard est impitoyable et sournois.

Je tressaillis à ce nom, mon sang se glaça.

- Ce que je sais, c'est que ce n'est plus professionnel, dit-il d'une voix froide. C'est maintenant d'ordre personnel pour ces hommes. S'ils ne peuvent pas récupérer Ryth, alors ils feront d'elle un modèle, pour s'assurer que personne d'autre n'essaie de prendre ce qu'ils estiment leur appartenir.

- Putain, je les tuerai avant qu'ils s'approchent d'elle.

Les mots de Tobias étaient dénués d'émotion. Mais je connaissais la rage qui brûlait sous la surface, et tous les autres dans la pièce aussi.

- Tu as dit que le père de Ryth travaillait pour toi, dit Nick en essayant de trouver un peu de sens dans le fouillis de ce que nous savions. Toutes les informations que nous avons trouvées disent qu'il a volé une cargaison de drogue.

- Mensonges.

Je tressaillis et mon cœur tonna lorsque Ben croisa mon regard.

- Oui, ton père travaillait pour moi et ce depuis des années. Il était loyal, jusqu'à une putain d'erreur, et je le considère comme l'un de mes plus proches amis. J'ai besoin que vous compreniez ça... *vous tous*, dit-il sur un ton presque désespéré. Parce qu'il ne m'a pas volé. Pas un putain de dollar, pas un gramme de cocaïne. Le week-end où il est parti dans le sud, il ne travaillait pas pour moi.

Je me raidie alors qu'une douleur fantôme me lançait la joue, encore brûlante de l'empreinte d'une main.

- Donc, tout ce que ma mère m'a dit...

- C'était aussi des mensonges, dit Ben en fixant les yeux sur moi.

- Et les fois où j'ai vu un de tes hommes passer devant notre maison ? chuchotai-je alors que les pièces du puzzle commençaient à se mettre en place.

La voix de Ben devint plus douce.

- Et au lycée aussi. On essayait de garder un œil sur toi, de s'assurer que tu étais en sécurité... jusqu'à ce que ta mère...

- Brûle notre maison, répondis-je, la vérité faisant enfin mouche.

Il ne répondit pas, parce qu'il n'en avait pas besoin.

- Dans quoi son père était-il impliqué ? demanda Caleb.

- Je ne sais pas. Il s'occupait d'affaires privées, dit Ben en détournant le regard. Celles qu'il ne me confiait pas.

- Tu veux dire qu'il travaillait pour quelqu'un d'autre ? demanda Caleb, essayant de lire entre les lignes.

- Il travaillait pour, ou avec quelqu'un d'autre.

- Qui ? demanda Nick.

Ben secoua la tête.

- Je ne sais pas.

- M. King, chuchota Caleb, le regard vide.

Mais ce nom fit tressaillir Benjamin Rossi.

- Quoi ?

Il y eut une seconde, une seconde où Caleb essaya de réfléchir.

- Cette nuit-là... quand il a sauvé ma putain de vie, il a appelé ces salauds de l'Ordre et il a dit un nom... M. King. Il a dit, *j'enverrai le FBI et la CIA à votre porte au petit matin, bien avant que M. King arrive.*

Caleb se concentra sur Ben, comme nous tous.

- Qui est ce putain de King ? demanda Nick.

Ben secoua lentement la tête.

- Je ne...

- Arrête putain, grogna Tobias. Tu le sais

- Non, dit Ben en secouant de nouveau la tête. Personne ne le sait. Je connais ce nom... et j'ai le bon sens de rester à l'écart. Si tu es intelligent, tu le feras aussi.

Tobias s'avança en jetant un regard noir à Rossi.

- C'est un peu difficile pour nous de faire ça, tu ne penses pas ?

- Qui que ce soit, c'est de lui qu'ils ont peur, dis-je lentement. Il a fait entrer mon père là-dedans pour me sauver, alors il peut le faire sortir, non ?

- C'est un jeu dangereux auquel ton père joue maintenant, répondit Ben avec prudence. Mais je dirais que oui, si King l'a fait entrer dans l'Ordre, alors il peut aussi le faire sortir.

- Alors il peut atteindre Hale, ajouta Nick.

- Si mon fils ne le tue pas avant.

- Quoi ? dit Tobias en se focalisant sur lui.

Rossi soutenait son regard.

- C'est ce que j'ai essayé de vous dire, la raison pour laquelle j'étais absent et que je n'ai pas pu vous aider plus tôt était parce que Lazarus semble être tombé éperdument amoureux... de Katerina VanHalen.

Nick devint pâle.

- La fiancée de Hale ?

- Oui.

Nick fit une grimace.

- Putain.

Le silence remplit l'espace pendant que nous essayions de tout reconstituer.

- Donc, Hale et ce M. King sont en guerre, d'une certaine manière mon père a été entraîné dans ce chaos... et je suis... chuchotai-je, la cause de tout ça.

- Tu es une pièce du puzzle, répondit Ben. Une pièce très importante.

- De quoi ?

J'avais besoin de comprendre.

- Seul ton père le sait, murmura Ben.

- Et ta mère, ajouta Tobias en croisant mon regard. Putain, elle sait.

Ben hocha la tête.

- Nous sommes à sa recherche. Crois-moi, dès que nous la trouverons, tu seras le premier à le savoir.

- Pour l'instant, nous avons besoin d'un endroit sûr où rester, et d'une protection, dit Nick en passant une main dans ses cheveux.

Ben se retourna et se dirigea vers son bureau, prit un jeu de clés sur une pile de documents et les lança en l'air.

- Ce bolide vous mènera dans un endroit sûr, et à l'intérieur vous trouverez tout ce dont vous aurez besoin.

Le chef de la mafia croisa mon regard.

- Je vais faire sortir ton père, Ryth, fais-moi confiance là-dessus, et je vais trouver ta mère. On fera pas les choses à moitié. On te gardera en sécurité.

- Non, dit Tobias en secouant la tête. Nous le ferons. Tu nous trouves un moyen de nous en sortir... et nous on s'occupe de notre demi-sœur.

- Marché conclu, dit Ben en prenant un autre jeu de clés. Quelque chose d'un peu plus robuste et rapide, de nouveaux téléphones, des vêtements et de l'argent sont dans un sac là-bas. Gardez les téléphones sur vous. J'appelle dès que je sais quelque chose... et les gars, dit Ben d'un ton mortellement sérieux. Restez en vie, bordel.

- On va faire de notre mieux, dit Nick en jetant un coup d'œil dans notre direction. Compte là-dessus.

Chapitre Vingt-Cinq

NICK

JE SOULEVAI LA TÉLÉCOMMANDE ET APPUYAI SUR LE bouton. Les lumières s'allumèrent et je vis une grosse bagnole noire garée à quelques mètres de notre Sedan. Je l'avais à peine remarquée au début, j'avais été absorbé par ce que Ben Rossi nous avait dévoilé. Les secrets, les mensonges… et pire encore, la trahison.

Comment est-ce qu'on allait se sortir de tout ça ?

On marchait silencieusement en direction de la Sedan, chacun tourmenté par les raisons éventuelles du lien entre Jack Castlemaine et ce certain King… et qu'est-ce que tout cela avait à voir Ryth.

Seulement, tout cela n'avait pas de réelle importance. Ma seule priorité à présent était de nous maintenir en vie jusqu'à ce qu'on se barre d'ici. Au moment où j'ouvris le coffre et vis le bazar à l'intérieur, je compris qu'il y avait quelqu'un pour qui tout cela comptait sincèrement. Je tournai la tête et vis Ryth ouvrir la portière arrière.

Elle prit les sachets de pansements et les antibiotiques et se redressa. Ses genoux tremblaient, elle se cramponnait à la portière et me lança un regard inquiet. Je détournai les yeux, luttant contre le désir de la prendre dans mes bras. Elle continuait de me regarder puis se redressa, pensant que je ne l'avais pas vue paniquer.

Mais je l'avais vue...

Et je n'aimais pas ça du tout.

- Attends... tu ne dis rien, dit T en me regardant fixement. Puis en désignant l'énorme 4x4 il ajouta : me dis pas que ça t'impressionne pas.

Ryth l'écoutait puis me regarda à nouveau alors que je rassemblais les sacs de fringues qui se trouvaient dans le coffre.

- Tant qu'on est en sécurité, je me fous de quelle bagnole il s'agit.

J'avançai vers l'avant de la voiture.

- Rebelle, viens ma fille.

Le chiot arriva vers moi et je la fis monter à l'arrière et jetai les sacs à l'arrière, jetant un œil au gros sac de gym qui devait contenir de l'argent, des flingues et des téléphones. Je me penchai pour ramasser notre chienne et je la fis monter à l'arrière.

- Tu vas prendre soin de Ryth, d'accord ? murmurai-je à l'oreille du clébard avant de lui gratter la tête. Elle a besoin de toi.

Puis je me tournai et me figeai, voyant quelque chose que je pensais ne jamais voir de ma vie. Tobias avait la main de Ryth dans la sienne comme si c'était la chose la plus naturelle au monde. Ryth le laissait faire, elle regarda Caleb, puis moi.

Le désir m'envahit, le désir mais aussi la peur, le désespoir. Il fallait que je trouve un moyen de nous faire sortir d'ici, peu importe le prix. Je pris les pansements et les médicaments de sa main puis je l'aidai à monter. Tobias fit le tour du véhicule et monta à l'avant, laissant Caleb s'asseoir à l'arrière avec Ryth.

- L'adresse est là, dit Tobias, et il y a nos nouveaux téléphones et de l'argent.

Caleb ouvrit le sac de sport à l'arrière.

- Des vêtements, assez pour avoir de quoi se changer.

- Bien, dis-je en retournant à la Sedan, jetant un œil autour de nous avant de récupérer les flingues sous le coffre, puis je le refermai et jetai les clés sur le siège conducteur avant de m'éloigner.

Une fois que nous avons quitté la zone, nous étions livrés à nous-mêmes. L'aide de Benjamin Rossi n'allait pas plus loin. Je montai derrière le volant, rangeant deux armes sous mon siège et je remis les autres à mes frères.

- Tu as l'adresse ?

Mon pouls battait la chamade tandis que je faisais marche arrière et regardais Ben et un de ses hommes se diriger vers nous. Il me fit un signe de tête lorsque nous partions, faisant signe à son homme de prendre la berline. Nous ne devions laisser aucune trace derrière nous, de nous et de l'endroit où nous allions.

Cette pensée me hantait alors que je sortais du complexe et que je retournais dans le flot des camions de réfrigération. Je jetai un œil dans le rétroviseur lorsque je tournai pour prendre la direction la ville. Tobias scrutait les voitures dans le rétroviseur latéral, un pistolet dans la main, pressé contre sa cuisse.

Rebelle gémissait, sentant la tension dans la voiture, alors que je prenais les ruelles tranquilles jusqu'à l'adresse que Ben nous avait donnée. Il y avait des jardins luxuriants bien entretenus et des maisons massives en retrait de la rue. Il y avait du vert à perte de vue jusqu'à ce que je tourne à un angle et ralentisse, fixant l'imposant manoir noir et gris à quatre étages qui se trouvait au bout du cul-de-sac.

- Putain, marmonna Caleb sur le siège arrière.

En effet. Je m'engageai dans l'allée et je baissai la vitre alors que l'immense portail métallique noir s'ouvrait et que deux hommes portant des armes semi-automatiques avançaient. Je scrutai leurs visages, ne trouvant pas de regard familier, et je marmonnai :

- Tu connais ces types ?

- Ouais, répondit Tobias alors que l'un d'eux s'approchait de ma fenêtre.

- Briar, dit T.

Le gars se pencha et croisa le regard de mon frère sans dire un mot, puis il posa ce regard d'acier sur moi, puis vers la banquette arrière.

- Tobias, dit-il lentement.

Un ancien des forces spéciales, c'était facile à voir, même avant d'apercevoir son tatouage représentant un aigle sur un globe avec une ancre.

- M. Rossi nous a dit de vous attendre. On doit assurer votre protection pendant que vous êtes sous son toit, aussi longtemps que vous en aurez besoin.

Il croisa mon regard en parlant.

Sa bienveillance, je m'en foutais.

Mais être formé... ça, c'est quelque chose qui pourrait nous servir.

- Le parking est à l'arrière. Vous avez le code d'accès à la maison dans les indications que M. Rossi vous a laissé. Il y a des boutons d'urgence dans chaque pièce qui nous envoient une alerte directement si quelque chose arrive. Rassurez-vous, nous ne laissons entrer personne qui n'a pas sa place ici.

Je soupirai et je sentis une partie de la tension me quitter.

- Mademoiselle Castlemaine, dit le garde du corps en se tournant vers Ryth.

Tobias se raidit à côté de moi, et je surpris Caleb faire passer son regard de la maison au mec de la Marine alors qu'il prenait une vois plus douce :

- Je veux juste que tu saches que je suis personnellement investi dans cette affaire. Ton père... ton père était un bon ami pour moi. C'est lui qui m'a présenté à M. Rossi et qui m'a aidé quand j'en avais besoin. Je vais te garder saine et sauve.

T plissa les yeux sur l'ancien officier de la Marine.

- Merci, Briar, grogna-t-il. On se charge de ça.

Le mec de la Marine lui fit un signe de tête et s'éloigna J'étouffais une pointe de jalousie puis je fermai ma fenêtre avant de conduire le 4x4 dans l'enceinte.

- Te garder saine et sauve, marmonna T dans son souffle. Qu'est-ce qu'il croit qu'on fait, bordel ?

J'aurais souri au venin qu'il y avait dans sa voix si je n'avais pas ressenti ce putain de poison dans mon propre cœur. Je jetai un coup d'œil au rétroviseur, surprenant Caleb qui boudait en regardant par la fenêtre.

- Il avait l'air gentil, dit Ryth alors que je me faufilais vers l'arrière de la maison et que je me garais. Je ne connais même pas les amis de mon père.

- Et ça va rester comme ça, rétorqua Tobias en sortant. Si j'ai mon mot à dire.

Je surpris son sourire en coin alors que Ryth ouvrait sa portière avant de crier :

- Rebelle, viens.

T était jaloux. Putain, nous étions tous jaloux. Le garde du corps ferait mieux de rester concentré sur le terrain. Je ne voulais pas avoir à mettre ce bâtard à terre. Mais je le ferais s'il le fallait--j'ai contourné le 4x4, surprenant Caleb qui regardait derrière nous--nous le ferions tous.

Tobias s'approcha du clavier électronique, entra le numéro qu'il tenait dans la main et ouvrit la porte. Il boitait un peu en entrant. Je pris tout ce que je pouvais tandis que Caleb récupéra le reste des affaires et nous sommes entrés.

Si la maison était impressionnante de l'extérieur, l'intérieur était encore plus stupéfiant. Noir et chrome, avec des sols en béton poli. J'entendais seulement les griffes de Rebelle qui griffaient le sol alors qu'elle courait dans la maison.

- Rebelle ! cria Ryth en la suivant dans la pénombre.

Mais aussi beau que soit l'endroit, je m'en fichais. Mon attention était fermement fixée sur l'avenir, sur *notre* avenir. Je me faufilais dans un couloir puis je posai les affaires sur le comptoir en pierre de la cuisine, et je me retournai pour balayer les lieux du regard.

- Il y a une salle d'armes remplie de trucs impressionnants là-bas, marmonna Tobias, faisant un geste par-dessus son épaule alors qu'il s'enfonçait dans la maison.

- Rebelle ! cria Ryth alors qu'elle réapparaissait, levant les mains en l'air lorsqu'elle s'approcha. Elle est incontrôlable !

Je forçai un sourire.

- Alors laisse-la, dis-je en entendant son ventre gargouiller, ce qui la fit grimacer. Tu as faim ?

- Moi j'ai la dalle, répondit Caleb en arrivant dans le vaste salon où il y avait des fenêtres en verre teinté du sol au plafond. Et si je nous préparais à manger ?

- Je vais t'aider, proposa Ryth.

Je les laissai et m'enfonçai dans la maison, apercevant un ascenseur vitré à côté d'un large escalier. Je le pris, montai au deuxième étage et découvrais lentement la maison. Cinq chambres, une avec une salle de bain ouverte qui ressemblait à une oasis de Bali, avec une douche à effet pluie et un sol de galets avec des plantes surdimensionnées bien réelles, et ensuite une pièce qui ressemblait à... une salle de baise.

Je soupirai et fermai la porte du sanctuaire privé du chef de la mafia et continuai mon chemin. Le dernier étage semblait être un étage luxueux réservé aux invités. Mais ce n'était pas pour nous.

Ce séjour ne ressemblait en rien à des vacances. C'était de la survie. Au lieu d'aller dans les chambres à l'étage, je redescendis au deuxième étage alors que des odeurs de beurre fondant dans une poêle, puis d'oignons et d'ail, montaient dans la cage d'escalier. Les chambres de l'étage inférieur seraient celles où nous allions dormir. La dernière chose dont nous avions besoin était de devoir partir au milieu de la nuit et d'avoir à descendre trois étages pour se tirer d'ici.

La porte de la chambre était déjà ouverte lorsque je vis Tobias sortit, son boitement étant un peu plus perceptible.

- Il y a deux chambres et le bureau de Ben.

- Parfait, répondis-je.

Il semblait que je n'étais pas le seul à penser à un plan d'évasion.

T jeta un coup d'œil vers les escaliers, puis se rapprocha et me dit à voix basse.

- Qui est à notre poursuite ?

- Maintenant, tu veux dire ?

Il hocha la tête.

- Je ne suis pas encore sûr, je dois parler à Caleb.

Tobias se renfrogna.

- Pourquoi ?

Je me léchai les lèvres. T était une putain de grenade en ce moment et il fallait que je fasse gaffe à ne pas tirer la goupille.

- Disons que j'ai besoin de plus d'informations.

Mon frère vint vers moi, son air renfrogné devenant plus sombre.

- Des informations sur quoi ?

Je détestais prononcer ce nom, chaque fois que j'y pensais, des frissons me parcouraient l'échine.

- Killion.

T tressaillit, les coins de ses lèvres se soulevèrent tandis qu'une lueur sauvage brillait dans ses yeux.

- Tu penses qu'il est derrière tout ça ? Tu penses que c'est lui que l'Ordre a envoyé ?

- Je pense que Ben a raison. Il a payé cher pour quelque chose qu'il ne possède pas.

- Ce quelque chose, c'est *notre sœur*.

- Je sais... dis-je en croisant son regard assassin.

Le rire de Ryth éclata alors que les bruits de la chienne fusaient d'un côté à l'autre de la maison. Putain, elle avait presque l'air heureuse. Elle avait presque l'air... *normale.*

- Alors on parlera à Caleb, dit Tobias en se tournant vers le rire de Ryth. Ensuite, on planifiera.

- Ensuite on planifiera, dis-je.

Tobias tourna la tête vers la cuisine alors que Ryth laissait échapper un faible gémissement suivi de "c'est tellement bon".

Il boitait plus fort alors qu'il redescendait les escaliers. L'image de lui tenant la main de Ryth était bloquée dans ma tête. Mon frère avait eu l'air heureux, du moins, aussi heureux qu'il pouvait l'être dans cette situation foireuse. Je ne l'avais jamais vu ne serait-ce qu'emmener une femme à un second rendez-vous, et encore moins lui tenir la main. Mais voilà...

La voix de mes frères se mêlaient à celle de Ryth, résonnant dans l'espace vide. Je les laissais profiter de ce petit moment de normalité alors que je tournai mon attention vers le bureau de Ben. Je sortis mon nouveau téléphone crypté de ma poche en marchant et j'envoyais un message au chef de la mafia.

J'ai besoin d'un PC, je peux utiliser le tien ?

Puis j'appuyai sur envoyer et je rangeai le téléphone dans ma poche en ouvrant la porte du bureau avant d'entrer dans la pièce sombre.

Rossi : Je m'en doutais. Il y a un MacBook neuf dans le bureau, le mot de passe internet et d'autres détails sont sur un papier à côté. Dis-moi savoir si tu as besoin d'autre chose.

Ce satané boss de la mafia Stidda avait pensé à tout. Je me dirigeai vers l'étagère et je trouvai l'ordinateur portable neuf, avec tous les mots de passe dont j'aurais besoin. Des rires surgirent par la porte ouverte alors que je commençais à configurer l'ordinateur portable et à me connecter à mes comptes.

J'étais perdu dans mes pensées alors que j'ouvrais des portails sécurisés et que je me frayais un chemin dans tous les comptes cryptographiques que je possédais, ainsi que dans mon portefeuille électronique. Alors que les sons joviaux de ma famille résonnaient dans mon cœur, je me mis au travail pour liquider et encaisser tous les actifs que je possédais...

Pour nous acheter un moyen de nous sortir de là.

J'eus l'impression que ça ne faisait que quelques secondes lorsque le doux bruit de pieds nus attira mon attention vers la porte. Ryth entra en souriant, m'amenant une assiette.

- J'ai participé à l'assaisonnement, mais c'est à peu près tout, malheureusement. Caleb est bien meilleur cuisinier que moi.

Je me retournai quand elle s'approcha et je pris l'assiette. Même si j'étais affamé depuis plusieurs heures, je la pris dans mes bras.

- T'en fais pas, Caleb est bien meilleur cuisinier que nous tous. Tu as mangé ?

- Un peu.

- Bien, dis-je avant de sourire lorsqu'elle se pencha pour m'embrasser.

Je voulais plus, beaucoup plus. Mais il fallait qu'elle mange et que je travaille, alors même si je détestais ça, je rompis la connexion en lui donnant une petite tape sur le cul.

- Maintenant va manger et laisse-moi travailler.

Elle me fit un sourire et s'en alla, mais elle s'arrêta à la porte pour me murmurer :

- Je t'aime.

Bordel…

Mon pouls battait la chamade tandis que je fixais la femme qui avait volé nos cœurs.

- Je t'aime aussi, princesse.

Elle m'offrit le plus parfait des sourires avant de se retourner et de partir. Je me raccrochai à ce sourire et m'en servis pour me donner du courage alors que mes doigts volaient sur le clavier. Il m'avait fallu des années pour accumuler autant de richesses, des années à observer le marché des crypto-monnaies, à acheter quand c'était le bon moment, puis à revendre quand ça ne l'était plus. Des années à observer, à traquer, à être impitoyable, et j'étais sur le point de défaire tout cela en une seule nuit.

J'ouvris les messages sécurisés et j'envoyai un email à mon agent de change, ainsi qu'à un jeune chasseur immobilier qui souhaitait acquérir l'immeuble depuis un an. J'étais prêt à vendre… *ce soir*.

Le temps de m'adosser au siège et de prendre une profonde inspiration, je me rendis compte que j'avais oublié la nourriture que Ryth m'avait apportée. Nourriture qui était maintenant froide depuis longtemps. Je mangeais quand même, puis je me remis au travail jusqu'à ce que mes doigts me fassent mal et qu'une lourde douleur lancinante apparaisse à la base de mon crâne.

Lorsque je levai les yeux de l'écran, il faisait sombre dehors. Les ombres ne planaient plus dans les coins, elles consumaient maintenant la pièce, et le silence s'était fait dans la maison. Je déglutis une bouffée d'agacement, détestant avoir perdu mon temps avec ça, mais c'était important. Je me servis un verre de scotch dans le placard de Ben et je retournai à l'écran, regardant le marché monter légèrement avant d'appuyer sur vendre.

Vendre…

Tout vendre...

Absolument tout.

Tout ce que je possédais, putain.

Je me reconnectai à mon mail et je vis un message du chasseur immobilier qui avait l'air d'avoir sauté sur son clavier pour me répondre. *Donne ton prix.* Nous en étions là maintenant, il avait essayé de me convaincre pendant longtemps. Nous avions largement dépassé le stade des gentillesses et de l'attente, alors je tapai un chiffre, un chiffre scandaleux et trois fois supérieur à ce qu'il valait...

Mais il y avait du potentiel.

Tellement de potentiel, c'est ce qui m'avait fait acheter la propriété en premier lieu.

Une propriété que je pensais posséder un jour avec ma femme.

Les pensées de Natalie tentèrent de s'immiscer, mais aucune n'était plaisante. Aucune n'était comparable à ce que j'avais trouvé avec... *ma satanée sœur.*

Bip.

Je jetai un coup d'œil à l'écran. *Vendu. Je ferai établir les contrats dans la matinée. Je dirais bien que c'était un plaisir, Nick, mais je viens de payer le prix fort. Je vais avoir du mal à m'asseoir correctement pendant un bon mois.*

Il y eut un tressaillement aux coins de mes lèvres lorsque je me suis déconnecté.

- Oui, tu m'étonnes, marmonnai-je. Et j'ai besoin de cet argent, crois-moi.

Un mouvement apparut vers l'embrasure de la porte. Elle bougeait comme une ombre, cette femme, alors qu'elle entrait lentement, vêtue de mon vieux sweat à capuche, ses jambes nues dépassant en dessous. Bon sang, elle était émouvante. Je jetai un coup d'œil à l'horloge et il était presque minuit, sans doute les autres étaient-ils au lit depuis longtemps.

- Tu n'arrives pas à dormir ?

Elle secoua la tête.

J'avais fait tout ce que je pouvais ce soir. *Tout était vendu...* maintenant il ne restait plus qu'à attendre que l'argent rentre. L'argent qui nous achèterait un avenir... *avec elle.*

J'ouvris les bras lorsqu'elle a contourné le bureau et s'est placée entre mes cuisses. Elle a jeté un coup d'œil aux chiffres qui défilaient sur l'écran.

- Désolée si je t'ai interrompu.

Le tonnerre dans ma poitrine ne faisait que s'amplifier.

- Princesse, dis-je en baissant le regard vers mon sweat qui couvrait son corps parfait. Tu peux m'interrompre quand tu veux, surtout quand tu es si jolie.

Elle me lança un petit sourire lorsque j'ai enroulé mes bras autour de sa taille et que je l'ai soulevée, l'asseyant sur le bord du bureau, puis j'ai poussé l'ordinateur portable plus loin.

- Nos frères ?

- Ils dorment, dit-elle en secouant la tête. Caleb dort dans une chambre et T est dans les vapes sur le canapé. J'ai mis une couverture sur lui et un coussin sous sa tête. Mais après le repas, ils se sont évanouis.

- On dirait bien, dis-je en souriant et en secouant la tête, passant ma main le long de sa cuisse nue jusque sous l'ourlet du sweat à capuche.

- J'adore quand tu portes mes vêtements.

- Ah oui ?

La sensation de palpitation dans mon cœur augmentait.

- Ouais, bébé. J'adore ça.

Je me concentrai sur la sensation qu'elle me procurait et ce désir au fond de moi remonta à la surface. Si seulement elle savait à quel point je l'aimais, putain...

Si seulement elle savait...

Elle passa une main le long du bord de ma mâchoire, ses ongles ont effleuré ma barbe alors qu'elle inclinait mon regard vers le sien. Dans la lumière vacillante de l'ordinateur portable, j'ai croisé son regard. Il était irrésistible, il s'écrasait sur ma poitrine, et mon corps réagit instantanément. Je ne m'étais jamais senti comme ça avant, jamais aussi... *à vif*.

J'ai glissé ma main entre ses genoux, écartant ses cuisses.

- Mes frères ont été un peu brutaux, murmurai-je, cherchant la vérité dans ses yeux. Ta chatte te fait mal ?

Elle commença à secouer la tête, puis s'arrêta.

- Juste un peu.

Je hochai la tête, et embrassai sa peau chaude.

- Alors laisse-moi la guérir en la léchant.

Je sentis ses doigts contre ma nuque. J'ai embrassé sa peau et fait glisser l'ourlet de mon sweat à capuche vers le haut alors qu'elle écartait les cuisses. Ce même désir qui m'avait rempli tous ces mois auparavant refit surface. Nous étions de retour dans la Mustang le lendemain de l'annonce des fiançailles de nos parents, dans le parc... et ce même désir flottait toujours entre nous.

- Montre-moi, princesse.

Les mêmes mots furent prononcés alors que je levais mon regard vers le sien.

- Montre-moi.

Elle prit une grande inspiration, puis écarta les jambes pour moi, tout en maintenant mon regard.

Ma gorge se serra, étouffée par l'émotion. Ce... petit bout de femme me faisait vriller. *Putain, elle me faisait vriller pour de bon.*

Plus que je ne le voulais.

Pourtant, elle était là...

C'est moi qui rompis le regard d'une voix rauque.

- Je vais trouver un moyen de nous sauver, princesse. Je vais trouver un moyen.

Elle répondit instantanément.

- J'en doute pas.

Il y avait tellement de foi dans sa voix, une pure conviction. Cela ne fit que rendre plus intense cette caresse douloureuse dans mon cœur. Elle m'aimait... *elle nous aimait tous*. Je baissai les yeux vers l'élastique de sa culotte et je glissai un doigt dessous.

L'amour...

Il me consuma alors que je poussais sa culotte sur le côté et que j'embrassais le haut de sa fente. Je voulais faire plus que la baiser. Je voulais la goûter, la savourer et la boire toute entière. Mais quand sa main trouva l'arrière de ma tête, je réalisai que ce n'était pas ça. Je voulais plus. J'attrapai le bord de sa culotte et la fit descendre.

- Soulève, princesse.

Elle a appuyé ses mains contre le bord du bureau et son talon a trouvé une prise contre le tiroir du bureau avant que son cul ne se soulève suffisamment pour que je puisse lui enlever sa culotte. J'ai laissé tomber la culotte en dentelle sur le bureau, elle était maintenant bien en face de moi alors que je plaçais mes mains sur ses genoux pour les écarter.

Je vis sa chatte rose entre ses cuisses dans la lumière vacillante. Son corps tremblait sous mes mains, me faisant chercher son regard. *Était-elle nerveuse... effrayée ?* Son corps vibrait-il autant que le mien ?

- Est-ce que ça va ?

Elle hocha la tête alors que je faisais glisser mes deux pouces sur les lèvres de sa chatte, les pressant doucement l'une contre l'autre en remontant jusqu'en haut. Je n'appuyais pas fort et je ne détournais pas le regard, je redescendais lentement, glissant sur sa fente, puis je remontai une fois de plus. Encore et encore, sans écarter ses lèvres, et chaque fois que je m'approchais de son clitoris, je relâchais un peu la pression, regardant les étincelles de tension dans son regard se transformer en quelque chose d'un peu plus proche du désir.

Elle remua un peu son cul.

Je reportai mon attention sur le mouvement de mes pouces rugueux. Mes mains n'étaient pas faites pour toucher quelque chose d'aussi parfait, d'aussi... *pur*.

- Je n'ai jamais eu autant envie de te baiser qu'en ce moment.

Son corps se balança alors que je me concentrais maintenant à son clito, que je me mis à caresser. Un gémissement s'échappa de sa gorge, grave et guttural, et ses doigts tremblaient alors qu'elle cherchait quelque chose à quoi s'accrocher.

- Tu peux te cramponner à moi, murmurai-je, puis j'ai penché la tête et léché le haut de sa fente.

Elle se mit à gémir lorsque j'ai fait glisser mes pouces sur sa chair tendre, dansant lentement sur la zone sensible de son clitoris. *Putain,* elle était mouillée... elle *brillait* sous la lumière de l'ordinateur.

Et alors que les chiffres clignotaient sur l'écran, vendant les millions que je possédais, j'ai penché la tête pour la lécher à nouveau.

- T'es à moi, chuchotai-je avant d'entrouvrir les lèvres de sa chatte et d'enfoncer ma langue dans son noyau. *À moi.*

Son corps se déhanchait, et sa main tirait mon visage plus fort contre elle. Je me redressai pour saisir la chair molle de son cul et je l'ai tirée vers moi jusqu'à ce qu'elle se tienne en équilibre précaire sur le bord du bureau.

- Allonge-toi, princesse.

J'entendis le bruit sourd de ses coudes frappant le bureau. Je l'ai allongée contre le bureau du patron de la mafia et j'ai léché le désordre que j'avais créé entre ses jambes.

- Oh, mon Dieu, dit-elle en levant une jambe, repliant son genou pour s'ouvrir en grand pour moi.

J'ai agrippé son cul et j'ai léché cette douce chatte du cul au clito, puis j'ai pris ce minuscule bouton dans ma bouche et j'ai senti son corps pulser.

- Comme ça, princesse, murmurai-je, relâchant une main pour glisser doucement deux doigts en elle.

Elle s'est trémoussée et a frémi. Je n'ai pas pu détourner le regard alors qu'elle se désagrégeait sous mon contact.

C'était plus que du sexe.

Plus que du désir.

Plus que de l'amour....

Il n'y avait pas les bons mots pour capturer cela.

Sa chatte se serrait autour de mes doigts alors qu'un liquide crémeux coulait de sa fente.

- Putain, tu es magnifique, chuchotai-je en regardant ma sœur jouir. Tellement parfaite, putain.

Elle gémissait et sa main est venue prendre la mienne, avec mes doigts toujours enfouis en elle, et alors que je la regardais, je fus frappé par une vague de terreur, si brutale qu'elle me coupa le souffle. J'ai fait glisser mes doigts en elle et j'ai serré le poing, m'accrochant à son désir aussi fort que je le pouvais.

Elle sembla sentir que quelque chose n'allait pas. Sa tête se redressa du bureau et ses yeux gris-bleu me trouvèrent dans la pénombre.

- Qu'est-ce qu'il y a ?

Je ne pouvais pas dire les mots, je ne pouvais pas trouver une issue à l'agonie qui s'était emparée de ma poitrine. Elle se redressa, la peur bougeant dans ses yeux, vivante et réelle et inquiète.

- Nick ?

Je détournai le regard vers les lumières qui scintillaient sur sa cuisse.

- Un jour, tu voudras plus que ça, dis-je. Tu voudras un mari et une famille. Tu voudras plus que ce que nous pouvons te donner.

Putain, les mots étaient comme de l'acide brûlant le fond de ma gorge.

- Quand ce moment viendra, on s'éloignera. J'en suis sûr.

On s'éloignera...

On s'éloignera.

On s'éloignera...

- Putain, qu'est-ce que tu dis ? dit-elle en se redressant davantage, sa voix faible, féroce et tremblante à la fois.

Je me forçai à rencontrer ces yeux innocents.

- Ryth, nous sommes ta...

- Famille, déclara-t-elle avec force. Mes amoureux. Mes frères. *À moi.*

Le bas de mon sweat à capuche retomba sur elle alors qu'elle me prenait le menton.

- Il n'y a *pas* d'échappatoire pour moi, tu ne l'as pas encore compris ?

Le léger gloussement de ma part était un réflexe, tout comme le petit mouvement de tête.

- Tu es encore jeune...

- Et tu es stupide si tu ne vois pas que je suis tombée amoureuse de toi. Nick. Je suis tombée amoureuse de vous trois. Je me fiche du mariage ou des enfants. Mais si un jour je veux avoir des enfants... et que vous aussi... alors... alors on verrait ça ensemble.

Des enfants ?

Une famille ?

Je revis dans mon esprit des taches séchées de sang, incrustées sur le sol. Pas une famille comme celle que nous avions eue avec notre père. Une vraie famille, qui n'est pas basée sur le mensonge et la trahison... *mais sur l'amour.*

Sur ce que nous avions...

Même si c'était interdit.

- Compris ? chuchota-t-elle.

- Compris, dis-je en hochant la tête.

- Bien. Je ne veux plus jamais entendre ça et je vais faire comme si je ne l'avais pas entendu. Je t'aurais bien chevauché tout de suite si mes jambes pouvaient supporter mon poids.

Un sourire se dessina aux coins de ma bouche.

- C'est normal, répondis-je. Tu me voles mon sweat-shirt et je te vole ta capacité à marcher... pendant un moment, au moins.

Elle sourit puis gloussa en me tendant les bras.

- Alors on dirait que tu ferais mieux de me porter à mon lit.

Je me levai de ma chaise, refermai l'ordinateur portable et lui tendis la main.

- Tout ce que tu voudras, princesse... tout ce que tu voudras.

Chapitre Vingt-Six

VIVIENNE

Fille…

Le mot me revint à l'esprit jusqu'à ce que la panique s'installe et que je me souvienne exactement où je me trouvais. J'ai ouvert les yeux, j'ai cligné des yeux jusqu'à ce que le flou disparaisse et j'ai projeté mon regard sur la minuscule lumière rouge clignotante de la serrure électronique.

Fille…

Je me suis redressée et ai balayé la pièce du regard tandis que ce mot m'obsédait encore et encore.

Fille.

J'étais pas sa fille. J'essayais de récupérer les souvenirs flous de ma mémoire, encore prise entre le monde éveillé et mes rêves. Non, ils n'avaient pas dit *sa fille*, mais ils m'avaient appelée ainsi et je ne comprenais pas pourquoi. J'ai repoussé les draps et me suis levée, enroulant mes bras autour de mon corps alors que je frissonnais. Il faisait froid ce matin. Un regard vers la douce lumière du soleil matinal et je réalisai qu'il était tôt…

Trop tôt pour lui.

Les pensées de la nuit dernière firent leur apparition, d'abord sous le coup de la panique. Qu'est-ce qui m'avait pris de descendre là-bas ? Qu'est-ce que j'espérais trouver ? Rien qui puisse me sauver... c'était certain. Ni de cet enfer, ni de l'Ordre.

Je suis entrée dans la salle de bain et j'ai jeté un coup d'œil aux caméras, détestant cette sensation de panique qu'il me regarde, et j'ai retiré la chemise de nuit rose pâle. *Traître.*

J'ai grimacé en jetant ma chemise de nuit au sol, et j'ai enroulé mes bras autour de mes seins avant d'entrer dans la douche. Je portais les vêtements qu'il choisissait. Le maquillage qu'il me donnait. Je faisais tout ce qu'il voulait, même si cette chose hurlante à l'intérieur de moi se débattait et hurlait en réponse.

Cela n'avait pas d'importance.

Rien de tout cela n'avait d'importance.

La vapeur s'éleva instantanément dans la cabine de douche lorsque j'ouvris les robinets, me permettant de laisser tomber mes mains et de me retourner. Lorsque j'ai levé les yeux, la lumière clignotante de l'appareil était floue, étouffée par la buée sur la vitre. J'ai penché la tête en arrière et fixé le flou chatoyant jusqu'à ce que je ferme enfin les yeux.

Je me suis lavé les cheveux avec ses produits pour avoir l'odeur qu'il désirait. Tout ce qu'il exigeait. Tout ce qu'il contrôlait.

Il fallait que *je sorte d'ici.*

Le besoin était pressant.

Je devais trouver un moyen de reprendre le contrôle, car sinon... *je me perdrais à jamais.* L'idée était terrifiante. Je me suis retournée pour fermer les robinets et couper l'eau. La vapeur restait encore, chaude et humide alors que j'inspirais, puis j'ouvris la cabine de douche et sortis.

Seulement, je n'étais pas seule...

Il se tenait là.

Les bras croisés.

Les yeux sombres fixés.

La malice brûlait dans son regard.

Ce qui me fit frissonner.

London ne dit rien alors qu'il prenait une épaisse serviette blanche en haut de la pile avant de s'avancer vers moi. La peur me clouait sur place, alors même que mon cœur battait la chamade et que mes genoux faiblissaient.

- Ce que tu as fait hier soir était imprudent, dit-il, en faisant glisser la serviette sur mes épaules. Mais je peux comprendre pourquoi tu l'as fait. C'était une erreur de jugement momentanée de ta part. Un vestige de ton passage dans l'Ordre, mais il faut que tu t'adaptes à ton nouvel environnement. Que tu prennes ta place.

Ma place.

Ce ton venimeux me faisait peur.

- Lève les bras, ordonna-t-il.

Mes mains tremblaient lorsqu'elles s'élevaient dans les airs, il essuya les perles d'eau qui coulaient sur les côtés de mes seins et déplaça mes longs cheveux sur le côté, épongeant les mèches qui gouttaient. Je détestais la façon dont mon esprit prenait le dessus, la manière dont il me faisait me sentir jeune et faible, effrayée et vulnérable.

- Donc, je vais passer outre ton erreur, dit-il en faisant glisser la serviette le long de la ligne de mon dos et sur la courbe de mes fesses, s'attardant un peu. Mes sens étaient en feu, je scrutais ce regard paralysant tandis qu'il examinait mon corps.

Il ne peut pas me toucher…

Il ne peut pas me baiser...

Il ne peut pas me faire de mal...

Boum.

La serviette tomba sur le sol à mes pieds. Je fixais le mur pendant qu'il se déplaçait, attrapait une bouteille de crème de luxe sur le comptoir avant d'ouvrir le couvercle.

- Sinon, je pourrais penser que tu as besoin d'une petite correction, Vivienne, dit-il en faisant gicler la lotion blanche crémeuse dans sa paume avant de se tourner vers moi. Que ce besoin fougueux en toi nécessite une poigne plus ferme.

J'ai fermé les yeux alors que sa main se déplaçait le long de la partie inférieure de mon bras.

Ma gorge se serra et le dégoût me brûla lorsqu'il étala la crème sur mon ventre. J'ai su instantanément où cela allait mener. Sa main saisit ma poitrine, il étalait la crème en dessous avec ses doigts tandis que son pouce effleurait mon téton.

Il ne détournait pas les yeux.

Parce qu'il aimait ça.

L'humiliation.

La douleur.

Il baissa les yeux alors qu'il effleurait mon téton une fois de plus. Il se contracta. L'excitation brillait dans ce regard dégoûtant.

- Je dois faire tes jambes aussi, dit-il, sa voix dénuée de l'émotion qui faisait rage dans ses yeux. Une émotion qu'il me cachait. Maintenant.

Il essayait de la cacher.

Maintenant.

Comme il l'avait fait hier soir.

Comme il l'avait fait avant.

Chaque fois qu'il était près de moi, c'était comme s'il luttait contre quelque chose, il me repoussait et me désirait à la fois, incapable de supporter l'idée de moi et pourtant... pourtant... *pourtant il avait envie de moi.* Cette pensée transperça mon esprit comme une épine lorsqu'il fit un pas sur le côté avant de désigner le lit d'un signe de tête. Je le voyais maintenant, je voyais au-delà du contrôle et de la cruauté. Je voyais cet homme, l'homme au sang chaud qui était entré dans ma chambre. J'allai dans la chambre et vis mes vêtements posés soigneusement sur le lit.

L'homme qui disposait mes vêtements tous les matins, et qui régissait ce que je portais pour dormir.

Qui était venu à mon secours lorsque j'avais été entre les griffes des deux hommes qu'il appelait *fils*.

Qui m'avait fait sortir de l'Ordre...

Et les avait forcés à me donner à lui.

- Assieds-toi.

Je me retournai et fis ce qu'il demandait en m'asseyant sur le lit. Il ne regardait pas dans ma direction, il se concentrait sur la tâche à accomplir maintenant que j'étais malléable et docile.

J'étais malléable... et *docile.*

Il s'assit à côté de moi et tapota sa cuisse.

- Ton pied.

Je me suis figée et mon cœur battait la chamade dans mes oreilles tandis que je murmurais :

- Non.

Il me regarda avec un éclat sauvage et féroce.

- Non ?

- N-non.

Il y eut une seconde de silence glacial avant qu'un tressaillement surgisse au coin de son œil. Puis il s'élança en un instant, me saisit la gorge et me poussa contre les oreillers.

- *NON ?* cria-t-il alors que la fureur remplissait son regard et qu'il me dominait. *Il n'y a pas de NON qui tienne quand tu me parles, tu comprends ça ?*

Je ne pouvais pas bouger.

Sa main se resserra alors qu'il me secouait.

- *TU COMPRENDS ?*

Non...

Non, je ne comprenais rien de tout ça.

Son regard se plissa alors qu'il me clouait au lit. Une respiration saccadée survint dans le sillage de sa colère, d'une chaleur brûlante alors qu'il fixait mes lèvres entrouvertes, puis s'approchait de moi. Il retira sa main de ma gorge.

- Tu crois que je joue à un putain de jeu ? dit-il en posant ce regard violent vers le mien. Tu n'as aucune idée des choses que j'ai faites pour t'avoir. Aucune idée de...

Il s'est arrêté, s'est renfrogné et a regardé ma bouche avant de serrer les dents et de reculer.

- Alors quand je te dis de lever ton putain de pied, Vivienne, lève ton pied.

Il s'est reculé davantage. Je ne bougeais pas, mon regard rivé sur lui alors qu'il se redressait, réfléchissait avant de dire :

- Essayons encore une fois. Ton pied.

Il se pencha, attrapa le flacon de crème sur le sol et se redressa.

Mais s'il pensait que son emportement m'avait fait peur...

Alors il avait tort.

Il avait tort parce qu'il ne pouvait pas me briser.

Parce qu'il ne me connaissait pas.

Parce que je n'avais pas de frères pour venir me sauver et pas de mère qui se soit un jour souciée de moi.

Parce que je n'avais que moi... *et seulement moi.*

Je lui ai tendu mon pied et j'ai posé mon talon sur sa cuisse. Mais je ne me suis pas redressée du lit, je ne me suis pas couverte, ni cachée du tout. Quand il tourna la tête, j'ai levé mon autre jambe et écarté mes cuisses, le laissant voir ce qu'il voulait voir...

- Tu me désires tellement, chuchotai-je en commençant à me caresser les seins. Alors, prends-moi.

Il me fixait en serrant les dents, le regard rivé sur la jonction de mes cuisses.

- Tu sais que je me suis masturbée quand tu es parti la dernière fois, chuchotai-je. Parce que tu me regardais.

J'ai fait glisser ma main sur mon ventre jusqu'à mon nombril, effleurant le sommet de mon monticule.

- Tu veux mettre ta bite en moi. Tu veux me sentir, me goûter.

Il s'est léché les lèvres.

- Tu veux m'emmener dans ta cave.

Sa mâchoire se contractait.

Et à chaque seconde de silence, je devenais plus forte.

Jusqu'à ce qu'en poussant un grognement, il jette la crème sur le lit à côté de moi, se lève et sorte.

Boom !

Je sursautai au claquement de la porte.

Mon cœur résonnait dans ma poitrine.

Un rythme lourd et paniqué, jusqu'à ce que je me hisse du lit et cours vers la salle de bain... *pour vomir*.

Chapitre Vingt-Sept

RYTH

Le souffle d'une respiration me réveilla. Un contact léger comme une plume effleura mon bras, me tirant de plus en plus haut vers la réalité. La chaleur se pressait contre mon dos, me poussant plus fort à chaque respiration. J'ai ouvert les yeux et je vis la grande main de Nick glissant vers le bas pour trouver la mienne. Je fus happée par la vue de ses mains, de ses longs doigts qui s'enroulaient. Des doigts qui me faisaient sentir si bien. Leur seule vue me faisait trembler. La chaleur flamba avec le souvenir et, pendant une seconde, ce fut le bonheur, où le monde était parfait et immobile, jusqu'à ce qu'à travers les fissures de mon esprit, un murmure se glisse.

Un jour, tu voudras plus.

Tu voudras un mari et une famille.

Quand ce moment viendra.

On s'éloignera.

On s'éloignera.

On s'éloignera...

Je me tournai dans ses bras, détestant la douleur de ces mots. Ses yeux brun doré rencontrèrent les miens.

- Bonjour, murmura-t-il.

- Bonjour, dis-je en souriant, cachant ma douleur.

- Bien dormi ?

- Ça va. Et toi ?

Il y avait une lueur d'attention.

- Oui.

- On est de retour à la maison, dis-je, surtout pour me rassurer.

- Pour quelques temps.

- Tu as bien travaillé hier soir ?

- Ouais, bébé, dit-il en me prenant le menton.

Je fermai les yeux alors qu'il m'embrassait, puis il me tira vers lui, mais il ne s'agissait pas de sexe. Il s'agissait de complicité, d'amour. De prendre enfin une bouffée d'air frais au milieu du chaos. Je ne respirai pas seulement l'air... je le respirais lui. Je me redressai, l'embrassant une fois de plus, puis j'ai enroulé mes bras autour de lui avant de m'affaler et de poser ma tête contre son torse.

Le lourd bruit sourd de son cœur résonnait dans mes oreilles, régulier et lent. J'ai réalisé que je n'avais jamais entendu un son plus parfait. Les pensées d'hier soir me revinrent brutalement, ses mains, sa bouche, puis le bureau. Je voulais lui demander ce qui avait été si important pour qu'il s'enferme aussi longtemps dans le bureau, j'avais l'impression que c'était en quelque sorte important. Je ne voulais pas qu'il me cache des choses.

Comme la façon dont tu lui caches des choses, en fait ?

Cette pensée m'éloigna de ce sentiment de bien-être parfait. La chaleur me monta aux joues. Les mains de Nick glissèrent sur mes épaules. Mais j'étais gelée par cette sensation, plongée dans le froid.

Quand vas-tu leur dire la vérité ? La vraie vérité...

J'ai fermé les yeux très fort.

Le souvenir d'une main autour de ma gorge me revint.

Me repoussant contre le mur.

Ces doigts.

Ces putains de doigts cruels.

Je vais te baiser si fort que tu vas voir des étoiles.

Mon corps se contracta de dégoût lorsque la voix de Nick a retenti.

- Hé ho.

J'ai dégluti, ouvert les yeux, et j'ai incliné mon regard vers le sien.

Il y avait une lueur d'inquiétude, il plissait le front. Il a ouvert la bouche pour parler, et j'ai été remplie de terreur. *S'il te plaît, ne me demande pas... s'il te plaît, ne me fais pas dire...* jusqu'à ce que le tonnerre de pas survienne et que le rugissement de Tobias remplisse l'air.

- Il est parti, putain !

Nick jeta son regard sur la porte de la chambre lorsque Tobias fit irruption, en short de course et dégoulinant de sueur. Mais c'est la rage dans son regard qui m'a surprise quand il cria.

- Je te jure, s'il fait quoi que ce soit... s'il fait ne serait-ce que...

- Qui ? demanda Nick en repoussant la couette.

- Ce con de Caleb, à ton avis ! dit Tobias en passant ses doigts dans ses cheveux avant de me regarder et de jeter un coup d'œil au lit.

J'ai regardé Tobias puis Nick et j'ai lentement secoué la tête.

- Il est parti ?

- En voiture.

- La nôtre est là, mais une des Rossi a disparu. Il l'a prise, putain.

Nick attrapa son jean froissé à côté du lit et l'enfila.

- Il y a combien de temps ?

- Je sais pas, grogna T, en réfléchissant. Je l'ai pas entendu quand je me suis levé. Je pensais utiliser la salle de sport...

- Je m'en occupe.

Nick quitta la chambre sans même prendre la peine de mettre une chemise.

Je l'ai suivi, me glissant hors du lit pour le rattraper.

- S'il est retourné là-bas, grogna Tobias. S'il est retourné à l'Ordre, qu'il y reste, putain.

J'ai pointé mon regard vers le sien alors que la peur me traversait.

- Ne dis pas ça, dis-je en serrant la mâchoire. Ne t'avise pas de dire ça.

Si tu savais...si seulement tu savais putain...

Nous avons traversé la maison à toute vitesse, tournant à la cuisine pour nous arriver devant l'énorme garage à six places. L'argent et le noir brillaient quand Nick a allumé les lumières. J'ai instantanément concentré mon attention sur l'espace vide, tout comme Nick.

- Merde, marmonna-t-il.

Merde...merde...merde...

- Et s'ils l'ont trouvé ? chuchotai-je en fixant cet espace vide. Et s'ils...

Nick a attrapé son téléphone, a appuyé sur un bouton et l'a porté à son oreille.

- Oui, c'est Nick. La voiture qui est partie ce matin, où allait-elle ?

Les gardes... c'est eux qu'il appelait. Ça devait être ça.

- Ouais, Ben l'a envoyé...et il n'a pas dit où ? Il ne vous a rien dit ?

La voix de Nick devenait plus froide et plus sombre à mesure qu'il parlait. T faisait les cent pas dans le garage entre la Maserati noire et l'Audi argentée de luxe.

- Ouais. Merci, répondit Nick avant de mettre fin à l'appel. Le garde a dit que Ben l'a envoyé quelque part.

- Ben ? chuchotai-je en les regardant. Pourquoi il aurait envoyé Caleb ? Je ne pensais pas qu'il le connaissait si bien ?

Tobias arrêta de faire les cent pas, il fixa le sol.

- Moi non plus.

- Donc, on appelle Ben, dit Nick. Et on lui demande ce qui se passe.

Quelque chose frissonna le long de ma colonne vertébrale.

Quelque chose qui n'était pas normal.

Une piqûre... une douleur.

Un reste de pensées d'il y a quelques instants.

Que voulait Ben avec Caleb ?

Nick avait attrapé son téléphone, son doigt planant au-dessus du bouton, lorsque la porte du garage a fait un bond, puis s'est lentement levée. Je tressaillis en regardant la Mercedes argentée s'avancer vers nous.

- Je vais le tuer, murmura Tobias dans son souffle lorsque Caleb se gara et coupa le moteur.

Nick fut le premier à s'avancer, traversant l'espace au moment où Caleb sortit. Il a attrapé son frère par la chemise et l'a poussé contre la voiture.

- Putain, t'étais où ?

Mais Caleb ne disait rien.

Il était revenu à ce regard froid et dur, celui que je connaissais si bien. Un regard dans ma direction et mon estomac fut lourd comme une pierre.

- Réponds-nous, C, dit Tobias, les mains serrées en poings. Réponds-nous tout de suite, putain.

- Je suis revenu, non ? répondit Caleb.

Au début, je ne comprenais pas ce qu'il voulait dire... jusqu'à ce que je réalise. *Il est revenu, et s'il est revenu, alors il est allé...*

- Tu es allé là-bas ? Dans ce putain d'endroit ? cria Nick en poussant Caleb en arrière.

Il était pressé contre la voiture, laissant à Nick le soin de créer la distance. Il fit un pas en arrière.

- Tu as passé un marché, c'est ça ? Tu as passé un putain de marché ?

La douleur surgit dans le regard de Caleb.

- Non, et je n'étais pas à l'Ordre.

- Alors si tu n'es pas allé à l'Ordre, rétorqua Nick. Tu étais où ?

Caleb jeta un autre regard dans ma direction, et la peur m'emporta alors qu'il répondait :

- Je suis allé voir Killion.

Tobias se raidit. Nick restait immobile.

- Pourquoi ? dit-il en faisant un petit pas vers son frère. Pourquoi aller là-bas... et pourquoi y aller tout seul, putain ?

- Il ne m'a pas dit.

Nick s'est penché plus près.

- Comment ça, *il ne l'a pas dit* ?

Mais Caleb me fixait.

- Tu n'irais pas là-bas sur sa simple demande, dit Nick. Pas sans une raison valable, une putain de bonne raison.

Caleb a légèrement secoué la tête, comme s'il voulait dire "*Je suis désolé*"... jusqu'à ce qu'un signal sonore provienne de sa poche. Ses yeux sont devenus plus tristes alors qu'il sortit son téléphone.

- Sur haut-parleur, Caleb, prévint Nick. Ou je vais supposer le pire ici, et je ne pense pas que tu veuilles ça, frérot.

Il n'y avait pas le choix.

Il n'avait pas le choix.

Je le regardais quand il a appuyé sur le bouton et répondu à l'appel.

- Ben.

- *Caleb*, dit-il d'une voix rauque à l'autre bout du fil. Tu as l'information que je voulais ?

- Oui, répondit C. Mais il y a une complication.

- *Une complication ? Quel genre de complication ?*

- Ce genre-là, répondit Nick, en fixant son frère.

Il y avait un silence à l'autre bout.

- Tu veux me dire ce qu'il y avait de si urgent pour que notre frère parte seul à la recherche d'une merde comme Killion ?

- Nick, commença Ben. Il, euh...

La façon dont Caleb me regardait...la façon dont il essayait désespérément de cacher la raison. Mais je savais... peut-être qu'au fond de moi, j'avais toujours su qu'on en arriverait là. À ce jour...*ce moment*. Cette putain de chambre où Killion m'avait arraché ma chemise de nuit blanche après avoir signé le contrat que le Principal lui avait donné.

- C'est l'enregistrement, n'est-ce pas ? chuchotai-je.

Le silence s'est installé. Nick a tourné la tête vers moi, suivi par Tobias.

Et à travers le haut-parleur, Ben a répondu :

- Oui.

J'ai fait un lent signe de tête, puis j'ai reculé.

- L'enregistrement ? s'exclama Tobias. Quel putain d'enregistrement ?

Je fis un pas en arrière.

- Quel putain d'enregistrement, Ryth ?

Il y avait de la douleur dans la voix de Tobias, de la douleur et de la peur.

- Ryth, dit Ben à travers le haut-parleur. Que dois-je faire ? Un seul mot, et je vais trouver ce bâtard. Et tout disparaîtra, maintenant, à cet instant. Tout sera fini.

J'ai fermé les yeux.

Pourquoi ?

Pourquoi avait-il divulgué l'enregistrement maintenant... qu'espérait-il gagner ?

La réponse était simple : *sa propriété.*

C'est comme ça qu'il me voyait. C'est ainsi qu'il me contrôlait. Il humiliait, il utilisait les femmes. *Il...il...il...*

- Ryth ? répéta Ben.

Il était trop tard maintenant, trop tard pour cacher la vérité, parce que les seules personnes que je devais protéger de cet enregistrement se tenaient ici même dans ce garage.

- Nous voulons le voir, murmura Caleb. Ryth, regarde-nous... nous voulons le voir. Nous devons le voir.

J'ai serré les yeux si fort que ma tête trembla, jusqu'à ce que quelque chose en moi se brise. J'ai ouvert les yeux et les ai regardés l'un après l'autre. *Je ne vous ai jamais rien demandé, ai-je plaidé dans ma tête. Je ne vous ai jamais demandé la moindre chose et c'est moi... c'est moi qui vous le demande maintenant.*

- On se posera toujours la question, chuchota Tobias. On imaginera toujours le pire. Est-ce le genre de futur que tu veux pour nous ? Crois-moi... j'ai les pires images en tête.

La façon dont il l'a dit, si calme, si contrôlé. Ça a déchiré quelque chose en moi. Il avait raison. Je savais qu'il avait raison. Le monstre que Tobias pouvait devenir le tuerait. Il nous tuerait tous. Pourrais-je permettre que cela se produise ? Pourrais-je permettre à ce que nous avions de simplement... être détruit ?

- Envoie-le, dis-je. Envoie-leur l'enregistrement.

- Ryth... murmura Ben.

- Ils doivent savoir, alors fais-leur savoir.

Je ne pouvais pas supporter le silence, ni le bip quand la notification est arrivée.

J'étais coincée entre rester et partir, clouée sur place alors que Nick et Tobias se rapprochaient et que Caleb lançait l'enregistrement sur son téléphone.

- *Stop ! STOP ! Enlève tes sales pattes de moi ! LÂCHE-MOI ! NICK ! NICK !! TOBIIIAAASSS ! TOBIAS S'IL TE PLAIT...TOBIAS S'IL TE PLAIT ! Tobias... Tobias s'il te plaît... Tu aimes ça ? Oui, tu aimes ça, putain. Ta chatte est si serrée même après avoir pris les trois. Est-ce qu'ils t'ont bien baisé ? Ah... est-ce qu'ils t'ont doigté la chatte comme ça ? Je vais te baiser... Je vais te baiser jusqu'à ce que tu voies des étoiles...Ryth ! RYTH ! Putain...NON ! Elle ne doit pas être blessée, c'est l'ordre du Principal.*

J'ai fermé les yeux pendant que la scène se déroulait. Mes doigts tremblaient en touchant mon cou, je sentais encore ses mains. Quand l'enregistrement fut terminé, j'ai cru que je n'entendrais plus jamais de son. À part les battements de mon cœur. Je n'entendais que ça. *Boum, boum, boum...*

- Je retire tout, chuchota Tobias. Je retire tout ce que j'ai dit. Il n'y a rien qui se compare à ça...

- Ryth, dit Nick.

Les larmes sont venues, lentement et silencieusement, me brûlant alors qu'elles coulaient sur mes joues.

- Ryth, regarde-nous.

Je levai les yeux, trouvant mes trois demi-frères qui me fixaient. *Tristesse. Douleur. C'est ce qui m'attendait.*

Nick fit un petit mouvement de tête.

- J'aurais aimé que tu nous le dises.

Un râle douloureux s'échappa de moi.

- Pourquoi ? Pour que tu puisses me regarder comme tu me regardes maintenant ?

- Si seulement j'avais été plus rapide, gémit Caleb. Si seulement je m'étais défendu.

- Mais tu ne l'as pas fait, et je ne l'ai pas fait, et un million d'autres choses qui auraient pu changer ce qui s'est passé ne se sont pas produites du tout. Rien n'est arrivé. Rien sauf lui.

Avec ces mots, la tristesse est partie.

Avec ces mots, quelque chose d'autre est venu.

Quelque chose qui montait à l'intérieur de moi.

Se craqua.

Se brisa.

Se reformant à nouveau.

J'étais une personne différente lorsque j'étais sortie de cette pièce. Je le savais, *je l'avais ressenti*. Comme la mort et la renaissance en une seule fois. Je m'étais déshabillée et j'avais perdu mon innocence, seulement je n'avais plus de vie en moi. J'étais... rien. Vide. Un creux. *Perdue*. Quand ils m'ont dit que Tobias était mort, j'étais devenue encore plus perdue, encore plus vide. Encore plus effrayée.

J'ai déplacé mon regard vers celui qui tenait le téléphone.

Celui qui m'avait ramenée.

Qui m'avait modelée de ses propres doigts en une *femme nouvelle*.

- Ça ne change rien, dit Caleb.

- Alors ce qui m'est arrivé n'a servi à rien, dis-je en soutenant son regard. Et c'est pire que le viol.

Il tressaillit.

Comme auparavant, je sentis ce changement en moi, ce glissement. Le mouvement, la création. Mes mains se sont serrées d'elles-mêmes. Ce bourdonnement à l'intérieur de moi n'était pas un besoin désespéré de fuir. C'était un besoin de courir vers, de saisir cette nouveauté qui tremblait avec la première lueur de vie et de l'enfoncer en moi.

De m'étouffer.

Pour renaître.

- Je vais le tuer, dis-je.

- Non, dit Tobias en faisant un pas en avant pour réduire la distance entre nous. Quand j'ai regardé ses yeux, j'ai vu cette nouveauté qui me fixait. On va le tuer, putain.

- C'est pour ça que je suis allé le chercher, expliqua Caleb. C'est pour ça que j'ai traqué ce bâtard. Je voulais que ce soit nous.

- T'es à nous, princesse, grogna Nick, les mains recroquevillées en poings. *Tu es à nous...* et nous prenons soin des nôtres.

- Alors on va s'occuper de ce tas de merde, dit Tobias sans détourner le regard de moi. Ensuite, on te ramène à la maison et on te montre à quel point tu comptes pour nous.

J'ai levé le menton, et j'ai murmuré :

- Oui.

Chapitre Vingt-Huit

TOBIAS

TOBIAS ! TOBIAS S'IL TE PLAÎT !

Ses cris raisonnaient dans mon esprit, je n'entendais plus rien d'autre. Elle avait crié mon nom... *elle avait crié mon nom.* Entendre sa voix fit s'effondrer quelque chose en moi. Je pris son menton et regardai

Au fond de ses yeux. *Sois l'homme... l'homme dont elle a besoin. Sois cet homme-là ou je te jure que... je prendrai moi-même cette balle.*

- On prend soin des nôtres, petite souris, tu comprends ?

Quelque chose trembla dans son regard, puis il y eut le scintillement des larmes derrière la lueur sauvage.

- Oui.

On prend soin des nôtres...

La haine montait en moi. J'avais goûté à cette haine. Dans les heures les plus sombres, quand ils me l'avaient enlevée, je l'avais sentie dans ma bouche. Ce goût amer fleurissait à nouveau dans le fond de ma gorge. Mais alors que je me tenais là et que je la regardais dans les yeux, je me réjouissais de ce goût.

- Alors on va le buter.

- Ensemble, dit-elle.

Elle s'accrochait à cette haine, la goûtant pour la première fois. Putain, j'eus l'impression qu'un train de marchandises me frappait. La voir comme ça, les mains serrées sur les côtés, et ce regard de rage pure et froide.

Pure...

Elle était si pure pour moi.

D'abord sa virginité.

Maintenant sa haine.

Mais la pensée d'elle--je baissai les yeux vers ses mains parfaites serrées contre ses cuisses--la pensée d'elle avec ses mains couvertes de sang était presque trop dure à supporter.

- Je peux le faire tout seul si tu le veux.

Ces mots étaient faibles, trop faibles pour la malice qu'ils voulaient exprimer. Je ne m'étais jamais senti comme ça avec quelqu'un avant, jamais senti aussi brut et déterminé. Je ne m'étais jamais senti si... *altruiste.*

- Non, dit-elle en secouant la tête. Les muscles de sa mâchoire se sont contractés. J'ai envie de le faire.

- Alors on fait ça à notre façon, compris, petite souris ? Parce que si tu crois que je vais prendre encore un seul putain de risque avec toi, alors tu vas être surprise.

Ses yeux devinrent ronds.

- C'est à notre manière ou pas du tout.

Elle s'est renfrognée et bordel, si cette conversation n'était pas aussi sérieuse, ça en serait presque mignon.

- Très bien, dit-elle.

- Bien, répondis-je, avant de me retourner vers mes frères. D'accord ?

Nick jeta un coup d'œil à Ryth, et Caleb aussi. Ils n'aimaient pas ça. Non, mes frères n'aimaient pas ça du tout. Ils la voulaient aussi éloignée que possible de ce foutu bordel que moi. Mais comme moi, ils comprenaient.

Notre petite sœur était enfin l'une des nôtres.

- Et cette fois, on aura besoin de l'aide des Rossi, ajoutai-je.

J'utiliserais leurs fichus snipers et leurs anciens Marines. J'utiliserais tous ceux que je pourrais pour m'assurer qu'elle s'en sorte saine et sauve... parce qu'après avoir entendu cet enregistrement, après avoir entendu ce que cet enfoiré ignoble, cette ordure, lui avait fait--il n'y avait aucune chance que nous laissions ce tas de merde en vie.

- D'accord, répondit Nick.

Je reportai mon attention sur Caleb. Notre loyauté était bancale... sacrément bancale. Pourtant, il hocha lentement la tête.

- D'accord.

- Alors on fait ça, dis-je en me tournant, effleurant mes lèvres sur sa joue. Je vais trouver un plan et je vous tiens au courant.

Elle hocha la tête et je ne m'étais jamais senti aussi fier de ma vie. C'est cette fierté qui restait avec moi lorsque je les laissais pour aller à la salle de gym dans l'aile Est de la maison. Mais je n'avais aucune intention de remonter sur le cross-trainer. Ma satanée jambe avait été poussée à ses limites. À la place, je profitai du calme, je sortis le téléphone de ma poche et composai le numéro de Ben.

Il répondit avec un soupir.

- J'attendais ton appel.

- Je suis prévisible, hein ?

- Pas du tout. Je dirais plutôt... investi, non ?

Je serrai le téléphone dans ma main et ce poids familier de la trahison envahit mon cœur.

- Tu aurais dû venir me voir.

- Vraiment, pourquoi ça ?

Ce salaud avait presque l'air indifférent.

- Parce que... parce que...

- Parce que tu es investi, Tobias.

- Nous sommes tous investis, putain, grognai-je dans le téléphone.

- Oui, mais Caleb savait qu'il allait créer des ennuis. Il savait qu'au moindre faux pas, tu ferais ce que tu fais de mieux, c'est-à-dire détruire. En plus, Caleb connaît bien ces hommes mieux que tu ne le pourrais jamais.

La chaleur me brûlait le visage.

- Tu dis que mon frère peut la protéger mieux que moi ?

- Pas du tout.

Il était si calme, si contrôlé, putain. J'avais envie de traverser le téléphone et de l'étrangler. La douleur me cinglait le cœur, suffisamment pour me faire reprendre mon souffle et courber les épaules. Je fermai les yeux alors que le tonnerre dans ma tête s'installait.

- Parce que je peux la protéger. Je peux la garder en sécurité.

- Je sais que tu peux, fiston, mieux que quiconque à ce stade.

J'ouvris les yeux quand il reprit :

- Parce que tu l'aimes, ajouta Ben. Je l'ai su à la seconde où je t'ai vu. Je l'ai su en un regard, un mot... un appel menaçant.

Je secouai la tête.

- Je ne t'ai pas menacé.

- Ah non ? Ce n'est pas de ça qu'il s'agit ?

- Non, dis-je en secouant la tête, mais au fond de moi, je savais qu'il avait raison. J'ai appelé parce que j'ai besoin de ton aide.

- Tu sais que je suis toujours là, je l'ai toujours été. Tobias, tu es un comme fils pour moi, je ferai tout ce que je peux pour toi, tu as juste à le demander.

- Tes hommes. Ceux qui surveillent la baraque. Il nous en faut deux compétents.

- Très bien, répondit-il, mais je veux que tu sois prudent sur ce point, Tobias. Ces hommes sont dangereux. Leur relations... leur réseau. Ce n'est pas comme ce à quoi tu es habitué. Punaise, ce n'est même pas ce à quoi je suis habitué.

Il y avait de la peur dans ses mots, une vraie peur. Le genre de peur que je n'aurais jamais cru entendre de la part de quelqu'un comme Benjamin Rossi. Je savais qu'il était parti aider Lazarus et je savais aussi que ce connard était lié à l'homme qui possédait l'Ordre.

- Laz ?

- Il est en sécurité, dit-il, et une forte bouffée d'air remplit mon oreille. Tout comme Katerina VanHalen. Mais Hale est un homme sauvage et dangereux, et pour le moment il panse ses blessures. Tu ne veux pas croiser un homme comme ça. Et tu ne veux pas de lui comme ennemi.

Mon esprit s'emballait, cherchait.

- Tu as parlé de ce type, King. Il semble être le genre d'homme que Hale ne veut pas comme ennemi.

- Non, c'est sûr.

Ce bourdonnement dans ma tête ne faisait que s'amplifier.

- Et tu ne peux pas contacter ce King ? Pour voir s'il y a un moyen de faire sortir son père ?

- Je l'ai contacté, mais jusqu'à présent, je n'ai pas eu de réponse. Mais tout ce que j'ai entendu sur ce type me fait penser que c'est un fantôme. Ce ne sont que des rumeurs.

- Mais il est impliqué, non ? Il est impliqué avec son père.

Il y avait un silence à l'autre bout, le genre de silence qui me fit retirer le téléphone de mon oreille et vérifier la réseau. Mais la minuterie tournait toujours.

- Ben ?

- Son père n'est pas la vraie raison de l'implication de ce type. L'une des rares choses que Jack m'a dites à son sujet, c'est que cet homme ne l'a aidé qu'à cause de Ryth.

- Ryth ? Pourquoi ?

Mon sang devint glacial.

- Il ne me l'a jamais dit.

Je me forçai à parler à travers mes dents serrées.

- Et tu n'as pas insisté ?

- Comment pouvais-je savoir qu'elle serait importante pour toi ? Pour autant que je sache, c'était une affaire privée d'un de mes amis les plus proches, il m'a demandé de rester en dehors de ça, alors j'ai respecté ses souhaits.

Comment pouvait-il savoir ? Comment l'un d'entre nous aurait-il pu savoir ?

- Tout ce dont je me souviens, c'est que King voulait la rencontrer.

Ces mots me firent chavirer. Il voulait la rencontrer, avait mis en place des accords privés et menacé ces salauds pour la faire libérer. Un homme comme ça, lié à d'autres comme Haelstrom Hale, ne signifiait qu'une chose... il voulait Ryth pour lui tout seul.

- Ça n'arrivera jamais, dis-je avec une voix creuse et étrange. Tu entends ? Ça n'arrivera jamais... *Jamais...*

- Je comprends, répondit Ben, et pendant une seconde, j'oubliais qui il était.

J'oubliais que cet homme m'aimait comme un père, comme un vrai père et pas le genre qui tuerait son propre sang pour sauver sa peau.

- Mon père était...

- Faible.

Je déglutis de toutes mes forces.

- Oui, il était faible.

- Je ne te trahirai jamais, Tobias, tu n'as pas à t'inquiéter de ça venant de moi.

Le soulagement m'envahit.

- Je sais.

- Bien. Je vais préparer mes hommes pour toi, tout ce que tu as à faire est de me demander, et fiston...

- Ouais ?

- Quand ce sera fini, je veux que tu reviennes. Je veux que tu oublies les différends que tu as avec Lazarus et que tu reviennes, ok ?

Putain. Ma gorge serrait, une bosse trop grosse se formait pour que je puisse parler. Je ne pouvais que hocher la tête. Peut-être que c'était suffisant. Peut-être qu'il n'attendait que ça.

- Le sang ne signifie rien. Pas quand ton cœur est en ligne de mire. Protège-toi, fiston. Protège-toi et garde ta famille en sécurité. Appelle-moi si tu as besoin d'autre chose.

- Je le ferai, dis-je avant de mettre fin à l'appel.

Chapitre Vingt-Neuf

RYTH

- Tu sais ce que tu dois faire, n'est-ce pas ? dit Tobias sans me regarder, son attention était fixée sur l'Explorer bleu foncé garé plus loin dans la rue.

Les phares étaient éteints, mais il y avait eu du mouvement quelques instants plus tôt derrière les vitres teintées sombres. Il y avait quelqu'un à l'intérieur ; deux personnes, sûrement.

Je déglutis en essayant de calmer ma respiration.

Nous étions garés une rue derrière notre cible. Nous étions stationnés là, derrière les broussailles envahissantes de la maison à l'angle de la rue, depuis une heure. Mais peu importe depuis combien de temps nous étions là, je ne pouvais toujours pas arrêter les tremblements, ni de mes doigts ni de mes genoux. Je les tenais fermement pour bloquer le mouvement de mes jambes.

- On trouvera un autre moyen, dit Tobias en se tournant pour me regarder. Tant pis. On trouvera un autre moyen.

Je secouai la tête.

- Non. Je veux le faire.

Il secoua la tête et cette étincelle de colère s'éclaira en moi.

- Tobias.

- À notre manière, petite souris, dit-il. Tu as promis.

Putain.

Je regardai à nouveau l'Explorer bleu et je fulminai.

- Si on ne le fait pas, T, alors on peut commencer à se remettre à fuir.

La voix de Nick était basse et prudente alors qu'il se tenait derrière le volant, fixant la même voiture que nous.

- Elle ne sera jamais en sécurité, on ne cessera jamais de s'inquiéter. On ne saura jamais quand ce putain d'enregistrement refera surface. C'est ce que tu veux ?

Il déplaça son regard vers le rétroviseur pour regarder son frère.

Allez...allez...

Mes genoux tremblaient et rebondissaient, peu importe la force avec laquelle je serrais les dents.

- S'il arrive quelque chose, murmura Tobias. Quelque chose d'imprévu...

- Alors je crierai, dis-je, attirant son attention sur moi. Je crierai et vous accourrez, et les méchants se feront tuer.

Il le savait. Je le savais. Il n'y avait aucune chance que quiconque à l'intérieur ou autour de cette maison s'en sorte vivant. Je priais seulement pour qu'on y arrive, pour qu'on obtienne cet enregistrement et qu'on sorte, et qu'on emmerde tous les autres. Parce que Nick avait raison, on ne pouvait pas fuir cette situation. *Comment fuir une menace ? La réponse était simple, on ne pouvait pas.*

On élimine la menace.

On contre la menace par la violence et la mort.

On se bat pour la paix.

Les yeux sombres de Tobias étaient noirs, rivés sur les miens, alors qu'il murmurait :

- Je ne veux pas te perdre.

- Alors ne me perds pas.

Il cherchait mon regard, désespérément à la recherche d'une raison pour simplement faire demi-tour et fuir. Je me redressai et serrai les dents, déterminée à ce qu'il ne trouve aucune faiblesse en moi.

- Bien, marmonna-t-il.

- Bien, répondis-je, puis je retins ma respiration et détournai le regard.

Il ne le verrait pas... parce que je refusais qu'il le voie. Je relâchai mes genoux, sentant l'élancement du sang qui revenait dans mes doigts, et je mis la main sur la poignée de la portière. Mais avant que je l'ouvre, Tobias murmura :

- J'arrive tout de suite, petite souris. Je suis juste là, putain.

Je tournai la tête, croisant son regard une fois de plus.

- Je sais.

Puis j'ouvris la portière.

La lumière intérieure ne s'alluma pas, au mieux il y eut juste un petit bruit sourd avant que la porte ne s'ouvre et que je trébuche dehors. Mes jambes étaient comme de la compote, pour une raison étrange, mes genoux ne me portaient plus. Je me redressai, trouvant enfin l'équilibre douloureusement puis je m'avançai lentement vers la maison.

Je me forçai à fixer le trottoir alors que je contournais le buisson et tournais à l'angle de la rue. L'herbe vert foncé et le haut de mes bottes étaient tout ce que je voyais. Je portais un jean, car il était hors de question que je laisse cet homme s'approcher de moi.

Plus jamais...

Jamais... plus jamais.

Je sentis leurs regards sur moi, brûlant un trou à l'arrière de ma tête alors que je passais devant le 4x4 et puis, à la dernière minute, je déviai, me précipitant sur le trottoir.

- *C'est quoi ce bordel ?*

J'entendis ce murmure alors que je franchissais l'élégante entrée en bois, que je montais les marches en pierre et que je m'arrêtais devant l'immense porte noire. Mes poings étaient déjà recroquevillés. Je ne réfléchis pas, j'agis simplement en toquant à la porte.

- Killion, ouvre. *Ouvre, c'est moi. C'EST RYTH* !

Des pas résonnèrent à l'intérieur, de plus en plus fort.

- Éloigne-toi de la porte, putain ! cria quelqu'un derrière moi.

Mais je ne bougeais pas. Mon attention se porta sur la caméra au-dessus de la porte et sur la minuscule lumière rouge qui clignotait.

- C'est moi, dis-je à la caméra. Tu sais... la femme pour laquelle tu as payé.

Clic.

La porte s'ouvrit, puis il était là, sortant de l'embrasure, ces yeux bleus écœurants rivés sur moi.

Fais-le patienter...fais-le patienter...fais-le patienter...

Je ne voulais pas le regarder, ni la chemise blanche repassée qu'il portait, les manches roulées contre ses avant-bras. Ni ce sourire crispé qui s'accentuait à mesure qu'il murmurait :

- Eh bien, eh bien, eh bien. Regardez ce qui s'est traîné jusqu'à ma porte.

- M. Killion, grogna le garde du corps derrière moi.

- Elle va bien, répondit le mec odieux sans jamais me quitter du regard. Elle va bien... ce n'était juste pas ce à quoi je m'attendais. Pourquoi tu es venue, Ryth ? dit-il en scrutant la rue derrière moi.

- Je n'ai nulle part où aller, bégayai-je, enroulant mes bras autour de mon corps alors que je frissonnais. Mes frères... ils...

- Ils t'ont laissée, c'est ça ? répondit-il pour moi, approchant sa mise à mort. La tension devenait trop grande et ils ont décidé qu'ils étaient les fils de leur père après tout.

Je fronçai les sourcils, baissant les yeux, et priant Dieu que j'aie l'air triste, car à l'intérieur, je tremblais de rage.

- Oui.

- Tu m'étonnes.

Cette remarque sarcastique me fit tressaillir.

- Ils ont toujours été des petits voyous merdeux, ajouta-t-il.

Je serrai les poings si fort que je sentis mes ongles dans mes paumes et je luttais contre l'envie de me jeter sur lui et de lui arracher les yeux. Mais ça viendrait... ça viendrait... *ça viendrait.*

- Tu ferais mieux d'entrer alors, je ne veux pas que mon investissement de trois millions de dollars attrape un putain de rhume.

Trois millions de dollars ? Je levai le regard vers lui. C'est le prix qu'il avait payé pour moi ? C'est ce que mon corps, mon esprit et mon âme valaient pour lui ? *Trois millions de dollars.* Je pensais à Nick lorsque Killion se décala sur le côté en me faisant signe d'avancer.

Mais je chassai mon frère de mon esprit. Je devais être prudente maintenant. Je devais être intelligente, et forte. Je devais garder mes états d'âme pour moi, surtout dans un endroit comme celui-ci. Je balayai le salon du regard et entrai dans la maison alors que la porte se refermait derrière moi.

- Je dois dire, Ryth, que je suis surpris de te voir. En fait, tu es probablement la dernière personne que j'attendais sur le pas de ma porte.

- Ouais, eh bien, marmonnai-je en regardant un autre garde du corps arriver d'une autre pièce. Je n'avais pas vraiment prévu de venir ici non plus.

Je vis le holster attaché au torse du garde. Je me concentrai sur l'arme argentée, calculant dans ma tête le temps qu'il lui faudrait pour la dégainer.

- Quand même, c'est une *très* bonne surprise.

La voix venait de derrière moi.

Killion s'élança, me saisit le bras et me poussa en arrière. Je n'eus pas le temps de réfléchir. Les souvenirs me revinrent d'un seul coup. *Moi dans cette pièce, avec sa main autour de mon cou et ses doigts en moi. Tobias ! TOBIAS !*

Je luttais contre le besoin hurlant de me défendre, jetant simplement mes mains en l'air alors que je frappais le mur du salon. Sa main était dans mon dos, déchirant ma chemise en essayant de la tirer vers le haut tandis qu'il faisait le tour et saisissait ma gorge avec l'autre main. *Non ! Non !* Sa main se serrait autour de ma gorge, ses doigts s'enfonçaient dans ma chair tandis qu'il grognait. Mais il devait encore me déshabiller. Le long sweat de Nick était bien enfoncé, poussé à fond et serré par la ceinture autour de ma taille.

- Qu'est-ce que c'est que ça ? grogna-t-il en malmenant mon sein et pinçant mon téton alors qu'un bruit provenait de l'extérieur.

Boum.

- Bon sang, ne me dis pas qu'il est là, s'exclama Killion, et s'approcha de la porte d'entrée.

Pan !

Je sursautai en entendant le coup, mais cette fois le son ne venait pas de l'extérieur... il était à l'intérieur de la maison.

Un mouvement attira mon regard sur ma droite. Trois hommes dangereux étaient un flou sombre menaçant, marchant à grands pas depuis l'arrière de la maison, les trois regards fixés sur moi.

Le garde du corps surgit de l'embrasure de la porte, regarda mes frères, puis sortit son arme de son étui et pivota.

- Putain ! Va dans la panic room ! cria-t-il à Killion. Va dans la putain de panic room MAINTENANT !

Mais c'était trop tard, pour lui et pour Killion, car Tobias le visait. *Pan !*

Le garde du corps fut touché et tituba en arrière, avant d'être frappé encore et encore par des balles contre son gilet en Kevlar. Mais il ne s'effondra pas, et il avait toujours son arme. Des halètements se firent entendre alors qu'il levait l'arme et le visait.

- *Tuez-les !* cria Killion, les yeux écarquillés par la panique. *TUEZ-LES MAINTENANT !*

Pan... pan ! Le garde riposta, faisant se disperser mes frères. Deux sont partis d'un côté, et Caleb de l'autre.

- Putain ! rugit Caleb.

Il était seul maintenant. Tout seul dans une maison avec seulement Dieu sait combien de gardes du corps, coupé de ses frères alors que le couloir était criblé de balles. La panique grondait en moi. Mes propres respirations haletantes étaient un bruit assourdissant dans mes oreilles. Mais je me suis quand même baissée et mes doigts tremblants ont tiré le bas de la jambe de mon jean vers le haut et je pus sortir le couteau de l'intérieur de ma botte. Nous avions dû trouver un moyen d'entrer, et nous savions que Killion ouvrirait la porte si c'était moi qui frappais.

Ils savaient que je trouverais un moyen d'entrer.

- Tuez ces putains de bâtards ! rugit Killion à côté de moi, sa colonne vertébrale plaquée contre le mur. Il ne me regardait même pas, ne me voyait pas. Il était trop occupé à se cacher derrière ses hommes, qui ouvrirent le feu sur mes frères. *Tu n'auras qu'une seule chance, princesse.* Les mots de Nick remplissaient mon esprit. *Une chance et on pourra tous quitter cet endroit. Une chance, et c'est fini. Peux-tu le faire ? Peux-tu être comme nous ? Oui. Oui, je peux.*

Je me levai sur des jambes tremblantes, jetant un coup d'œil à Killion, et je me figeai. Il était si proche, si proche, il leva un doigt en l'air et cria.

- Putain, tuez ce bâtard de traître.

Pan.

Pan.

Pan.

Le garde du corps le plus proche ouvrit le feu alors que du bruit provenait des profondeurs de la maison. *Boum... boum... boum...* des pas résonnaient alors que deux autres surgissaient de l'arrière de la maison. C'était maintenant ou jamais... *maintenant ou nous allions tous mourir*.

Et je n'allais pas laisser cela se produire.

Je pris l'acier froid d'une main, mes genoux tremblant tandis que je m'élançais. Mais là, c'était mon tour d'attraper Killion par la gorge, *mon tour* de presser mon corps contre son dos avec la pointe du couteau sur son cou. Il se raidit instantanément, comprenant l'erreur qu'il avait faite.

Pan ! Le garde du corps venait de tirer, mais mes frères n'allaient pas riposter. Ils n'allaient pas le faire parce que j'étais là...

- Dis-leur d'arrêter de tirer, dis-je en pressant la pointe plus fort contre son cou. Dis-leur d'arrêter ou je t'égorge.

Il n'osait pas bouger la tête.

Il n'osait pas respirer.

- Ryth, chuchota-t-il.

Mais je m'en fichais, je maintenais son cou d'une main tandis que je pressais la pointe contre sa veine avec l'autre. Tout ce à quoi je pensais était cet enregistrement. Tout ce qui m'importait était de le récupérer.

- J'ai dit, dis-leur d'arrêter.

Killion leva la main en l'air.

- Arrêtez... dit-il et je relâchai un peu la pression sur le couteau. Arrêtez, dit-il plus fort, attirant l'attention des gardes.

Le garde du corps se raidit, fixant le couteau dans ma main. Il retint son souffle puis regarda Killion et enfin moi.

- Qu'est-ce qui se passe ?

- On veut l'enregistrement, c'est tout.

- L'enregistrement ? dit Killion en tournant la tête, se pressant contre la lame.

- On veut juste ça, dis-je en fixant ses yeux remplis de haine. Juste ça.

Killion fit signe à ses gardes du corps, les incitant à baisser leurs armes. Le silence. C'est tout ce dont mes frères avaient besoin, le silence et… un moyen d'entrer. Tobias s'avança près de la porte pour attirer le regard du garde du corps. Il brandit son arme, le visant à peine avant de presser la gâchette.

Pan !

Le garde du corps tomba en arrière et s'effondra sur le sol, le sang s'écoulant d'un trou au centre de son front. Killion fixait ce spectacle écœurant… puis il tourna lentement son regard vers Tobias qui se dirigeait vers nous, avec Nick juste derrière.

Pan…

Pan.

Deux autres gardes furent touchés. L'un tomba, tandis que l'autre tenait encore debout.

Pan !

Pan !

Le garde blessé tenta de riposter.

- Pas la peine, grogna Tobias.

Sa tête était baissée, ses épaules dures comme le roc alors qu'il faisait un pas de plus et s'élançait. Il chargea en avant, percuta l'homme avant de se déchaîner sur lui de ses poings pleins de rage. Ma main tremblait devant la brutalité de mon frère qui utilisait ses poings comme des armes, frappant le visage du garde du corps encore et encore.

Le type ne pouvait qu'encaisser cette punition.

Crac. Crac.

Sa tête bascula en arrière. Du sang gicla de son nez.

- La prochaine fois... dit-il.

Crac.

- Choisis un meilleur employeur ! rugit Tobias en enfonçant son poing si fort dans le garde du corps que sa tête vrilla en arrière et qu'il tomba au sol.

- T, cria Nick, en inspirant profondément et en pointant son arme sur les deux gardes du corps restants.

Tobias ne répondait pas, il ne s'arrêtait pas... jusqu'à ce que je dise son nom :

- *Tobias.*

Son poing se figea en l'air, les jointures dégoulinant de sang alors qu'il tournait vers moi ce regard brutal qui s'adoucit.

Ma main qui tenait le couteau trembla. Il me regarda puis l'homme que je tenais par le cou et en un instant, il lâcha le garde mourant. L'homme s'effondra sur le sol carrelé et ne bougeait plus. Killion se crispa lorsque Tobias enjamba le corps avant de venir vers nous.

- Ryth ?

- Je vais bien, chuchotai-je, détournant mon regard du corps en sang qui était autrefois un homme. *Je vais bien.*

Mais Tobias ne me croyait pas. Il vint prendre mon menton, faisant glisser son pouce ensanglanté le long de ma mâchoire tout en tournant ma tête sur le côté, puis baissa les yeux sur la zone tuméfiée laissée par la prise de Killion. Il y avait dans ses yeux un éclat de rage, une promesse de violence.

- *C'est lui qui a fait ça ?*

Je déglutis de toutes mes forces, ma main tremblant en répondant.

- Oui.

Killion tressaillit, pâlit lorsque Tobias fixa sur lui ce regard impitoyable.

- Hum, hum, dit Nick en secouant la tête alors qu'un garde du corps se déplaçait, cherchant une occasion de faire quelque chose. Ne sois pas stupide.

Il sembla réfléchir puis se renfrogner avant de jeter un coup d'œil à Killion.

- L'enregistrement, dit Caleb en contournant Nick pour faire face à Killion. *Où est-il ?*

- L'enregistrement ? grogna le bâtard. Quel putain d'enregistrement ?

La mâchoire de Caleb se crispa et la haine brûla dans ses yeux noisette. Il fit un pas de plus tandis que Tobias me faisait un lent signe de tête.

- On s'en occupe, princesse.

- On sait que tu l'as divulgué, grogna C. Tout ce que nous voulons, c'est l'original, et toutes les copies.

Killion tressaillit lorsque je m'éloignai et que Tobias prit ma place. Il jeta un coup d'œil à Tobias, essayant de s'éloigner alors qu'il répondait.

- Je ne sais pas de quoi tu parles, Banks. Mais je peux te dire dès maintenant que tu es dans une putain de merde, dit-il en jetant un coup d'œil aux ravages sur son beau sol carrelé. J'aurai ta peau.

- Alors tu ne sais rien sur l'enregistrement ? répéta Caleb d'une voix prudente et contrôlée, et je ne l'avais jamais entendu parler aussi froidement.

- Non, je sais rien sur ce putain d'enregistrement. Maintenant, foutez le camp de ma barraque !

Caleb fit un lent signe de tête, puis il tourna doucement la tête vers Tobias, qui brandit son arme, visa le garde du corps devant Nick, et tira.

Boom !

Je sursautai. Le garde du corps s'écrasa contre le cadre de la porte, puis il glissa au sol.

- Alors, murmura Caleb. Essayons encore une fois.

Il était si froid.

Si calme.

Si terrifiant.

- Je ne sais rien sur cet enregistrement.

Mais il y avait un tremblement dans sa voix, qui ne pouvait être que le signe d'un mensonge.

- Alors tu me déçois, dit Caleb en le fixant du regard. Parce que je sais, et tu sais, qu'il est impossible que tu ne gardes pas quelque chose comme ça dans ton petit coffre-fort de cinglé. Nick...

- Ouais ?

- Je pense qu'il est temps qu'on montre à M. Killion ici présent à quel point nous sommes sérieux.

- Avec plaisir.

Nick bougea à peine, il leva son arme et visa le dernier garde du corps.

- Non...non...non ! cria le garde, levant une main en l'air.

Boom !

- Tu n'as pas le droit de toucher à ce qui est à nous, déclara Caleb en fixant Killion. Tu n'as pas le droit de la regarder. Tu n'as pas le droit de regarder... et tu n'as pas le droit de vivre.

Tobias saisit Killion par la chemise et le tira en arrière. Le bâtard trébucha, poussant un cri avant de tomber, le cul sur le sol.

- Lève-toi, grogna Tobias, en se déplaçant vers lui.

- Attends... attends... attends une minute, balbutia Killion, les yeux écarquillés, se tournant vers un de mes frères puis vers l'autre. Ok. Ok, je...je vais vous donner ce que vous voulez.

Tobias s'arrêta, baissant les yeux.

Killion ne regardait même pas dans ma direction.

- Vous pouvez garder cette petite salope.

Je ressentis une sensation de glace, faisant se crisper mon ventre.

Les sourcils de Tobias étaient froncés.

- Putain, qu'est-ce que tu as dit ?

- La salope est à vous, dit-il. Vous l'avez baisée de toute façon. Elle était censée être vierge. J'ai payé pour une putain de vierge. *Trois millions de dollars*. Trois putains de millions et je n'ai même pas pu la faire saigner.

Mon frère devint d'un blanc fantomatique en se tenant au-dessus de lui.

Le dégoût brûlait en moi me faisant vaciller sur mes pieds.

- Sa chatte est sèche de toute façon, continua Killion...

Et c'est là que tout se figea.

Tobias lâcha un cri primitif. Il leva son poing en l'air et le lança violemment dans le visage de Killion. Le claquement écœurant des os me fit sursauter.

- Putain de...merde... T'AS DIT... QUOI... ? rugit Tobias.

Ses yeux étaient des puits noirs, son corps était une arme aiguisée par la violence... et *l'amour* alors qu'il enfonçait son poing dans le visage de Killion une, deux, trois fois avant d'arrêter.

Je n'ai même pas pu la faire saigner...

Je n'ai même pas pu la faire saigner.

Ma main tremblait, serrant toujours le couteau. Nick bondit en avant, se déplaçant en vitesse pour attraper Killion par sa chemise et soulever son corps du sol.

- Où est ce putain d'enregistrement ! cria-t-il. Donne-le-nous *maintenant* !

Mais Killion se contenta de gémir, ce qui ne faisait que l'enrager davantage.

Nick se déchaîna à son tour, assénant ses poings dans le visage de Killion, puis il planta ses doigts dans son cou sur un point de pression qui fit pâlir Killion puis le faire se tordre de douleur.

- Tu crois que tu peux jouer avec sa vie ? dit Nick en se penchant près de lui. Tu crois que tu peux l'échanger comme si elle était un morceau de viande ?

Je serrai ma prise autour du couteau, mon corps entier tremblant.

- C'est notre sœur, notre amoureuse. Elle est à nous et nous sommes là pour la protéger et la sauver.

- Et nous lui appartenons, ajouta Caleb en tournant son regard vers le mien. Maintenant... *et pour toujours.*

- Il n'y a pas de... putain d'enregistrement, rétorqua Killion, fixant Nick dans les yeux.

Mon frère tressaillit puis relâcha sa prise, laissant Killion tomber au sol.

- Alors on n'a pas besoin de toi.

Le bourdonnement dans mes oreilles était un tambour assourdissant. Je me mis à avancer par instinct à grands pas.

- Seulement pour moi.

La tête de Tobias se tourna vers moi, suivie de celle de Nick.

- *Princesse*, murmura Nick.

Mais je ne pouvais pas répondre, parce que je n'étais pas là. J'étais piégée dans cette pièce là-bas, retenue prisonnière par les mains de cet homme et sa violence. J'avais besoin de me retrouver, de me sauver par tous les moyens possibles. Je fis un pas de plus, attirant le regard de Killion. Il avait si peu d'estime pour moi, j'étais pour lui rien de plus que de la chair à souiller à volonté.

J'avais survécu pourtant... j'avais survécu à cette pièce et je lui avais survécu. Je me baissais au sol, à genoux, et je pressai le bord de la lame contre les boutons de sa chemise. Mais Killion ne me survivrait pas. Je m'en assurerais.

Pop. Un bouton sauta avec un coup sec du couteau. Je donnai des petits coups de lame encore et encore, faisant sauter chaque bouton.

- Tobias, chuchotai-je.

- Oui, petite souris ?

Je ne détournai pas le regard de Killion alors que je demandais :

- Enlève son pantalon.

Il y eut une seconde de silence, jusqu'à ce qu'il comprenne. Puis en gloussant, il s'exécuta.

- Tout ce que tu veux.

- *Attends !* cracha Killion et des mouchetures de sang jaillirent alors qu'il repoussait les mains de Tobias.

- Il doit être mis hors-jeu, dit Caleb en jetant un coup d'œil à Nick.

Le dégoût brûlait dans les yeux de mon frère. Mais il ne pouvait pas le faire.

- Si je le touche, *je vais le tuer*, dit Nick en s'éloignant.

C'est Caleb qui attrapa les bras de Killion pendant que Tobias ouvrait sa ceinture et déboutonnait son pantalon, Caleb dont le regard inébranlable fit paniquer Killion encore plus.

- *Arrêtez ça !* cria-t-il en se débattant.

Mais c'était inutile. D'un coup sec, Tobias déchira son pantalon. Il ne fut pas tendre lorsqu'il enleva ses chaussures et les jeta sur le côté en direction du garde du corps au sol, respirant à peine. Je vins au-dessus de Killion, enjambant ses cuisses et baissant les yeux sur son caleçon en coton blanc.

- Tellement minable, n'est-ce pas ?

Il marmonna quelque chose en pleurnichant, ses mains étant retenues par Caleb.

- T'es vraiment qu'un pauv' type.

- Je te paierai. Tout ce que tu veux, je te paierai.

Je pressai le couteau contre sa petite bite, elle était à peine assez grosse pour faire un monticule contre son caleçon.

- Qu'est-ce que tu m'as dit déjà ? "*Je vais te baiser jusqu'à ce que tu voies des étoiles ?*"

Je baissai les yeux et j'appuyai plus fort sur le couteau.

- *Pas avec ça*, t'aurais pas pu.

Il gémit quand j'appuyai la lame encore plus fort.

- Tu me dégoûtes, dis-je en appuyant plus fermement. T'es qu'un ignoble tas de merde.

Ma main se mit à trembler.

- On est là, petite lionne, murmura Tobias. Juste là, putain.

Je ne savais pas si je lui avais déjà dit comment mon père m'appelait. Peut-être l'avais-je dit à Nick une fois. Je ne me souvenais plus. Mais ce petit nom familier déclencha quelque chose en moi. Quelque chose qui remontait déjà à la surface. Ma respiration devint plus profonde alors que je fixais Killion.

- Tu ne me retiendras plus jamais prisonnière.

J'enfonçai la lame dans sa chair, jusqu'à atteindre l'intérieur de sa cuisse, jusqu'à ce que le sang coule et que ma main tremble. Puis je retirai le couteau d'un coup sec.

- C'est ce dont tu avais besoin, princesse, dit Tobias en levant l'arme qu'il tenait. Je m'occupe du reste.

Boom !

Chapitre Trente

RYTH

J'ENTENDIS UN BOURDONNEMENT IRRITANT. UN gémissement s'en suivit, profond et rauque, avant que le lit ne se mette à onduler. Je me laissais dériver, retombant dans l'obscurité agréable jusqu'à ce que Nick marmonne.

- Ouais ?

Je tombais...

Plongeant à nouveau dans un rêve, un rêve où j'étais aspirée dans un vide dont je ne pouvais pas sortir, peu importe la force avec laquelle je me battais--jusqu'à ce qu'un nom me ramène.

- Elle...elle t'a appelé ?

J'ouvris les yeux d'un coup sec, me forçant à revenir dans mon corps. Le lit vacillait, et cette fois, Tobias marmonna :

- Qu'est-ce qu'il y a ?

Notre chambre devint nette, s'aiguisant sur les bords, me tirant du sommeil. Je roulai avant de me hisser vers le haut, et je vis Nick assis sur le bord du lit.

- Bien sûr qu'elle veut se protéger. Ce n'est pas comme si elle avait déjà montré qu'elle se souciait de Ryth.

Je tressaillis à ces mots. Mon pouls s'emballa, m'arrachant de plus en plus au sommeil.

- On veut lui parler.

Nick se leva du lit.

Caleb se leva de l'autre côté tandis que Tobias suivait Nick, me laissant seule sous les draps.

- Qu'est-ce que c'est ? grogna Tobias, sa voix était rauque.

- Où ? La jetée. Combien de temps avant qu'ils arrivent ?

La jetée ? Pourquoi maman allait-elle là-bas ?

- Tu veux qu'on y aille ? dit Nick en se tournant, protégeant son visage de moi, même si je ne pouvais rien voir dans le noir. Pourtant, ça me faisait mal, ce petit pincement du rejet, brut et réel.

Je savais que c'était à cause de maman, et je réprimais le besoin de toucher ma joue.

- Ok, bien, nous allons les attendre. Tu m'appelles dès que tu sais... oui... oui, elle va bien. J'ai compris. Bien sûr.

Il baissa la main et j'étais rivée au mouvement. Personne ne parlait... pendant de longues minutes, jusqu'à ce que Tobias brise la tension.

- *Qu'est-ce que c'est ?*

Nick se retourna vers moi.

- La mère de Ryth a contacté Ben, apparemment elle craint pour sa vie et a besoin de protection.

- Pas étonnant, grogna T.

Je déglutis de toutes mes forces, détestant être réveillée par chaque mot.

- A-t-elle...a-t-elle demandé à me voir ?

Silence.

Un silence qui parlait bien plus fort que les mots.

Je me retournai.

- Princesse, dit Nick.

- C'est bon, dis-je en sortant des draps. Je ne sais pas pourquoi je m'attendais à quelque chose de différent.

- Peut-être qu'elle a juste peur en ce moment, dit Caleb. Une fois qu'elle sera en sécurité, elle voudra peut-être te contacter.

Le souvenir de sa paume me brûlait la joue. *Je savais la vérité.*

- Je ne pense pas.

- Même si elle ne veut pas nous voir, nous on veut la voir, rétorqua Tobias. Et je m'en *fous* si elle ne veut pas. On veut des réponses.

Il était énervé, faisant les cent pas sur le sol au pied du lit.

- On veut savoir ce qu'elle cache, putain, et pourquoi elle a envoyé sa propre fille dans ce putain d'endroit et l'a laissée là-bas... mais surtout... on veut une explication sur ce qu'il y a dans ce putain de journal intime.

- Journal intime ? chuchotai-je, regardant Tobias puis Nick qui tressaillit.

- T, grogna doucement Nick. Espèce d'idiot.

- Quel journal intime ? demandai-je à nouveau.

- Merde, dit Tobias en se tournant.

Mais je m'avançais déjà vers eux, nue et de plus en plus froide.

- Quel putain de journal intime, Tobias ?

- Princesse, dit Caleb en tendant la main vers moi.

Mais j'échappai à son emprise lorsque Nick alluma la lumière de la chambre et se tourna vers moi. Je ne voyais que de la culpabilité.

- Ce qu'elle écrit n'a pas beaucoup de sens, dit-il. Il y a des choses là-dedans qui sont assez tordues... des choses que je ne pense pas que tu devrais lire.

Je me fichais de ce qu'il pensait. J'avais besoin de savoir.

- Tu l'as ce journal intime ?

- Petite souris, protesta T.

Je lançai un regard furieux dans sa direction.

- Putain, vous m'avez menti. Du moins, vous m'avez caché la vérité. C'est toi qui demandais l'honnêteté, et maintenant je découvre que tu as lu... *ce journal*. Donc, je vais te le redemander, et je te jure que si tu me mens, je te frappe en plein dans les couilles.

Il ne broncha pas devant la menace.

Mais son regard devint plus sombre.

- Je ne veux pas...

- J'en ai rien à foutre, T. Réponds à la question. Est-ce que...tu...as...le...journal intime ?

Mais c'est Nick qui répondit, Nick dont les épaules s'affaissèrent alors qu'il hochait la tête.

- Oui.

- Je veux le lire.

J'attendais qu'il s'oppose à moi. Mais non, il attrapa son caleçon et l'enfila.

- Alors habille-toi, marmonna-t-il. Parce que je te garantis qu'une fois que tu auras lu, tu ne pourras plus dormir.

Un tremblement me parcourut lorsqu'il attrapa son jean.

Puis je m'habillai.

Chapitre Trente-Et-Un

RYTH

Le carrelage étincelant était dégueulasse, du sang rouge vif contre du blanc. Il y avait des morceaux, des bouts éparpillés, et au début, je ne comprenais pas. Je ne parvenais pas à regarder ailleurs, jusqu'à ce que je comprenne...

C'était des bouts d'os.

Des os projetés par la balle qui était entrée d'un côté du crâne de Killion et était ressortie par l'autre. De l'os qui brillait d'une blancheur éclatante contre le sang cramoisi. Il y avait d'autres morceaux, aussi. D'autres morceaux qui, lorsque je les regardais, me donnèrent envie de vomir...

En fait, *j'allais vomir.*

- Princesse.

Mon ventre se crispa et l'acide me brûla le fond de la gorge.

- *Princesse ?*

Boom...boom...boom...

Les sons assourdissants retentissaient dans ma tête.

- Ryth, il faut qu'on parte maintenant.

Bordel, ne me dis pas qu'il est ici...les mots de Killion se répétaient dans mon esprit.

- Il attendait quelqu'un.

- Quoi ?

Je levai les yeux vers Nick.

- Il attendait quelqu'un.

Il tourna les yeux vers la porte d'entrée, et sa main se serra autour de son arme.

- Tu es sure ?

Le bruit creux des battements de mon cœur résonnait dans ma tête. J'essayais de me souvenir, combattant la douleur pesant dans mon estomac et le goût rance au fond de ma gorge, et je tentai d'aiguiser ma mémoire de ces instants de chaos.

- Oui. Il a dit, "*Bordel, ne me dis pas qu'il est ici*".

Nick jeta un coup d'œil vers le couloir alors que Tobias sortait en brandissant une batte de baseball. Où avait-il eu ça ?

- J'ai fouillé la chambre de cette ordure, grogna Tobias. Maintenant j'ai l'impression que j'ai besoin de prendre une douche pendant au moins une semaine, dit-il en s'arrêtant, fixant Nick, puis il me lança un regard. Quoi ?

- Il attendait quelqu'un, répondit Nick. Donc on doit régler ça.

- S'il attendait quelqu'un, alors ce bâtard n'est jamais venu, dit Tobias.

Mais l'inquiétude traversa ses yeux quand il jeta un coup d'œil à la porte d'entrée.

- J'ai son téléphone et son ordinateur portable, dit Caleb en arrivant d'une autre pièce en portant les objets d'une main et un sac noir dans l'autre. Ainsi qu'un beau pactole d'argent liquide.

- Il attendait quelqu'un, répéta Nick.

C jeta un coup d'œil à la porte d'entrée.

- Alors je suppose que c'est le moment de partir, dit-il en tournant son regard vers moi. Prête ?

Je fronçai les sourcils, et jetai un dernier coup d'œil au corps gisant à mes pieds. Des yeux vides me fixaient.

- Oui.

- Viens, dit Nick en s'approchant, passant ses bras autour de moi. On va te ramener à la maison.

La maison...

Je ne savais plus où c'était. Pourtant, je le laissais me guider vers la porte d'entrée et dans l'allée.

- Attention, dit Nick.

J'avais presque donné un coup de pied au corps étendu dans l'obscurité. Je vis une ombre et je levai les yeux brusquement, tressaillant au mouvement.

- C'est bon... ils sont des nôtres.

Des nôtres... des nôtres... les gardes du corps qui nous protégeaient sortirent de la pénombre. L'un d'eux croisa mon regard et fit un lent signe de tête. Je me souvenais de lui, je l'avais vu à la maison où nous avions logé.

- Il connaissait mon père.

- C'est vrai, princesse. Il connaît ton père.

Mes pieds avancèrent, la prise de Nick autour de mes épaules étant la seule chose qui me faisait avancer. Nous sommes arrivés au 4x4 et la portière s'ouvrit pour que je monte dedans. Puis je compris.

- Mon couteau.

- Il est là, ma petite lionne, dit Tobias en s'approchant avant de saisir ma main doucement pour le glisser dans ma paume. Le métal était chaud, et maintenant, très familier.

- Garde-le sur toi, jusqu'à ce que tu puisses mettre en ordre tes idées.

Mettre en ordre mes idées ?

Comment allais-je pouvoir faire ça ?

Je montai dans la voiture puis bouclai ma ceinture de sécurité, mes frères firent de même et aussitôt, nous nous éloignions. Laissant tout derrière nous, chaque... *vision d'horreur.*

Je viens de tuer un homme...

Les mots me hantaient, ainsi que le souvenir de sang giclé. Je baissai les yeux, je vis les taches de sang encore sur mes bras et j'en sentais l'humidité sur mon jean. L'odeur écœurante de viande m'envahit la gorge.

- Je vais vomir.

- Putain, s'écria Nick, en donnant un coup sec au volant.

Des mains m'agrippèrent alors que j'étais projetée sur le côté. Tobias tomba sur moi, tira sur la poignée de la porte et l'ouvrit. L'acide se déversa du fond de ma gorge alors que je saisissais le fermoir de ma ceinture de sécurité et me jetais hors de la voiture. La chaleur me brûla en parcourant tout le chemin jusqu'à ma bouche avant que le liquide jaillisse. Je posai ma main pour m'appuyer contre la voiture, mais Tobias me saisit le bras pour me stabiliser avant de murmurer :

- Vas-y, laisse tout sortir.

L'asphalte se brouillait devant moi tandis que Tobias me tenait gentiment. Son autre main se dirigea au milieu de mon dos pour me caresser.

- Tu t'es bien débrouillée, princesse. Tellement bien, bon sang. Je suis si fier de toi, putain. Regarde comme tu es forte.

- Je ne me sens pas forte, bafouillai-je alors que mon ventre se contractait à nouveau.

- Oh, mais tu l'es. À ton avis, combien de femmes pourraient faire ce que tu viens de faire ? Combien de femmes passent leur vie à se sentir impuissantes et effrayées ? Tu l'as fait pour elles. Et pour toi.

Ses mots étaient élogieux.

Je secouai la tête alors que de grosses larmes commençaient à couler.

- Tu es tellement forte, putain. Je ne pense pas avoir jamais rencontré quelqu'un d'aussi fort que toi. Tu me rends fier. Même si tu n'avais rien fait ce soir, tu es à couper le souffle.

Le calvaire de mon estomac s'atténua, j'essuyais ma bouche avec le dos de ma main et je tournai mon regard vers le sien. Même avec mon vomi scintillant sur le haut de mes bottes et des mèches de cheveux coincées dans les coins de ma bouche, même avec des taches de sang sur mes bras et d'autres collant mon jean à mes cuisses, il me regardait toujours avec le genre de désir qui faisait brûler mes joues.

Le moteur de la voiture vrombit à nouveau. Nick et Caleb attendaient.

- Donc, on continue, murmura Tobias. On continue et on devient plus forts, d'accord ?

Je hochai la tête.

Tobias retira sa main de mon bras et me la tendit.

- La première étape est de revenir dans la voiture.

Je déglutis le goût horrible dans ma bouche. Malgré tout, je pris sa main et remontai dans la voiture. Des graviers se soulevèrent lorsque Nick démarra. Je pris la main de Tobias, la tenant fermement alors que nous traversions les ruelles et retournions à la maison des Rossi.

Mes jambes ne tremblaient plus lorsque nous nous sommes arrêtés et je pus sortir sans aide. En fait, je me sentais plus stable, plus sûre. J'étais encore un peu comme un enfant qui cherche ses marques, mais cette force m'accompagnait, tout comme les mots de Tobias. Les gardes restaient à la porte et j'en voyais plus maintenant, probablement prêts au cas où il y aurait un problème et des représailles de la part des hommes de Killion.

Mais il n'y avait personne qui venait pour nous, pas à ce moment, du moins.

Les hommes de Killion étaient tous morts, même celui que Tobias avait battu avec ses poings.

Il était mort... ils étaient tous morts.

- Ouais, c'est moi, marmonna Tobias dans le téléphone alors que les portes du garage se refermaient derrière nous. Nous sommes rentrés sains et saufs. Non, on n'a pas eu ce qu'on voulait. Il ne l'avait pas, il a dit qu'il ne savait rien sur cet enregistrement. Non... je ne sais pas, dit Tobias en jetant un regard dans ma direction alors que je suivais Caleb et Nick à l'intérieur de la maison. Je suppose que nous allons continuer à chercher.

Quelqu'un a cet enregistrement et on veut le récupérer. Oui, je le ferai. Ok.

J'écoutais chaque mot alors que nous nous dirigions vers la cuisine. Nick sortit quatre verres. Caleb ouvrit les portes du placard et sortit une bouteille de scotch. L'ambre coula dans le fond d'un verre avant que Nick ne me le tende. Je secouai la tête.

- Je ne...

- Ce soir, si.

Ses yeux bruns se plantèrent dans les miens.

Je pris le verre et je déglutis, toussant sous le regard de mes frères.

- Encore, insista Nick en posant son doigt sous le fond du verre et en l'inclinant vers mes lèvres.

Je ne pouvais qu'avaler. Cette fois, la boisson brûlante restait en moi. La chaleur glissa en moi jusqu'à ce que la plus délicieuse vague de chaleur se répande dans mon corps.

- Voilà, murmura Nick d'un air approbateur.

Je déglutis à nouveau pendant que les trois me regardaient, ils avaient l'air satisfaits. Ce n'est qu'ensuite qu'ils prirent un verre et burent le contenu en une seule gorgée. Je fis une grimace.

- Comment vous pouvez faire ça ?

- L'habitude, petite sœur, dit Caleb en me faisant un clin d'œil, et même s'il était triste, ça faisait quand même du bien.

Je finis mon verre et la moitié d'un autre jusqu'à ce que cette délicieuse chaleur me tourmente.

- Oh.

La pièce se brouilla, puis redevint nette.

- Ok, poids plume, dit Nick en prenant mon verre. C'est assez pour toi.

- Mais j'ai pas f'ni, bredouillai-je.

- Oh, crois-moi, dit-il. Tu as f'ni.

Caleb descendit son deuxième verre, ou était-ce le troisième, puis il ouvrit le sac noir qu'il avait pris chez Killion et renversa le contenu sur le comptoir. Des liasses de billets de cent dollars tombèrent sur le comptoir dans un bruit sourd.

- Putain, dit Tobias en s'approchant, regardant les liasses. Combien ça fait ?

- Vingt, trente mille, marmonna Nick.

- C'était posé là dans son bureau, comme s'il avait prévu de payer quelqu'un.

- Le *quelqu'un* qu'il attendait, répondit Nick, attirant mon regard.

Mes pensées étaient ralenties, rassemblant les pièces du puzzle.

- Quelqu'un qui n'est *pas venu*, ajouta Tobias, en buvant son verre.

- Bref, dit Caleb en empilant les paquets. C'est à nous maintenant. On en a plus besoin que lui, ou que qui que ce soit.

Je vacillais, ce qui poussa Nick à m'attraper le bras.

- Whoa là. Une douche et au lit toi, d'accord ?

- Je vais t'aider.

- *Je vais l'aider.*

Tobias et Caleb répondirent en même temps avant de se lancer un regard furieux.

- Je vais bien, marmonnai-je en tapotant le bras de Nick. Je suis une grande fille. Si je peux tuer un homme, je suis sûre de pouvoir me doucher toute seule.

- Poignarder, corrigea Tobias. Techniquement, tu l'as poignardé.

- Bien sûr, dis-je en hochant la tête, puis je titubai en partant. Techniquement.

Mais je n'étais pas stupide. Je savais ce qu'il avait fait et pourquoi il l'avait fait. La douleur dans ma poitrine était brutale alors que je me dirigeais vers les escaliers et que je les montais. Je ne savais même pas où j'allais, juste que j'allais... quelque part. J'arrivai au premier étage et je réussis à trouver une salle de bain.

Les lumières au plafond étaient aveuglantes, ce qui me fit fermer les yeux alors qu'un élancement brutal se manifestait à l'arrière de ma tête.

- Techniquement, je l'ai poignardé, marmonnai-je en débouclant ma ceinture et en soupirant de soulagement. J'enlevai mes bottes et mon jean, grimaçant devant les traces de sang qu'il y avait sur mes cuisses.

J'avais besoin de me nettoyer... juste de me nettoyer...

Je me précipitai vers la douche et j'ouvris le robinet, sans prendre la peine d'attendre l'eau chaude avant d'entrer, toujours en sous-vêtements. L'eau froide me saisit, ma mâchoire se crispa aussitôt.

- Voilà, murmura Nick.

Je sursautai, jetant mon regard vers le sien, mais l'alcool et le froid ne faisaient rien pour changer de ce que j'avais fait.

- Je l'ai tué, peu importe ce que Tobias a dit ou fait, je l'ai quand même tué.

- Il essaie juste de te protéger, dit Nick en ajustant la température avant de tester l'eau avec sa main puis de croiser mon regard. Il veut surtout pas que tu aies ça sur la conscience.

- Mais je savais ce que je faisais, dis-je en cherchant son regard. Lucas m'a montré... il m'a montré où étaient les veines. Il m'a dit qu'une balle ou une piqûre à cet endroit entraînerait la mort. Je le savais... et je l'ai quand même fait.

- Alors tu l'as-tué, répondit Nick. Tu l'as tué et tu assumes la responsabilité de cet acte. On a tous fait des choses qui nous ont changés. Maintenant, tu dois décider ce que tu fais avec ça. Est-ce que tu le laisses te détruire ou est-ce que tu t'élèves au-dessus de ça, sachant qu'un homme comme Killion ne fera plus jamais de mal à une autre femme ?

Ses mots étaient comme une évidence.

Il passa une main dans mon dos pour dégrafer mon soutien-gorge. Son contact était si doux, il saisit les bretelles qui tombaient, puis il se baissa vers ma culotte, glissa les doigts sous l'élastique pour la faire descendre. Le voir s'agenouiller devant moi me rappela la soirée du mariage de nos parents. Cela semblait être il y a une éternité, *un autre moi... un autre eux.*

Je me baissai pour caresser sa mâchoire puissante et je murmurai :

- Reste avec moi.

Il le fit, pendant le déshabillage et la douche. Nous avons pris notre temps, nous réconfortant plus que tout. Il m'a tenu dans ses bras quand je pleurais, se tenant loin du jet pour que la chaleur frappe mon dos et descende le long de mes épaules, et quand nous avons eu fini, il a coupé l'eau.

Aucun mot n'était nécessaire. Il m'essuya et essora mes cheveux, essuyant les mèches avant de chercher un peigne dans les tiroirs. Ensuite, j'étais propre et sèche. Il me fit sortir avec une serviette enroulée autour de sa taille. Tobias arriva d'une autre pièce, portant également une serviette. Ses yeux sombres rencontrèrent les miens. D'une certaine manière, ils savaient.

Nous nous sommes dirigés vers la chambre, nous nous sommes glissés sous les draps et nous sommes restés allongés. Caleb arriva, jeta les téléphones sur la table et se déshabilla avant de monter dans le lit. Je caressais Nick d'un côté et Tobias de l'autre, tandis que Caleb s'étalait au pied du lit et me caressait la jambe.

La chambre était silencieuse alors que je fermais les yeux. Je ne dormais pas, je dérivais, mais je ne repensais pas à ce qui s'était passé ce soir. Au lieu de cela, je pensais à ma mère et à Creed, et à toutes les femmes encore piégées dans cet enfer qu'était l'Ordre.

Quelqu'un devait faire quelque chose.

Quelqu'un devait les faire sortir.

Mais pas moi, pas nous. *Pas ce soir, en tout cas.*

Ce soir, des corps chauds étaient allongés à côté de moi. Un léger frôlement contre mon bras et un effleurement de ma jambe me ramenaient à eux. Il n'y avait aucun bruit, aucune question, pas même une pensée consciente lorsque je me tournai vers Nick. Il m'attendait, baissant la main pour attraper sa queue d'une main, tandis qu'il glissait l'autre autour de ma taille.

Je glissai ma jambe sur lui pour le chevaucher. Son gros gland s'enfonça en moi alors que je me laissais aller. Mon Dieu, c'était ce dont j'avais besoin, ce que je voulais. Je le chevauchais, laissant Nick me stabiliser avec ses mains sur mes hanches. Tobias se redressa, glissa ses doigts dans mes cheveux avant de m'embrasser. Je tendis la main vers sa queue, j'en avais envie... *envie des trois.*

- Putain, grogna Tobias alors que je saisissais sa queue.

Puis Nick se déplaça, me fit glisser du dessus, et s'agenouilla derrière moi. En un coup il était à l'intérieur. Je levai les yeux lorsque Tobias glissa son gland lisse dans ma bouche.

- Putain, princesse, gémit-il en regardant en bas et en observant comment je suçais et le branlais.

Il avait tué un homme pour moi ce soir. Je savais que ce n'était pas le premier non plus. Il y en avait eu beaucoup, j'en étais sûre, et je ne doutais pas qu'il y en aurait beaucoup d'autres. *Parce que c'est comme ça que Tobias aimait.*

Je fis glisser ma main vers le bas, travaillant la longueur de T tandis que les coups de Nick devenaient plus durs et plus sauvages. Il se pencha sur moi, poussant mon corps vers le bas alors qu'il réclamait ma chatte.

Des respirations dures remplirent l'espace.

Je le suçais plus fort, je le voulais le goûter.

La main de Tobias me saisit l'arrière de la tête alors qu'il émettait un grognement et maintenait ma tête vers le bas.

- Putain...*Ryth*...

Sa chaleur remplit ma bouche d'un goût de sel.

Nick émit un grognement, puis un gémissement alors qu'il me plaquait durement contre le lit et s'arrêta.

- Putain... Je suis désolé, gémit-il.

Ils avaient tous les deux joui si vite, me laissant endolorie lorsque Nick se retira/

- C'est bon, murmurai-je.

Nick se déplaça sur le côté, en prenant de grandes inspirations, et marmonna :

- C ?

Je vis par-dessus mon épaule la silhouette derrière moi.

- Princesse, murmura Caleb en passant sa main le long de l'extérieur de ma cuisse, puis en la glissant entre mes jambes et en trouvant le désordre que Nick avait laissé.

- Regarde comment tu as fait jouir mes frères.

Je fermai les yeux et poussai un gémissement.

- Une chatte si humide, dit-il en glissant ses doigts dans le liquide, l'étalant tout le long de me fente.

- Tu vas être gentille pour moi ? murmura-t-il en poussant la semence de Nick dans mon cul.

Mon corps s'est contracté autour de l'invasion. La chaleur de l'alcool bourdonnait dans mes veines. Je me balançais en arrière, me frottant à lui et je murmurai :

- Oui.

- À quel point ?

Il s'enfonça plus profondément et une palpitation surgit dans mon cœur.

- Très gentille, gémis-je. Tellement gentille, putain.

- Bonne fille, grogna-t-il en retirant son doigt de mon cul. Une chatte si parfaite, un petit trou si serré. Putain, j'adore ce trou, dit-il en enfonçant sa bite dans ma rondelle, m'écartant avant de se retirer, faisant une trace avec ses doigts de mon noyau jusqu'à mon cul avant de réessayer.

- Respire, princesse.

J'essayais de me concentrer, mais mon esprit était ralenti avec le Scotch.

- Respire... grogna-t-il avant de s'enfoncer en moi.

Je me cambrais sous son intrusion, je serrai les draps et fermai les yeux. Son gland épais m'a étiré, faisant en sorte que mon cul se resserre autour de lui.

- Putain, gémit Tobias.

Caleb saisit mes hanches et glissa vers l'extérieur tandis que sa main caressait mon cul. Quelque chose de frais et de glissant se mit à dégouliner, trouvant ma brûlure.

- C'est bon comment ? demanda-t-il, faisant glisser sa bite dans le liquide pour le repousser au fond.

La brûlure et l'humidité... et ses mots s'entrechoquèrent.

- Tellement bon, Caleb. S'il te plaît, je vais être très gentille, putain.

Il me saisit par la taille, me tirant fort contre lui jusqu'à ce que je me repose contre son torse. Ses bras se sont enroulés autour de ma poitrine tandis qu'il se déhanchait, s'enfonçant plus profondément dans mon cul. Des étoiles surgirent, projetant des étincelles blanches derrière mes yeux alors qu'il s'enfonçait complètement à l'intérieur.

- Oui, gémit-il, en se redressant. Oui, tu es bonne.

Mon cœur se serra, frémissant et pulsant.

- Oh mon Dieu.

Mes yeux se sont ouverts alors que Nick se tortillait, ses pieds contre les oreillers maintenant qu'il était allongé sur le dos.

- Écarte les jambes.

- Oh, putain, oui, grogna Caleb.

Contrainte, je fis ce qu'ils voulaient, écartant mes cuisses alors que Nick s'installait entre mes jambes et léchait mon centre. Je me crispais, envahie et mouillée, roulant des hanches alors que

Caleb me poussait contre la bouche de Nick. Sa langue envahit ma chatte et son pouce caressa mon clito. La sensation me fit basculer, me faisant chevaucher la bouche de Nick. Je fermai les yeux une fois de plus alors que Caleb lâchait un son sauvage, me baisant de plus en plus fort et de plus en plus fort...

Jusqu'à ce qu'un cri s'échappe. J'eus des spasmes encore et encore, cambrant mon dos, m'abandonnant à eux. Mon corps, mon cœur, mon âme, alors que Caleb émettait un grognement et me remplissait. Il n'y avait qu'eux à ce moment-là. Mon corps tremblait, chaud et palpitant. L'emprise de Caleb se relâcha lentement. Son souffle était puissant dans mes oreilles. Nick se retira de mes cuisses, passa ses doigts sur sa bouche et leva les yeux vers moi.

- Putain, tu as bon goût.

- Et tu baises bien, aussi, grogna Caleb en s'agrippant à mes hanches et en faisant retirant sa queue de moi. Tu baises vraiment bien. *Tu baises tellement bien....*

Chapitre Trente-Deux

LONDON

Ma bague cliqueta contre le verre alors que je portais le bord à mes lèvres et que j'avalais le whisky de l'étagère supérieure. Les lumières clignotaient sur les moniteurs en face de moi. L'écran à l'extrême droite était divisé avec les séquences de vidéo en direct en noir et blanc autour de l'extérieur de la maison. Celui d'à côté était principalement composé d'ombres. Mais de temps en temps, une silhouette dansait sur les bords, hors champ. Mais les écrans que je regardais étaient pour la plupart endormis. Comme tout le monde devrait être endormi...

Tout le monde, *sauf elle.*

Je déplaçai mon regard vers l'autre écran en face de moi, celui en couleur. C'était le seul dont l'occupante était encore éveillée... et faisait en ce moment les cent pas comme une lionne dans sa chambre. Elle pensait être intelligente, elle pensait être courageuse. Mais elle ne l'était pas. Elle était ma cible malléable. Mon arme provocante et entêtée. Je l'utilisais... je l'utilisais pour obtenir ce que je voulais. Je l'utiliserais pour obtenir le pouvoir.

Je briserais cette volonté en elle.

Je l'écraserais sous mon propre désir.

Et je la lui ferais avaler comme une pilule.

Je lui donnerais juste assez.

Juste un petit goût de liberté.

Une lichette d'amour. Assez pour qu'elle m'obéisse.

Je croisai les jambes, la regardant jeter un coup d'œil par-dessus son épaule à la fausse caméra installée dans le coin de sa chambre, puis revenir vers la porte avant de tester la serrure. L'acier trempé tenait bon. La caméra se focalisa sur son visage. Des lèvres poudrées, des yeux bruns. Chat sauvage, c'est ainsi que mes fils l'appelaient... *Chat sauvage.*

C'était un petit chat sauvage, n'est-ce pas ? dis-je en me mordant la lèvre. Un chat sauvage qu'il fallait maîtriser. Elle ressemblait tellement à son père, les mêmes yeux bruns et le même regard brûlant. Je vis le mouvement de ses lèvres quand elle grogna "fils de pute".

Un pli se dessina au coin de ma bouche. *Si seulement elle savait...*

De mon autre main, j'appuyai sur une touche du clavier, puis je jetai un coup d'œil à l'autre moniteur à ma gauche, celui qui surveillait chaque angle de l'intérieur de la maison, et je mesurais les conséquences de ce que j'allais faire.

Comme je le faisais à chaque fois.

Je jetai un coup d'œil au téléphone à côté de moi, celui avec une SIM sécurisée et intraçable... celui avec l'enregistrement d'une affaire très privée. Au lieu d'appuyer sur le bouton du clavier, je saisis le téléphone et déverrouillai l'écran. La femme qui me maudissait silencieusement sur l'écran en face de moi n'avait aucune idée du mal que j'avais eu à la faire venir ici.

Mais moi, je le savais.

J'appuyai sur le bouton, revivant ces moments, et la pièce cachée dans laquelle je me trouvais était remplie de cris, *TOBIAS ! TOBIAS S'IL TE PLAÎT ! TOBIAS !* J'appuyai sur le bouton une fois de plus, mettant fin aux sons. Mon cœur battait toujours. Des sons comme ça, remis aux bonnes personnes, seraient une bombe... le genre de bombe dont j'avais besoin...

Je levai mon regard vers le moniteur. Le genre de bombe que je désirais. *Tout comme elle...*

VA TE FAIRE FOUTRE ! hurla Vivienne, ses yeux sombres pétillant de haine. Elle regarda par-dessus son épaule une fois de plus, et fixa la caméra... puis elle s'en approcha, son regard fixé sur la lumière rouge clignotante qui servait de leurre et elle lui fit un doigt d'honneur.

Mon pouls résonna. Ma bite tressaillit.

À ce moment-là, elle avait l'air d'avoir dix-neuf ans.

Jeune.

Rebelle.

Je ne pus m'en empêcher, je saisis ma bite dure à travers mon pantalon. Elle se retourna, les mains serrées en poings. La lumière de sa chambre éclairait son visage et je fus attiré par les taches de rousseur qui éclaboussaient ses joues et l'arête de son nez. Ces putains de taches de rousseur.

- Bordel.

Je détournai les yeux, détestant cette flambée d'incertitude. Il n'y avait pas de place pour la faiblesse ici... *pas de place pour le désir*. Pas de place pour la faim. Juste une froide sauvagerie. Une prise cruelle et tranchante. Il n'y avait pas de place pour autre chose que l'objectif. J'étais venu jusqu'ici, en risquant tout... et j'étais si proche maintenant.

Je me concentrai sur l'écran et même si mon estomac se noua et que ces pensées paniquées s'intensifiaient, j'appuyai sur la touche du clavier, sur la commande *déverrouiller*.

Clic.

Les lumières de la serrure électronique se mirent à clignoter. La vue et le son attirèrent son regard. Elle tourna sur elle-même, debout sous la fausse caméra, et hésita. *Pourquoi ?*

- Qu'est-ce que tu fous, Vivienne, murmurai-je. Mords à l'hameçon, chat sauvage.

Elle était hésitante, jetant un coup d'œil à la caméra, puis se retourna pour faire un pas, puis un autre, jusqu'à ce qu'elle soit devant la porte. Elle tendit le bras et sa main survola la poignée. Seulement cette fois, elle ouvrit la porte comme je pensais qu'elle le ferait... *non*. Elle retira sa main et se dirigea vers le plateau repas que je lui avais apporté il y a quelques heures.

Je fronçai les sourcils et me penchai plus près, rivé, alors qu'elle poussait les tasses et les ustensiles en plastique et qu'elle attrapait le plateau, le soulevant, testant son poids, avant de le tenir en l'air derrière elle.

- Une fille intelligente, marmonnai-je. Une fille rusée et intelligente.

Ce n'est qu'alors qu'elle se déplaça avec détermination, se précipitant vers la porte pour en tourner la poignée et l'ouvrir d'un coup sec. Elle était prête, soulevant le plateau vers le haut. Si quelqu'un l'attendait, il recevrait un plateau en pleine figure.

Je pris mon téléphone à côté de moi, mon vrai téléphone. La carte SIM dessus possédait mon nom. Je faisais très attention à ce téléphone. Il ne contenait pas d'"enregistrements spéciaux", pas de textos envoyés à M. Benjamin Rossi, non plus. Il y avait juste eux. Je fis apparaître le traceur et je vis les lumières vacillantes pendant que mes fils chassaient.

Je voulais qu'ils chassent.

Je les avais entraînés à chasser.

C'est pour ça qu'ils avaient été élevés.

Un mouvement ramena mon attention sur elle. Elle était floue dans les caméras de vision nocturne, dévalant les escaliers avec ce satané plateau au-dessus de sa tête. Si elle trébuchait comme ça, elle pouvait se blesser. Je serrai les dents, mes muscles se contractèrent. Mes doigts se dirigèrent vers le clavier et tapèrent les touches que je voulais, changeant de caméra, suivant son chemin jusqu'au bureau.

J'appuyai sur un bouton, déverrouillant la porte du bureau bien avant qu'elle n'y arrive, comme la dernière fois. Seulement voilà, l'autre fois je n'avais pas prévu que mes fils rentrent si tôt. Ils étaient remontés du garage et le clic de la serrure sur la porte de mon bureau avait suscité leur intérêt.

C'était une sacrée chance que je sois arrivé à ce moment-là. On ne savait pas ce que mes fils auraient fait. Mais le signal de suivi sur mon téléphone m'indiquait qu'ils étaient loin cette fois-ci, dehors la nuit, en train de traquer ma proie. Sur l'écran, Vivienne poussa la porte de mon bureau et brandit le plateau devant elle, s'attendant à une attaque. Seulement il n'y avait pas d'attaque ce soir. *Ni de mes fils... ni de moi.*

Je recroisai les jambes, pris mon verre et bu, savourant la chaleur qui se répandait dans mon corps et dans mes veines. Je me sentais presque... étourdi lorsque Vivienne balaya la pièce du regard, entra et ferma la porte.

- Putain, tu es si jeune, n'est-ce pas ? chuchotai-je, ma voix rauque et étrange alors que mon regard se déplaçait le long de son corps.

Je savais pertinemment qu'elle était vierge, putain.

- Je me demande quel goût a ta chatte.

Mes couilles se crispèrent et ma bite tressaillit, se gonflant contre mon pantalon. J'avais déjà vu une pute aujourd'hui et je me sentais encore à cran. Je pris mon téléphone alors que Vivienne jetait un coup d'œil dans la pièce et se dirigeait vers le bureau. Elle regarda la porte, en se dépêchant maintenant, alors qu'elle s'acharnait sur les tiroirs et les trouvait verrouillés.

- Déplace la souris, Vivienne, murmurai-je. Déplace la putain de souris.

J'ouvris mes contacts et je fis défiler les numéros des putes haut de gamme que j'avais. Les noms se brouillaient en défilant. Elles étaient toutes trop familières. J'avais besoin de quelque chose de nouveau, de frais. Mon regard revint à l'écran lorsque le chat sauvage donna un coup de pied contre le côté de mon chef-d'œuvre en cèdre rouge à cinq mille dollars, saisissant la poignée du tiroir du haut avant de soupirer.

- Putain, gémis-je.

Elle allait me coûter une putain de fortune, celle-là... je le sentais.

Un nerf tressaillit au coin de mon œil. Je posai le téléphone sur le bureau en face de moi et il heurta la surface avec un bruit sourd. Je me fichais des putes ou de me faire sucer à ce moment-là. Je passai mes doigts dans mes cheveux, énervé et furieux contre cette foutue tornade dans mon bureau alors qu'elle poussait un cri silencieux et lança mon journal en cuir à travers la pièce.

Je grimaçai. J'aurais dû l'enfermer. Furieux, j'essayais de me demander s'il y avait quelque chose là-dedans que je ne voulais pas qu'elle sache. C'était un journal neuf, avec seulement quelques entrées griffonnées. Rien de vraiment important. Si elle passait le temps à parcourir les pages, elle en sortirait furieuse.

Encore plus furieuse qu'elle ne l'était maintenant.

D'une certaine manière, je n'aimais pas vraiment cette idée.

Elle lançait maintenant mon stylo Montblanc Royal qui s'envola, heurtant la souris sans fil avant de s'écraser contre le clavier. En un instant, l'iMac s'anima. Le moniteur avait été laissé déverrouillé pour cette raison précise. Mais elle ne s'y attendait pas, n'est-ce pas ? Son regard se rétrécit alors qu'elle regardait autour de la pièce. Je pouvais voir son corps se tendre.

- Appuie sur le bouton, chat sauvage, dis-je.

Écrase-la comme une pilule et fais-lui manger. C'est ce que je voulais... et c'était la première étape pour y parvenir.

Elle se mordilla la lèvre et scruta le bureau, puis se pencha vers le moniteur et appuya sur play. Elle tressaillit. Une fois, deux fois, trois fois, et elle tituba en arrière. Je sus instantanément ce qu'elle écoutait. Dans ma tête, le son se rejouait.

BANG ! BANG ! BANG ! Tu n'as pas le droit de toucher à ce qui est à nous !

Ses yeux se sont élargis et sa bouche s'est ouverte.

Puis elle s'avança, saisit le moniteur et l'a fait basculer brutalement. Je grimaçai, elle était tellement brutale avec l'équipement, tellement mal éduquée. Une vraie putain de petite... morveuse. Elle se laissa tomber dans le fauteuil, fixant le moniteur tandis que Ryth Banks et ses demi-frères exerçaient leur vengeance.

C'était la première fois qu'elle voyait Ryth depuis que je l'avais amenée ici.

Maintenant, elle savait deux choses :

Un, que Ryth était vivante et avec ses demi-frères...

Et *deux,* qu'elle regardait une maison qui ne pouvait pas être surveillée, que le flux ne pouvait pas être directement envoyé à mon ordinateur. La première chose la frappa instantanément. Ses épaules se sont affaissées de soulagement, sa tête est tombée en avant, et je jure avoir vu un frisson. Si c'était le cas, cela n'a pas duré très longtemps, car la deuxième prise de conscience arriva aussitôt.

Sa colonne vertébrale se redressa lentement. Son regard était immobile, fixé sur l'écran. Je perçus le soulèvement et l'abaissement de sa poitrine avant qu'elle ne balaie lentement la pièce... en se concentrant sur la fausse caméra située dans le coin de la pièce.

Peu importe qu'elle ait regardé la mauvaise caméra, peu importe qu'elle se soit lentement levée et ait fait le tour du bureau jusqu'à ce qu'elle se tienne sous la lumière clignotante. Peu importe qu'elle n'ait rien dit, rien fait.

Parce que ce qui importait, c'est qu'elle réalisait maintenant.

À quel point ma portée était grande.

Et les choses que je ferais.

Je baissai les yeux sur le téléphone à côté de moi, celui avec l'enregistrement de Killion et Ryth. J'avais déchaîné ses frères comme une arme, faisant éliminer l'un des rares types pathétiques. Je détestais Killion. Cet ignoble bâtard de pacotille maniait sa cruauté comme une putain d'attraction de carnaval, faisant venir des hommes qui consommaient comme une putain de peste.

Seulement, j'étais différent. J'étais *sélectif.*

Et j'avais mes raisons.

Vivienne baissa lentement les yeux et se retourna. Quoi, pas de retournement de veste cette fois-ci ? Pas de cris obstinés ? Un sourire tira les bords de ma bouche alors que je la regardais s'arrêter. Quelque chose avait attiré son attention, quelque chose de plus profond dans le bureau... quelque chose sur les étagères.

Je sus instantanément ce qu'elle avait vu.

Mon estomac se noua.

Le début de satisfaction s'éteignit aussitôt arrivé.

- Non, dis-je en me penchant en avant alors qu'elle faisait un pas en avant et tendait la main vers le petit carnet rose rangé au fond de l'étagère.

Elle n'aurait pas dû le remarquer.

Elle n'aurait pas dû s'en soucier.

Elle n'aurait pas dû le lire alors que je la regardais ouvrir les pages et les feuilleter.

La chair de poule courait le long de ma colonne vertébrale tandis que je la regardais. Même si je pouvais traverser la maison à toute vitesse et que je me précipiterais dans les escaliers, il serait trop tard. Tout comme il était déjà trop tard. La tête de Vivienne se mit à dodeliner lentement tandis qu'elle fermait doucement le cahier et le remettait en place.

Je décroisai mes jambes et me levai lentement. Mon attention se porta sur la porte lorsque mon téléphone se mit à sonner.

- Pas maintenant, dis-je à travers des dents serrées.

Sur le moniteur, Vivienne allait vers la porte du bureau, l'ouvrit puis se faufila derrière. Je la suivis comme je l'avais fait auparavant alors que mon téléphone sonnait sans cesse. Je le saisis et j'appuyais sur le bouton.

- Quoi encore ?

- Nous avons la localisation d'Elle, *Pier Ten,* côté est de Mossman.

Côté est de Mossman...

C'était inattendu, même pour quelqu'un comme elle.

- L'Ordre a également sa localisation, ajouta Colt. Que voulez-vous que nous fassions ?

Que faire...

Que faire ?

Mon esprit courait avec mille scénarios possibles, mais aucun qui m'aiderait sur mon chemin.

- *Observer seulement.*

- Vous êtes sûr ?

- Vous me remettez en question ?

- Non... je veux juste...

- Alors, observez seulement, dis-je.

- Je le ferai, marmonna-t-il. Je ferai un rapport si quelque chose se passe.

Sur le moniteur, Vivienne atteignait le haut des escaliers et se dirigeait vers sa chambre.

- J'attendrai, dis-je en la fixant, puis je mis fin à l'appel. J'attendrai.

J'avais à peine terminé l'appel que mon téléphone sonna de nouveau.

- C'est quoi ce bordel cette fois ? criai-je, ne voulant pas détourner le regard de la femme sur le moniteur... celle qui en savait maintenant plus que je ne voulais qu'elle en sache alors qu'elle se glissait dans sa chambre.

Mais je pris le téléphone et je jetai un coup d'œil à l'écran...

Je vis un message qui me glaça le sang.

Un son rauque et sauvage s'en suivit. Je me levai d'un coup, faisant tomber mon verre et renversant son contenu.

- *Putain !* criai-je.

Mais ce n'était pas à cause de ce putain d'alcool hors de prix...

C'était parce que tout mon plan... *venait d'être réduit à néant...*

Je sortis de la pièce en courant, tapant des numéros sur mon téléphone, priant Dieu que je puisse sauver la situation... et je laissais Vivienne, avec son sourire satisfait, loin derrière moi alors que je courais vers ma voiture.

Chapitre Trente-Trois

RYTH

Il ne m'avait rien dit...

Je m'en rendis compte alors que je me tenais là, serrant le journal de ma mère dans ma main. Quand nous avions quitté le restaurant, avant que Tobias s'écroule au sol, Nick avait promis de me dire pourquoi ma mère m'avait livrée à ces putains de tarés. Mais alors que je me tenais là, le petit carnet en cuir entre les mains, je réalisai en fait qu'il ne l'avait jamais fait...

Les mots devenaient flous alors que je les lisais ; je souhaitais à ce moment-là qu'il ne m'en ait jamais parlé.

Je déglutis en essayant de retrouver ma voix, seulement pour chuchoter :

- Programme de reproduction.

Je levai les yeux vers le regard triste de Nick.

- C'est ce que je suis ?

- Non, dit Caleb en secouant la tête. Tu n'es pas ça. Au mieux, ça explique d'où tu viens.

- Elles ont été élevés, Caleb, pleurnichai-je, en soulevant le journal. Ma mère, les autres femmes, elles ont été élevées.

- Et s'ils en avaient l'occasion, ils auraient fait la même chose avec toi, ajouta Caleb.

Tu as ça dans le sang.

Dans le sang.

Dans le...

La cuisine tournoyait, se brouillant sous le flot sauvage de ma respiration paniquée. *Oh, mon Dieu...oh, mon Dieu...*

- Doucement, dit Tobias en me prenant le bras, lançant un regard sauvage à C.

- Un peu de tact, putain, non ?

- Le tact ne lui donnera pas de réponses, rétorqua Caleb. Et c'est sûr que ça ne la maintiendra pas en sécurité.

Tobias secoua la tête alors que la colère brûlait dans son regard.

- Et tu penses que l'effrayer à moitié le fera ?

Caleb se tourna, passant ses doigts dans ses cheveux, sa chemise blanche déboutonnée et froissée bouffant alors qu'il faisait les cent pas devant le comptoir de la cuisine.

- Putain, c'est le bordel.

Je pensais que c'était un mensonge.

Que tout ça n'était qu'un mensonge tordu et malsain. Mais ça ne l'était pas, n'est-ce pas ? Non seulement ce n'était pas un mensonge... c'était bien pire que ce que je pensais.

- Je ne sais pas si je dois vomir, crier ou me saouler.

- On peut essayer les trois à la fois si tu veux, marmonna T à côté de moi. Parce que ça ressemble à un samedi soir ordinaire de fête pour moi.

Je laissai échapper un éclat de rire en lui lançant un regard noir.

- Bonne idée de blaguer dans un moment pareil.

Le coin de ses lèvres se retroussa et il haussa les épaules.

- Hé, ça a marché, n'est-ce pas ?

J'étais sur le point de lui donner un coup dans les côtes, mais le téléphone de Nick se mit à vibrer sur le comptoir. Le peu de rire que j'avais en moi s'éteignit en un instant. Nick me lança un regard, puis appuya sur un bouton de son téléphone, le mettant sur haut-parleur.

- On écoute.

- Mes gars sont en route pour la récupérer.

Le grognement profond de Ben Rossi résonnait d'une voix rauque dans le téléphone. Je doute qu'il ait dormi ne serait-ce qu'une seconde.

- Je voulais juste vous tenir au courant.

Nick me regarda fixement, puis tendit la main, son doigt planant au-dessus du téléphone.

- Merci. Continue de nous tenir au courant.

- Pas de problèmes.

Je bondis en avant.

- *Attends !*

Nick fit une pause. Mon cœur martelait, ma poitrine se contractait.

- Tu peux rester en ligne ? demandai-je. Je veux juste m'assurer qu'elle est en sécurité, c'est tout.

- Ryth, dit Nick.

Il y avait une tristesse dans son regard. Je n'avais pas besoin de voir ça en ce moment.

- Je ne vais pas me faire de faux espoirs, marmonnai-je. Je sais que ce qu'elle a fait était mal. Mais si ça... dis-je en soulevant le journal intime. Si ça n'en dit pas long sur son état mental, alors je ne sais pas ce qui le fera.

- Elle avait l'air normale quand elle t'a fait enlever, grogna Nick.

- Elle avait aussi l'air normale quand elle a tiré sur notre putain de père, grogna Tobias.

Je tressaillis à ces mots. Après que Tobias nous ait raconté ce qui s'était passé cette nuit-là, je n'arrivais pas à y croire. Cette... *meurtrière* n'était pas la femme qui m'avait donné naissance, qui m'avait élevée... qui avait pris soin de moi. Elle était une inconnue pour moi. Je serrai dans ma main ce journal intime--fruit d'hommes répugnants.

La haine commençait à se diffuser dans la cuisine, donnant la chair de poule à mes bras. Je passais mes bras autour de moi alors que la voix de Ben se faisait entendre à nouveau.

- Je vais appeler mes hommes avec l'autre téléphone. Je vais les mettre sur haut-parleur et dès que nous l'aurons trouvée, tu pourras te reposer.

Il savait. Je ne comprenais pas comment, *mais il savait*.

- Merci, chuchotai-je.

J'attendis alors qu'on entendait des bruits dans le téléphone, jusqu'à ce que les voix d'autres hommes résonnent.

- On arrive à la jetée là.

- Est-ce que vous la voyez ? demanda Ben.

- *On cherche... y'a...* dit l'homme.

- C'est quoi ce bordel ? grogna Ben.

Nick leva la tête.

- Qu'est-ce qu'il se passe ?

- Je viens de recevoir un putain de texto d'un numéro inconnu... *y'a eu une explosion.*

- Attends ! La voix de son homme s'est faufilée dans le fond.

- *Attends PUTAIN !*

Bang !

Bang...bang...bang bang bang.

Je tressaillais à chaque son. Ma respiration devint saccadée.

- Qu'est-ce que c'est ? Qu'est-ce qui se passe ?

- Nick ! cria Rossi. *Barrez-vous, putain, MAINTENANT !*

Bang !

Je regardai le téléphone sur le comptoir, mais l'écran était noir maintenant...l'appel avait été coupé.

Bang !

- C'est quoi ce bordel ? cria Nick quand un mouvement flou apparut dans le coin de mon œil, derrière moi.

Je me retournai tandis que Tobias s'affairait, et je vis trois hommes habillés en noir et portant des cagoules marchant vers nous avec leurs armes à feu levées en l'air.

Bang ! Le coup de feu retentit lorsque Caleb s'élança sur le côté. Tobias était enragé, il se mit devant moi pour me protéger avec son corps alors que les hommes se dispersaient, chacun d'entre eux se dirigeant vers mes frères. Mais c'est celui du milieu qui brandit l'arme qu'il tenait, visant la tête de Tobias.

Jusqu'à ce que Nick déclenche un rugissement sauvage, saute par-dessus le comptoir de la cuisine, et arrache l'arme de la main de l'attaquant. *Bang* ! Le tir passa à côté, touchant le comptoir à côté de moi. Il y eut une seconde où Tobias me lança un regard, puis en voyant l'impact de la balle, se retourna vers le connard.

- Espèce de salaud ! hurla-t-il en s'élançant, enfonçant son poing dans son visage masqué. T'as failli la toucher !

Boum !

Boum !

Crunch !

Les grognements sauvages de Rebelle provenaient du coin de la salle à manger. Ses babines noires étaient retroussées et la rage brillait dans ses yeux de minuit. Elle se jeta sur l'agresseur qui s'en prenait à Nick, enfonçant ses crocs dans sa jambe. Il céda sous la douleur et tenta de lui donner un coup de pied. Mais il était hors de question qu'elle lâche prise. Au contraire, elle s'accrocha encore plus fort, en balançant sa tête d'un côté à l'autre.

- *Putain !* cria le mec qui avait tenter de tirer sur Nick.

Il y eut un flou infernal de poings et de cagoules et cette chienne enragée qui protégeait mon frère. Je m'éloignai du comptoir et je trébuchai en arrière alors que mes trois frères se battaient pour sauver notre vie. Mais je n'allais pas m'enfuir. Hors de question... j'en avais fini avec ça... *j'en avais vraiment fini*. Je fis le tour du comptoir et m'approchai pour prendre un des couteaux de boucher sur le bloc en bois, puis je me retournai vers eux.

Ils étaient venus pour m'enlever...

Non. Ils étaient venus pour les tuer...

Je serrai le couteau fermement dans ma main avant de m'élancer sur eux alors que des grognements et des cris ainsi que les sons écœurants des coups de poings sur la chair suivaient.

- Tirez sur cet enfoiré ! cria l'un des attaquants.

Nick donnait des coups de poings sans relâche avant de lui donner un coup de pied qui le fit vaciller. Mais il était tellement concentré sur Tobias qu'il se prit un poing dans la mâchoire. Il tituba en arrière, puis tomba au sol tandis que l'autre homme s'en prenait à la jambe blessée de Tobias.

- Je vais te tuer ! rugit Tobias. Je vais te tuer, putain !

Pan !

Un coup de feu retentit, assourdissant. Je saisis le manche du couteau et je scrutai les murs pour voir où la balle avait frappé. Mais elle n'avait pas fait de trou, ni dans les murs ni dans le comptoir. Je vis Caleb vaciller, le sang formant une marre rouge vif près de son épaule.

Ils lui avaient tiré dessus.

Ils avaient tiré sur Caleb !

Quelque chose de sauvage se déchaîna en moi. Une rage *féroce et incontrôlable...* Je bondis vers la salle à manger et je plantai le couteau dans un type alors que Caleb trébuchait, essayant de rester debout. Le tireur tourna la tête vers moi. Mais il était déjà trop tard, j'enfonçais déjà la pointe du couteau dans son corps.

La lame s'enfonça profondément, la chair engloutit l'acier jusqu'à ce que je ne vois plus la lame.

Engourdie, je regardai son ventre, où la lueur était avalée par son corps, puis je levai les yeux vers lui. Son regard s'élargit de façon stupéfiante lorsque les grognements et les hurlements de mes frères surgirent derrière moi.

- Ryth ! cria Caleb en attrapant mon bras avant de me tirer en arrière. Putain, si tu la touches... ajouta-t-il. Si tu la touches je te tue.

Mais le tireur baissa les yeux et fixa le grand couteau enfoncé dans son ventre, puis il saisit le manche et le retira. *Attends !* criai-je dans ma tête. Mais je ne prononçai pas les mots. Cet enfoiré tira le couteau d'un coup sec, créant une entaille qui remontait vers le haut et je repensais à Tobias qui m'avait montré où poignarder. *Plus haut, petite souris... tu feras plus de dégâts.*

Et c'était le cas.

Crunch.

Crunch.

Boum !

Tobias s'élança, se plaçant entre nous et l'homme dont le sang commençait à tacher son t-shirt noir et la marre de son sang s'agrandissait déjà sur le beau parquet de Ben.

- La partie est terminée, grogna Tobias, il recula légèrement son poing et l'envoya droit dans le visage du type.

Nick nous rejoignit une seconde plus tard alors que le tireur tombait au sol.

- *Faut qu'on se barre.*

- Où ça ? chuchotai-je, en regardant tout le sang. On n'a nulle part où aller.

Le téléphone de Nick vibra sur le comptoir de la cuisine où nous l'avions laissé. Il courut pour répondre à l'appel.

- Ouais ?

Il y eut une seconde de silence effrayant où les seuls sons étaient le bruit étouffé de nos respirations et le celui du sang qui goutte sur le sol. Je ne pense pas que j'entendais vraiment ça, c'était sans doute mon esprit qui me jouait des tours. Toujours est-il que j'étais rivée, comme nous tous, sur Nick alors qu'il devenait pâle et marmonnait :

- C'est quoi ce bordel ?

- Haut-parleur ! cria Caleb en se précipitant vers lui.

Nick baissa la main instantanément et appuya sur le bouton du haut-parleur.

- Redis ça, Ben.

- Il s'est passé quelque chose à l'Ordre. Il y a eu une explosion. Jack... Jack est...

Mort, non ? Mon père est mort.

- Il s'est échappé et il va me rejoindre.

Je redressai la tête. Mes trois frères me fixaient tandis que le chef de la mafia continuait à parler.

- Ryth, ma belle... je sais pas comment te dire ça, mais ta mère est morte.

Ma mère est... *morte* ?

- Quand mes hommes sont arrivés, ils sont tombés sur trois hommes de l'Ordre. Ils l'ont tuée, juste là, devant mes hommes. Ils ont ouvert le feu, mais le temps qu'ils arrivent, il était trop tard.

C'était trop tard... *trop tard.* Mes genoux tremblaient, mais Tobias était là, enroulant son bras autour de ma taille, s'accrochant à moi comme si j'étais sur le point de partir à la dérive.

- Mais son père est en vie, insista Nick, me ramenant à la seule lueur d'espoir qu'il me restait.

- Oui, et il est en route pour me rejoindre.

- Comment il a pu sortir ? dit Caleb en s'appuyant de sa main valide contre le comptoir.

- A ton avis, putain ? grogna Tobias à côté de moi. C'est King... King, qui semble bien ravi de l'aider, tant que ça peut le mener à Ryth.

Je tressaillis avant de le regarder. Ses yeux marron foncé pétillaient de malice.

- Il ne s'approchera pas de toi, petite souris, promit-il. Personne ne s'approchera de toi.

- On va vous rejoindre, dit Nick en prenant le téléphone avant de se tourner vers nous.

- Prenez les routes secondaires, dit Ben, et appelle-moi quand tu seras proche.

- Entendu, dit-il avant de mettre fin à l'appel.

Je baissai les yeux sur le sang qui avait presque atteint mes pieds nus et j'eus un mouvement de recul avant de tomber dans les bras de Tobias. Il suivit mon regard puis me fit tourner la tête.

- Je vais démarrer le moteur, grogna Nick. Tu t'occupes des armes.

- Dépêche-toi, princesse, dit Caleb. Récupère tes vêtements et on s'en va.

Mais je me retournai vers lui pour le scruter :

- Ton épaule.

Il baissa les yeux, la tache de sang sur sa chemise n'avait pas grandi.

- Je vais bien, c'est juste une blessure superficielle. Prends tes affaires, princesse. Il faut qu'on parte.

Je me fichais des affaires.

- Rebelle ! criai-je avant de la voir assise au bout du comptoir, haletant bruyamment. J'allai m'agenouiller à côté d'elle.

- Ça va, ma belle ? dis-je en caressant sa tête alors que j'observai doucement son corps. Tu t'es fait mal ? T'as déchiré un point de suture ?

- On y va, princesse, cria Nick, rassemblant les armes de nos agresseurs en fouillant leurs corps. Je m'occupe de la chienne.

Je me relevai alors que mon pouls tambourinait dans mes oreilles et me faisait sortir de mes gonds.

- Tu as raison. Je me dépêche.

Je ne pris pas la peine de regarder derrière moi alors que je me précipitais vers les escaliers.

- Cinq secondes, Ryth ! rugit Nick a rugi derrière moi.

Cinq secondes. Cinq foutues secondes. Je pris les marches deux par deux et le bruit assourdissant des pas lourds derrière moi se rapprocha. Des mains fortes passèrent autour de ma taille et me soulevèrent pour me faire avancer plus vite.

- Allez, petite sœur, dit Tobias en me poussant.

Mais il n'était plus derrière moi quand je me retournai. Je n'ai pas ralenti assez longtemps pour voir où il allait, je continuai à courir jusqu'à la chambre que je partageais avec mes frères pour prendre tous les vêtements que je pouvais trouver avant d'enfiler un jean, des bottes, mon soutien-gorge cette fois, et une chemise, puis je pris ma veste.

Je n'avais pas mis cinq secondes... mais j'étais sacrément rapide.

Je sortis en courant, trouvant Tobias qui attendait devant les escaliers avec un sac de sport plus lourd rempli d'armes. Les tendons de son cou étaient tendus par le poids. Il me fit quand même signe de passer en premier, me laissant passer devant lui et dévaler les escaliers.

Le lourd rugissement du moteur de la voiture se fit entendre. Nous avons mis nos sacs à l'arrière dans une suite de mouvements rapides, puis nous étions dans la voiture... et nous quittions en vitesse la maison des Rossi.

Chapitre Trente-Quatre

NICK

J'APPUYAIS SUR L'ACCÉLÉRATEUR, FRÔLANT LA PORTE DU garage qui se levait.

- On va où ? grogna T depuis la banquette arrière.

Mais je n'eus pas eu le temps de répondre car je freinai brusquement devant le portail électrique fermé en fixant le cadavre d'un des hommes de Rossi au bord de l'allée, son arme automatique encore à la main. Un autre de ses camarades gisait non loin de là. Bon sang, *quel carnage...*

- Je m'en occupe, dit Caleb en descendant de voiture.

Je scrutais les alentours, prêt à sortir et à commencer à tirer au premier signe de mouvement. C se précipita vers le portail, agrippa la ferraille et se hissa par-dessus.

- Je sais pas, répondis-je à la question de T.

- Pas le chantier naval, c'est trop loin de la ville.

- Je sais pas... grognai-je, la panique infiltrant mes pensées.

Le portail s'ouvrit et C revint en courant. Je mis le 4x4 en marche et je passai devant lui, m'arrêtant juste assez longtemps pour le récupérer avant de s'éloigner de la maison.

Bip.

Je jetai un coup d'œil à mon téléphone alors que Caleb bouclait sa ceinture de sécurité. Je partageai mon attention, poussant les quatre roues motrices à fond alors que je roulais dans les rues secondaires.

- Quartier des Soies, marmonna-t-il en jetant son regard vers moi. C'est là qu'il veut qu'on aille.

- Là-bas ?

- Ces entrepôts abandonnés qui ont été vendus par la ville.

- Et achetés par Ben, sans doute, marmonna T sur la banquette arrière. Au moins, ce n'est pas le chantier naval.

Et pas aussi loin. J'appuyai sur le bouton du GPS qui se trouvait entre nous, zoomant sur les rues secondaires où nous nous trouvions, et je fis glisser la carte jusqu'à ce que j'affiche ce qui était encore indiqué comme des usines dans la partie supérieure ouest de la ville. Ça allait nous prendre... environ vingt minutes.

- Dis-lui qu'on sera là dans dix minutes.

Les doigts de Caleb volèrent sur le clavier tandis que je maniais le volant et que j'appuyais sur l'accélérateur, en direction de l'autoroute. Je me concentrai sur la rue devant nous et le rétroviseur, attendant et surveillant le prochain assaut.

- Putain, comment ils nous ont trouvés ? grogna Tobias, se tournant dans son siège, regardant les lumières des lampadaires.

- Putain si je le savais, marmonnai-je en prenant la bretelle d'accès avant d'accélérer. Mais ils ont réussi, alors on doit rester prudents.

T leva son arme et vérifia la cartouche.

- Oh, crois-moi, je les attends, putain.

Je me concentrai pour nous amener à bon port en un seul morceau. Mon esprit s'emballait. Mais peu importe à quel point j'étais paniqué... *j'étais toujours attiré par elle.*

- Princesse ? dis-je en jetant un œil vers elle à l'arrière.

Elle était silencieuse, *trop* silencieuse.

Elle jeta un coup d'œil dans ma direction, l'éclat des lampadaires rendant ses yeux bleus délavés encore plus pâles.

- Ouais ?

- Ça va, derrière ?

Elle déglutit fortement et hocha la tête. T se pencha sur la chienne et passa une main dans le cou de Ryth pour qu'elle le regarde.

- Ne nous laisse pas tomber, petite souris.

Elle secoua la tête, ses grands yeux étaient remplis de peur. J'accélérai à nouveau avant de prendre la bretelle pour la prochaine sortie.

Bip.

Je grimaçai. Putain, je commençais à détester ce son.

- Et maintenant ? dis-je, mes pensées déviant vers le moment où cette soirée avait mal tourné.

Ces hommes en noir faisaient partie de l'Ordre, c'était sûr. L'explosion. L'exécution. C'était eux qui faisaient le ménage et reprenaient ce qui leur appartenait. Mon regard se porta sur le rétroviseur lorsque C répondit.

- Ouais ?

Mais Ryth ne leur appartenait pas...

Elle était à nous.

- Il est arrivé ? demanda Caleb en jetant un coup d'œil dans ma direction alors que je prenais la prochaine à gauche et me dirigeais vers le Quartier des Soies. Il s'agissait d'un tas d'entrepôts abandonnés qui étaient autrefois une usine florissante spécialisée dans les matériaux haut de gamme... d'où son nom. Maintenant, c'était un lieu abandonné... une carcasse solitaire désaffectée.

Je levai les yeux vers l'immeuble d'habitation vide qui dominait le secteur et je scrutai les alentours à la recherche de mouvement.

- Là-bas, dit Caleb en désignant trois voitures garées devant les grilles du bâtiment le plus proche.

Je roulai dans cette direction et me garai sur le trottoir avant de couper le moteur.

- J'aime pas être autant à découvert, dis-je en scrutant les alentours.

- Moi non plus, dit Tobias en ouvrant sa portière, sortant le premier, prenant son temps pour vérifier les environs. C'est bon, Ryth. Tu peux sortir.

Le crissement du métal perça la nuit, provenant de la vieille porte de garage roulante juste devant nous. Je me focalisai sur ce son, puis je vis deux silhouettes se dessiner devant les faibles lumières. Ben se tenait là, juste à côté.

- Papa ? chuchota Ryth.

Elle fit un pas, puis un autre, avant de s'élancer.

- Ryth ! cria Tobias en bondissant vers elle.

Mais il n'était pas assez rapide, et notre princesse filait aussi vite que ses jambes le lui permettaient. Rebelle aboya et la suivit. Elles franchirent toutes les deux la porte ouverte et foncèrent vers les hommes.

- Merde, grogna Tobias.

La panique me prit aux tripes.

- Ryth, attends-nous ! criai-je en sortant de la voiture avant de courir vers elle.

Nous devions rester ensemble...

Tobias courait déjà derrière elle, laissant tout le reste derrière lui, y compris moi. Je me dépêchai moi aussi, mon attention se portant sur la silhouette floue de Jack Castlemaine. Il s'avança en ouvrant les bras et bon sang, je détestais l'idée qu'un autre homme la touche, même si c'était son père.

Pas vraiment son père, cependant, n'est-ce pas ? Je franchis la porte, Caleb me suivait. Nous avions couru tout le long de l'allée en béton pour rejoindre la porte ouverte de l'entrepôt.

- Papa, dit Ryth, enveloppée dans les bras de Jack. Je pensais que je t'avais perdu.

Sa tête se serra contre son torse et il leva les yeux vers moi. Aucun mot ne fut prononcé, mais cette lueur triste dans son regard en disait long.

- Entrons, marmonna Ben en captant mon regard. Personne ne t'a suivi ?

Je secouai la tête.

- Non, je m'en suis assuré.

- Bien.

Il s'éloigna, nous faisant signe d'entrer.

Je jetai un coup d'œil par-dessus mon épaule aux voitures garées de l'autre côté du grillage, puis je suivis le mouvement. Le bruit strident des charnières se fit entendre alors que nous avancions à l'intérieur, Ryth toujours collée à son père. Mais une fois les portes fermées, elle se tourna vers lui.

- Comment tu as fait pour sortir ?

Il secoua la tête en gloussant.

- Tu me croirais pas si je te le disais.

- Dis quand même, répondis-je pour elle.

Toutes les têtes se tournèrent dans ma direction. Mais je me moquais que mes mots paraissent fermes, car sa vie était en jeu.

- King... commença Jack.

Bip.

Ben sortit son téléphone et regarda l'écran.

- Qu'est-ce qu'il y a ? demanda Jack en s'éloignant de Ryth, son attention fixée sur Ben.

Mais le patron de la mafia Stidda ne répondit pas tout de suite, au contraire, il décrocha et porta le téléphone à son oreille.

- C'est grave ? dit-il en entendant ce qu'on lui disait.

Ryth jeta un coup d'œil dans ma direction, elle savait. Mon cœur se mit à gonfler quand elle se mit à avancer vers nous.

- Nick, chuchota-t-elle.

Je tendis la main vers elle au même moment où Tobias sortit son arme et s'avança.

- Derrière nous, petite souris, marmonna-t-il.

- Il ont pas pu nous suivre, grogna Ben dans le téléphone. Y'a aucun moyen qu'ils connaissent même l'existence de cet endroit. Putain. Et les autres, ils sont loin ?

Je ne savais pas de quoi il parlait, mais je savais que ce n'était pas bon signe quand ses épaules se sont affaissées.

- T, dis-je.

- Les armes sont dans la voiture, dit-il en s'éloignant. Je reviens dans une minute.

Et je compris alors soudainement.

Cette sensation de déjà vu, encore une fois.

J'étais de retour là, dans l'obscurité, à regarder mon frère courir vers sa putain de mort.

- Tobias ! criai-je.

Il s'arrêta et se retourna, son regard se portant automatiquement sur Ryth, comme si son réflexe premier était de la regarder elle.

- Si tu y vas, dis-je. On y va tous ensemble.

Ryth fit un pas en avant alors que Ben mettait fin à l'appel.

- Je suis d'accord.

- Ils arrivent, dit Ben en secouant la tête. Et nous sommes livrés à nous-mêmes.

Nous sommes livrés à nous-mêmes.

Ces mots auraient dû me refroidir, et si je n'avais pas été là avec mes deux frères et Ryth, ça aurait été le cas.

- On revient, dit Ryth en courant après T alors que Caleb et moi suivions.

- Ryth, cria son père. Chérie, reste ici, laisse-les y aller.

Elle s'arrêta devant l'insistance de son père, puis tourna la tête et répondit :

- Jamais, papa. Si l'un de nous y va, nous y allons tous.

- C'est vrai, princesse, dis-je en saisissant son bras et en l'incitant à avancer.

Si l'un de nous y va, nous y allons tous. Il n'y avait pas d'excuse, pas de jeu solo. Pas de lit dans lequel on dormait seuls. *Plus maintenant.* Tobias tira sur la chaîne qui pendait près de la porte roulante et elle se souleva juste assez pour que nous puissions nous glisser dessous.

- Combien de temps avons-nous ? demanda-t-elle, courant légèrement pour suivre mes longues enjambées.

Mes sens étaient en alerte, j'entendis le vrombissement du moteur d'une voiture roulant beaucoup trop vite.

- Pas longtemps, répondis-je lorsque Tobias ouvrit brusquement la portière arrière de la voiture, côté conducteur, alors que nous arrivions derrière lui.

- Faites gaffe, cria-t-il en lançant un fusil automatique vers moi, puis un autre vers Caleb, qui scrutait les rues.

- Et moi, dit Ryth, jetant un regard à Tobias puis à moi. Je veux me battre.

T se renfrogna et me lança un regard en coin avant que Ryth ne l'arrête.

- Soit tu me donnes quelque chose pour me battre, soit je demanderai à mon père.

Je tressaillis. *Merde.*

T n'aimait pas ça du tout. Il fouilla dans le sac et sortit un Sig. Mais il ne lui lança pas comme il l'avait fait pour nous. Non, il avança vers elle et lui tendit l'arme, poignée vers l'avant.

- Tu n'auras pas besoin de t'en servir. Mais si jamais... ne me tire pas dessus.

Ses sourcils se froncèrent alors que le vrombissement du moteur de la voiture s'amplifiait et fut rejoint par un autre.

- Et si je te tapais sur la tête avec à la place ? dit-elle.

- Et si, quand on partira d'ici, je te baisais sur le siège arrière de la voiture de Ben Rossi ? rétorqua-t-il. Tu pourras me taper sur la tête autant que tu veux.

Des phares brillaient au loin.

- T, dis-je en faisant un pas en arrière.

Il suivit mon regard.

- Retourne dans l'entrepôt, petite souris... *tout de suite.*

Il se précipita sur le sac, lança une partie des armes à Caleb et fit claquer la portière avec un bruit sourd.

Nous étions déjà en train de courir lorsque les moteurs rugissaient en se rapprochant et que le faible bang...bang...bang des coups de feu retentit. La vitre arrière du 4x4 éclata.

- Dépêchez-vous, bordel ! rugit Ben qui se trouvait à côté de la porte de l'entrepôt.

Je saisis le fusil automatique, puis je ralentis juste assez pour que T puisse me rattraper et que Ryth passe devant moi, puis je brandis mon arme avant de viser... puis de tirer.

Chapitre Trente-Cinq

CALEB

Des coups de feu retentirent à côté de moi alors que Nick ouvrait le feu.

- Rentre, Ryth ! criai-je en me retournant alors que je dégainais mon arme et glissais mon doigt autour de la gâchette.

Elle se mit à courir... c'est tout ce qui m'importait.

- *Enculés !* hurla T en brandissant son arme et en tirant sur l'énorme 4x4 Expedition noir alors qu'il fonçait vers nous.

Les balles se heurtaient à la grille, faisant des étincelles dans la nuit.

Je mis mon viseur à bonne hauteur puis j'appuyai sur la gâchette, envoyant une floppée de balles au loin en direction de la bagnole. Le rétroviseur se brisa et le 4x4 dérapa sur le côté en montant sur le trottoir et il perdit le contrôle. Je me jetai sur le côté et je faillis tomber lorsque la voiture s'écrasa contre la grille dans un vacarme assourdissant.

Tobias trébucha sur le côté, les yeux écarquillés alors qu'il cherchait d'abord Nick, puis moi. Un lent signe de tête, et il se retourna avant de se mettre à courir.

- Joli coup, *frérot*, dit-il en me dépassant.

Je n'étais pas comme Nick ou T. Les mots étaient mes armes, pas les flingues. Malgré tout, je me retournai et je visai à nouveau l'engin noir étincelant alors que le moteur sifflait et crachait, projetant des panaches de fumée dans l'air, et j'ouvris à nouveau le feu avant de tourner et de courir vers la porte ouverte.

- *Espèce d'idiot !* cria Ben à Tobias en tirant sur la grosse chaîne avant de refermer la lourde porte coulissante en acier. Tu aurais pu te faire tuer.

- Ouais, eh bien, je suis toujours là, n'est-ce pas ? répondit T.

- Seulement par chance, grogna Ben, en jetant un regard à T, puis à Nick, et enfin à moi.

Je vis alors à quel point Tobias avait été proche du chef de la mafia Stidda et cela me rendit triste qu'on ait perdu cette relation avec notre propre père.

- Vers l'arrière, *vite,* dit Ben en donnant un coup de tête.

Ping !

Ping !

Des balles ricochaient sur la porte en acier du garage. Nous nous sommes retournés et avons couru vers l'arrière de l'entrepôt, contournant les tables de coupe abandonnées et les machines à coudre rouillées.

- Ils ne m'ont pas suivi, dit Jack en secouant la tête. Je le sais pertinemment.

- Pourquoi, parce que ton pote King s'en est assuré ? rétorqua Tobias en lui lançant un regard sauvage.

Jack le regarda en retour.

- Jack a raison, dit Ben en appuyant sur la poignée d'une porte de bureau. D'abord, ils vous ont attaqué ce soir chez moi, puis ils nous ont suivis ici.

Il recula et se pencha avant d'enfoncer la porte.

La serrure sauta et la porte s'ouvrit brusquement, heurtant le mur dans un bruit sourd. Le bruit crépitant des balles heurtait par vagues la porte du garage, faisant sursauter Ryth qui se retourna brutalement.

- Et je suis presque sûr qu'ils vous suivaient avant notre rencontre, dit Ben en avançant dans le bureau avant de se diriger vers une petite boîte verrouillée clouée au mur.

Il tenta de l'ouvrir, puis fit un pas en arrière, brandit son arme et tira.

Boom !

Ben se déplaça rapidement, ouvrit la boîte et prit un jeu de clés à l'intérieur.

- Donc, s'ils vous ont suivi de là-bas à ici, dit Ben en passant devant nous pour retourner vers la porte. Alors ça doit être l'un de vous.

- L'un de nous, quoi ? rétorqua T en le suivant.

On le suivit tous, avançant le long d'un couloir vers l'arrière du bâtiment alors que le bruit des tirs s'intensifiait à l'avant.

- L'un de vous a un mouchard, dit-il en nous jetant un coup d'œil par-dessus son épaule.

Un mouchard ?

Je tressaillis alors que des pensées paniquées s'insinuaient dans mon esprit et que je me concentrais sur mes souvenirs. J'essayais de me souvenir de ce qui s'était passé à l'Ordre. *Est-ce qu'ils m'ont... fait quelque chose ?* Ben ouvrit une serrure, entra et alluma une lumière.

- Heureusement que j'ai gardé l'électricité ici, marmonna-t-il en contournant le chaos des machines à coudre et à teindre défraîchies.

On le suivait tous, laissant Tobias fermer et verrouiller la porte derrière nous... jusqu'à ce que je ressente quelque chose et m'arrête, puis me retourne.

Ryth...

Ryth se tenait juste derrière nous.

Ryth avec ses yeux gris-bleu incroyablement grands.

Et cette noirceur dans le regard.

Le genre de noirceur dont je prenais soin.

Le genre de noirceur où je la réconfortais.

- Princesse ? dis-je en faisant un pas vers elle.

- Oui, gémit-elle.

Tobias pencha la tête vers elle, puis Nick fit de même. Tous les autres disparurent de nos pensées. Ils n'avaient plus d'importance à présent. Ni son père, ni l'homme qui essayait de nous maintenir en vie. Il n'y avait que nous, *qu'elle.*

- Qu'est-ce que tu dis ? grogna T..

Elle secoua la tête.

- Vous le savez. *Vous le savez tous*. C'est moi qui ai un mouchard. Moi qu'ils ont... *triturée*. Ils ont mis un truc sous ma peau, dit-elle en enroulant ses bras autour d'elle. C'est moi qui vous mets tous en danger.

Sa façon de dire les choses me donna des frissons. Des coups de feu retentirent, ils semblaient plus proches maintenant, comme s'ils avaient réussi à passer la porte. Je tendis la main.

- On doit continuer à avancer, bébé. Tu dois nous faire confiance. Il faut continuer à bouger.

- On n'a pas le temps de discuter, cria Ben.

Je tressaillis de colère et lui lançai un regard noir.

- Alors on va *le prendre*, putain.

Boom.

Boom.

Boom.

Je mis la panique de côté, écoutant les coups de feu retentir dans l'entrepôt derrière nous et me suis à nouveau rapproché d'elle.

- On reste ensemble, d'accord ? dis-je en me léchant les lèvres, essayant désespérément de la faire revenir mentalement de l'Ordre.

Je ne pouvais pas le faire avec du sexe, pas cette fois. Je devais donc essayer par tous les autres moyens.

- Tu sais tout ce qu'on a vécu. On ne va pas retourner là-bas.

- Non, chuchota-t-elle alors que ses yeux redevenaient clairs. *Hors de question.*

- Donc on reste ensemble, ajouta Tobias.

- Comme on se l'est promis, termina Nick.

Un pas de plus vers elle. Je lui tendis la main alors que l'écho des bottes résonnait dans l'entrepôt.

- *Ensemble*, princesse.

Elle prit ma main et je faillis m'écrouler de soulagement. Je l'entraînais avec moi alors que nous courions vers une porte qui menait à une sorte de ruelle.

Ben ne disait rien, son père non plus. Il se contentait de la regarder avec un regard triste. Il avait pitié d'elle. Elle n'avait certainement pas *besoin de ça*.

Les charnières de la porte grincèrent alors que des coups de feu retentissaient, faisant sauter la porte derrière nous. Je tentai d'ignorer les cris des tireurs, je saisis fermement la main de Ryth, et la tirai vers moi en direction la sortie jusqu'à ce que nous soyons dehors.

L'air froid de la nuit me fit l'effet d'une gifle. J'expirai l'air bruyamment lorsque la porte derrière nous s'ouvrit. Mais T était là, il se mit à viser et tira aussitôt. *Bang ! Bang ! Bang !*

Je sursautai en entendant les coups de feu, je serrai Ryth contre moi puis je la poussai en avant.

- *Cours !*

Nick était là, il lui prit la main et l'éloigna d'ici alors que Tobias poussait un rugissement sauvage.

- *ALLEZ VOUS FAIRE FOUTRE !*

Nos mouvements étaient un flou de panique. Des coups de feu retentissaient tandis que nous courions le long de cette petite ruelle avant d'atterrir dans une rue vide.

- On va où ? cria Nick à Ben en tournant sur lui-même, en levant son arme et en visant.

- Attendez ! surgit un grognement profond dans l'obscurité. C'est moi !

- Néon ? souffla Ben avant de soupirer de soulagement. Putain, je suis content de te voir.

Trois des hommes de Rossi coururent vers nous, venant d'une ruelle à côté d'un bâtiment de l'autre côté de la rue. Celui qu'il appelait Néon nous regardait alors qu'il reprenait son souffle. Les trois avaient l'air d'avoir couru pour sauver leur vie. Mais lorsqu'il s'approcha et fit une poignée de main à Ben, je compris que ce n'était pas sa vie qu'il avait voulu sauver, mais celle de son patron.

- Il y en a d'autres qui arrivent, haleta Néon alors qu'un coup de feu retentissait brusquement derrière lui.

Le gars à côté de lui ouvrit le feu, nous laissant nous concentrer sur l'essaim d'hommes habillés en noir qui débarquait au coin de la rue vide.

Il n'y avait personne pour nous aider, pas de flics pour intervenir et nous protéger. Il n'y avait que nous... et un bloc de bâtiments vides dans lequel nous étions acculés. On ne retrouverait jamais les corps... bang...bang...bang bang bang. *Peut-être que c'était leur plan depuis le début ?*

Boum.

Le bruit d'une portière de voiture claqua derrière moi. J'entends à peine le son, tournant sur moi-même pour ne trouver rien d'autre que la lumière terne des lampadaires contre l'obscurité. Mais les autres n'avaient rien entendu. Ils cherchaient un moyen de se barrer d'ici.

- La voiture est garée dans la rue derrière, marmonna Néon. Elle est complètement détruite, mais elle roule encore.

- On ne peut pas retourner chercher la nôtre, grogna Ben, tressaillant alors que le bruit de coups de feu s'amplifiait.

Le bruit d'un moteur de voiture surgit derrière les tireurs. Il y en avait d'autres qui arrivaient. D'autres hommes de l'Ordre, pour nous cerner comme des rats. *C'était mauvais signe pour nous... vraiment très mauvais...*

Je me tournai vers Nick.

Bang !

- Putain ! cria Tobias en se jetant sur le côté.

Sa chemise était déchirée sur le côté, puis le sang apparut.

- Oh, merde, marmonna Nick. *Oh, merde.*

Chapitre Trente-Six

TOBIAS

- Oh, merde, marmonna Caleb, en regardant vers moi.

Mais je n'allais pas m'arrêter, je ne baissai même pas les yeux vers la douleur qui me cinglait le ventre. Je brandis mon arme puis je me mis à tirer, touchant le type à la jambe.

Le mec en noir poussa un cri et tomba sur un genou. Il leva la tête et ses yeux se sont élargis, sachant que c'était fini pour lui alors que j'ajustai mon viseur avant de presser la détente. *Boom !* L'adrénaline se glissa en moi avant que je ne vise à nouveau.

BOOM !

Des coups de feu retentirent en succession rapide, trop fort et trop près. Je courus vers le bâtiment alors que Ben était projeté en arrière.

- C'est quoi ce bordel ! rugit Nick.

Je n'avais pas le temps de réfléchir - juste de réagir.

BOOM !

BOOM !

BOOM !

Je visai de l'autre côté mais c'était trop tard. Un regard à Ben et je compris qu'il avait des problèmes. Du sang coulait de son épaule. Néon se jeta au sol près de lui. Jack avança vers eux, les protégeant autant qu'il le pouvait tandis qu'il tirait encore et encore et encore. Mais cela ne servait à rien. Ils étaient trop nombreux à se précipiter sur nous depuis le coin de la ligne de clôture.

- Il faut qu'on parte ! cria Nick, faisant un pas en avant, en éliminant autant qu'il pouvait.

Bang !

Bang !

Ryth était juste à côté de lui. Ses mains tremblaient et ses yeux étaient écarquillés alors qu'elle tirait sans relâche. Néon se leva avec Ben sur un bras alors qu'il jetait son regard dans ma direction.

- On se sépare. C'est la seule façon de s'en sortir vivants.

- Non, grogna Ben, en secouant la tête.

Mais il était pâle, devenant plus livide à chaque seconde.

- Heureusement que ça ne dépend pas de toi, dit Néon en hissant son patron, jetant un coup d'œil autour de lui avant de courir vers le bâtiment de l'autre côté de la ruelle, avec Jack qui les suivait.

- *Attendez !* cria Ben, jetant un œil par-dessus son épaule.

Il y avait quelque chose de paniqué dans son regard, comme si quelque part il savait que c'était la fin... *pour nous.* Mais j'étais déjà en train d'attraper Ryth et de la tirer en arrière.

L'homme qui était un père pour moi fit un lent signe de tête et laissa son garde du corps l'éloigner. Mais il ne partit pas sans rien faire, il lâcha un rugissement sauvage et ouvrit le feu, abattant autant de ces enfoirés qu'il le pouvait.

Ils détalèrent comme des cafards, se séparant avant de courir dans la ruelle. Je scrutai les bâtiments, levant mon regard vers la tour au loin qui nous surplombait derrière les tireurs.

- On y va ! dit Nick en attrapant Caleb par la chemise.

Puis nous étions en mouvement, esquivant et nous faufilant alors que les balles frappaient le bâtiment à côté de nous. Je me retournai, tirant par-dessus mon épaule, faisant de mon mieux pour protéger ma famille autant que je le pouvais. Mais mon regard se porta sur le bâtiment vide de l'autre côté de la rue où Ben Rossi s'était éloigné. Une douleur me traversa le cœur et cette fois, ce n'était pas une blessure par balle.

Bien que ça aurait pu l'être.

Un mouvement surgit de la pénombre à côté du bâtiment. Mon cœur s'emballa à la vue d'un homme qui en sortit. Pendant une seconde, je crus que c'était Ben... pendant une seconde, je crus que c'était le père que j'avais toujours voulu, me protégeant, prenant soin de moi, prenant soin... de... *moi*...

Mais ce n'était pas lui.

- *Papa* ? cria Ryth en regardant dans sa direction alors que nous continuions d'avancer. Qu'est-ce que tu fais, bordel ? Tu dois partir !

- Pas sans toi, ma chérie, grogna-t-il en levant son arme et en tirant, éliminant un autre des hommes de l'Ordre.

- Putain ! cria Nick en sursautant alors qu'une balle venait de frôler son visage. On doit se barrer d'ici, T... *tout de suite !*

Nous nous sommes retournés et avons couru vers le bâtiment vide au loin jusqu'à ce que des phares transpercent la nuit, nous aveuglant.

- *Merde !* cria Nick quand une voiture dérapa avant de s'arrêter.

C'était d'autres membres de l'Ordre qui arrivaient encore.

- Oh, putain, chuchotai-je. *Oh, putain...*

Chapitre Trente-Sept

VIVIENNE

Mon esprit était en ébullition lorsque je me glissais dans ma chambre et que je fermai la porte. J'éteignis les lumières et me dirigeai vers le lit. Mais je ne mis pas sous les draps. Au lieu de cela, je m'assis sur le bord du lit et je scrutais l'obscurité.

- Putain, c'était quoi ça ? chuchotai-je dans la chambre vide. *Putain, c'était quoi ça ?*

J'essayais de réfléchir, de trouver une explication raisonnable au fait que London St. James puisse avoir un journal rempli de mots... *me concernant.*

Ce n'était pas seulement des entrées manuscrites, pleines de rage, non. C'étaient des pages et des pages de détails personnels remplies de dates, de photos et de détails depuis le moment où j'avais été traînée dans cet endroit par mes parents d'accueil de merde, jusqu'au jour où il m'avait amenée ici. Certaines entrées que j'avais trouvées vers la fin du journal étaient même antérieures, désignant le temps où on m'avait autorisée à suivre mes dernières années à Harlington Prep. Putain, il avait même une photo de moi avec mon visage enfoui dans un livre alors que je me trouvais à la bibliothèque.

Comment avait-t-il pu avoir ça ?

Un frisson me traversa, puis il fut suivi par l'emprise glacée de la panique alors que le bruit sourd des pas lourds résonnait dans le couloir, en direction de ma chambre. Je me levai d'un bond et je fis un pas en arrière vers le mur. Je n'aurais pas dû trouver ce journal. La panique m'envahissait. *Je n'aurais pas dû regarder, pas dû lire. Je n'aurais pas dû...*

Il allait me ramener là-bas.

Mon souffle se figea. Mes yeux étaient rivés sur le flou obscur de la porte de ma chambre. Il allait me ramener au Directeur, au Professeur et au Prêtre. Je baissai la tête, les épaules recroquevillées tandis que des frissons me parcouraient. *Oh, pitié... non... non... Je suis désolée, je ne voulais pas regarder. Je ne voulais pas trouver ce jour...*

BOUM BOUM BOUM boum boum boum... les pas s'estompaient, puis disparurent complètement, dévalant les escaliers, loin de moi.

Il ne venait pas ?

Je détestais la douleur qui me déchirait le cœur. Je détestais la façon dont, dans ces secondes fugaces, je me sentais... *désespérée.* Comme si je ne voulais pas du tout qu'il me laisse. Mais ensuite, ce sentiment disparut, tout comme le bruit de ses pas, et lentement, je compris. *Quelque chose n'allait pas.*

Je fis un pas vers la porte quand cette pensée me trouva. Quelque chose n'allait pas, mais pire... c'était parti en couille. Il n'y avait aucune chance que cet enfoiré parte pour quelque chose de moins qu'une catastrophe. Je n'eus pas à réfléchir trop longtemps car le souvenir de ce que j'avais vu sur cet écran me revint en mémoire.

Ryth...

Et les mecs qui devaient être ses frères.

Torturant Killion avant de le tuer.

Elle l'avait poignardé... poignardé avant que son frère... lui tire une balle dans la tête.

- Putain, dis-je en serrant mes bras autour de mon corps, regrettant désespérément d'avoir vu cette horreur.

Mais peu importe à quel point je le voulais, je refusais de chasser cette pensée. Il fallait que je me souvienne, que je comprenne. Pourquoi diable London avait-il un tel enregistrement ? Plus important encore, comment avait-il fait pour l'avoir ?

Le comment me dérangeait plus que de raison.

Je veux dire, c'était une foutue caméra CCTV, dans la maison d'un homme comme Killion. Ce n'était pas n'importe quel homme. Il était l'un des plus gros clients de l'Ordre. Une réputation comme celle-là signifiait qu'il avait de l'argent et du pouvoir et pas qu'un peu. Un frisson parcourut ma colonne vertébrale... Je devins soudainement immobile. Si London pouvait s'introduire dans la maison d'un homme comme Killion, alors il pouvait bien s'introduire n'importe où, n'est-ce pas ?

Je fermai les yeux.

- Putain, qui est cet homme ?

Mon souffle se figea alors que le souvenir des entrées du de journal me revenait en mémoire.

Et qu'est-ce qu'il me voulait, putain ?

Je m'assis à nouveau sur le lit, prenant appui sur l'oreiller. Mais je me fichais de ça, parce qu'en ce moment, ma vie était en suspens--sur un putain de fil très fin. Peu importe à quel point j'essayais, je n'arrivais pas à m'en sortir. Je restais là à fixer l'obscurité jusqu'à ce que mes yeux brûlent, puis je compris lentement qu'il ne reviendrait pas. Pas avant un certain temps, du moins.

Je m'allongeai en arrière puis enroulai mes pieds sous moi avant de me glisser dans le lit, toujours habillée des vêtements qu'il avait mis à ma disposition, mais je compris alors. Il n'aimerait pas ça... non, il *n'aimerait pas ça du tout.*

Je poussai un petit grognement puis je me hissai pour aller dans la salle de bain, où j'allumai la lumière.

- Putain d'enfoiré, maintenant je suis sa marionnette au bout d'une ficelle, c'est ça ? me dis-je en grimaçant avant de déboutonner mon chemisier et de l'enlever par-dessus ma tête.

- Je vais enrouler cette putain de ficelle autour de sa gorge s'il ne fait pas gaffe.

Je me déshabillai en regardant la caméra avant d'entrer dans la douche. Je me lavai en vitesse puis je sortis pour me sécher. Puis j'enfilais cette fichue nuisette en dentelle qu'il m'avait déposé sur le comptoir de la salle de bains, couleur pêche cette fois. Je la fis glisser sur ma tête et je me brossai les cheveux avant de remonter dans le lit.

London St. James était impitoyable et possessif. Pourtant, il n'avait pas levé la main sur moi. J'avais besoin de comprendre pourquoi. Je fermai les yeux. Ce n'était pas à cause du sexe, c'était certain. Peu importe le désir que je voyais dans ses yeux, il ne pouvait rien me faire...

Ni lui, ni ses foutus fils.

J'étais protégée par un petit morceau de papier... et *sa signature.*

Le contrat qu'il avait signé était aussi puissant que son désir de moi. Une seule règle brisée et ils viendraient me chercher. Je balayai la grande pièce du regard dans l'obscurité. Même si je détestais être ici, je détestais encore plus l'Ordre.

Cette pensée me donna le cafard. Je dérivais mentalement, perdant le fil du temps, jusqu'à ce que le bruit de mon pouls me ramène à la surface. *Clic*. Mes yeux s'ouvrirent au son du verrou de la porte de ma chambre. J'entendis des pas se rapprochant du lit.

- Habille-toi, grogna London dans l'obscurité. Tu as cinq minutes.

Je me redressai.

- *Quoi ?*

Mais il ne répondit pas, il resta là... à attendre.

L'air froid se glissa en moi pour me refroidir jusqu'aux os. Je poussai lentement la couette sur le côté.

- London...

- Quatre minutes.

Je tressaillis à sa voix cruelle. Il me ramenait là-bas... il me ramenait dans ce trou à rats.

- Non, chuchotai-je.

- Non ?

Je levai le regard. Le clair de lune se répandait à travers la fenêtre de ma chambre, déployant une lueur dans ses yeux sombres.

- Je ne pars pas.

Il s'avança, me saisit la cheville et me tira vers lui.

- Tu vas faire ce que je te dis, punaise. Est-ce que je me fais bien comprendre ?

La peur m'envahit. Le genre de peur que je n'avais pas ressentie depuis longtemps, pas depuis qu'ils m'avaient poussé dans cette cellule de prison à l'Ordre et claqué la porte derrière moi. Je donnai un coup de pied pour me débarrasser de sa prise, puis je me précipitai de l'autre côté du lit. Il surgit en un instant, s'élançant pour se jeter sur moi avant d'écraser mon visage contre la couette duveteuse.

- *Lâche-moi !* criai-je en me débattant, donnant des coups de pied violemment.

Jusqu'à ce qu'il saisisse mes poignets et les serre contre le lit au-dessus de ma tête.

- Arrête de te défendre contre moi, putain !

- *Je n'y retournerai pas !* criai-je en secouant mon corps d'un côté à l'autre pour tenter de lui échapper. Je ne retournerai pas là-bas. *PLUTÔT MOURIR !*

Il ne lâchait pas, tenant fermement mes poignets. Il n'y avait aucune chance que je puisse me battre contre lui, aucune chance que je puisse gagner.

- *JE NE TE RAMÈNERAI PAS À L'ORDRE !*

Je me figeai, ma respiration saccadée me sciait la poitrine jusqu'à ce qu'elle brûle.

- Ah bon ?

Il me lâcha et se redressa.

- Non.

Je me tournai, le regardant par-dessus mon épaule, alors que je reprenais mon souffle.

- Alors tu m'emmènes... *où...* ?

Un grognement sauvage retentit dans la pièce.

- Je t'emmène voir Ryth.

Je me redressai, assise au milieu du lit et je le regardai fixement.

- *Ryth* ? Tu m'emmènes voir Ryth ?

Il se contentait de me regarder avec ce regard de pierre, en repoussant ses cheveux d'un revers de la main.

- Deux minutes, Vivienne. Je te suggère de te dépêcher.

Il m'emmène voir Ryth ? Je n'avais jamais bougé aussi vite dans ma vie. Je ne me souciais pas du fait que je venais de la voir, elle et ses frères, attaquer un homme comme une meute de bêtes sauvages. Killion méritait de mourir d'une mort douloureuse après ce qu'il lui avait fait. Je regrettais seulement de ne pas avoir été là pour l'aider.

Je courus jusqu'à la penderie et j'enlevai la chemise de nuit en dentelle par-dessus ma tête.

- Allume la lumière, London ! criai-je, sans me soucier du fait que j'étais nue.

Clic.

La douce lueur blanche illumina la pièce. Il resta là à me regarder enfiler une culotte et un soutien-gorge, mes mains tremblant en tâtonnant avec les crochets dans mon dos. Je ne me souciais plus qu'il me regarde. Je n'avais jamais d'intimité avec London. Je commençais à l'apprendre à mes dépens. J'enfilai un pull en cachemire caramel doux et un pantalon couleur crème, puis je mis des talons parce que c'est tout ce qu'il m'avait donné, putain.

- Voilà, dis-je en levant un regard frénétique vers lui. Je suis prête.

Il leva un sourcil.

- Tout ça en moins d'une minute. Je suis impressionné, dit-il en s'éloignant du mur avant de désigner la porte. *Si tu t'enfuis je...*

- Je ne vais pas m'enfuir, London, dis-je en soutenant son regard, puis je baissai la voix. *Tu le sais.*

Il fit un signe de tête, puis se retourna et sortit de ma chambre à grandes enjambées, me faisant me dépêcher pour le suivre. Nous avons descendu les escaliers en un instant, traversant la maison jusqu'au garage. Mon estomac se noua lorsque je vis la Mercedes noire dans laquelle il m'avait enlevée.

Mais il ne se dirigeait pas vers elle. Il leva la main et appuya sur la télécommande en direction d'une Audi noire élégante garée à côté.

- Monte, ordonna-t-il...

Et je n'eus pas besoin qu'on me le dise deux fois.

Je montai dans la voiture et mis ma ceinture de sécurité pendant que London démarrait le moteur et appuyait sur le bouton pour ouvrir la porte du garage. Nous partions de la maison en un instant, la voiture roula dans l'allée avant de s'enfoncer à grande vitesse dans la nuit.

Mon esprit était en désordre, essayant de mettre tout cela ensemble. *Avais-je mal jugé London en quelque sorte ? Était-il vraiment... le gentil dans tout ça et non pas le connard que je pensais qu'il était ?* Mon estomac se noua à cette idée. Peut-être que j'avais tout faux sur lui ? *Merde...merde merde merde merde.* Quelle idiote. Je m'étais battue contre lui tout ce temps et il était quoi ? Un espion qui complotait, trouvant un moyen pour moi de m'échapper avec Ryth ?

L'excitation s'empara de moi.

- London, dis-je en me tournant vers lui dans la douce lumière du tableau de bord.

Mais je ne dis rien d'autre, les mots se figèrent au fond de ma gorge, logés là avec le souvenir de ses mains... et de la façon dont il m'avait regardé. *C'était le gentil.* Pourtant, je ne pus empêcher une vague de peur de me secouer lorsque je tournai la tête. Ma chatte se contracta alors que mon regard passait des manches roulées de sa chemise noire au léger reflet argenté des cheveux sur sa tempe. Cet homme était assez vieux pour être mon père et assez sauvage pour être celui qui me trouble.

- Continue à me regarder comme ça, Vivienne, et je vais finir par garer cette foutue voiture sur le côté de la route et me servir de ta petite bouche de rêve.

La chaleur me brûla les joues. Je déglutis la brûlure, refusant de le laisser voir à quel point il m'avait ébranlée.

- Fais ça et je te ferai vivre un enfer.

Il sourit et changea de vitesse avec habileté.

- Juste assez pour que ça reste excitant et pourtant t'as envie d'être soumise, murmura-t-il en jetant un coup d'œil dans ma direction, puis il a dit avec la plus grande certitude. Un jour, Vivienne, tu t'étoufferas avec ma putain de bite... *et tu adoreras ça.*

Mes joues étaient en feu. Je détournai les yeux vers les rues sombres de la ville en luttant contre le besoin de me lécher les lèvres. Je déglutis en me demandant quel goût il pourrait avoir... et de quoi il aurait l'air en me dominant, ses yeux vides et glacés me clouant sur place pendant qu'il me baiserait sans relâche.

Oh mon Dieu...oh mon Dieu. Je serrai ma main entre mes cuisses. Il le remarqua puis me fit un sourire en coin. *Quel enfoiré.* Comment avais-je pu penser que c'était un mec sympa ? Il n'était pas gentil, même s'il voulait que je m'enfuie avec Ryth. London était un putain de serpent.

Il prit un virage puis accéléra avant de tourner à nouveau. Je scrutais les bâtiments autour de nous. Peu importe le nombre de rues que j'essayais de mémoriser, je ne connaissais pas du tout cette ville. Je ne sais pas combien de temps nous avons roulé, mais nous arrivions à une petite rue derrière une vieille résidence.

London fit ralentir l'Audi, puis entra dans un parking souterrain fermé. Un parking verrouillé, à l'exception d'une section qui semblait avoir été laissée ouverte pour nous seuls. Je me cramponnais à l'accoudoir, puis je tressaillis lorsqu'il donna un coup de volant avant de freiner brusquement et de se garer dans la pénombre.

Le moteur s'éteignit en un instant, laissant un petit bruit de *tic, tic, tic*. London ne dit rien lorsqu'il sortit, puis il claqua la portière derrière lui. Il s'éloigna, me laissant détacher ma ceinture de sécurité et atteindre la poignée de la porte. Mais il l'ouvrit avant moi.

- Vivienne, murmura-t-il.

Mon pouls battait la chamade alors que je descendais, incapable de détacher mon regard de lui.

- Reste près de moi, dit-il en refermant la portière derrière moi et en fouillant dans sa poche pour trouver en sortir une lampe torche. Cet endroit n'est plus habité depuis un moment.

La lumière vive fut instantanée, éclairant le parking vide. J'ouvris la bouche pour dire *quoi ?* Mais il était déjà en mouvement, s'avançant à grands pas dans l'obscurité, me laissant me précipiter à sa suite une fois de plus. En courant, je ne pensais qu'à Ryth. Ryth, qui avait promis de m'emmener avec elle. Ryth qui était ce qui ressemblait le plus à la famille que je n'avais jamais eue. Nous allions nous enfuir ensemble, elle, moi et ses demi-frères. Nous quitterions cet endroit et ne regarderions jamais en arrière.

London s'arrêta devant une série de portes en verre enchaînées, mais la chaîne pendait librement. Le verrou était cassé et gisait sur le sol, le pêne taillé brillant sous l'effet de la lumière vive. Les charnières grincèrent et lorsque London ouvrit la porte, il me fit signe d'entrer.

- Nous allons devoir prendre les escaliers, dit-il. L'ascenseur marche pas.

- Est-ce que Ryth est là-haut ? demandai-je. Est-elle sur le toit ?

Mais il ne répondait pas, il se contentait de continuer d'avancer en se dirigeant vers une porte. Je me concentrai sur mes pas, grimaçant en voyant le sol crasseux. L'endroit ne semblait pas seulement inhabité. Il avait l'air abandonné. London monta les escaliers et je le suivis, serrant les mains en poings pour ne pas toucher la peinture écaillée de la rampe...

Cela dura jusqu'à ce qu'on atteigne le troisième étage. Mon souffle était devenu plus intense et plus chaud, ce qui me poussa à ignorer la saleté et à m'aider de cette fichue rampe. Au cinquième étage, j'étais à bout de souffle. London semblait à peine respirer, ses pas étaient déterminés et je détestais ça.

- London... dis-je entre deux inspirations, perdant le compte de l'étage exact où nous étions.

Il s'arrêta et se retourna. Son visage était rouge dans la lueur de la lampe de poche.

- Ryth...est-elle...

- Encore trois étages, Vivienne, puis tu pourras la voir. Tu veux la voir, n'est-ce pas ?

Son regard plongea dans le mien.

Je hochai la tête puis je continuai à avancer...trois de plus...juste trois de plus...deux maintenant. Je levai mon regard lorsque nous avons contourné le palier, et je continuai à marcher. Mon estomac se noua, cette brûlure était maintenant un râle brûlant dans ma poitrine. *De plus en plus haut.* Lorsque London ralentit, saisit une porte et l'ouvrit d'un coup sec, j'avais l'impression que mon âme quittait mon corps.

L'air froid nous frappa brutalement, transportant avec lui un léger *bang...bang...bang !*

- C'est quoi ce bordel ? dis-je en suivant London sur le toit de l'immeuble.

Plus j'avançais, plus le son devenait fort.

Bang !

Bang !

BANG !

Je tressaillis, mais je fus attirée par le bruit alors que London se rapprochait du bord. Des étincelles jaillirent dans la rue en contrebas, brillantes contre l'obscurité. Il me fallut une seconde pour réaliser ce que je regardais.

- C'est un entraînement ?

BANG.

BANG.

BANG !

Je sursautai, peinant à reprendre mon souffle, incapable de savoir où regarder alors que des hommes habillés en noir se précipitaient au coin d'un bâtiment et ouvraient le feu.

- Ce n'est pas un entraînement, Vivienne, répondit London en s'approchant d'un pas alors qu'un mouvement apparut au coin du bâtiment.

Je vis à peine les quatre silhouettes qui reculaient et ouvrirent le feu en retour.

Un sentiment glacial de terreur me traversa alors que je murmurais :

- Qu'est-ce que c'est ?

Les silhouettes se déplaçaient plus loin dans la rue vide, ripostant désespérément contre l'avancée de leurs attaquants, et à mesure qu'elles le faisaient, elles devenaient plus visibles... c'était une femme... *une femme familière...*

- Tu voulais la voir, grogna London. Alors voilà.

Un gémissement s'échappa de ma gorge tandis que je me concentrais sur Ryth qui lâchait un cri guttural de désespoir et tirait avec l'arme qu'elle tenait dans la main.

Je la regardais attentivement.

- Mais qu'est-ce que tu fais ? dis-je en faisant un pas de plus vers le bord, tressaillant à chaque coup de feu qui retentissant. Ils leur tirent dessus !

- Oui.

Je fouillais du regard les rues vides tandis que mon pouls rebondissait dans mes oreilles. Un mouvement surgit de plus loin derrière eux, avec l'éclat des phares qui balayèrent un bâtiment, puis un SUV noir dérapa avant de s'arrêter.

Ils étaient coincés. *Aucun moyen d'avancer... et aucun moyen de reculer.* Je me rendis soudainement compte de la situation. Le sang quitta mon visage.

- Espèce de salaud, dis-je en tournant on regard vers ses yeux inébranlables. Espèce de salaud froid et impitoyable. Tu voulais que je voie ça depuis le début ? Tu m'as traînée jusqu'ici pour quoi ? Pour que je voie ses frères mourir avant de la ramener LA-BAS ?

Il ne détourna pas le regard, il scrutait ma peur avant de murmurer :

- Si tu veux que Ryth et ses frères survivent, alors tu diras à l'Ordre ce qu'ils ont besoin de savoir pour que tu m'appartiennes. Tu ne causeras pas de problèmes, tu m'entends ?

Il se tourna vers moi et fit un pas de plus, lentement, sans bruit. Il glissait vers moi comme un serpent dans l'eau. Il s'approcha de moi, ce regard punitif s'emparait du mien alors que le bang...bang...bang des coups de feu retentissait.

- Tu obéiras à mes ordres. Tu m'appartiendras, de la manière que je jugerai la plus appropriée. Tu fais ça, et je les aide.

Une respiration déchirante me coupa le souffle.

- Tu fais ça, et je la sauve. Tu fais ça, et elle vivra. Mais tu dois m'obéir, Vivienne. Je ne tolérerai plus de désobéissance. Est-ce que je me fais bien comprendre ?

Je ne réfléchis pas, j'agis simplement, levant la main avant de le gifler.

BAM !

Sa tête vacilla sur le côté tandis que je sentais la brûlure dans la paume de ma main.

- Espèce de salaud...espèce de...*salaud !*

Il tourna lentement son regard vers moi, la rage brillant dans ses yeux sans pitié alors que son téléphone se mettait à sonner. Les muscles de sa mâchoire se sont contractés, les narines se sont dilatées, il voulait me faire du mal à ce moment-là. Je pouvais le voir. Alors qu'il faisait glissé et répondait à l'appel, j'ai réalisé qu'il le pouvait... *avec un seul ordre.*

L'effroi me traversa quand il répondit.

- Êtes-vous en position ?

Sa voix était rauque, sa question brutale.

Je secouai la tête, incapable de parler. Les poings serrés sur les côtés, je m'accrochais à cette douleur dans ma paume alors que mon corps tout entier se mettait à trembler. Pas une seule fois il ne détourna le regard, ni vers l'attaque en bas, ni vers les étoiles scintillant dans le ciel au-dessus. Tout ce qu'il regardait, c'était moi.

- Attends, chuchotai-je en secouant la tête. S'il te plaît, ne fais pas ça.

Quelque chose passa entre nous. Une clarté glaçante.

Il arrêta de parler, son regard rivé sur moi alors que je baissais la tête. *Juste assez pour que ça reste excitant et pourtant t'as envie d'être soumise.* Mon destin prédit. Il comprit en un seul regard... il comprit qu'il avait gagné. D'un ton bas et prudent, il donna l'ordre :

- Allez-y.

Chapitre Trente-Huit

RYTH

Nous n'allions pas y arriver... Je le sus en regardant les yeux de Nick qui poussait un rugissement sauvage et continuait à tirer. Bang...bang...bang bang bang...

Je ne sursautai plus, je continuais à appuyer sur la gâchette jusqu'à ce qu'un clic de chargeur de vide surgisse. Tobias me lança un regard et me tendit un autre chargeur...

Je baissai les yeux vers sa ceinture, vers le dernier chargeur rangé dans la ceinture de son pantalon, et je secouai la tête.

- Garde-le, dis-je. Tu en auras besoin.

Bang !

Bang.

Il continuait à tirer...

Click.

Le désespoir luisait dans ses yeux tandis qu'il remplaçait son chargeur, jetant le chargeur vide au sol. Mes oreilles bourdonnaient si fort que je n'entendis même pas l'acier heurter l'asphalte.

- Je suis presque à court de balles, T, gémit Caleb. *Bang ! Bang ! Bang...click.*

Caleb fit un pas en arrière alors que trois des hommes de l'Ordre cachés derrière l'angle du bâtiment ripostaient.

Bang !

Des tirs surgirent derrière nous. Je trébuchai sur le côté et appuyai mon dos contre le côté d'un bâtiment vide. Je scrutai les autres, essayant désespérément de trouver une solution. Si nous entrions là-dedans, nous serions dans une impasse en un instant. Mais si nous restions ici, nous allions mourir dans la rue, mais pas moi, cependant, n'est-ce pas ? *Pas moi.*

Je me tournai vers Nick alors qu'il grognait et je le vis brandir son arme avant d'appuyer sur la gâchette.

Tout ce que l'Ordre avait à faire était d'attendre.

Attendre que nous soyons à court de balles.

Attendre que nous tombions.

Mon estomac se noua.

Nous... n'allions pas... nous... en sortir.

- Tobias, dis-je.

Je n'avais jamais prononcé son nom comme ça, avec autant de désespoir.

Il secoua la tête.

- Non, petite souris, dit-il, sa mâchoire se crispait avec une férocité sauvage alors qu'il visait et pressait la détente. On va y... arriver... *putain...*

Mais comment.

Il n'y avait pas d'issue.

Et l'idée d'une vie enfermée en enfer, sachant que mes frères pourraient rester en vie, était mieux qu'un monde sans eux. Mes larmes brouillaient ma vision des bâtiments en béton gris de l'autre côté de la route.

Je pourrais me rendre, en sachant qu'ils étaient toujours là, sachant que tant qu'ils respiraient, il y avait encore une chance que nous soyons tous ensemble un jour.

- Je dois le faire.

Il ne voyait pas ? Je fis un pas vers le côté du bâtiment, mais dans un grognement brutal, il s'élança, plaqua son bras sur mon corps et m'aplatit contre le mur à côté de lui une fois de plus.

- Hors de question. TU M'ENTENDS ?

Ses yeux étaient remplis d'une peur qui se transforma vite en désespoir alors que son rugissement devint un murmure.

- *Plutôt mourir,* dit-il.

Je secouai la tête, des larmes coulant silencieusement sur mes joues. Je me tournai vers mon père.

- Tu peux pas faire quelque chose ? *N'IMPORTE QUOI !*

Il secoua la tête.

- Je ne peux pas. King est trop loin et d'autres membres de l'Ordre arrivent.

D'autres arrivaient ?

Donc nous étions piégés.

Comme des rats.

Je me retournai en poussant un cri qui brûlait comme de l'acide au fond de ma gorge. Il devait y avoir une échappatoire. Il devait y avoir quelque chose. Mais je savais pourtant, je savais que non.

Clic.

Du mouvement apparut au coin de mon œil alors que la porte à côté de Nick s'ouvrit... et deux hommes apparurent.

- C'est quoi ce bordel ? grogna Nick, se figeant une seconde avant de réaliser qu'ils n'étaient pas de notre côté.

Puis il leva son poing et s'élança. Jusqu'à ce que l'un d'eux brandisse une arme à bout portant sur sa tête.

- Essaye et aucun de vous ne s'en sortira vivant.

Nick devint immobile. Je regardais les deux hommes. Ils étaient identiques, à l'exception des cheveux décolorés de l'un des deux. C'est le type aux cheveux blancs qui avait parlé, en visant toujours la tête de Nick avec son arme.

- Si vous voulez vous en sortir, alors suivez-nous, ou vous pouvez rester ici et mourir, dit-il en baissant son arme avant de faire un pas en arrière dans l'embrasure de la porte sombre alors que le jumeau aux cheveux noirs se tournait et disparaissait dans le bâtiment.

Nick jeta un coup d'œil à Caleb, puis à Tobias et à moi avant de faire un pas en avant, de m'attraper par le bras et de me tirer vers lui. Nous avons plongé dans l'obscurité du bâtiment, laissant derrière nous le bruit des coups de feu.

- Il faut se dépêcher, grogna Blondie, en sortant son téléphone.

Il appuya sur un bouton et prononça :

- Maintenant.

Il y eut une seconde...

Une seconde où Tobias, papa, et Caleb se précipitèrent derrière nous. *BOOM !* Je sursautai avant de me retourner, fixant la porte maintenant fermée derrière nous.

- Ne vous inquiétez pas, c'est l'un des nôtres, dit le mec, puis il continua à marcher, nous laissant derrière lui.

- Des nôtres ? cria Nick. Comment ça "des nôtres" ?

L'homme blond s'arrêta au milieu de l'entrepôt, devant une bâche sombre.

- Ceux qui sont là pour sauver votre peau.

Je pris une grande inspiration, regardant un jumeau, puis l'autre, tandis que Caleb s'avançait.

- Putain, vous travaillez pour qui ?

- Je vous connais, marmonna mon père. Je vous ai déjà vu.

- Impossible, dit le blond. Alors, tu veux parler, ou t'en sortir vivant ?

- Comment ? cria Nick en faisant un cercle avec sa main. *On est encerclés, putain.*

BOOM ! Je tressaillis quand une autre explosion retentit. Ce trou du cul blond ne cilla même pas, il répondit :

- Voilà comment. Alors, on le fait, ou quoi ?

- Faire quoi, exactement ? grogna Caleb.

Blondie se pencha, attrapa un coin de la bâche et le tira en arrière. Je tressaillis et retins mon souffle en fixant le tas de cadavres, trois hommes et une femme.

- C'est quoi ça putain ? cria Nick a aboyé, lançant un regard au blond qui se tenait devant nous.

- On va dire que c'est un contrat, d'accord ? dit une voix profonde surgissant de derrière nous.

Je me retournai puis me figeai en voyant l'homme qui avait plaqué Vivienne contre le mur la dernière fois que je l'avais vue. Il s'avançait vers nous, et derrière lui se trouvait...

- *Vivienne ?*

Elle était livide et avait un comportement étrange, me lançant un petit sourire forcé alors qu'elle le suivait. Je me précipitai vers elle.

- *Ryth, NON !* cria mon père.

Mais c'était trop tard. J'ouvrais déjà les bras alors qu'elle s'éloignait du mec pour me serrer fort dans ses bras.

- Putain, Ryth, dit-elle en me serrant avant de se retirer pour m'observer. Tu n'es pas blessée ? *Ils ne t'ont pas touchée ?*

- Non, ils l'ont pas touchée, grogna Tobias. T'es qui toi d'abord ?

Je ne pouvais détacher mes yeux d'elle, il y avait un désespoir dans ses yeux et elle portait de beaux vêtements.

- Tu vas bien ? dis-je en lui prenant le bras, sentant la chaleur de sa peau. Je pensais qu'on te reverrait jamais.

- Moi aussi, dit-elle en souriant avant de me serrer contre elle pour me murmurer à l'oreille : *Soyez prudents.*

Prudents ? Je me retirai de son étreinte pour scruter son regard.

- London St. James, dit mon père d'une voix froide.

- Jack Castlemaine, répondit l'homme.

Le grognement rauque de mon père me fit me retourner, je jetai à nouveau un œil aux cadavres.

- C'est quoi ça putain ? s'écria Nick.

- C'est un accord, dit London en me regardant puis il posa les yeux sur Vivienne. Un accord qu'on doit passer rapidement. Je suis sûr que vous savez que d'autres hommes de l'Ordre sont en chemin. Ils seront là d'ici une minute à l'autre pour récupérer leur propriété et la ramener dans l'enceinte.

Récupérer leur propriété... Il parlait de moi. *J'étais leur propriété.*

- Jamais de la vie, grogna mon père en secouant la tête.

- Je suis heureux que vous soyez d'accord, répondit St. James. Mes hommes les tiendront à distance pendant que nous vous aiderons à vous enfuir, dit-il en se tournant vers Tobias et Nick.

Nick se renfrogna.

- Nous aider à nous enfuir ?

- Oui, dit-il en hochant la tête, rencontrant le regard noir de Nick. Mais à un prix.

Caleb restait immobile. Sous les crépitements des coups de feu qui résonnaient encore à l'extérieur du bâtiment, il demanda doucement :

- Quel prix ?

- Je pense qu'un prix juste est une vie contre une vie.

J'eus soudainement froid, puis je m'approchai jusqu'à m'arrêter devant les corps. Je ne pouvais pas détourner le regard. Trois hommes qui ne ressemblaient en rien à mes demi-frères, et une femme qui était censée être moi. Mais il n'y avait que trois hommes--je jetai un coup d'œil à mon père--nous étions cinq.

- Une vie contre une vie, répéta London en regardant mon père. C'est un prix équitable.

Mon père secoua la tête, son visage devenant pâle.

- Tu pensais pas pouvoir t'en aller comme ça, Jack. Pas avec tout ce que tu sais.

Mon père me lança un regard paniqué. *Tu dois être prudent... avec tout ce que tu sais.*

- Que sais-tu, papa ?

Il avait l'air d'avoir la nausée.

- Une vie contre une vie, répéta London. Je fais sortir Ryth et ses frères de la ville, et en échange, tu restes avec moi.

- Emprisonné, tu veux dire ? dit mon père en rencontrant le regard du bâtard.

Bang...bang...bang ! Des coups de feu retirent à nouveau de l'extérieur.

- Le temps presse, dit froidement London. Dans une minute, même moi, je ne pourrai plus vous aider.

- Est-ce qu'ils savent ? demanda mon père d'une voix instable. Est-ce qu'ils savent ce que tu complotes et manigances dans leur dos ?

La réponse de London fut un sourire lent et glacial.

Le jumeau blond prit son téléphone et répondit :

- Ouais ? dit-il en regardant London.

- Le temps est écoulé, déclara London. J'ai besoin d'une réponse, Jack, ta vie pour celle de ta fille.

Je secouai la tête alors que ma poitrine se tordait et que ma gorge se serrait.

- Non, papa. Non.

Nous avions déjà fait cela auparavant, déjà échangé sa vie contre la mienne. Nous ne pouvions pas le faire à nouveau. Pas avec cet homme... car j'avais le sentiment terrifiant qu'il n'y aurait pas moyen de s'en sortir, pas cette fois, pas avec lui.

Mais mon père me regardait.

- Ma petite lionne.

Un mouvement surgit si vite tout autour de moi.

Comme si le monde, dans son enchaînement orchestral brutal de mort, de violence et de perte, continuait simplement... à tourner.

Alors qu'un trou noir s'ouvrait sous mes pieds... *et m'avalait tout entière.*

Chapitre Trente-Neuf

RYTH

Les mouvements devinrent flous tout autour de moi.

Les corps étaient empilés dans un coin.

Des piles de débris étaient en flammes.

La porte roulante du garage était levée, projetant dans mes yeux l'âcreté de la fumée.

Mes frères suivaient les autres, aboyant des ordres, tirant des coups de feu à mesure que nous avancions.

Au milieu, il y avait mon père. Il me fixait, ses yeux sombres remplis de tant de tristesse. Je déglutis mais même ma salive n'arrivait pas à glisser au-delà du noyau au fond de ma gorge.

- Papa... dis-je. *S'il te plaît, non.*

Il s'approcha.

- Il doit en être ainsi, Ryth. C'est mieux pour toi, plus sûr pour toi. Ils ne cesseront jamais de te chercher, sinon. Tu comprends, n'est-ce pas ? Ils ne s'arrêteront jamais, dit-il en regardant London, qui était au téléphone, aboyant des ordres et des consignes.

Nick jeta un coup d'œil dans ma direction en attrapant un bidon d'essence en plastique sur le sol et en le versant sur les corps dans le coin.

Je secouai la tête alors que des larmes glissaient sur mes joues.

- Je ne peux pas te laisser.

Mon père me prit la main, l'écrasant dans la sienne alors qu'il essuyait mes larmes, et murmura :

- Tu vas devoir le faire, ma chérie. Tu vas devoir le faire, et tu vas devoir continuer. Je sais... dit-il en déglutissant difficilement avant de détourner le regard. Je sais que tu n'as peut-être pas mon sang, mais tu as mon cœur, dit-il en levant les yeux vers moi. Quand un homme donne son cœur, il le donne entièrement et pour toujours. Tu es ma fille, mon cœur, ma vie. Je l'échangerais volontiers, de mille façons différentes, pour la tienne.

Les larmes coulaient encore et ne cesseraient jamais de couler.

Je ne pouvais pas parler.

Je ne pouvais que trembler et pleurer.

- Il faut y aller maintenant, ordonna London.

Je reniflais, étalant mes larmes et ma morve avec le dos de ma main alors que mon père me serrait contre lui. Je t'aime. Ne l'oublie jamais.

- Allez, Jack, cria London.

Mon père me prit les épaules et me repoussa lentement.

- Maintenant, il faut que tu partes, ma lionne. Deviens la femme que tu as toujours été. Aime. Aime si fort que tu te sens déchirée en deux, dit-il en jetant un coup d'œil vers Nick alors que mon demi-frère s'approchait. Ils te protégeront, ma chérie, dit-il en croisant mon regard. Ils te garderont en sécurité.

Je reculais d'un pas.

- Princesse...

Des bras puissants se sont enroulés autour de ma taille et m'ont tirée vers une voiture.

- Non, dis-je en secouant la tête. Non, papa. *S'il te plaît...*

Mais mon père ne bougeait pas, il se contentait de me fixer, les yeux brillants, puis il se retourna. Nick dut presque me traîner jusqu'à la voiture. Les portières de la voiture se sont ouvertes et se sont refermées violemment. Tobias était une image floue derrière mes larmes lorsqu'il se pencha sur moi sur la banquette arrière, puis il mit ma ceinture de sécurité.

- *ATTENDEZ !* cria mon père. *Attendez !*

Je me retournai dans mon siège et j'ouvris ma portière.

- J'ai besoin d'un stylo... cria mon père en se précipitant vers moi. Que quelqu'un me donne *un putain de stylo !*

Mes frères se retournèrent.

- On n'a pas le temps pour ça, prévint Caleb alors que des coups de feu résonnaient tout autour de nous.

- *Tiens, putain !* rugit London en fouillant dans sa poche et en sortant un stylo.

Mon père scruta frénétiquement le sol, puis se jeta sur une serviette crasseuse qu'il trouva au sol avant de courir vers la voiture.

- Voilà, haleta-t-il, en se penchant au-dessus de moi.

J'entendais le grattement du stylo sur le toit de la voiture avant que mon père me tende la serviette.

- Tiens. J'ai gardé ça pour toi. Je pensais... Je pensais qu'on aurait pu en avoir besoin ensemble. Mais je veux que ce soit à toi.

Utilise-le pour rester en sécurité. Ne reviens jamais ici, dit-il en faisant un signe de tête à Nick en s'éloignant et en saisissant la portière. *Ne reviens jamais.*

Bang !

Nous étions déjà en mouvement lorsque mon père fit claquer la portière et que le 4x4 s'élança. Les hommes de l'Ordre arrivaient au loin de l'autre côté du bâtiment. Je ne tremblais plus, je n'étais pas inquiète, je me retournai juste sur mon siège pour regarder mon père qui passait par l'ouverture de la porte pour se mettre à l'abri.

Il y avait des hommes qui tiraient sur l'Ordre. Des hommes qui devaient faire partie du camp de London. Ils devinrent flous alors que nous passions à toute vitesse, s'éloignant des carcasses de bâtiments oubliés, fonçant vers les rues...

- Putain ! hurla Nick en freinant brutalement, me projetant vers l'avant.

Puis il recula violemment avant de déraper pour s'arrêter. Nick ouvrit sa portière et siffla de façon stridente, le son aigu perçant mon chagrin.

- Rebel ! cria-t-elle. *Ici, ma fille !*

Rebelle ?

Je dirigeai mon attention floue vers la fenêtre de Tobias. Une masse noire se précipita vers nous, contournant l'un des 4x4 que l'Ordre.

- Rebelle ! dis-je alors qu'elle sautait par la portière ouverte de Nick.

Bang ! Il referma la portière et appuya sur l'accélérateur tandis que Caleb l'attrapait, lui caressait la tête et lui lissait les oreilles.

- Doucement, dit-il. Doucement...

Tobias me tenait dans ses bras alors que nous nous éloignions à toute vitesse. Je jetai un coup d'œil par-dessus mon épaule, vers la porte ouverte de l'entrepôt. Mais mon père était parti, ils étaient tous partis, laissant d'épais panaches de fumée se déverser dans les airs.

BOOM !

Je sursautai alors qu'une explosion secouait la nuit et que l'entrepôt que nous avions quitté se désintégrait. Des morceaux de béton et des débris jaillirent avant de retomber dans la rue. Nous nous éloignions déjà, loin des rues vides jonchées de morts.

Je me sentais engourdie. Froide et vide. Séparée de moi-même. Tobias se cramponnait à moi, son corps tremblant tout comme le mien. Je ne me souviens pas comment nous sommes sortis de la ville, seulement que nous l'avons fait. Les immeubles devinrent des autoroutes et les voitures des arbres. Nous avons conduit sans fin, jusqu'à ce que le soleil pointe à l'horizon, les rayons lumineux me faisant mal aux yeux.

- *Ryth*, dit Nick, me faisant lever lentement la tête vers son reflet dans le rétroviseur. Tu vas bien ?

Je voulais dire non, que je ne pensais pas que j'irais bien un jour.

Mais ce n'est pas ce que mon père aurait voulu.

Il m'aurait dit d'être forte, de tirer des leçons de tout ça. De grandir à partir de ça. De m'accrocher à ceux que j'aimais et qui m'aimaient en retour... *et de ne jamais les lâcher*. Alors, je déglutis et me forçai à parler.

- Ça ira.

Caleb se retourna pour prendre ma main.

- Ca va aller. Pour nous tous. On sera plus forts ensemble.

Je serrai sa main alors qu'il me souriait maladroitement.

- Il y a un relais routier pas loin. On peut s'arrêter, prendre une douche, manger un peu, puis continuer à rouler, suggéra Nick.

C'est ce que nous avons fait, tournant déjà sur le parking. À l'arrière du 4x4, il y avait une petite valise remplie d'argent, de faux passeports et de cartes d'identité. *Stevie Jacobs*. Je fixais le nom et mon visage sur la carte, puis je regardai Nick.

- Hunter, dit Nick en levant sa carte.

- Adrian, grimaça Caleb.

- Putain... dit Tobias en regardant le sien, ses lèvres se retroussant. Quel genre de putain de nom est Samuel ?

- Un nom sûr, dis-je en me rapprochant, poussant sa main avec la carte d'identité vers le bas, avant de caresser sa joue. Un nom prudent. Le nom avec lequel je t'appellerai pour le reste de notre vie.

Il tressaillit comme s'il avait enfin compris.

- Pour le reste de notre vie ?

Je respirais la fumée âcre imprégnée à nos vêtements, et je répondis :

- Je t'appellerai comme tu veux. Un nom n'a pas d'importance. Pour moi, tu seras toujours Tobias, dis-je en tournant la tête. Et vous serez toujours Nick et Caleb, dis-je en croisant le regard de C. Vous serez toujours les hommes dont je suis tombée amoureuse. Ceux qui m'ont protégée, qui se sont battus pour moi... *qui ont saigné pour moi*. Vous serez toujours...

- À moi, dit T, en me tirant vers lui. *Tu seras toujours à moi*.

- La serviette, dit Nick. Celle que ton père t'a donnée. Il a écrit quoi dessus ?

Je serrai T très fort, puis je me retirai.

- Rien, juste un tas de chiffres.

- Laisse-moi voir, dit Nick en tendant la main.

Je fouillai dans ma poche, la sortit délicatement pour qu'elle ne se déchire pas, et lui tendis. Il la regarda pendant à peine une seconde.

- C'est un numéro de compte bancaire.

Je fronçai les sourcils.

- Comment tu le sais ?

- Le nombre de chiffres, répondit-il en levant les yeux vers moi. Il t'a dit autre chose ?

Je secouai la tête.

- Peut-être que c'était un fonds pour mes études ? On pourrait utiliser ce qu'il y a dessus, ça pourrait nous permettre de tenir un mois ou deux.

Nick secoua la tête en me rendant la serviette.

- On n'en aura pas besoin. J'ai déjà fait le nécessaire.

- Attends, non. Tout ton argent est ... commençai-je.

- J'ai tout vendu, répondit-il..

Tobias et Caleb jetèrent tous deux un regard dans sa direction.

- Tout ? demanda C.

Nick hocha la tête.

- Tout. Les bâtiments, la crypto, les comptes. Nous avons assez pour vivre, tant qu'on est prudents.

La chaleur quitta mon visage.

- Pour vivre combien de temps ?

Il soutint mon regard.

- Pour toujours.

Pour toujours ? La nuit semblait osciller. Je me raccrochai au bras de Tobias.

- Whoa, petite souris, dit T en me rattrapant. Ça va ?

Tout faisait sens maintenant. La soirée dans le bureau de Ben quand il s'est isolé du reste d'entre nous, c'est ce qu'il faisait. *C'est ce qu'il faisait quand il...* le souvenir de sa langue m'envahit, faisant trembler mon corps.

Nick me tendit la serviette.

- Garde-la. Laisse-le compte récupérer un peu d'intérêts. Comme ça, tu auras une porte de sortie si tu veux.

- Une porte de sortie ?

Il haussa les épaules.

- Si un jour tu changes d'avis.

Un jour, tu voudras plus...

- Non, dis-je alors que ses mots revenaient me hanter. Je ne veux pas de porte de sortie. Ni maintenant, ni jamais. Donc je vais mettre ça de côté pour quand, ou si on en a besoin et sinon, alors je suis sûr que je trouverai un bon moyen de l'utiliser.

Nick esquissa un sourire lent et triste tandis que je pliais délicatement la serviette et la glissait dans ma poche. À l'arrière de la voiture se trouvait un autre sac avec des vêtements et des armes, qu'aucun de nous ne voulait toucher, ne sachant pas qu'il venait de London St. James. Mais nous l'avons pris, avec les vêtements sous un bras et la main de Tobias dans la mienne, nous nous sommes dirigés vers le relais routier. Nous n'avons croisé personne lorsque nous avons utilisé les douches, lorsqu'on s'est lavé les cheveux puis qu'on s'est séchés avec des serviettes en papier, avant de sortir plus propre que nous l'étions en arrivant.

Nous avons acheté de la nourriture, des boissons et des snacks, rempli le réservoir d'essence du 4x4 et continué à rouler.

On roulait vite. Mes frères se relayaient derrière le volant pendant que les autres dormaient. J'essayais de dormir, mais le son des coups de feu résonnait encore lorsque je fermais les yeux, me faisant sursauter brusquement, le cœur martelant tandis que mes gémissements restaient coincés au fond de ma gorge. Rebelle semblait épuisée ; elle buvait de l'eau en bouteille et mangeait un peu de nourriture pour chien dans des bols que Nick avait étonnamment trouvés en rayon. Puis elle dormait sur le plancher de la voiture, à mes pieds.

Jusqu'à ce que, lentement, la journée s'éclipse.

- On va dormir dans un motel, marmonna Caleb en réveillant Nick sur le siège passager avant. On a besoin d'un lit, d'une douche et de plus que des boîtes de conserves.

Il se gara sur le parking d'un motel convenable puis sortit pour se diriger vers l'accueil. Il revint quelques minutes plus tard avec deux jeux de clés, et remonta derrière le volant pour garer le 4x4 plus loin dans la rue, devant deux portes adjacentes.

- Vous en faites pas, dit Caleb sortant, secouant les clés. Je nous ai pris des chambres communicantes.

Mon dos me faisait souffrir et mes jambes étaient en compote. Il me fallut quelques minutes pour retrouver de la sensation normale de mes jambes après être descendue. Puis nous avons rassemblé nos affaires et sommes entrés, moi avec Tobias, Nick et Caleb dans la chambre voisine. La première chose que j'ai faite a été d'ouvrir la porte qui séparait nos chambres. Je ne voulais pas qu'on soit séparés. Pas une seule seconde.

Plus jamais...

Plus jamais.

Chapitre Quarante

RYTH

- Prem's à la première douche, dit Tobias au moment où j'entrai dans la pièce.

Il me saisit par la taille, me souleva en l'air et me plaça délicatement hors de son chemin.

Et ainsi, il était redevenu le même Tobias pénible que je connaissais.

Même la fusillade et le fait que nous devions fuir pour avoir la vie sauve ne l'avaient pas changé. Il alluma la lumière dans la salle de bain pendant que je déchargeais les sacs d'articles de toilette du relais routier. Lorsque je levai les yeux, Caleb m'attendait dans l'embrasure de la porte communicante et a haussa un sourcil en direction de T lorsque la porte de la salle de bain se referma avec un bruit sourd.

- Je parie qu'il ne t'a même pas demandé, dit C en secouant la tête.

- Si, cria T. J'ai dit prem's.

- C'est pas vraiment demander ça, si ? rétorqua C. Tu veux utiliser la nôtre ?

- Mon Dieu, oui, dis-je avec gratitude. Je suis sur le point d'éclater.

Caleb s'écarta du chemin pendant que Nick transportait le reste de nos affaires dans leur chambre et fermait la porte. Il jeta un coup d'œil dans ma direction alors que je me précipitais dans leur salle de bain, allumais la lumière et fermais la porte.

- Je vais aller voir pour si je nous trouve de quoi manger, murmura Nick derrière la porte.

J'enlevai mon jean et m'assis sur les toilettes, écoutant leurs voix s'éteindre tandis que des frissons violents me secouaient. Les larmes surgirent, des larmes qui me brûlaient encore, peu importe le nombre de stations-service dans lesquelles je m'étais rincé le visage. Des larmes qui semblaient ne jamais pouvoir cesser de couler.

J'essayais de me concentrer pour faire pipi, mais il semblait que mon corps était décidé à expulser mon humidité par les yeux. Je fermai les yeux, soupirant de soulagement. Le temps que je me lave les mains et que je sorte, Caleb avait ouvert une boisson énergisante et l'avait posée sur la petite table devant lui.

- Bois, dit-il. Ton corps a besoin de s'hydrater.

Je ne refusais pas. J'étais fatiguée de me battre, alors je marchai jusqu'à la table tandis qu'il s'asseyait sur la chaise, les jambes croisées, et me regardait prendre la bouteille. Le sifflement de la douche retentit dans notre salle de bain. Je buvais pendant que Caleb me regardait.

- Tu veux parler de ce qui s'est passé ?

Mon pouls se mit à tonner à cette idée. Les cris résonnaient dans ma tête. Les cris, et le regard hanté de Viv. *Soyez prudents.* Des coups de feu suivirent et le désespoir de Tobias alors que j'étais presque... *que j'étais presque... que j'étais presque....* Mes mains commencèrent à trembler, agitant le liquide dans la bouteille.

- Je préfère baiser. On peut faire ça ? dis-je en levant les yeux vers lui. Est-ce qu'on peut faire ça plutôt ?

Il se leva de la chaise, sans bruit, et s'approcha pour caresser ma joue.

- Si c'est ce que tu veux.

Je hochai la tête en enlevant mon chemisier par-dessus ma tête même si mes mains tremblaient.

- Je ne veux pas pense, dis-je en le regardant fixement. S'il te plaît, Caleb, aide-moi à ne pas penser.

Il s'approcha, prit mon haut et le laissa tomber au sol avant de me tirer contre lui.

- Je peux le faire, princesse. Je peux le faire pour le moment. Mais promets-moi une chose, dit-il en cherchant mon regard. N'utilise pas le sexe pour te cacher. Ressens, ressens tout, la haine, la perte et la souffrance. Parce que c'est ce qui te permet d'être ici avec nous. C'est ce qui te permet de rester la sœur belle, attentionnée et parfaite que nous connaissons.

- Parce qu'on ne peut pas te perdre toi aussi, murmura Tobias en se tenant dans l'embrasure de la porte entre nos chambres, vêtu seulement d'une serviette.

Le pouce de Caleb caressait mon dos, puis il prit la bretelle de mon soutien-gorge alors que Tobias s'approchait. Je vis ses mouvements du coin de l'œil, jusqu'à ce qu'il capture doucement mon menton, tournant ma bouche vers la sienne.

- Tu vas encore me salir, n'est-ce pas, petite souris ? murmura-t-il à côté de mes lèvres.

Mon Dieu, oui...

La porte de la chambre de motel s'est ouverte puis refermée alors que Tobias m'embrassait.

- Je me suis dit que qu'on pourrait... commença Nick avant de s'arrêter.

Je rompis le baiser et j'ai tourné la tête pour le regarder pendant qu'il posait un sac en plastique rempli de fast-food sur la petite table et qu'il terminait par un murmure :

- Manger...

La nourriture fut laissée sur la table, Nick enleva ses bottes et enleva son t-shirt. Il n'y avait pas besoin de mots. Nous avions tous besoin de ça. Les furent éparpillées alors que nous grimpions sur le lit.

Nick me caressait le bras, me fixant dans les yeux.

- Putain, j'ai jamais cru qu'on pourrait...

Je l'ai fait taire, rampant vers lui pour embrasser les mots de sa bouche, avant de passer mes doigts dans ses cheveux. Je saisis le bouton de son jean pendant que Caleb retirait mes bottes et enlevait les chaussettes de mes pieds.

- On ne parle plus, dis-je en arquant le dos lorsque Caleb caressa mes seins. Plus de réflexion, plus de lutte. *Juste ça...*

Nick se leva de l'oreiller, me saisit la taille et lécha mon téton.

Je fermai les yeux, frissonnant à la sensation de sa bouche... *J'ai jamais cru qu'on pourrait...* les mots revenaient en moi et je les chassai, les étouffant avec la sensation de la belle bouche de Nick.

- Mon Dieu, j'ai envie, gémis-je en ouvrant les yeux pour le regarder.

Il leva les yeux et nos regards se sont croisés.

- Tout comme nous, princesse, dit Caleb en balayant mes cheveux sur le côté avant d'embrasser mon cou. Pour toujours.

Je frissonnai à ce mot... *pour toujours*.

Nick baissa mon jean.

- Dis-nous ce que tu veux, bébé, grogna-t-il avant de regarder Caleb.

- Tout ce que tu veux, dit Caleb en saisissant l'arrière de mon cou, tournant mon regard vers le sien. On veut te faire du bien.

- Ensemble, dit Tobias en retirant la serviette de sa taille, la laissant tomber sur le sol. Aussi longtemps que tu en auras besoin.

Je tendis le cou pour embrasser Caleb. Mon jean et ma culotte tombèrent jusqu'au sol et je fis glisser la bite de Nick en moi, le chevauchant doucement et lentement pendant que je fixais les yeux sombres de Caleb. Je m'abreuvais de son mystère, je l'avalais tout entier tandis que Nick me maintenait fermement contre lui et embrassait mes seins.

C'était plus que du sexe ce soir, plus que du désir.

C'était le genre de confort que je ne pouvais trouver qu'avec eux.

Eux trois.

Je roulai des hanches, m'abandonnant à la sensation de Nick qui m'étirait. Le regard de Caleb ne faiblissait pas, fouillant mes yeux jusqu'à ce que les douces lèvres de Tobias se posent sur mon autre épaule. Je fermai alors les yeux et tendis la main, trouvant les poils râpeux de sa joue alors que je laissais la sensation prendre le dessus. Nick grognait, enroulant son bras plus étroitement autour de ma taille et accélérait le rythme.

Mon corps meurtri et vaincu était secoué par ses coups.

- Oh, putain, grogna Nick, s'enfonçant en moi alors qu'il se déhanchait.

J'ouvris les yeux, trouvant les siens, et cette connexion hurla plus fort que n'importe quel cri dans ma tête.

- Princesse, gémit-il avant de continuer à s'enfoncer violemment... *avant de jouir*.

Je continuai à me balancer, ayant désespérément besoin de le sentir en moi, mais il se déplaça et me fit rouler sur le côté pour que je m'allonge contre l'oreiller, et il se retira de moi. Caleb baissa la tête et embrassa ma hanche, puis il remonta jusqu'à s'installer entre mes cuisses. Je gémis quand il entra en moi, poussant plus fort, prenant tout ce qu'il pouvait.

Ils allaient s'enfuir avec moi...

Tous les trois, ils allaient s'enfuir, pour toujours si cela signifiait que nous serions ensemble.

Mon cœur battait la chamade à cette idée, il gonflait tandis que Caleb agrippait mes hanches, puis se penchait, se plaçait sur le côté, et poussa fort en moi. Je m'agrippais à son corps alors que mon propre orgasme approchait. Ma respiration devint lourde, rapide et saccadée.

- Putain ... Ryth, gémit Caleb contre mon oreille. Je peux pas...

J'enroulai mes jambes autour de sa taille et le regardai dans les yeux. Il y eut une étincelle de peur avant que la connexion ne s'installe. Puis tout ce que je voyais, c'était l'amour qu'il avait pour moi. Les choses qu'il avait faites, les risques qu'il avait pris, la bataille qui l'avait effrayé tout comme ils m'avaient effrayée. Sa bite s'enfonça plus fort, plus profondément, tandis que la dévotion totale dans son regard s'installait.

Jusqu'à ce qu'il s'arrête, et sa bite tressaillit en moi tandis qu'il baissait la tête et poussait un gémissement bas et guttural contre mon oreille en jouissant. Je pris une grande inspiration, restant allongée alors qu'il se retirait lentement, m'embrassant sur les lèvres avant de glisser hors du lit.

Je restais allongée, à bout de souffle...

Mais je n'avais pas fini.

Je n'étais pas près d'avoir fini.

Le lit s'affaissa, me faisant lever la tête de l'oreiller.

- Petite souris, grogna Tobias.

Je levai la tête vers lui, vers l'homme qui avait initié tout ça.

Ils avaient pensé que c'était moi qui avais atterri en catastrophe dans leur monde. Mais ce n'était pas le cas. J'avais été un fantôme sur le pas de leur porte. Je n'étais personne. Je le savais maintenant. Je le savais à cause de la cicatrice de la gifle de ma mère sur ma joue et par ce vide qui m'avait toujours engloutie. Je n'étais rien de plus qu'une coquille vide lorsque j'étais entrée dans leur vie.

Ce sont eux qui m'avaient remplie.

Ils étaient ceux qui m'avaient rendu complète.

Et tout avait commencé avec Tobias.

Je me levai du lit, mon corps endolori et palpitant avec le besoin de jouir. Tobias fit glisser son regard le long de mon corps et tendis la main sur l'humidité entre mes jambes.

- Toujours envie, petite souris ?

- Toujours, quand il s'agit de toi.

Il y eut une seconde où l'énergie chargée crépita dans la pièce, puis nous nous sommes tous deux élancés et nous sommes entrés en collision. Il me serra fort, puis me tourna sur le côté contre le lit.

- À moi, dit-il en écartant mes cuisses, grimaçant de douleur en déplaçant son poids avant de plonger sa bite en moi. À nous.

Je m'agrippai à ses épaules pendant qu'il poussait en moi. Il n'était pas tendre, il me prenait sauvagement. C'était juste ce dont j'avais besoin. Mon orgasme fut brutal et cru, me prenant par surprise. Je serrai la mâchoire et montrait les dents et, alors que je jouissais, Tobias souriait.

- Comme ça, petite sœur, grogna-t-il alors que je gémissais et frissonnais. Comme ça, putain.

- Tu. M'adores. Putain, dis-je entre deux souffles en me cramponnant à lui, le serrant contre moi.

Il leva la tête, ces yeux bruns intenses remplis de toute la réponse dont j'avais besoin.

- Plus que tout autre chose dans ce monde.

Il saisit mes poignets, les fit glisser au-dessus de ma tête, et me posséda...

Corps.

Esprit.

Âme.

Chapitre Quarante-Et-Un

RYTH

Nous avons dormi, emmêlés dans les bras de l'autre, dérivant dans l'obscurité. Seulement nous ne sommes pas restés comme ça, on se réveillait de temps en temps pour se tourner l'un vers l'autre. De doux frôlements de lèvres. La douce caresse d'une main, jusqu'à ce que le poids d'un corps se blottisse contre moi. Le sommeil n'était pas le bienvenu, pas quand nous étions autant à vif.

Quand je me suis réveillée le matin, j'étais seule. Une faible lumière se répandait entre les stores fermés. Pendant une seconde, la peur s'installa, faisant marteler mon cœur. Je levai la tête de l'oreiller, je vis Caleb assis sur la chaise, me regardant.

- Tout va bien, princesse, me rassura-t-il. On s'est dit que tu aurais bien besoin d'une grasse matinée.

Je pris une grande inspiration, essayant de calmer les battements de mon cœur.

- Quelle heure est-il ?

- Un peu plus de dix heures.

- Merde, dis-je en repoussant la couverture. On doit...

Caleb se leva et traversa le petit espace entre nous pour caresser la marque sur ma joue.

- La seule chose que tu dois faire est de respirer et de te détendre.

La porte de la pièce suivante s'ouvrit et il m'a fallu une seconde pour me rappeler que c'était la chambre à côté.

- La voilà, marmonna Tobias en franchissant la porte communicante et en se dirigeant vers moi, se baissant pour m'embrasser sur les lèvres. Tu as bien dormi ?

- Plus ou moins, répondis-je.

Il hocha lentement la tête, les cernes sous ses yeux m'indiquaient qu'il avait mal dormi lui aussi. En fait, nous avions tous la même tête.

- On a tout mangé hier soir, dit T en haussant les épaules. Alors j'ai couru jusqu'à la boulangerie pour te prendre ça.

Il me montra un petit sac en papier puis une tasse à café.

- Et ça.

L'odeur du café me donnait envie et je voulus l'attraper. Mais il gloussa et s'éloigna à la dernière minute.

- Hé doucement. Pas si vite. Qu'est-ce que tu vas faire pour y avoir droit ?

- Quoi ?

- Eh bien, dit-il en haussant les épaules. J'ai couru pour aller te chercher ça.

Un sourire se dessina aux coins de ma bouche. Je fronçai les sourcils en croisant mes bras sur mes seins nus.

- Qu'est-ce que tu veux en échange ?

Il fit une moue puis plissa les yeux, avant de s'approcher, laissant tomber le sac de boulangerie sur le bout du lit pour me pousser en arrière.

- Et toi, bébé ?

Je laissai échapper un éclat de rire en jetant un coup d'œil au café.

- Il vaudrait mieux ne pas renverser le café.

Il sourit puis s'éloigna avant de me tendre le gobelet.

- Pour qui tu me prends ?

La porte extérieure de l'autre pièce s'ouvrit, et le bruit familier des pas de Nick résonna.

- Pour quelqu'un qui perd son temps, grogna Nick en regardant la tasse dans ma main lorsqu'il entra dans notre chambre. Tu veux bien manger ça sur la route ? J'ai envie qu'on continue d'avancer ?

- Bien sûr, dis-je en me levant du lit. Je peux prendre une douche ?

- Absolument, me sourit-il. Je vais rassembler nos affaires.

Je pris une gorgée de café et je me dirigeai vers notre salle de bains, secouant la tête au moment où j'entrai. Les serviettes mouillées étaient en tas sur le sol, mais il y en avait des propres sur le comptoir pour moi. Je fermai la porte, j'ouvris les robinets pour régler la température et j'entrai sous la douche. Lorsque j'eus terminé, je me sentais plus vivante que je ne l'avais été depuis longtemps.

- Toc, toc, murmura Caleb en tournant la poignée et en ouvrant la porte. J'ai pensé que tu pourrais avoir besoin de vêtements propres.

Il me tendit les mêmes que ceux que je portais hier, sauf que cette fois, ils étaient fraîchement lavés et séchés.

- Merci, dis-je avant de les enfiler.

- Nick a trouvé une voiture de remplacement, dit Caleb en s'appuyant contre le cadre de la porte et me regarda pendant que je remontais mon jean et que je cherchais mon soutien-gorge.

- Ah ? dis-je alors qu'il s'approchait, pour faire glisser les bretelles sur mes épaules et mettre les crochets à l'arrière, puis il glissa son doigt sous l'élastique pour ajuster la bande.

- Il a dit que ça nous permettra de tenir jusqu'à ce qu'on trouve un endroit où s'installer.

- S'installer ? dis-je en me retournant.

Il croisa mon regard.

- Pour un temps au moins.

Je n'avais pas pensé à ce qui allait se passer maintenant. Je savais que l'Ordre allait nous chercher jusqu'à ce qu'on leur donne une raison de ne pas le faire. Combien de temps cela allait durer, je ne le savais pas. Caleb me tendit mon haut et je l'enfilai. Je suppose que notre nouvelle vie démarrait avec une nouvelle voiture, avec de nouveaux noms.

- Promets-moi que tu ne m'oublieras jamais, dis-je en croisant son regard. La vraie moi.

- Ryth, tu seras toujours la vraie toi pour moi, et pour nous tous. Un nom est juste un nom. D'ailleurs, dit-il en me faisant un clin d'œil, tu seras toujours notre petite sœur.

Je ris en le suivant dehors et en enfilant mes bottes. Mon café était à peine chaud lorsque nous sommes montés dans la voiture de London St. James et avons quitté le parking du motel. J'ai mangé, partagé mon bagel avec Rebel, et terminé mon café lorsque nous sommes entrés dans le parking de la concession.

Je jetai un coup d'œil autour de moi en sortant et je vis une série de magasins de l'autre côté de la rue, puis je me suis tournée vers Nick.

- Je vais voir ce qu'il y a en face, d'accord ?

Nick jeta un coup d'œil de l'autre côté de la rue et prit un air inquiet.

- Ça va aller, dit T en haussant les épaules. C'est vraiment chiant d'acheter des voitures de toute façon, et j'aurais bien besoin de nouveaux vêtements.

Nick me fit un lent signe de tête.

- Tu restes dans notre champ de vision, d'accord, princesse ?

Je souris, il était redevenu le grand frère.

- Marché conclu.

Il resta là à regarder Tobias et moi nous éloigner. T saisit ma main alors que nous traversions la route et nous dirigions vers les magasins. Il était très tactile, plus que Nick et Caleb. Son pouce caressait ma main alors qu'on montait sur le trottoir.

- Où tu veux aller en premier, bébé ? dit-il en jetant un regard dans ma direction.

Je scrutai les magasins et mon regard s'attarda sur le cybercafé.

- Là.

- Tu es sûre ? dit-il en me regardant d'un air qui imposait la prudence.

- Je ne vais pas faire de bêtises.

Il me fit signe d'avancer. Nous sommes entrés et il s'est détaché presque instantanément pour se diriger vers le comptoir du petit café yuppie. Il attendit que le type lance la minuterie pour que je me connecte et nous a commandé un café à emporter. Mais je restais toujours dans son champ de vision. Je m'assis et je sortis la serviette que mon père m'avait donnée. C'était un peu surréaliste maintenant. Est-ce que tout cela était arrivé ? *La fusillade, la terreur...* Mon père se livrant pour la deuxième fois pour me protéger.

En ouvrant la serviette pliée, je sus que chaque seconde brutale avait été bien réelle.

Mon pouls s'emballa lorsque j'ouvris le navigateur pour entrer le numéro d'identification de la banque. Une seconde plus tard, j'avais le nom Jericho Bank et un numéro de téléphone pour le service clientèle, que j'écrivis sur une autre serviette avec un stylo que quelqu'un avait oublié. Tobias jeta un coup d'œil dans ma direction en prenant les cafés et en s'approchant.

- Tu crois que je peux utiliser ton téléphone ?

- Bien sûr, bébé, dit-il en me le donnant avant de jeter un coup d'œil à l'écran de l'ordinateur avant de chuchoter : Je serai juste là si tu as besoin de quelque chose.

Il a pris son café et s'est dirigé vers un tableau d'affichage pour me laisser un peu tranquille. J'entrai le numéro dans le téléphone puis j'attendis. Quelques minutes plus tard et un certain nombre de questions sur des détails personnels, j'attendais pendant que la femme vérifiait mes réponses et récupérait les informations sur le compte.

- Mme Castlemaine ?

- Oui ?

- Désolée pour l'attente. J'ai dû vérifier que les détails du compte étaient corrects.

Mon estomac se noua, *s'il vous plaît ne me dites pas que cet argent est suivi par la foutue* CIA.

- C'est pas grave, marmonnai-je.

- Parce qu'il y a une somme d'argent assez importante sur ce compte et je voulais m'assurer que vous étiez bien celle que vous disiez être.

Une somme assez importante ?

- Combien ?

- Cinquante millions de dollars.

Mes genoux se mirent à trembler.

- Quoi !

- C'est le montant, Mme Castlemaine. Un peu plus de cinquante millions, trois cent mille.

- Punaise, dis-je en tendant le bras pour m'appuyer contre le bureau. Vous êtes sûre ?

Tobias jeta un regard dans ma direction, se renfrogna, puis balaya le café du regard.

- Oui, madame. Voulez-vous que je répète ce chiffre à nouveau ?

Oui.

- Non, murmurai-je. Et je peux retirer cette somme quand je veux ?

- Eh bien, il y aura quelques procédures à mettre en place. Nous ne gardons qu'une certaine quantité de fonds à la banque.

Mais mon esprit partait déjà à la dérive, je n'écoutais même pas ce qu'elle disait.

- Merci pour votre aide.

Elle parlait encore quand je mis fin à l'appel.

Tobias, qui me regardait de l'autre côté de la pièce, s'approcha.

- Tout va bien ?

Pendant une seconde, je ne pus pas parler, puis je hochai lentement la tête en levant les yeux vers lui.

- Putain, T.

Ses sourcils se plissèrent, il y avait un tressaillement dans les coins de ses lèvres.

- Je suppose que c'est un "putain" de bonne surprise ?

Mes mains tremblaient quand je lui tendis son téléphone.

- Disons simplement que si Nick peut nous faire vivre pour le restant de cette vie-là, alors moi je pourrais nous faire vivre pour les deux suivantes.

Ses sourcils se levèrent avec un regard de surprise.

- Oh punaise.

Je me mis à rire, jetant un coup d'œil à la pièce vide et je pris le café qu'il m'avait acheté avant d'en boire une gorgée, non pas que j'aie besoin d'adrénaline supplémentaire.

- Je suppose qu'on devrait y aller.

- Je suppose oui.

Il me regarda bizarrement, puis se mit à rire avant de prendre ma main pour m'entraîner dehors.

Alors qu'on traversait la rue, Tobias à côté de moi rayonnait.

- Je pense que je vais commencer ma liste de Noël tôt cette année.

Je lui ai lancé un regard rieur.

- Ah oui ?

- Ouais, petite souris, dit-il en me souriant et mon cœur se mit à palpiter, juste avant qu'il baisse son regard sur mes seins. Tu m'en dois une.

Je me mordis l'intérieur des joues pour m'empêcher de rire et je me tournai vers mes frères alors qu'ils s'éloignaient d'un vendeur, Nick avait un jeu de clés d'un camion flambant neuf à la main.

- Notre sœur a quelque chose à vous dire, annonça T.

Je lui donnais un petit coup de coude dans les côtes et il fit une grimace. Il était couvert d'ecchymoses. Nous étions tous meurtris et blessés, mais toujours en vie... et maintenant, nous avions les moyens et la détermination de survivre.

- Ah bon ? dit Nick en regardant la rue derrière moi puis effleura ma joue avec son pouce, en me fixant dans les yeux. Tu as quelque chose à nous dire, princesse ?

Mon cœur palpitait sous son regard. Je n'étais plus seulement en train de tomber amoureuse de mes frères. Je plongeais tête baissée dans un abîme sans fond.

- Ryth ? murmura Caleb en s'approchant. L'inquiétude se lisait dans sa voix. Qu'est-ce qu'il y a ?

Je déglutis en me léchant les lèvres.

- Mon père m'a laissé une grosse somme d'argent.

- Ah bon ? dit Nick en jetant un coup d'œil au café de l'autre côté de la rue. C'est ce que tu vérifiais là-bas ?

Je hochai la tête.

- Quand tu dis grosse somme, c'est combien ?

- Cinquante millions de dollars, chuchotai-je.

Ils ne dirent rien.

Je pense qu'ils ont même arrêté de respirer.

Même les sourcils de Nick se levèrent.

- Putain, marmonna T. Faut vraiment que je pense à cette liste de Noël.

Mais Nick secoua la tête.

- Non, non. On ne touchera pas à cet argent.

La confusion se mêla à la colère en moi.

- Pourquoi ?

Nick s'approcha, glissa sa main pour attraper ma nuque et inclina ma tête vers lui.

- Parce que c'est ton argent, princesse. L'argent que ton père t'a laissé. Il voulait que tu aies une porte de sortie au cas où tu en aurais besoin, alors c'est ce que ça va être, ta porte de sortie.

Un pincement au cœur traversa ma poitrine. Tout ce que je pouvais entendre, c'était ses mots quand il m'avait dit qu'un jour je voudrais plus. Mais même si la douleur s'installait, je voyais le désespoir dans ses yeux. Il voulait que je sois forte, que je sois prudente. Il voulait que je sois en sécurité... et c'était sa façon de le faire, de s'assurer que je ne dépende plus jamais de personne pour le reste de ma vie.

- Donc tu gardes cette information quelque part en sécurité. Je t'achèterai un nouveau téléphone au prochain arrêt et on pourra te créer un compte avec un mot de passe unique. Qu'est-ce que tu en dis ?

- Ensuite, tout ce qu'il nous reste à faire est de trouver un endroit où vivre, dis-je en le regardant dans les yeux.

- En parlant de ça... dit Tobias en fouillant dans sa poche avant de sortir une brochure qu'il avait en quelque sorte cachée. J'ai trouvé ça.

Il tendit la brochure à Nick. Tout ce que je voyais, c'était du vert... et les montagnes les plus stupéfiantes que je n'avais jamais vues de ma vie alors que Nick relâchait mon cou et prenait le papier.

- Apparemment, c'est une nouvelle ville et une nouvelle communauté. C'est écrit "Nous sommes soucieux de la protection individuelle et de la discrétion." Ça s'appelle...

- Tutum ? marmonna Nick.

- Sûr, dit Caleb, nous faisant nous tourner vers lui. Il croisa nos regards et fit un signe de tête vers la brochure dans la main de Nick. Mon latin est un peu rouillé, mais je suis presque certain que ça veut dire "sûr".

Tobias prit son téléphone et fit une recherche.

- Oui, tu as raison. Alors, qu'en penses-tu ?

La vue des montagnes à elle seule suffisait à faire monter l'excitation en moi.

- Alors on dirait qu'on va aller en direction de Tutum, marmonna Nick. On va voir et si on n'aime pas, alors on ira ailleurs, d'accord ?

Je hochai la tête, sachant au fond de mon cœur que nous n'allions pas seulement aimer cet endroit... *nous allions l'adorer*.

Épilogue

VIVIENNE

- *ATTENDEZ !* CRIAI-JE EN REGARDANT LA VOITURE OÙ SE trouvaient Ryth et ses frères s'éloigner.

La douleur se répandait dans ma poitrine alors qu'ils accéléraient avant de s'arrêter brutalement. Mon cœur battait la chamade, j'eus un faible espoir lorsque je vis la portière conducteur s'ouvrir. Mais ils ne s'arrêtaient pas pour moi. Un chien surgit en courant depuis l'angle du bâtiment, boîtant alors qu'elle se précipitait vers la voiture avant de grimper dedans.

Ils partirent en vitesse sous la nuée de balles.

Je n'avais pas pu leur dire au revoir. Les larmes se rassemblaient dans mes yeux alors que London me saisissait le bras pour me tirer en arrière, criant des ordres à ses fil alors que la porte coulissante se refermait.

- On peut pas être repérés, cria London, lançant un regard impitoyable à ses fils. Pigé ?

Le type blond leva son téléphone et appuya sur un bouton avant de se mettre à parler, donnant des ordres alors qu'on se dirigeait vers l'arrière du bâtiment.

- Un seul faux pas, dit London au père de Ryth. Et je donne l'ordre de les éliminer avant qu'ils puissent sortir de la ville.

Il y eut un éclat de colère dans le regard de Jack Castlemaine. Ses mains étaient serrées en poings sur ses côtes. Pendant un instant, je pensais qu'il allait se jeter sur London et le clouer au sol. Je ne savais pas ce que je ferais si c'était le cas. Mais je n'eus pas l'occasion de le découvrir. Il jeta un œil dans ma direction, puis ravala sa colère alors que le rugissement d'un moteur apparut près de la porte où nous étions.

Des coups de feu retentirent, si fort que c'en était assourdissant. Je couvrais mes oreilles avec mes mains, mais je n'eus pas le temps de me protéger avant que London me saisisse le bras à nouveau de sa poigne cruelle avant de me pousser vers la porte qui s'ouvrait et où un homme en veste noire, portant une arme automatique, s'avança et jeta un regard à London.

- Mes hommes les retiennent. Il faut bouger maintenant.

Un coup d'œil rapide et London me poussa en avant vers la voiture garée. Jack me suivit et m'emmena vers la portière ouverte. Tout se déroula sous une grêle de balles et de cris gutturaux. Je fus pratiquement projetée sur le siège de l'Explorer. Des mains rugueuses me poussèrent jusqu'à ce que je tombe sur le plancher de la voiture.

Il était sur moi en un instant, ses bras au-dessus de ma tête, son corps un poids lourd sur le mien.

- Reste couchée, Vivienne, grogna London alors que les portes de la voiture se refermaient derrière nous.

Je n'osais pas bouger. Les pneus crissèrent et la voiture partit en arrière, puis tourna avant de repartir en avant.

Oh, mon Dieu...oh, mon Dieu...oh, mon Dieu...oh, mon Dieu.

La vitre arrière se brisa. Le rugissement guttural de London emplit mes oreilles tandis qu'il m'écrasait davantage, me protégeant, puis nous étions lancés, laissant derrière nous les sons tonitruants de la bataille.

Des respirations rudes et haletantes remplissaient mes oreilles, jusqu'à ce que London réalise que nous étions sortis de là. Il leva la tête et le bruit de sa respiration s'adoucit.

- Tu es blessée ?

Je ne pouvais pas bouger pendant une seconde, jusqu'à ce que London saisisse mon menton, me forçant à le regarder. Est-ce que tu es... blessée ?

Je secouai la tête, le laissant jeter un coup d'œil à Jack, accroupi devant le siège et pelotonné contre la porte.

- Je vais bien, répondit Jack, se redressant suffisamment pour jeter un coup d'œil par-dessus l'arrière du siège et à travers la vitre brisée. Je vais bien.

- Bon sang, dit London en se redressant pour monter sur le siège.

Mais il ne me redressait pas avec lui. Non, au contraire, il baissa les yeux, me fixant comme si ma place était ici... *à ses pieds*.

L'empreinte rouge de ma main brûlait encore sur son visage. Je ne pus détourner le regard, je ne respirais plus, je le fixais alors que la voiture traversait la ville à toute vitesse, puis la voiture prit un virage brusquement, il y eut un coup de frein et nous étions à l'arrêt.

La portière conducteur s'ouvrit, et à peine une seconde plus tard, celle de Jack aussi.

- Dehors, ordonna London.

Je me hissai vers le haut alors que Jack était tiré vers l'extérieur.

- *Attendez* ! criai-je. *Attendez* !

Mais l'homme de London ne ralentit même pas, il le tirait vers une autre voiture garée. Il y avait de la panique dans les yeux de Jack, une panique réelle, une terreur. Je me fichais de ce qu'il avait fait, de ce qu'il représentait. Tout ce que je savais, c'est qu'il était mon seul lien avec Ryth... en dehors du bâtard qui pouvait décider de lui ôter la vie.

- Vivienne ! cria London alors que je me précipitais vers lui.

- *Attendez !* dis-je en prenant le bras de Jack, faisant de mon mieux pour retenir le conducteur de l'emmener.

- Vivienne, dit Jack en secouant la tête, arrête, sauve-toi. Protège-toi. Fais tout ce que tu peux pour rester en vie... *ce n'est que le début.*

Puis il fut arraché de moi et emmené vers l'une des deux voitures garées. Je restais là, à les regarder le pousser à l'arrière de la voiture, puis la portière fut fermée et ils sont partis... me laissant seule avec London. Je me retournais, le regardant fixement.

- Que vas-tu faire de lui ?

Mais London ne répondit pas. Il se rapprocha, ce putain de regard sauvage trouvant le mien. Je fis un pas en arrière quand la porte d'une Lexus élégante s'ouvrit.

- Monte, Vivienne, ordonna London.

Fais ce que tu peux pour rester en vie. Les mots de Jack étaient encore dans ma mémoire alors que je me retournais, vaincue, et grimpais sur le siège arrière. La portière claqua violemment. London parlait au conducteur et alors que je regardais l'homme acquiescer, je réalisai à quel point mon ravisseur était puissant.

Il ne possédait pas seulement les flux de caméras de la maison privée d'un homme.

Il ne se contentait pas de diriger une armée de tueurs à gages pour arrêter l'Ordre dans son élan.

Il ne tenait pas seulement les vies de Ryth et de ses frères dans le creux de sa main...

Mais il avait ce pouvoir... sans une once d'inquiétude.

En regardant London se tourner et contourner l'avant de la voiture pour monter à côté de moi, je réalisai à quel point cet homme était dangereux. Il fit claquer la portière puis démarra le moteur avant d'enclencher la marche arrière.

Je ne disais rien, pas un mot. Une peur froide me traversait tandis que je fixais l'empreinte rouge sur sa joue. Nous avons conduit en silence en retournant à la maison. Cela semblait une éternité depuis que nous étions partis... *une éternité remplie de terreur.* Mes oreilles bourdonnaient encore lorsque nous avons tourné dans l'allée et attendu que la porte du garage se lève avant qu'il ne se gare à l'intérieur.

J'attendis qu'il coupe le moteur et sorte. Dans la lumière blafarde du garage, London attendit, debout à l'avant de la voiture. Sans un ordre de sa part, je sortis lentement et fermai la porte derrière moi, en le gardant dans mon champ de vision, puis je marchai vers la porte de la maison.

Je pouvais m'enfuir... mais pour aller où ?

London me suivait tel un prédateur et le bruit sourd de ses pas semait la panique en moi. À peine entrée, j'entendis ses pas derrière moi.

- *Attends !* dis-je en me retournant, faisant un pas en arrière vers les escaliers. *Je...*

J'essayais de trouver une idée pour empêcher ça... mais il n'y avait pas de retour en arrière possible. Plus maintenant. Pas après ce qui s'était passé. Mon talon heurta la première marche, me faisant basculer en arrière. Mes ongles se tordirent alors que je rattrapais ma chute, jusqu'à ce que je glisse complètement, heurtant durement les marches.

Je restais là tandis que London me dominait.

- Le contrat, dis-je. Le contrat.

Ses lèvres se sont retroussées et cette lueur bestiale brilla dans ses yeux quand il s'approcha, saisit ma gorge de sa poigne, et grogna :

- J'emmerde le contrat.

Puis il m'embrassa... virilement.

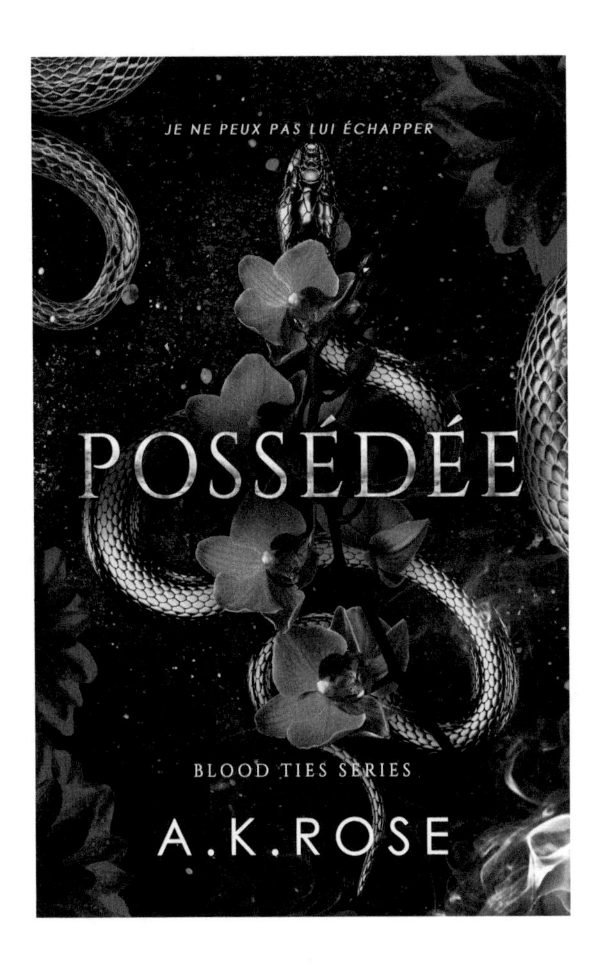

C'est une rebelle qui m'est interdite, une véritable chieuse.

Une que je ne peux pas toucher.

Une que je ne peux pas dresser.

Mais Vivienne est à moi. Corps. Et âme...

Et surtout, sa descendance.

Aucun d'eux ne comprend à quel point elle est importante.

Mais moi, je le sais.

Mes fils et moi protégerons cette information - elle - jusqu'à la mort pour la garder pour nous seuls.

Alors, elle restera ici, sous mon toit... et obéira à mes ordres.

Elle me résistera à chaque fois qu'elle en aura l'occasion.

Elle jouera ses petits jeux provocateurs face à notre autorité.

Jusqu'à ce que ma détermination flanche.

Je suis froid, calculateur.

Mais je ne suis qu'un homme obsédé par elle.

Et je ne suis pas le seul.

Je vois la faim dans les yeux de mes fils.

Je vois la façon dont ils réagissent en sa présence.

Elle ne portera pas de rouge pour nous...

Parce qu'elle ne portera rien du tout.

Je l'emmènerai en bas... et je lui montrerai exactement qui est aux commandes ici.

Je lui montrerai ce que c'est que d'être possédée...

Printed in France by Amazon
Brétigny-sur-Orge, FR